SUPERBESTSELLER
447

Della stessa autrice

Fine dell'estate
Palomino
Una perfetta sconosciuta
Stagione di passione
Una volta nella vita
Un amore così raro
Due mondi due amori
Incontri
La tenuta
Ritratto di famiglia
Svolte
Promessa d'amore
Menzogne
Ora e per sempre
L'anello
Giramondo
Amarsi
Amare ancora
Cose belle
Il cerchio della vita
Zoya
Star
Daddy-Babbo
Messaggio dal Vietnam
Batte il cuore
Nessun amore più grande
Gioielli
Le sorprese del destino
Scomparso
Il regalo
Scontro fatale
Cielo aperto
Fulmini
La promessa
Cinque giorni a Parigi
Brilla una stella
Perfidia
Silenzio e onore
Il ranch
Un dono speciale
Il fantasma
La lunga strada verso casa
Immagine allo specchio
Dolceamaro
Forze irresistibili
Le nozze
La casa di Hope Street
Il viaggio
Granny Dan - La ballerina dello zar
Aquila solitaria
Atto di fede

DANIELLE STEEL

IL CALEIDOSCOPIO

SPERLING PAPERBACK

Traduzione di Grazia Maria Griffini
Kaleidoscope

I edizione «Superbestseller» Paperback giugno 1995

ISBN 88-8274-405-1
86-I-04

XIII EDIZIONE

Visitate i siti www.daniellesteel.com e www.sperling.it

A tre sorelline straordinarie:
Samantha, Victoria e Vanessa,
preziose piccole donne,

e alla loro sorella maggiore, Beatrix,
che è veramente incantevole,

e ai tre fratelli grandi,
Trevor, Todd e Nicky,
e al fratellino Maxx,
anche loro straordinari:

Possa ognuno di voi essere benedetto
da un'esistenza serena, dalla fortuna,
e dal buon cuore, possa incontrare persone
buone che vi amino, e a cui voler bene.
Possa ognuno di voi essere sempre sicuro, forte
e felice... e possiate restare insieme!

E possa ogni giro del caleidoscopio
portarvi gioia!
Il primo giro, che è stato il nostro,
vi ha portato a noi, a uno a uno,
doni rari, creature preziose e molto amate.
E possa ogni altro giro dei vostri
portarvi amore
e fiori... mai demoni...
Stringetevi l'uno all'altro, miei carissimi,
datevi forza l'un l'altro, allegria,
giorni felici e affetto... come una volta
noi vi abbiamo dato.

Con il mio amore, per voi e il vostro papà,
e con il nostro, l'uno per l'altro,
e per voi.
Con tutto il mio cuore

ds.

Il caleidoscopio

il primo,
baluginante momento
di vita,
come un diamante
nel mare,
scintillante
nel sole
del mezzogiorno,
fiamma
dal vivo bagliore
ardente,
un nome nuovo,
una luce splendente,
poi un lieve spostamento
e la notte più buia
giunge
per la prima
volta,
poi rime liete
e dolci canzoni,
cuori che si vogliono bene
fino a quando ci si ritrova
soli,
dall'alba
più luminosa
alle tenebre più profonde,
dal sole mattutino
ai sogni del crepuscolo,
progetti fantastici,
e vite
che a volte
prendono una direzione sbagliata,

tali luminose
speranze,
tali svolte improvvise
dalla luce
all'oscurità
dalla desolazione
alla magnificenza,
dalla gioia
al dolore,
sempre in attesa
del domani
e di un cambiamento
della sorte,
un raggio di speranza…
con il più lieve
gioco di destrezza della mano,
l'alterazione
di tutti i progetti
di una vita
di tutti i suoi scopi…
tutto con un impercettibile giro
del caleidoscopio della vita.

Parte prima

Solange

Capitolo 1

Pioveva a dirotto la vigilia di Natale del 1943 a nord-est di Napoli e Sam Walker tentava di ripararsi alla meglio, con il telo impermeabile, nella buca dove era appostato. Aveva ventun anni e, prima della guerra, non era mai stato in Europa, ma quello era un modo maledetto di visitare il mondo e lui ne aveva già visto più di quanto desiderasse. Si trovava oltremare dal novembre del '42 e aveva combattuto nell'Africa del Nord fino al maggio del '43, prendendo parte all'Operazione Torcia. Gli erano sembrati orribili il calore allucinante di quella zona, i venti del deserto e le tempeste di sabbia che lasciavano mezzi accecati, con gli occhi rossi, brucianti e lacrimosi per giorni e giorni, ma lì era ancor peggio. Aveva le mani talmente intorpidite che quasi non riusciva a stringere fra i polpastrelli il mozzicone di sigaretta regalatogli per Natale da un compagno, figurarsi accenderlo! Il vento gelido che soffiava dalle vicine montagne gli entrava nelle ossa; era l'inverno più crudo che l'Italia avesse mai visto, o così almeno dicevano, tanto che lui si scoprì, all'improvviso, a rimpiangere la torrida calura del deserto. Aveva raggiunto la Sicilia in luglio, con il Quarantacinquesimo Fanteria, aggregato alla Quinta Armata di Clark, in ottobre aveva partecipato alla battaglia di Napoli e poi a quella di Termoli, ma ormai, da due mesi, non facevano che avanzare lentamente e tra molte difficoltà in direzione di Roma, nascondendosi nei granai, quando li trovavano, rubando quel poco cibo che potevano, combattendo duramente contro i tedeschi per il possesso di ogni centimetro di terra.

«Maledizione!» L'ultimo fiammifero che possedeva era bagnato fradicio e a quel punto anche il mozzicone, suo unico regalo di Natale. Quando i giapponesi avevano colpito Pearl Harbor aveva ventun anni, e si trovava ad Harvard. Harvard... Solo a pensarci gli sarebbe venuto da ridere se non si fosse sentito così maledettamente stanco.

Harvard, con la sua esistenza perfetta, l'antica corte quadrata sulla quale si affacciavano gli edifici e i volti sorridenti di quei ragazzi tanto sicuri che un giorno avrebbero governato il mondo. Se soltanto avessero immaginato! Era difficile per lui, in quel momento, convincersi di aver davvero fatto parte di tutto ciò. Eppure aveva lavorato maledettamente sodo per arrivarci. Era un modestissimo abitante di Somerville e per tutta la vita il suo sogno era stato quello di andare ad Harvard. Eileen, sua sorella, lo aveva sempre preso in giro per questa ambizione, lei, infatti, aspirava soltanto a sposare uno dei ragazzi dell'ultima classe della scuola superiore che frequentava, uno qualsiasi, e considerando che era andata a letto con la maggioranza di loro, non avrebbe avuto brutte sorprese. Di tre anni più vecchia di Sam, era già stata sposata e aveva divorziato quando lui finalmente ce l'aveva fatta a entrare ad Harvard, dopo che per un anno, terminati gli studi superiori, aveva accettato ogni tipo di lavoro. I genitori erano morti quando lui aveva quindici anni in un incidente d'auto durante una gita a Cape Cod e lui così si era ritrovato a vivere con la sorella e il suo diciottenne marito. Se ne era andato da quella casa senza una parola quattro mesi prima dello sposo di Eileen e in seguito non si erano quasi più visti. Era andato a trovarla ancora una volta, per salutarla, tre giorni prima della partenza per il fronte. Eileen lavorava in un bar, in quel periodo, aveva i capelli tinti di biondo e lui, rivedendola in quelle luci basse e soffuse, quasi non l'aveva riconosciuta. Da principio gli era sembrata imbarazzata, ma negli occhi aveva ancora la stessa espressione scaltra e calcolatrice che ricordava così bene e che aveva sempre odiato.

«Be', buona fortuna...» In piedi, in un angolo buio del bar, lo aveva fissato con aria impacciata mentre lui si chiedeva se non fosse il caso di darle un bacio d'addio. Lei però era sembrata ansiosa di tornare al suo lavoro e pareva non avesse molto altro da dirgli. «Fammi sapere dove ti mandano...»

«Sì... certo... abbi cura di te...» Per un attimo, mentre la salutava, aveva avuto l'impressione di essere tornato un dodicenne e di ricordare tutto ciò che non gli era mai piaciuto in lei. Erano sempre sembrati due persone diverse, come se provenissero da mondi opposti, da altre vite, quasi da differenti pianeti. Lo aveva torturato, da bambino, dicendogli che era un figlio adottivo e lui le aveva creduto fino a quando, un giorno, la mamma l'aveva presa a scapaccioni e con la sua voce patetica da alcolizzata gli aveva spiegato che Eileen mentiva. Del resto lei aveva sempre detto bugie su qualsiasi cosa e per qualunque motivo e, non appena possibile, aveva cercato di far ricadere la colpa di tutto su Sam. E, in genere, papà le aveva sempre creduto. Sam si era sempre sentito un estraneo tra loro, quel padre robusto, massiccio e corpulento che aveva lavorato tutta la vita su un battello da pesca, la mamma che beveva troppo e la sorella che usciva, a spassarsela, tutte le sere. Quante volte, nel suo lettino, aveva provato a immaginare come poteva essere la vita in una vera famiglia, di quelle che hanno sempre un pasto caldo in tavola e lenzuola pulite a letto, che magari risiedeva a Beacon Hill e trascorreva le estati a Cape Cod, con tanti bambini piccoli e cani, e un padre e una madre che ridevano spesso. Non riusciva a ricordare una sola volta in cui gli fosse capitato di vedere i genitori allegri, o anche soltanto sorridenti, o affettuosi e, a volte, gli capitava di chiedersi se mai lo fossero stati. In cuor suo, li aveva odiati per l'esistenza meschina che conducevano e per il fatto di aver condannato anche lui a viverla. Per quanto lo riguardava, avrebbe voluto avere ben di più! Loro, invece, sembravano provare risentimento a causa dei bei voti che prendeva a scuola, della sua intelligenza così vivace, del ruolo da protagonista che riusciva sempre a ottenere nelle recite scolastiche e di tutto quanto raccontava di altre esistenze, altri mondi, altra gente. Una volta aveva confidato al padre la sua grande aspirazione di andare ad Harvard un giorno, ma lui lo aveva guardato come se fosse un estraneo. In fondo lo era, nei confronti di tutti loro. Quando finalmente era riuscito a entrare all'università era stato come un sogno diventato realtà: la borsa di studio conquistata, il dono più bello di tutta la sua vita, e poi quel primo giorno, pieno di fascino e di magia, dopo aver lavorato tanto duramente per arrivarci... Ma d'un tratto, tre mesi più tardi tutto era finito.

La pioggia gli batteva sulle mani irrigidite dal freddo. In quell'istante, sentì una voce alle sue spalle.

«Hai bisogno di un cerino?»

Voltò di scatto la testa e annuì, strappato bruscamente ai ricordi. Alzando gli occhi, si trovò davanti un uomo alto e biondo con gli occhi azzurri e il volto scarno da cui scendevano rivoli d'acqua. Parevano piangere entrambi.

«Sì... grazie...» Sorrise e, per un attimo, gli occhi gli si illuminarono, come in passato, quando il suo sguardo era carico di malizia e sognava di diventare l'anima del club del teatro ad Harvard. «Bel Natale, eh?»

L'altro sorrise. Sembrava più vecchio, ma anche Sam ormai dimostrava più anni di quanti ne avesse. Dopo le campagne dell'Africa del Nord e dell'Italia, si sentivano tutti più vecchi. «Arthur Patterson.» Si presentò in modo molto formale e Sam scoppiò in una risata scrosciante, mentre una violenta folata di vento li respingeva entrambi contro una parete della buca in cui stavano rannicchiati.

«Che posto incantevole è l'Italia, vero? Avevo sempre desiderato di venirci! Una vacanza meravigliosa!» Si guardò intorno come se potesse vedere ragazze stupende in costume da bagno e spiagge sterminate. Patterson rise sommessamente, quasi controvoglia.

«È tanto che sei qui?»

«Oh, un millennio, più o meno. Lo scorso Natale ero nell'Africa del Nord. Un posto fantastico. Eravamo stati invitati da Rommel.» Con gratitudine, tolse il cerino dalla mano dell'uomo alto e biondo, si accese il mozzicone e riuscì a gustarne un paio di buoni tiri prima di bruciarsi le dita. Lo avrebbe anche offerto al nuovo amico, ma non ne ebbe il tempo perché la pioggia spense subito quei due centimetri che ancora gli restavano fra le dita. Rivolse uno sguardo di scusa al suo benefattore. «A proposito, mi chiamo Sam Walker.»

«Da dove vieni?»

Gli sarebbe piaciuto dire Harvard, più che altro per amore dei vecchi tempi, ma sarebbe sembrato pazzesco. «Boston.»

«Io, da New York.» Come se fosse stato importante in quel momento. Niente aveva importanza, adesso, quelli erano tutti nomi di cose che non esistevano più. La realtà erano soltanto altri luoghi che si chiamavano Palermo, Sicilia, Salerno, Napoli e Roma, la loro meta definitiva, se mai ci fossero arrivati.

L'uomo alto e biondo si guardò intorno, socchiudendo gli occhi contro il vento e la pioggia. «Prima di tutto questo, facevo l'avvocato.»

Sam avrebbe dovuto mostrarsi colpito dalla notizia, ma come per le città da cui provenivano, anche ciò che erano stati prima non aveva più importanza. «A me sarebbe piaciuto diventare attore.» Una confessione che aveva fatto a pochissimi, non l'aveva fatta ai genitori prima che morissero, o alla sorella in seguito, ne aveva parlato solo ad alcuni amici, ma perfino loro gli avevano riso in faccia. Anche gli insegnanti con cui si era confidato l'avevano dissuaso. Nessuno di loro, però, aveva mai capito che cosa significava per lui recitare, che cosa gli succedeva quando saliva su un palcoscenico; si sentiva come se gli scaturisse, da dentro, per una strana magia, il potere di trasformarsi nel personaggio di cui stava recitando la parte. Ormai non c'erano più i genitori che aveva odiato, né la sorella che aveva detestato, con loro erano scomparse anche tutte le sue paure, tutta la sua insicurezza. Eppure sembrava che nessuno riuscisse a comprenderlo, neanche ad Harvard. Gli uomini di Harvard non erano attori, ma medici, avvocati, professionisti, amministratori di società, presidenti di fondazioni, ambasciatori. Rise sommessamente tra sé, di nuovo. Perdiana se lui adesso non era un ambasciatore, con quel fucile fra le mani, e la baionetta sempre inastata così da poterla infilare nel ventre dei nemici come, di tanto in tanto, gli era capitato di fare durante l'anno precedente! Si domandò quanti uomini avesse ammazzato Patterson e che cosa provasse quando ci pensava; ma non era una di quelle domande che si fanno, bisogna imparare a vivere da soli, con i propri pensieri e il ricordo di quei volti contorti dall'agonia, di quegli occhi vitrei e sbarrati quando si estraeva di nuovo la baionetta e la si ripuliva nel terriccio. Alzò verso Patterson due pupille da vecchio e per un attimo si chiese se uno di loro due sarebbe stato vivo per vedere un altro Natale.

«Per quale motivo hai voglia di fare l'attore?»

«Hmm?» Rimase un po' sconcertato di fronte all'espressione grave che era apparsa negli occhi del suo compagno mentre entrambi cercavano di sedersi su un masso piantato nel fango ai loro piedi, l'acqua scorreva nella buca dov'erano appostati. «Oh, quello... perdio, non lo so... mi sembrava interessante.» In realtà era qualcosa di più, qualcosa di ben diverso, perché soltanto quando recitava si sentiva un essere umano, realizzato e completo, si sentiva forte, potente e sicuro di sé. Tutte cose, però, che non poteva raccontare a un compagno. Ridicolo e assurdo parlare dei propri sogni, accovacciati in una buca d'appostamento come quella, la vigilia di Natale.

«Io facevo parte del coro, a Princeton.» Un discorso che non aveva senso, quello che stavano facendo; improvvisamente Sam scoppiò in una risata stridula.

«Ti rendi conto che siamo pazzi a parlare di cori, di teatro e di Princeton, rannicchiati in questa maledetta buca? Lo capisci che probabilmente non saremo più vivi la settimana prossima? E io sto qui a raccontarti che mi sarebbe piaciuto fare l'attore...» Rideva sempre più rauco ma, d'un tratto, si accorse di avere una gran voglia di piangere. Perché la realtà era così maledettamente orribile? Da un anno non faceva che respirare odore di morte, ne aveva la nausea, come tutti. Intanto i generali studiavano il piano di attacco contro Roma. Ma, in fondo, chi se ne fregava di Roma? O di Napoli, o di Palermo? Si può sapere per che cosa stavano combattendo? Per la libertà di Boston, New York e San Francisco? Ma lì erano già liberi e, in quel momento, a casa, la gente stava andando in ufficio in macchina e poi a ballare alla USO*, o al cinema. Cosa accidenti sapevano, là a casa, di tutto questo? Niente. Uno stramaledetto niente! Sam alzò gli occhi verso l'uomo alto e biondo e scrollò la testa, con gli occhi pieni di tristezza e di saggezza. Quella risata improvvisa si era spenta. Aveva una gran voglia di tornarsene a casa, da qualcuno, magari perfino da sua sorella, che non gli aveva mai scritto nemmeno una volta da quando era partito da Boston. Lui le aveva man-

* United States Overseas.

dato un paio di letterine, ma poi aveva deciso che non ne valeva la pena. Quando pensava a lei, si sentiva sempre in collera. Lo aveva messo a disagio durante l'adolescenza, sempre, e più di una volta anche prima, come la mamma e quel padre imperturbabile e taciturno. Li aveva odiati tutti e, adesso, eccolo qui solo, con un estraneo che aveva fatto parte del coro di Princeton.

«Dove hai studiato?» Patterson pareva in preda a una smania angosciosa di aggrapparsi al passato, di ricordare i vecchi tempi, come se il solo fatto di ripensarci potesse bastare a riportarli indietro, Sam invece non aveva più illusioni in proposito. Il presente era tutto qui, nella melma, nel sudiciume, nella pioggia gelida che batteva su quella buca d'appostamento.

Perciò si voltò a guardarlo abbozzando un sorrisetto amaro, rimpiangendo di non avere un'altra sigaretta, ma una sigaretta vera, non soltanto il corto mozzicone che un altro aveva già fumato. «Ad Harvard.» Là aveva fumato sigarette vere ogni volta che lo desiderava, Lucky Strike. Bastò quel pensiero per fargli quasi venir voglia di piangere di desiderio e di nostalgia.

Patterson non gli nascose di essere colpito. «E ti sarebbe piaciuto fare l'attore?»

Si strinse nelle spalle. «Sì, credo... stavo specializzandomi in letteratura inglese. Con ogni probabilità sarei finito a insegnare in qualche posto e a organizzare le recite scolastiche per quei mocciosi di studenti del primo anno.»

«Non sarebbe una brutta vita. Io sono andato a St. Paul, e lì avevamo un club del teatro che era uno schianto!» Sam lo fissò sgranando gli occhi. Intanto si domandava se era vero quello che diceva, se era vero tutto quanto li circondava, Princeton, St. Paul, ma dunque che cosa diavolo stavano facendo, tutti loro, lì, adesso? Che cosa ci stavano facendo? Soprattutto i ragazzi che ci erano morti.

«Sposato?» Sam, ora, si sentiva curioso di saperne

qualcosa di più perché Patterson gli pareva una specie di Angelo del Natale che fosse venuto a trovarlo, sembravano diversi in tutto e per tutto eppure si sarebbe detto che avessero qualcosa in comune.

Arthur scrollò la testa. «Ero troppo impegnato a far carriera. Lavoravo per un ufficio legale di New York. Già da otto mesi quando mi sono arruolato.» Aveva ventisette anni, capelli biondi e uno sguardo serio e triste, Sam invece era bruno e aveva due occhi azzurri carichi di malizia, pur essendo di statura media, aveva un paio di spalle possenti, gambe lunghe e irradiava un'energia incredibile, quella che sembrava mancare ad Arthur. Del resto ogni cosa in Arthur Patterson era più pacata, più controllata, più calcolata; Sam, però, era anche più giovane.

«Ho una sorella a Boston, se qualche tizio, in un bar, non le ha già fatto la pelle.» Sembrava importante scambiarsi queste informazioni che li riguardavano come se, poi, non ce ne potesse più essere l'occasione e ciascuno di loro desiderasse che un altro fosse al corrente di tutto quanto li concerneva. Volevano conoscersi e conoscere gli altri prima di morire, fare amicizia, venire ricordati. «Non siamo mai andati d'accordo. Sono stato a cercarla prima della partenza, ma da quel giorno non mi ha mai scritto neanche una riga. E tu? Sorelle? Fratelli?»

Arthur, che già da un po' si era fatto serio, tornò a sorridere. «Sono figlio unico, e anche i miei erano figli unici. Papà è morto quando ero lontano da casa, a studiare, e la mamma non si è più risposata. Tutto questo è molto duro per lei. Lo capisco dalle lettere che mi scrive.»

«Posso scommetterci!» Sam annuì, cercando d'immaginare come potesse essere la madre di Arthur, di dipingerla davanti agli occhi della mente: una donna alta, magra, con i capelli bianchi che, un tempo, erano stati biondi, probabilmente originaria del New England. «I miei sono morti in un incidente d'auto quando avevo quindici anni.» Non confidò ad Arthur che non era stata una gran perdita, che li aveva odiati, che loro non avevano mai fatto niente per capirlo. Sarebbe sembrato un sentimentalismo e, in fondo, non era nemmeno importante, ormai. «Non hai sentito dire, per caso, dove ci manderanno poi?» Era tornato il momento di ripensare alla guerra; non aveva senso indugiare troppo a lungo con quelle riflessioni sul passato. Tanto, non serviva a niente. La realtà era qui, a nord-est di Napoli. «Ieri ho sentito parlare di Cassino, che si trova oltre le montagne. Dovrebbe esser divertente arrivarci.» Poiché in tal caso sarebbe stata la neve a dare qualche preoccupazione e non più la pioggia. Sam si chiese quali altre torture avessero in serbo per loro visto che, ormai, le loro vite erano nelle mani dei generali.

«Ieri sera il sergente ha accennato ad Anzio, sulla costa.»

«Magnifico.» Sam ebbe una risatina amara. «Chissà che non si possa fare una nuotata.»

Arthur Patterson sorrise, gli piaceva questo ragazzo sincero e schietto di Boston. Si intuiva che, sotto l'amarezza provocata dalla guerra, aveva un cuore spensierato e un'intelligenza viva e pronta e, se non altro, era una di quelle persone con le quali si poteva chiacchierare un po'. La guerra era stata dura per Arthur sotto molti aspetti. Viziato da bambino, iperprotetto da ragazzo, soprattutto dopo la morte del padre, allevato da una madre che lo soffocava con il suo affetto, vissuto sempre in un mondo dorato, era rimasto traumatizzato da questa esperienza. Non gli era mai capitato, prima, nella sua vita di sentirsi a disagio o in pericolo o addirittura spaventato e, invece, non aveva fatto che provare tutto ciò, da quando era arrivato in Europa. Ammirava Sam per essere sopravvissuto tanto spavaldamente come pareva.

Sam tirò fuori le razioni di emergenza che aveva conservato per far festa a Natale e aprì l'involucro con una smorfia. Aveva già regalato le caramelle a qualche bambino del posto. «Gradisci del tacchino natalizio? Il condimento è un po' pesante, però il ripieno di castagne è squisito.» Gli offrì quel patetico barattolino di latta con un gesto cerimonioso e Arthur si mise a ridere. Sam gli piaceva in un modo straordinario. Gli piaceva tutto in lui anche perché, d'istinto, intuiva di non possedere il suo coraggio. La sua aspirazione, in fondo, era soltanto quella di sopravvivere e tornare a casa dove avrebbe trovato un letto caldo, lenzuola pulite, ragazze con capelli biondi e belle gambe, che avevano studiato a Wellesley o a Vassar.

«Grazie, ho già mangiato.»

«Mmm...» Sam mormorò con l'aria di chi vuole convincersi che sta mangiando un prelibato fagiano «...una cucina da favola, vero? Non mi ero mai reso conto che si mangiasse così bene in Italia!»

«Cosa c'è, Walker?» Il sergente, che era appena passato strisciando davanti a loro, si fermò a guardarli. Non aveva mai avuto difficoltà con Sam, però lo sorvegliava, conoscendo il temperamento focoso del ragazzo, che più di una volta, aveva rischiato la vita anche troppo spavaldamente. Patterson, invece, era completamente diverso, non aveva fegato, ma era stramaledettamente istruito e bene educato. «Hai qualche problema?»

«No, sergente. Stavo giusto dicendo che qui si mangia in un modo meraviglioso. Gradisce una focaccina calda?» Gli offrì la lattina mezza vuota e il sergente grugnì:

«Piantala, Walker. Non siamo qui per far festa!»

«Accidenti... non devo aver letto bene l'invito!» Imperturbabile di fronte ai gradi del sergente e alla sua occhiataccia, scoppiò a ridere e finì la sua razione mentre il sottufficiale procedeva strisciando sotto la pioggia battente, dicendo loro:

«Domani ci spostiamo di qui, signori, sempre che ce la facciate visto che avete l'agenda piena zeppa di impegni mondani.»

«Faremo del nostro meglio, sergente... ce la metteremo tutta...» E il loro superiore, con un sorriso amaro sulle labbra, si allontanò. Arthur Patterson fu scosso da un brivido. Il sergente ammirava l'abilità di Sam nel riuscire a trovare il lato divertente di ogni cosa e a far ridere i compagni. Dopo tutto, era qualcosa di cui avevano disperatamente bisogno, soprattutto in quel momento. Quanto a lui, come poteva ignorare che li aspettavano momenti duri! Chissà, a quel punto forse nemmeno Walker avrebbe più avuto voglia di scherzare.

«Quel tizio mi sta sulle palle fin da quando sono arrivato qui», Arthur si lamentò.

«Fa parte del suo fascino», mormorò Sam mentre si frugava nelle tasche alla ricerca di un altro mozzicone, casomai se lo fosse dimenticato; poi, come se fosse stato un dono dei Re Magi, Arthur cavò fuori una sigaretta quasi intera. «Perdio, figliolo, si può sapere dove l'hai trovata?» Spalancò gli occhi, per il desiderio che aveva di fumare, mentre Arthur l'accendeva e gliela passava. «Non ho più visto tanto tabacco da quando ho portato via un'intera sigaretta a un tedesco morto la settimana scorsa.» Arthur rabbrividì a quel pensiero, ma non fece fatica a immaginare che Sam fosse capace anche di quello. Ciò era dovuto sia alla spietata indifferenza della giovinezza, sia al coraggio di Sam Walker che non era poco ed emergeva anche lì, accovacciati in quella buca, a scambiarsi battute di spirito di pessima qualità e a parlare di Harvard.

Quella notte dormirono rannicchiati l'uno contro l'altro e quando si svegliarono la pioggia era finalmente cessata. La notte successiva si ripararono in un granaio che erano riusciti a occupare dopo una scaramuccia. Due giorni dopo marciarono verso il Volturno. Fu una spedizione durissima che costò più di una dozzina di uomini al loro gruppo; ma a quel punto i due erano diventati amici inseparabili. Fu Sam che costrinse Arthur a trascinarsi avanti, che lo trasportò di peso quando non era più in grado di continuare; fu sempre lui che salvò l'amico da un cecchino che avrebbe potuto ammazzarli.

Quando fallì il piano di invasione a Nettuno e Anzio, il compito di sfondare le linee tedesche a Cassino fu assegnato alla divisione di Sam e Arthur. In quella operazione Arthur venne ferito: una pallottola in un braccio. Da principio, vedendogli il torace insanguinato e gli occhi vitrei, Sam pensò che fosse morto, ma strappandogli la camicia per aprirla scoprì che era stato solo ferito a un braccio. Lo trasportò nelle retrovie, all'ospedale da campo, e rimase con lui fino a quando fu sicuro che fosse fuori pericolo; poi tornò a combattere fino al momento della ritirata.

I quattro mesi successivi furono una specie di incubo, in totale ad Anzio erano morti cinquantanovemila uomini. A Sam e Arthur pareva di aver percorso, avanzando in direzione di Roma, una distanza sterminata, le condizioni del terreno erano tremende: fango, neve e piogge continue. Arthur si ristabilì rapidamente e riprese quasi subito servizio, Sam fu felice di riaverlo al suo fianco. Nelle settimane che precedevano il giorno in cui Arthur era stato ferito, si era sviluppata fra loro una grande amicizia della quale non parlavano mai, ma tutti e due si sentivano profondamente legati. Entrambi intuivano che quel rapporto avrebbe resistito alla prova del tempo, perché attraversare insieme l'inferno è una cosa che non si dimentica. Il presente infatti stava lentamente assumendo un significato ben maggiore di qualsiasi altro avvenimento passato e, almeno momentaneamente, di tutto quanto sarebbe potuto accadere nel loro futuro.

«Su, da bravo, Patterson, cerca un po' di alzare i tacchi!» Si stavano riposando in una valle a sud di Roma, nella continua avanzata per sconfiggere Mussolini. «Il sergente dice che fra mezz'ora si riparte.» Patterson si lasciò sfuggire un gemito e non batté ciglio. «Su, coraggio, vecchio fannullone! E pensare che non sei neanche stato costretto a combattere a Cassino.» Nelle settimane successive al giorno in cui Arthur era stato colpito, avevano lottato duramente per occupare Cassino e combattuto fino a quando l'intera città era stata ridotta a un cumulo di macerie. Il fumo che si levava dalle rovine era talmente fitto che ci avevano messo addirittura parecchie ore per distinguere in lontananza il grandioso monastero che era stato totalmente distrutto da un bombardamento a tappeto. Da allora in poi non c'erano più state battaglie così cruente, ma una serie costante di piccoli scontri e di scaramucce con gli italiani e i tedeschi. Dal 14 maggio in poi, però, i loro sforzi erano raddoppiati soprattutto quando si erano uniti alla Ottava Armata per attraversare i fiumi Garigliano e Rapido, la settimana successiva erano tutti esausti. Arthur bastava guardarlo per capire che avrebbe dormito per una settimana intera se Sam glielo avesse concesso. «Su, figliolo, in piedi!» Sam gli allungò un calcetto con lo scarpone. «Oppure stai aspettando un invito dei tedeschi?»

Arthur socchiuse un occhio e alzò la testa a guardarlo, rimpiangendo di non poter sonnecchiare ancora per qualche istante. La ferita continuava a dargli noia e si stancava più facilmente di Sam, anche se ciò gli era già capitato in precedenza, ancora prima di essere ferito. Sam era instancabile e Arthur non faceva che ripetersi come, in realtà, il suo compagno fosse ben più giovane di lui. «Sta' attento, sai? Walker... se non ti controlli... finirai presto per assomigliare al nostro sergente!»

«I signori hanno qualche problema?» Pareva che si materializzasse sempre al momento meno opportuno e sembrava che fosse fornito di un sesto senso perché, quando appariva, era proprio il momento in cui i suoi uomini stavano parlando di lui e in termini per niente lusinghieri. Come al solito, in quel momento era apparso alle spalle di Sam, Arthur si tirò su, in piedi, in fretta e furia lanciandogli un'occhiata colpevole. Pareva incredibile eppure quell'individuo sembrava avere la capacità di sorprenderlo sempre nel momento meno opportuno. «Ci stiamo riposando di nuovo, Patterson?» Cazzo! Quell'uomo non era mai soddisfatto! Ormai marciavano da settimane eppure il sergente, come Sam, sembrava che non fosse mai stanco. «La guerra è quasi finita se ce la fai a star sveglio quel tanto che basta a guardarci mentre la vinciamo!» Sam ridacchiò e l'intrattabile sergente gli lanciò un'occhiataccia, fra i due uomini si era creato un rapporto di rispetto reciproco che sfuggiva completamente ad Arthur. Per lui il sergente era un figlio di puttana fatto e finito, però capiva che, nel profondo, Sam lo trovava simpatico.

«Stavi pensando di fare un pisolino anche tu, Walker? Oppure c'è la speranza di riuscire a farvi stare in piedi fino a Roma?»

«Proveremo, sergente... proveremo.» Sam gli rivolse un sorrisetto affabile, mentre il superiore, con lo sguardo già rivolto in avanti, ruggiva:

«Su, in piedi e avanti marsh!!!!...» Scappò via per dare una strigliata anche agli altri e, dieci minuti più tardi, erano tutti di nuovo in marcia, verso nord. Arthur ebbe l'impressione di non essersi mai più fermato fino al 4 giugno quando, incredibilmente esausto, si ritrovò a barcollare, letteralmente, attraverso piazza Venezia a Roma, sotto un continuo lancio di fiori, baciato da italiani che urlavano di gioia. Ovunque, intorno a loro, c'erano risate, e canti, un fracasso assordante e le grida dei suoi stessi compagni. Quanto a Sam, con la barba lunga perché non se la radeva più da una settimana, ricambiava quelle grida e quegli urli, felice ed esultante.

«Ce l'abbiamo fatta! Ce l'abbiamo fatta! *Ce l'abbiamo fatta!*» Aveva gli occhi lucidi di lacrime di gioia, come quelli delle donne che lo baciavano, grasse, magre, vecchie, giovani, vestite di nero, coperte di stracci, di modesti abitini, con le scarpe di cartone, donne che in qualsiasi altro momento avrebbero potuto essere bellissime, ma che non lo erano più dopo le sofferenze della guerra, salvo che per Sam. A lui parevano tutte splendide. Una di loro infilò un bel fiore giallo nella canna del suo fucile e Sam la strinse fra le braccia talmente a lungo che Arthur solo a guardarli si sentì imbarazzato.

Quella sera cenarono in una delle piccole trattorie che erano state aperte appositamente per l'esercito alleato con centinaia di altri soldati e di donne italiane. Una festa fatta di emozione, esaltazione, cibo e canti, per qualche ora credettero di godersi una ricompensa più che meritata dopo le atrocità subite. La melma, la sporcizia, la pioggia e la neve sembravano quasi dimenticate. Ma non fu così. Li lasciarono per tre settimane a Roma a far baldoria, poi il sergente li avvertì che stavano per spostarsi altrove. Solo alcuni di loro si sarebbero fermati a Roma, ma né Sam né Arthur si trovavano fra quelli. Erano stati destinati alla Prima Armata di Bradley che si trovava a Coutances, in Francia, pensavano che quell'incarico non dovesse essere particolarmente difficile. Si era agli inizi dell'estate e, in Francia come in Italia, la campagna era bellissima, l'aria tiepida e le ragazze li accoglievano festanti ovunque, ma qualche cecchino tedesco era ancora in agguato.

Stavolta fu il sergente che salvò la pelle di Sam, ma questi due giorni dopo impedì che l'intero plotone finisse in un'imboscata. A parte ciò, il trasferimento non fu particolarmente difficoltoso, dalla metà di agosto infatti l'esercito tedesco era in completa ritirata. Il loro compito era quello di giungere rapidamente in Francia, unirsi alla divisione francese del generale Leclerc e marciare verso Parigi. Quando la notizia giunse ai soldati, Sam la commentò entusiasta con l'amico.

«Parigi, Arthur... figlio di puttana! Ho sempre avuto una gran voglia di andarci!» Sembrava addirittura che lo avesse invitato a stare al Ritz, ad andare all'Opéra e alle Folies-Bergère.

«Non farti troppe speranze, Walker. Forse non te ne sarai ancora accorto, ma siamo in guerra. Non è escluso che non si rimanga vivi abbastanza, noi due, per vedere Parigi.»

«Ecco, questo è proprio ciò che mi è sempre piaciuto in te, Arthur. Sempre così ottimista, sempre così allegro!» In realtà, niente avrebbe potuto guastare il buon umore e l'ottimismo di Sam. Non faceva che pensare a Parigi di cui aveva tanto letto e sognato per anni. In cuor suo, era convinto che niente fosse cambiato, e tutto fosse lì ad aspettare lui e Arthur. Non riusciva a parlare d'altro mentre marciavano attraverso città e villaggi accompagnati dall'esaltazione della gente che festeggiava la fine di quattro anni di occupazione tedesca. Sam era così ossessionato dal sogno di tutta la sua vita, che dimenticò perfino l'emozione di essere entrato in Roma, mentre combattevano per sfondare le linee germaniche e aprirsi un varco in direzione di Chartres. L'esercito nemico, intanto, si ritirava metodicamente verso Parigi, questo preoccupava molto Arthur, che temeva di cadere in una trappola tedesca che li avrebbe portati alla distruzione.

«Devi essere impazzito. Non te lo ha mai detto nessuno, Walker? Matto. Completamente fuori di testa. Ti comporti come se andassi in vacanza!» Arthur lo guardava incredulo, mentre Sam continuava a chiacchierare e ad ammazzare tedeschi. A volte si dimenticava perfino di frugare nelle loro tasche alla ricerca di sigarette, tanto era eccitato!

Nelle prime ore del 25 agosto, il sogno di Sam diventò realtà. Ammutoliti, in un'atmosfera che aveva qualcosa di soprannaturale, sotto gli occhi degli abitanti che li seguivano da tutte le finestre, entrarono marciando a Parigi. Fu qualcosa di completamente diverso dalla trionfale entrata in Roma. Qui la gente era spaventata, guardinga, ci metteva un bel po' a uscire dalle case e dai luoghi in cui si era tenuta nascosta; ma, a poco a poco, il timore lasciò posto alla gioia e cominciarono a levarsi grida di allegria, di vittoria e, poi, ci furono abbracci e lacrime.

Alle due e mezzo di quel pomeriggio, il generale von Choltitz si era arreso e Parigi risultava liberata ufficialmente dagli Alleati. Quando marciarono per gli Champs-Elysées nella parata per la vittoria quattro giorni dopo, il 29 agosto, Sam non si vergognò delle lacrime che gli scendevano a fiotti mentre camminava impettito di fianco ai suoi commilitoni. Il solo pensiero della strada che avevano percorso, di tutto quello che erano stati capaci di realizzare, del modo in cui avevano liberato la Parigi dei suoi sogni, tutto ciò lo lasciava senza fiato! Le grida di entusiasmo della gente che si affollava ai lati delle strade ottenevano soltanto l'effetto di farlo piangere ancora di più. Aveva gli occhi lucidi mentre marciava dall'Arc de Triomphe a Notre-Dame. Sam si rese conto di provare un fortissimo senso di gratitudine per essere sopravvissuto alla guerra ed essere entrato in quella stupenda città a portare la libertà.

Dopo le funzioni di ringraziamento in Notre-Dame, Arthur e Sam si accorsero di essere profondamente commossi. Lasciata la cattedrale, si incamminarono lentamente per la rue d'Arcole, avevano libera uscita per il resto del pomeriggio; in un primo momento, Sam pensò a che cosa gli sarebbe piaciuto fare, in fondo gli bastava passeggiare, contemplare tutto ciò che lo circondava e sorridere alla gente. Poi si fermarono a bere un caffè in un piccolissimo *bistrot* sull'angolo e si videro offrire una tazzina di quel liquido a base di cicoria, fumante, che bevevano tutti, e un piatto di biscotti addirittura trasparenti preparati dalla moglie del padrone, che li baciò sulle guance e non volle assolutamente lasciarli pagare in segno di riconoscenza. Arthur conosceva qualche parola di francese, ma Sam riuscì soltanto a esprimere a gesti i suoi ringraziamenti; poi baciò di nuovo la donna. Sapevano fin troppo bene come la mancanza di viveri fosse stata atroce per tutti e il dono di quei dolcetti, offerti da un'estranea, fosse un omaggio prezioso.

Quando uscirono dal piccolo locale, Sam si accorse di essere ammutolito per lo stupore. A conti fatti, la guerra non era poi stata tanto brutta, vero? Forse aveva meritato tanti sacrifici. Aveva ventidue anni, ma gli pareva di aver conquistato il mondo. Arthur gli sorrise, dall'alto della sua statura, mentre camminavano. Per lui l'entrata in Roma era stata più commovente, forse perché c'era stato prima della guerra, ci aveva passato un po' di tempo e l'aveva sempre considerata una città un po' speciale, lo stesso sembrava essere Parigi per Sam anche se la vedeva per la prima volta.

«Sai cosa ti dico, Patterson? Non mi viene neanche più voglia di tornare a casa, eh? Si direbbe che sono impazzito, vero?» Stava pronunciando quelle parole quando notò una giovane donna che camminava davanti a loro. Aveva i capelli rosso fiamma raccolti in una crocchia sulla nuca e indossava un vestito di *crêpe* talmente vecchio che era diventato addirittura lucido, ma che rivelava ugualmente tutte le curve del suo splendido corpo. Teneva la testa eretta, quasi con fierezza, anche se doveva aver passato tempi molto duri, era sopravvissuta all'occupazione tedesca e non doveva niente a nessuno, nemmeno agli Alleati che avevano liberato Parigi. Esprimeva tutto ciò nel modo in cui teneva la figura diritta, impettita, nel modo in cui camminava. Sam seguì con gli occhi sgranati il movimento di quelle belle gambe affusolate e l'ondeggiare dei fianchi e prese a seguirla lentamente per la strada. La conversazione con Arthur aveva subito una battuta di arresto.

«...Non trovi?» gli stava domandando Arthur.

«Come?» Sam si accorse che non riusciva più a concentrarsi su quello che il compagno gli stava dicendo. Vedeva solo quei capelli rossi, le spalle sottili e il portamento fiero della sconosciuta. Lei si fermò all'angolo e attraversò il ponte sulla Senna, svoltò poi in Quai de

Montebello mentre Sam, inconsciamente, continuava a seguirla.

«Dove stai andando?»

«Ancora non lo so.» La sua voce era emozionata, gli occhi azzurri avevano assunto un'espressione grave come se, perdendola di vista solo per un attimo, potesse succedere qualcosa di tremendo.

«Si può sapere cosa stai facendo?»

«Hmmm?» Lanciò una rapida occhiata ad Arthur e affrettò il passo come se fosse terrorizzato al pensiero di lasciarsi sfuggire la ragazza. Allora, d'un tratto, anche Arthur la notò. La guardò per un attimo, proprio nello stesso istante in cui lei voltava la faccia nella loro direzione, come se, improvvisamente, avesse sentito una nuova presenza alle sue spalle. Aveva un volto che sembrava un cammeo, la pelle di un candore abbagliante, i lineamenti delicati, grandissimi occhi verdi che li fissarono intensamente, prima uno e poi l'altro, sembrò che il suo sguardo si arrestasse su Sam, come per ammonirlo di tenersi alle debite distanze.

Lui si accorse di essere paralizzato dalla sua incapacità di parlare francese e dall'occhiata severa e scostante che la ragazza gli aveva rivolto, ma quando ricominciò a camminare, si decise a seguirla con maggior determinazione di prima. «Ti è mai capitato di vedere una faccia come quella?» domandò ad Arthur senza nemmeno guardarlo. «È la donna più bella che io abbia mai visto.» Effettivamente lei aveva qualcosa che attirava facilmente l'attenzione, ma non mancava, di certo, di una forza e di una decisione che si potevano intuire perfino a distanza. No, quella non era certo una di quelle ragazze che coprivano di fiori le truppe alleate, non era una di quelle ragazze pronte a buttarsi fra le braccia del primo soldato che passava. No, si trattava di una donna scampata alla guerra e che non sentiva il dovere di ringraziare nessuno.

«Carina, la ragazza», ammise Arthur, pur rendendosi

conto di quanto fossero inadeguate le proprie parole a descriverla, ma cominciando a sentirsi imbarazzato dalla testardaggine di Sam che insisteva nel volerla seguire. «Però non credo che sarà troppo soddisfatta quando si accorgerà che la seguiamo.» Era un modo garbato, il suo, di far capire all'amico una verità più che eloquente.

«Prova a dirle qualcosa.» Sam sembrava letteralmente ipnotizzato dalla ragazza e, nel frattempo, la distanza fra loro era diminuita.

«Sei matto? Non mi pare che fosse uno sguardo amichevole quello che ci ha lanciato!» Intanto si accorsero che la ragazza era entrata in un negozio. Rimasero un po' impacciati fuori, sul marciapiede.

«E adesso, che cosa facciamo?» Arthur si vergognava all'idea di seguire una donna per una strada di Parigi. Liberazione o no, non gli sembrava una cosa molto cortese da fare, né gli piaceva.

«L'aspettiamo. E poi la invitiamo a prendere un caffè con noi.» Improvvisamente si pentì di non aver conservato quel piatto di fragili biscottini. Era paurosamente magra, la ragazza, probabilmente non vedeva niente di simile da anni e se li meritava! In fondo tutto quello che lui aveva fatto era risalire lentamente dall'Africa del Nord all'Italia, a volte strisciando carponi sul terreno, e attraversare la Francia sulle ginocchia per la fatica! Accidenti, eppure non era niente al pensiero di una persona sopravvissuta all'occupazione tedesca, in modo particolare se si trattava di una donna. A un tratto si scoprì a pensare che gli sarebbe piaciuto salvarla da tutto quanto le doveva essere successo e da tutto quanto poteva ancora succederle, adesso, mentre migliaia di uomini delle truppe alleate si potevano scatenare liberamente per tutta Parigi.

Lei tornò fuori dal negozio portando due uova in un cestino e una pagnotta di pane. Quando si accorse che erano rimasti lì ad aspettarla, li scrutò con evidente fastidio. I suoi occhi ebbero un lampo di collera mentre pronunciava qualcosa rivolgendosi direttamente a Sam, che non capì e si voltò subito verso Arthur perché gli traducesse quelle parole.

«Che cosa ha detto?» Non doveva trattarsi di una frase lusinghiera, questo era chiaro, ma, a quel punto, non gli importava nemmeno più. Se non altro la ragazza aveva parlato e, adesso, le guance di Arthur si erano coperte di un vago rossore mentre scrutava Sam indispettito. Perché l'amico si stava comportando in modo che non era da lui. A Roma, in qualsiasi altro posto fossero andati, si era comportato correttamente limitandosi a qualche pizzicotto, a qualche abbraccio, a un po' di baci, ma adesso si trattava di qualcosa di nuovo che ad Arthur non piaceva del tutto.

«Lei ha detto che, se ci avviciniamo ancora di un passo, va dal nostro comandante e ci fa arrestare. E ti giuro, Walker, in tutta franchezza, che sono convinto che lo farebbe.»

«Prova a dirle che sei un generale.» Sam ridacchiò, dando l'impressione di non essere più disperato come prima, anzi di aver riacquistato un po' del proprio autocontrollo e buon umore. «Perdio... prova a dirle che sono innamorato di lei.»

«Devo anche offrirle una tavoletta di cioccolata e un paio di calze di seta? Per amor di Dio, Sam, non perdere la testa... e lascia tranquilla quella ragazza!» Intanto lei era entrata in un altro negozio. Purtroppo era chiaro che Sam non aveva nessuna intenzione di rinunciare alla sua idea. «Su, da bravo, andiamo!» Arthur tentò di persuaderlo a venir via di lì, ma inutilmente, quando la ragazza uscì dal negozio, stavano ancora discutendo accanitamente in proposito. Stavolta lei si mosse e si fermò talmente vicino che Sam per un attimo ebbe l'impressione di svenire per l'emozione di trovarsi quasi a contatto con il corpo di lei. La sua pelle era talmente candida e splendente che provò per un attimo il desiderio di allungare una mano e di sfiorarle un braccio mentre lei, in un inglese estremamente limitato, li aggrediva energicamente:

«Fuori! Indietro! Andare via!» stava dicendo. E malgrado la strana scelta delle parole, Arthur e Sam afferrarono il concetto. Sembrava addirittura che la ragazza avesse una gran voglia di schiaffeggiarli, in particolare Arthur, come se si fosse aspettata che lui, quello che pareva fornito di maggiore buon senso fra i due, intervenisse in suo favore e facesse qualcosa nei confronti di Sam. *«C'est compris?»*

«No!...» Sam si lanciò immediatamente in un tentativo frenetico di conversazione con lei. «Niente *compris*... non parlo francese... sono americano... il mio nome è Sam Walker e questo è Arthur Patterson. Volevamo semplicemente dire buon giorno e...» Le rivolse il suo sorriso più seducente, ma gli occhi di lei continuavano ad avere un'espressione adirata, offesa e angosciata, tanto che Sam ne rimase sconvolto.

«Non!» Cominciò ad agitare le braccia come per scacciarli. *«Merde! Voilà! C'est compris?»*

«Merde?» Sam dava l'impressione di non capire e si voltò verso Arthur perché gli traducesse quella parola. «Che cos'è *merde*?»

«Vuole dire merda.»

«Molto carino.» Sam sorrise come se la ragazza li avesse invitati a un tè. «Gradirebbe accompagnarci a prendere una tazza di caffè... *café*!» Stava sempre sorridendole mentre, rivolto ad Arthur, mormorava: «Perdio, Patterson, come faccio a invitarla a prendere un caffè? Non vorresti dirglielo tu per me, per favore?»

«Je m'excuse...» lui disse in tono pieno di imbarazzo, cercando di ricordare il corso di specializzazione in francese, gran parte del quale pareva rimosso dalla sua memoria adesso che si trovava di fronte a quella donna di Francia, dall'aspetto tanto straordinario. Sam aveva ragione. Era la creatura più bella che avesse mai visto. *«Je regrette... Mon ami est très excité... voulez-vous un*

café?» Finì per concludere, impacciato, perché nemmeno lui voleva lasciarsela sfuggire. Ma la risposta della ragazza si levò immediata e offesa.

«*Quel sacré culot... bande de salopards... allez-vous faire...*» Poi, con le lacrime agli occhi, scrollò di scatto la testa e riprese il cammino passando frettolosamente davanti a loro, ripercorrendo la strada per la quale era venuta, a testa bassa, ora, ma con le spalle ben diritte, fiera come non mai, cercando di accelerare l'andatura, a fatica, perché calzava un paio di scarpe, consunte e troppo grandi per lei, come il vestito blu scuro che sembrava quello di sua madre.

«Che cosa ha detto, Arthur?» Sam si era già messo a correrle dietro, ma adesso doveva sgusciare fra una folla di soldati che pareva fossero improvvisamente comparsi dal nulla.

«Ho l'impressione che stesse per dirci di andare al diavolo; quanto al resto non sono riuscito a capirlo, probabilmente era in *argot*.»

«Di che si tratta? Un dialetto?» Sam sembrò istantaneamente preoccupato: il francese era già abbastanza difficile senza doversi impicciare delle diverse sfumature linguistiche, anche se, in quel momento, la sua massima preoccupazione era quella di non perder di vista la ragazza tra la folla che passava sulla strada.

«È il dialetto di Parigi.» Lei aveva imboccato frettolosamente una viuzza, rue des Grands-Degrés, si era fermata di colpo nel vano di una porta ed era scomparsa. Anche Sam si fermò di botto e sulle sue labbra apparve un sorriso vittorioso. «Si può sapere che cos'hai per essere tanto soddisfatto?» Arthur gli domandò.

«Adesso sappiamo dove abita.» Il resto sarebbe stato facile.

«Come fai a essere così sicuro che non è andata lì a trovare qualcuno?» Arthur era stupefatto di fronte all'intensità di tanta passione. Per quello che lo riguardava, non aveva mai provato niente di simile, anche se, in realtà, non aveva mai visto una ragazza come lei. Innegabile che fosse una creatura stupenda.

«Presto o tardi dovrà pur uscire!»

«E la tua intenzione sarebbe quella di star qui ad aspettarla tutto il giorno? Walker, sei matto?» Arthur scrollò il capo, sgomento. Non aveva nessuna intenzione di trascorrere tutto il tempo a sua disposizione a Parigi gingillandosi davanti alla porta di una ragazza, che era già stata abbastanza esplicita con loro, quando ce ne erano almeno altre mille disposte a mostrare tutta la loro gratitudine a due soldati americani, nel modo più appassionato possibile. «Io non voglio stare qui tutto il giorno, per amor di Dio... Se credi che...» Sam non si scompose. «Allora, vattene. Ci troviamo più tardi. In quel bar dove abbiamo preso il caffè.»

«E tu avresti intenzione di rimanere qui ad aspettare?»

«Precisamente.» Accese una sigaretta e si appoggiò con aria estasiata al muro di quello che, ormai ne era sicuro, era il palazzo nel quale lei abitava. C'era da presumere che sarebbe uscita di nuovo prima o poi e lui aveva tutte le intenzioni di aspettare.

Arthur rimase immobile per qualche istante sul marciapiede, schiattando di rabbia, nel tentativo di dissuadere l'amico dal suo intento, ma fu tutto inutile. Sam non aveva nessuna intenzione di andarsene. A quel punto, profondamente indispettito, Arthur si arrese e decise di rimanere anche lui ad aspettare, un po' per non lasciare solo Sam, ma anche perché quella ragazza lo aveva affascinato. Circa un'ora dopo lei riusciva con una sportina carica di libri. Adesso aveva i capelli sciolti e sembrava ancora più bella di prima. Li vide subito, non appena uscì dal portone e per un attimo fece il gesto di rientrare, ma poi ci ripensò. A testa alta, passò davanti a loro e Sam allungò una mano per sfiorarle un braccio, leggermente, nella speranza di richiamare la sua attenzione. Al primo momento lei diede l'impressione di volerselo scrollare di dosso e proseguire, ma improvvisamente si fermò e lo guardò con i suoi occhi verdi scintillanti. Fu uno sguardo che diceva una quantità incredibile di cose, ma nello stesso tempo lasciava intuire che ormai si era resa conto come fosse inutile cercare di parlare, di pronunciare qualche parola, perché lui non avrebbe capito, non solo, ma perché non voleva nemmeno capire.

«Gradirebbe venire a mangiare qualcosa con noi, *mademoiselle*?» Sam fece il gesto di «mangiare» senza mollarla nemmeno per un attimo con gli occhi. C'era qualcosa di intenso e di stranamente irresistibile nel modo in cui la osservava, come se cercasse in tutti i modi di farle comprendere che non voleva né farle del male, né approfittarsi di lei. Si accontentava soltando di guardarla, di osservarla e magari anche di allungare una mano per sfiorarla. «*Oui?*» Aveva assunto un'aria curiosamente speranzosa, quasi da bambino, ma lei fece segno di no con la testa.

«*Non*. Okay?» Il suo accento francese, nel pronunciare anche solo quella parola, aveva qualcosa di incantevole e Sam sorrise mentre Arthur ascoltava quello scambio di battute senza più riuscire ad aprir bocca, né a intervenire con il suo limitatissimo francese. Qualcosa in quella ragazza lo lasciava ammutolito. «No...» Lei ripeté il gesto che Sam aveva fatto per indicare «mangiare» e fece segno di nuovo di no con la testa.

«Perché?» Lui si impegnò disperatamente per cercare la parola francese corrispondente. «*Porquoi?*» E subito le lanciò uno sguardo pieno di panico. Forse era sposata. Forse suo marito lo avrebbe ammazzato. Ma non portava nessun anello al dito. Sembrava straordinariamente giovane, ma poteva sempre essere una vedova.

«*Parce que*», si era messa a parlare lentamente, chiedendosi se mai lui sarebbe riuscito a capire anche se non ne aveva la minima speranza. «*Je ne veux pas.*»

A questo punto Arthur aprì la bocca e sussurrò all'amico: «Mi dispiace, ma dice che non vuole venire».

«Perché?» Sam pareva addolorato e offeso. «Siamo bravi ragazzi. Soltanto pranzare... cibo...» fece di nuovo gesto di «mangiare» «...*café*... Okay?... Cinque minuti?» Alzò una mano con le dita spalancate. «Okay?» Poi protese entrambe le mani verso di lei in un gesto di abbandono e di pace e lei sembrò improvvisamente stanchissima mentre scrollava il capo. Vedendola si sarebbe detto che aveva passato anni e anni di scene come quella, anni di soldati che la importunavano, di stranieri sul suolo della sua patria.

«No tedesco... no americano... no... no *café*... no...» Di nuovo lei ripeté il gesto familiare di «mangiare».

Sam giunse le mani supplicandola e, per un attimo, a guardarlo attentamente in faccia, si sarebbe detto che fosse lì lì per scoppiare in lacrime. Se non altro, per fortuna, lei era ancora lì ad ascoltarlo. Indicò con la punta di un dito se stesso e poi Arthur. «Africa del Nord... Italia... adesso Francia...» Finse di sparare, con una specie di pantomima le spiegò che Arthur era stato ferito a un braccio e la guardò implorante: «Un *café*... cinque minuti... prego...»

Stavolta lei sembrò quasi dispiaciuta quando fece segno di no con la testa e si mosse, come per andar via. «*Non... je regrette*», poi si allontanò a passo svelto e loro rimasero a seguirla con gli occhi. Ma nemmeno Sam si azzardò ad andarle dietro. Era inutile. Però quando Arthur fece per allontanarsi in tutt'altra direzione, si rifiutò di seguirlo.

«Su, da bravo, figliolo, se ne è andata e non ne vuole sapere di noi.»

«Non importa.» Sembrava deluso come uno scolaretto. «Chissà che non cambi idea quando tornerà indietro.»

«L'unica differenza sarà che, magari, stavolta chiamerà il padre e sette fratelli che scenderanno a spaccarti la faccia. Ci ha detto di no e ce lo ha fatto capire chiaro;

adesso andiamocene. È inutile rimanere qui a sprecare tutta la giornata. C'è almeno un altro milione di donne a Parigi che muoiono dalla voglia di mostrare la loro gratitudine agli eroi che le hanno liberate.»

«Me ne infischio.» Sam continuava a rimanere lì impalato. «Questa ragazza è diversa.»

«Hai perfettamente ragione. Accidenti se è diversa dalle altre!» Arthur, adesso, cominciava ad arrabbiarsi veramente. «Ci ha detto di alzare i tacchi e squagliarcela. Per quel che mi riguarda intendo seguire il suo consiglio anche se ha un paio di gambe spettacolose. Insomma, vieni o no?»

Sam esitò per un attimo e infine lo seguì, sia pure con evidente rincrescimento. E, anche se per tutta la giornata non fecero che girare in lungo e in largo, non riuscì a dimenticare la magnifica ragazza con i capelli rossi di rue d'Arcole, che aveva gli occhi verdi, pieni di fuoco, ma tanto tristi. C'era qualcosa in lei di straordinario, la sua immagine lo perseguitava. La sera stessa, dopo cena, lasciò Arthur a tavola con tre ragazze, e ritornò nella strada dove lei abitava nella speranza di incontrarla. Era una cosa ridicola e assurda, ma non poteva farci niente. Voleva vederla ancora una volta anche da lontano. Non era soltanto la sua bellezza ad affascinarlo, ma qualcosa di diverso che non riusciva a comprendere, ma il suo unico desiderio era di conoscerla, o perlomeno di vederla.

Si fermò in un piccolo bar di fronte alla casa di lei e ordinò una tazza di caffè amaro. Lì rimase seduto a fissare il portone del palazzo dove abitava la ragazza, quando improvvisamente la vide. Lei si avvicinò lentamente ai gradini del portone, si fermò un attimo, cercando la chiave nel borsellino e voltando la testa a guardarsi dietro le spalle come per assicurarsi che nessuno la seguisse. Sam balzò in piedi, buttò una manciata di monete sul tavolo e attraversò di corsa la strada mentre lei alzava gli occhi sbalordita. Per un attimo sembrò avere una gran voglia di scappare, ma rimase immobile sfidandolo con lo sguardo. Durante l'occupazione di Parigi le era capitato di affrontare uomini dall'aspetto ben più sinistro di quello di Sam e ormai aveva imparato a difendersi. Quando si trovarono vicini Sam notò che i suoi occhi non erano più scintillanti di collera, ma estremamente stanchi.

«*Bonjour, mademoiselle.*» Adesso lui sembrava quasi impacciato e pieno di imbarazzo, ma lei scrollò di nuovo la testa, come una mamma che rimprovera uno scolaretto.

«*Pourquoi vous me poursuivez?*»

Sam non capiva nulla e non aveva nemmeno Arthur con sé, fortunatamente però si accorse che lei conosceva meglio l'inglese di quanto non avesse creduto in principio, infatti ripeté la domanda con la sua voce dolce e un po' roca: «Perché lo fa?»

«Voglio parlarle», lui mormorò con un tono dolcissimo come se avesse voluto accarezzare con la voce quelle braccia gracili ed eleganti che rabbrividivano lievemente all'aria fresca della sera. Non aveva un golfino, ma soltanto quel brutto e vecchio vestito blu.

Gli indicò con un gesto incerto le persone che passavano per le strade, come se volesse offrirgli quelle persone al posto di se stessa. «Molte ragazze a Parigi... felici di parlare con gli americani.» A quel punto i suoi occhi assunsero un'espressione dura. «Felici di parlare con i tedeschi, felici di parlare con gli americani...» Sam la capiva, adesso.

«E lei invece parla soltanto con i francesi?»

La ragazza sorrise e si strinse nelle spalle. «I francesi parlano anche con i tedeschi... e con gli americani...» Voleva fargli capire che la Francia aveva tradito se stessa e quanto ciò fosse stato brutto, ma era difficile spiegare tutte quelle cose a un estraneo servendosi del poco inglese che sapeva.

«Qual è il suo nome? Io mi chiamo Sam.»

Lei esitò a lungo, forse pensando che non era necessario farglielo sapere, ma poi come parlando tra sé mormorò: «Solange Bertrand». Però non gli tese la mano come si fa di solito nelle presentazioni. «Adesso lei va?» Lo guardò speranzosa, ma Sam le indicò il piccolo bar sul marciapiede di fronte.

«Solo una tazza di caffè e me ne vado, per favore...»

Per un istante ebbe paura che lei si fosse arrabbiata, ma dopo un attimo di esitazione e, per la prima volta, abbassò le spalle ripiegandosi su se stessa.

«*Je suis très fatiguée.*» Gli indicò i libri che teneva nella sporta. Sam, però, sapeva che in quel momento lei non andava di certo a scuola. Non esisteva più un ritmo regolare di vita in città. «Di solito va a scuola?»

«Insegno... a un bambino, a casa... molto malato... *tuberculose.*»

«Non ha fame?» Pareva che non capisse e Sam ripeté il gesto di «mangiare», lei scoppiò in una risata scrosciante che gli fece provare un tuffo al cuore.

«*D'accord... D'accord...*» Sollevò una mano con le dita allargate. «*Cinq minutes...* cinque minuti!»

«Dovrà bere in fretta, il caffè è sempre bollente...» Gli sembrava di volare mentre le toglieva di mano la sportina e la accompagnava verso il bar di fronte. Il padrone la salutò come se la conoscesse e sembrò interessato dal fatto che lei si trovasse lì in compagnia di un soldato americano. La ragazza lo chiamò Julien e rimase a chiacchierare per qualche istante con lui prima di ordinargli una tazza di tè, non volle nulla da mangiare fino a quando Sam non ordinò pane e formaggio, allora, pur cercando di controllarsi, la ragazza lo divorò. In quel momento Sam, osservandola meglio da vicino, si accorse che lei era magra in un modo pauroso. La ragazza bevve il tè bollente e sembrò gradirlo molto.

«Per quale motivo fa questo?» gli chiese dopo aver terminato di bere. Scrollò lentamente la testa. «*Je ne comprends pas.*»

Sam non sarebbe stato capace di spiegare nemmeno a lei per quale motivo si fosse sentito così irresistibilmente attratto dal desiderio di parlarle, ma che era bastato posarle gli occhi addosso per capire che doveva assolutamente farlo.

«Non lo so di preciso.» Sembrava pensieroso e pareva che lei non capisse. Infine alzò le braccia al cielo come per mostrarle che non riusciva a spiegarselo, tentò di farglielo capire, toccandosi prima il cuore, poi gli occhi. «Ho provato qualcosa di diverso la prima volta che ti ho visto.» Lei diede l'impressione di disapprovare quella risposta e lanciò un'occhiata alle altre ragazze che si trovavano nel locale in compagnia di soldati americani. Sam, però, fu pronto a far segno di no con la testa. «No, no... niente del genere... più...»

Con le mani le cercò di dire «più grande» e lei lo guardò tristemente come se quelle fossero cose a cui non credeva.

«*Ça n'existe pas*... non esiste.»

«Che cosa non esiste?»

Lei si toccò il cuore e fece di nuovo quel gesto «più grande».

«Hai perduto qualcuno in guerra?...» E poi si sforzò di chiederle, pur temendo la risposta: «Tuo marito, forse?»

Lei scrollò lentamente la testa e, senza nemmeno chiedersi per quale motivo lo facesse, gli raccontò: «Mio padre... mio fratello... i tedeschi li hanno uccisi... La mamma è morta di *tuberculose.* Mio padre e mio fratello, *dans la Résistance*».

«E tu?»

«*J'ai soigné ma mère*... io... preso mamma malata...»

«Ti sei presa cura di tua madre?» Lei assentì.

«*J'ai eu peur*...» E agitò una mano, stizzita e infastidita, verso se stessa e gli fece capire che aveva avuto paura... «*De la Résistance*... Perché la mamma, lei molto bisogno di me... mio fratello aveva sedici anni...» A quel punto i suoi occhi si colmarono di lacrime e Sam, senza pensarci, si protese ad accarezzarle una mano. Miracolosamente Solange lo lasciò fare, almeno per un attimo, prima di ritrarsi.

«Hai qualcun altro in famiglia?» Sembrò che lei non capisse. «Fratelli? Sorelle? Zie e zii?»

Lei scrollò la testa, con gli occhi tristi, era sola da due anni, sola contro i tedeschi. Faceva l'insegnante privata per guadagnare il necessario per sopravvivere. Aveva pensato di entrare nella Resistenza dopo la morte della madre, ma era troppo scossa e poi la morte di suo fratello era stata talmente inutile! Non era morto durante un'azione, ma tradito da un vicino di casa. Pareva che tutti si fossero messi a fare i collaborazionisti, e i pochi francesi leali e fedeli erano continuamente braccati. Tutto era cambiato, anche Solange, la ragazza ridente, piena di entusiasmo e di vita, si era trasformata in una donna distaccata da tutto e carica di rancore. Eppure, chissà come, questo ragazzo era riuscito a commuoverla, a suscitare qualcosa in lei e peggio ancora le piaceva.

«Quanti anni hai, Solange?»

«*Dix-neuf...*» Ci pensò un minuto per riuscire a dirlo in inglese. «Novanta.» Lo mormorò sommessamente e lui scoppiò a ridere e scrollò il capo.

«No, non credo proprio. Diciannove?» Di colpo lei si rese conto di quello che aveva detto e si unì alla risata di Sam, sembrava straordinariamente giovane ed era bellissima. «Per avere novant'anni, sei una creatura da favola!»

«*Et vous?*» Gli fece la stessa domanda.

«Ventidue.» Pareva una di quelle conversazioni che si sentono dappertutto fra un ragazzo e una ragazza, con una differenza: entrambi avevano visto molto, forse troppo della vita. Lei a Parigi, e lui con quella baionetta a uccidere tedeschi.

«*Vous étiez étudiant?*... Studente?»

«In un posto che si chiama Harvard, vicino a Boston.» Ne era ancora fiero, perfino adesso, e per quanto potesse sembrargli strano aveva l'impressione che fosse importante parlarne con lei.

«'Arvard?»

«La conosci?»

«*Bien sûr*... naturalmente!... Come la Sorbona, giusto?»

«Probabilmente.» Gli fece piacere che lei avesse sentito parlare di Harvard, e si scambiarono un sorriso. Il tè, il pane e il formaggio erano finiti da un pezzo, ma adesso lei non sembrava più così ansiosa di andarsene. «Ti posso vedere domani, Solange? Magari fare una passeggiata? O per pranzo... per cena?» Aveva capito quanto lei fosse affamata e si sentiva in dovere di farla mangiare.

Lei scrollò il capo, indicandogli i libri nella sporta.

«E dopo?... O prima?... Ti prego... non so per quanto tempo rimarrò qui.» Si stavano preparando già a lasciare Parigi per la Germania e Sam si accorgeva di non sopportare il pensiero di lasciarla. Non ora... non ancora... magari mai più. Era la prima volta che gli capitava di prendersi una cotta di tali proporzioni, si sentiva totalmente affascinato da lei, con quegli occhi verdi che adesso sembravano così dolci e pieni di saggezza.

Solange sospirò. Com'era insistente, il ragazzo! Eppure, a dispetto di se stessa, capiva che le piaceva. Durante tutto il periodo dell'occupazione, non aveva stretto amicizia con un solo tedesco, o con un militare, e non vedeva perché la liberazione dovesse cambiare le sue abitudini, ma questo ragazzo era diverso. E lo capiva.

«*D'accord*», disse riluttante.

«Per carità, non mostrarti così emozionata!» la rimbeccò Sam malizioso; Solange aveva un'aria confusa mentre lui le sorrideva e le stringeva di nuovo una mano fra le proprie. «Grazie.» Allora si alzarono lentamente dal tavolino e Sam la accompagnò attraverso la strada fino a casa. Lei gli diede una stretta di mano un po' cerimoniosa e lo ringraziò per la cena, poi, con uno scatto deciso, il massiccio portone si richiuse alle sue spalle. Mentre riprendeva lentamente il cammino per le strade di Parigi, Sam provò la sensazione che, in quelle poche ore, la sua vita fosse profondamente cambiata. Non capiva esattamente in che modo, però si rendeva conto che quella donna... quella ragazza... quella creatura straordinaria... era entrata nella sua vita per un determinato motivo.

Capitolo 2

«Dove sei andato icri sera?» Arthur sbadigliò mentre facevano colazione nella sala da pranzo dell'albergo dove erano alloggiati, era l'Hôtel Idéal in rue Saint-Sébastien; quasi tutti gli alberghi di Parigi erano stati requisiti per alloggiare le truppe. Arthur aveva avuto una serata molto piacevole con vino e donne in abbondanza.

«Sono stato a cena con Solange», disse Sam, in tono apparentemente casuale, mentre finiva di bere il caffè, cercando di far passare quell'incontro per un appuntamento qualsiasi.

«E chi sarebbe? Una ragazza che hai incontrato dopo che c'eravamo lasciati?»

«Niente affatto.» Sam lo guardò dritto negli occhi mentre sulle labbra gli aleggiava il suo famoso sorriso sbarazzino. «Te la ricorderai... l'abbiamo incontrata ieri in rue d'Arcole... capelli rossi, occhi verdi... belle gambe... un modo di camminare stupendo...»

«Stai scherzando o dici sul serio?» Arthur pareva strabiliato. Poi si mise a ridere tanto era chiaro che Sam lo stava prendendo in giro. «Per un attimo ti ho creduto. No, sul serio, dove sei andato a cacciarti?»

«Te l'ho già detto. Ero con Solange.» Guardandolo si capiva che parlava sul serio.

«Walker, ma che cosa mi stai raccontando? Stai scherzando? *Quella ragazza*? E dove diavolo sei riuscito a ripescarla?»

«Fuori dalla casa in cui abita. Ci sono tornato, proprio con questa speranza, e lei stava rientrando in quel momento. Insegna privatamente a un bambino malato di tubercolosi.»

«Come accidenti fai a saperlo? Se ben ricordo, parlava soltanto francese con noi, e per di più in *argot*. Arthur appariva sempre più sbalordito.

«Parla anche un po' d'inglese. Non moltissimo, ma quanto basta. A parte il fatto che mi ha confessato di avere novant'anni, ci siamo intesi in un modo favoloso.» Rivolse ad Arthur un sorriso soddisfatto, per lui Solange era già la sua donna.

«Quanti anni ha?» Adesso era incuriosito. Come Sam, avrebbe voluto sapere tutto quanto era possibile su di lei.

«Diciannove.»

«E suo padre non ti è corso dietro con un coltello da macellaio?»

Sam scrollò la testa tristemente. «Il padre e il fratello sono stati uccisi dai tedeschi. La madre è morta di tubercolosi. Lei è sola.»

Arthur non gli nascose di essere profondamente colpito da tutto ciò. Dunque avevano parlato sul serio... e che conversazione avevano fatto! «La rivedrai?»

Sam assentì e rivolse all'amico un sorriso d'intesa. «Certo che la rivedrò; e... lei non lo sa ancora, Patterson, ma dopo la guerra ci sposeremo.»

Arthur rimase a bocca aperta mentre guardava l'amico ma stavolta non volle nemmeno far la fatica di dirgli che era pazzo perché la cosa pazzesca era ben altra: intuiva che Sam stava parlando sul serio.

Sam e Solange si ritrovarono per cena e, in quella occasione, lei cercò di spiegargli come era stata la vita a Parigi con i tedeschi; forse era ancora peggio di quello che lui aveva passato e per di più bisognava pensare che Solange era una creatura fragile e indifesa. Aveva dovuto ricorrere all'intuito e a tutta la sua intelligenza per sopravvivere, per evitare di essere arrestata, o torturata, o semplicemente violentata, dai tedeschi che erano convinti di essere i padroni di Parigi e di tutte le donne che vi abitavano. Poi, dopo la morte del padre, si era vista costretta a mantenere la mamma. Difficilissimo trovar qualcosa da mangiare e lei aveva rinunciato molto spesso alla propria parte per offrirla alla madre, avevano perduto anche il loro appartamento e la mamma era morta tra le sue braccia in una camera d'affitto, la stessa in cui abitava tuttora, piena di amari ricordi e di tristi fantasmi, ma ormai non aveva più nessun altro posto dove andare e, dopo tutto quello che aveva visto durante la guerra, le pareva di non essere più capace di fidarsi di qualcuno. La morte del fratello, tradito dai vicini di casa, aveva distrutto in lei qualsiasi sentimento per la Francia e per i suoi compatrioti.

«Mi piacerebbe che tu un giorno venissi in America», le disse Sam mentre la guardava mangiare, continuava a ordinare portate ed era ben felice di vedergliele divorare.

Lei alzò le spalle in risposta a quell'invito come se si trattasse di un sogno impossibile che non meritava nemmeno una risposta. «È molto lontano...» Glielo fece capire con un gesto e, poi, tentò di spiegarglielo in francese: «*C'est très loin*».

«Non è così lontano.»

«E tu? 'Arvard ancora dopo la guerra?»

«Forse.» Ma non sembrava più avere importanza. Faticava a immaginare il ritorno a scuola, forse, tutto sommato, sarebbe stato meglio cominciare a recitare. «Voglio fare l'attore», disse, per vedere la reazione di lei, e Solange parve incuriosita da quell'annuncio.

«L'attore?» E poi annuì, come se quella battuta avesse un significato ben preciso e Sam provò una gran voglia di baciarla. Le sorrise, anche se lei non riuscì bene a capirne il motivo, poi le ordinò tanta frutta, era la prima che gustava da mesi. La generosità di Sam la imbarazzava, ma si sentiva anche molto vicina a lui, come se fossero vecchi amici, le sembrava incredibile che quella fosse solo la seconda volta che uscivano insieme.

La loro amicizia diventava sempre più stretta e più intima, facevano passeggiate lungo la Senna, tenendosi per mano, si fermavano in piccoli *bistrots*, o in qualche piccolo bar a chiacchierare e a mangiare. Da vari giorni Sam non vedeva quasi più Arthur. Si trovarono a colazione una mattina e Patterson gli diede una notizia che lui non gradì. Patton aveva attraversato la Mosa due giorni dopo la parata della vittoria lungo gli Champs-Elysées e la settimana successiva era già a Metz, sulla Mosella, e puntava verso il Belgio. Pareva piuttosto improbabile che li lasciassero languire lì a Parigi ancora per molto. Intanto, il 3 settembre, Bruxelles e Anversa erano state liberate dagli inglesi.

«Sam, ascoltami, è questione di giorni e poi ci spostiamo da qui», esclamò Patterson con aria cupa, sorseggiando il caffè, e Sam riconobbe che aveva ragione, ma lui desiderava soltanto potere restare con Solange. Il giorno della liberazione di Bruxelles era salito nella sua camera e le aveva tolto dolcemente il vecchio vestito blu, che era appartenuto alla madre, e aveva fatto l'amore con lei per la prima volta. Con immenso stupore e con gioia, aveva scoperto che era vergine. Poi lei era rimasta stretta fra le sue braccia a lasciarsi baciare mentre piangeva di gioia e Sam si accorse di essere veramente innamorato.

«Se tu sapessi quanto ti voglio bene, Sam.» La sua voce era roca e dolce mentre pronunciava piano quelle parole.

«Anch'io, Solange... anch'io...» E adesso non sopportava il pensiero di lasciarla; ma purtroppo, quindici giorni dopo, ricevette l'ordine di partenza. Doveva trasferirsi sul fronte tedesco, c'era ancora una guerra da combattere anche se ormai, per fortuna, si cominciava a intravederne la fine. Tutti sembravano convinti che, liberato il resto dell'Europa, la Germania sarebbe caduta rapidamente, forse addirittura per Natale. Solange aveva la pelle morbida, come nessun'altra, e i capelli lunghi e folti le scendevano sulle spalle e sui seni, baciandola lui si sentiva pervadere da un fuoco ardente e dolce.

«Ti amo, Solange... oh, Dio, come ti amo!» Non aveva mai conosciuto una ragazza come lei. Né a Boston, né altrove. «Vuoi sposarmi quando la guerra sarà finita?» Mentre glielo chiedeva, gli occhi di Solange si riempirono di lacrime. Non gli rispose subito e Sam la costrinse a guardarlo. Lei cominciò a piangere, come se sapesse qualcosa che lui ignorava. «Che cosa c'è, tesoro?»

Solange non riusciva a trovare le parole adatte; le sembrava che, in inglese, fossero ancora più crude. «In una guerra cambiano molte cose, Sam...» Lui era incantato dal modo in cui pronunciava il suo nome; andava in estasi per il modo in cui lei respirava, parlava, per l'odore della sua pelle, adorava ogni cosa in lei. Non aveva mai provato nessuna delle sensazioni, o dei sentimenti che sentiva per lei.

«Tornerai a 'Arvard?... *après*... e...» si strinse nelle spalle con aria impotente e indifesa «Dimenticherai Parigi.» Ciò che Solange cercava di spiegargli era che lui l'avrebbe dimenticata; Sam la fissò sbalordito.

«Credi davvero che potrei dimenticare questo? Sei convinta che io me la sia semplicemente spassata come fanno i soldati? Perdio, ma io ti amo!» Per la prima volta Solange lo vide infuriato e subito fece l'amore con lei con impeto, con violenza, come per vendicarsi. «Ti amo. Lo capisci questo? Ecco ciò che è importante! E quando la guerra sarà finita, ti porterò a casa con me. Verrai?»

Lei assentì lentamente, anche se continuava a credere che Sam non l'avrebbe più voluta, una volta terminata la guerra, se mai fosse vissuto per vederne la fine. Quello era un pensiero che non riusciva a sopportare, aveva perduto tutti in guerra e forse avrebbe perso anche lui, ma lo amava anche se con un certo timore.

Sam pensava che, lasciando Solange, avrebbe perso una parte dell'anima. Il giorno della partenza da Parigi lei era venuta a salutarlo, al momento della separazione, con le lacrime agli occhi, nessuno dei due aveva trovato le parole adatte da dire. Nemmeno Arthur lo aveva mai visto in quelle condizioni; mentre le truppe uscivano dalla Porte Saint-Cloud Sam si dovette imporre, con uno sforzo sovrumano, di non voltarsi indietro a guardarla... altrimenti avrebbe disertato! Non poteva sopportare l'idea di vederla laggiù, ferma, in piedi, mentre lui si allontanava a passo cadenzato con gli altri. L'ultima volta che riuscì a scorgerla, Solange singhiozzava disperatamente.

Quando raggiunsero le Ardenne, Sam combatté con impeto come guidato da un oscuro senso di vendetta. Gli sembrava che mettendoci più entusiasmo tutto si sarebbe concluso prima e lui sarebbe potuto tornare da Solange per portarla in patria con sé. Purtroppo verso la fine di settembre il sogno che tutto sarebbe finito per Natale cominciava a svanire. I tedeschi non erano deboli come tutti si erano illusi e continuavano a combattere spietatamente. Solo alla fine di ottobre Aachen cadde, restituendo un po' di speranze a Sam, Arthur e i loro compagni. Ad Arnhem non furono altrettanto fortunati, ormai era arrivato l'inverno con il vento gelido e il freddo terribile.

Da ottobre a dicembre combatterono in un clima glaciale, in mezzo alla neve, con l'impressione di non procedere mai di un passo.

«Gesù Cristo, come si fa a credere a tutte queste cazzate?» Sam appariva esausto, una notte, al buio, con le mani ghiacciate, i piedi intorpiditi, la faccia congelata, era la prima volta che Arthur lo vedeva tanto scoraggiato. Non faceva che parlare di Solange e del Natale che voleva trascorrere con lei anche se ormai tutti avevano capito che era una illusione.

Il 16 dicembre, cominciò la battaglia della Bulge, per un'intera settimana i tedeschi sottoposero gli Alleati a continui bombardamenti; riuscirono a respingerli solo il 23, ma la vittoria sembrava ancora incerta. Fu ancora più deprimente, quindi, venire a sapere che, il 17 dicembre, novanta prigionieri di guerra erano stati massacrati dai tedeschi a Malmédy, un gesto incredibilmente spietato che violava ogni etica della guerra.

La vigilia di Natale, Arthur e Sam si ritrovarono seduti a fianco, in una buca d'appostamento ricolma di neve, cercando di riscaldarsi e di spartirsi le razioni.

«Non saprei, Patterson... secondo me il tacchino dell'anno scorso era migliore. Che cosa ne dici se cercassimo un nuovo cuoco?» Nonostante la battuta di spirito, Sam appariva stravolto, gli occhi erano vitrei per la stanchezza e le guance scarne e coperte dalla barba lunga. Sembrava invecchiato di dieci anni da quando aveva lasciato Parigi, forse perché adesso capiva di avere tanto, troppo, da perdere.

Il loro sergente era rimasto ucciso durante la traversata delle Ardenne e, improvvisamente, Sam si accorse che sentiva la sua mancanza... come quella di Solange... e perfino della sorella che viveva a Boston e della quale non aveva più notizie.

«Chissà cosa starà facendo a Parigi.» Mormorò quelle parole quasi tra sé, pensando a Solange.

«Probabilmente pensa a te. Bastardo fortunato!» gli rispose Arthur che non aveva dimenticato quanto fosse bella e si pentiva di non essere stato insistente come Sam per riuscire a parlarle. Se pensava, poi, che lui sapeva anche un po' di francese, ma... quante sciocchezze! Ormai era la ragazza di Sam.

«Vuoi un po' di torta al cioccolato?» Sam gli offrì un pezzo di galletta, dura come una pietra, che si portava in tasca da una settimana e Arthur la rifiutò facendo una smorfia di disgusto. «Preferisci aspettare il *soufflé*? Non posso darti torto.»

«Piantala, mi fai venire una fame maledetta!» In realtà, avevano troppo freddo per mangiare ed erano troppo stanchi e spaventati.

La battaglia della Bulge terminò due giorni dopo, quando i tedeschi cominciarono a ritirarsi. In marzo presero il ponte di Remagen vicino a Bonn e in aprile si unirono alla Nona Armata a Lippstadt e di lì avanzarono verso la Ruhr, scortando 325.000 prigionieri tedeschi. Sembrava che la fine fosse vicina. Il 25 aprile, a Torgau, s'incontrarono con i russi. Roosevelt era morto quindici giorni prima e la notizia aveva rattristato tutti, anche se gli uomini al fronte pensavano solo a vincere e a tornare in patria. Il 2 maggio anche Berlino cadde e il 7 dello stesso mese la Germania capitolò: Arthur e Sam rimasero immobili a fissarsi con la faccia bagnata di lacrime. Era finita? Possibile? Dall'Africa del Nord all'Italia, alla Francia e adesso alla Germania, avevano attraversato una buona parte del mondo e lo avevano liberato!

«Mio Dio, Sam...» Arthur gli bisbigliò dopo aver ascoltato la notizia...«È finita... non riesco a crederci.» Si abbracciarono come due fratelli e in realtà si sentivano ormai tali; Sam provava quasi una strana nostalgia al pensiero che un momento simile non si sarebbe mai più ripetuto. Ma dopo un attimo scaraventò l'elmetto in aria e si abbandonò a un roboante ululato di gioia, ma... non era certo ad Arthur che stava pensando, ora! Pensava a Solange... e al fatto che sarebbe tornato a casa! Non solo, ma come le aveva promesso otto mesi prima, l'avrebbe portata con sé.

Capitolo 3

In quel maggio del 1945, Sam aveva ottenuto tre giorni di permesso prima dell'imbarco per gli Stati Uniti, e partì immediatamente per Parigi dove trovò Solange come l'aveva lasciata. Sul volto di lei, rivedendolo, si disegnò una tale espressione di sollievo che a Sam non fu difficile capire quanto lei lo amasse; quei tre giorni volarono più in fretta di quanto avessero potuto immaginare. Stavolta lei piangeva a dirotto quando Sam la lasciò alla stazione per tornare a Berlino, e da lì negli Stati Uniti. Aveva pensato di sposarla prima della partenza da Parigi, ma avevano incontrato troppe difficoltà burocratiche, sarebbe stato più facile farla diventare sua moglie in America. Le aveva promesso di farsi raggiungere da lei verso la fine dell'estate. Prima però doveva mettere insieme un po' di soldi. Aveva deciso di non tornare ad Harvard, ma di cercare fortuna facendo l'attore. In ogni caso era disposto a tutto pur di guadagnare il denaro necessario per pagare il viaggio di Solange. Doveva farla entrare negli Stati Uniti con un permesso di soggiorno turistico e sposarla immediatamente, al suo arrivo. Quasi non riusciva a sopportare l'idea di tutti quei mesi, che lo aspettavano, senza di lei. A New York, Arthur riuscì a persuaderlo ad andare a vivere con lui fino a quando non avesse trovato un appartamento, del resto tutto quello a cui Sam adesso pensava era il modo di sistemarsi.

«Non piangere, tesoro mio. Ti prometto... non oltre settembre.» Aveva quattro mesi di tempo per organizzare tutto e raggranellare il denaro sufficiente a mantenerla. Aveva ventitré anni, era sopravvissuto alla guerra, niente ormai poteva fermarlo!

«Ti amo, Sam!» gridò lei mentre il treno cominciava a muoversi e continuò a salutarlo con la mano fino a quando lui riuscì a vederla.

«Mica male la ragazza che ti sei fatto, soldato», disse un sergente in tono pieno di ammirazione mentre prendevano posto sul treno, Sam si limitò ad annuire. Non aveva la minima voglia di parlare di Solange con nessuno e non era particolarmente entusiasta degli sguardi di ammirazione che le lanciavano di continuo gli altri militari. Era una giovane molto bella, ma era la «sua donna».

Il treno entrò nella stazione di Berlino a mezzanotte, Sam tornò al proprio alloggio per cercare Arthur, ma non lo trovò, era infatti occupato a corteggiare le ragazze tedesche dimostrando una spiccata preferenza per quelle alte e bionde. Si trovava bene in Germania, e Sam non faceva che prenderlo in giro per quello. Non trovando Arthur, Sam andò a letto pensando solo alla sua futura moglie e alla vita che avrebbero trascorso insieme a New York. Due giorni dopo lasciava la Germania mentre Arthur sarebbe rientrato in patria due settimane più tardi.

Sam venne portato in volo a Fort Dix, nel New Jersey, per le ultime formalità e da lì prese un treno per New York. Quando ne scese alla Pennsylvania Station gli sembrò di essere arrivato sulla luna.

Dopo tre anni in Europa, trascorsi a combattere tra il fango, la sporcizia, la pioggia e la neve, gli pareva incredibile ritrovarsi di nuovo a casa tra gente che conduceva un'esistenza normale. Aveva preso alloggio in un alberghetto del West Side, ma si sentiva tremendamente solo, con una terribile nostalgia per Arthur e Solange. Camminava da mattina a sera passando dall'ufficio di un agente alle sale delle scuole di recitazione, cercando un lavoro che, nel frattempo, gli consentisse di mantenersi e sopravvivere.

Lasciando l'esercito, gli erano stati consegnati centocinquantaquattro dollari, ma non sarebbero durati a lungo. Il ritorno a casa di Arthur, quindici giorni dopo, fu un gran sollievo per Sam, poté infatti andare a vivere con lui e con la madre. Provò una gran felicità a ritrovarsi con l'amico e non solo perché avrebbe risparmiato un po' di denaro, ma perché finalmente aveva qualcuno con cui parlare. Chiacchieravano per ore e ore nella camera da letto che si dividevano, come due ragazzini, la mamma di Arthur si lamentava di ciò, si sentiva esclusa, e imputava tutta la colpa a Sam. Gli aneddoti, gli avvenimenti che ricordavano, le risate che facevano, contribuivano solo a dimostrarle che se l'erano spassata in un modo incredibile, lasciandola sola per tanto tempo. La madre di Arthur considerava Sam come una presenza che le ricordava di continuo tempi tristi e difficili e per lei fu un vero sollievo quando Arthur trovò un appartamentino dove trasferirsi con l'amico. Sam aveva trovato lavoro come cameriere da P.J. Clarke nella Terza Avenue e si era iscritto a una scuola di recitazione nella Trentanovesima Strada Ovest, ma non gli avevano ancora offerto nessuna parte. Stava cominciando a convincersi che la sua fosse un'illusione senza speranza quando finalmente lo chiamarono per un'audizione in uno dei teatri off-Broadway. Non ottenne la parte, ma si illuse di essersi avvicinato alla realizzazione del suo sogno; ebbe modo infatti di capire in che cosa stava sbagliando e quando venne chiamato per un altro provino, verso la fine di luglio, riuscì a ottenere una parte come comparsa. Il giorno in cui finalmente, in settembre, Sam poté mandare a Solange il denaro sufficiente per raggiungerlo negli Stati Uniti fu molto emozionante per entrambi. Era solo quello che bastava per pagare il biglietto, con l'aggiunta di pochi dollari per comperare qualche vestito; le aveva spiegato minuziosamente che sarebbero vissuti del suo stipendio di cameriere e delle mance e che i primi tempi sarebbero stati molto duri. In ogni caso Sam non aveva dubbi sul fatto di volerla lì, in patria, con sé.

Solange arrivò il 26 settembre, viaggiando in classe turistica a bordo del *De Grasse*, l'unica nave che fosse salpata dal porto di Le Havre dalla fine della guerra. Sam, sulla banchina, scrutava i ponti della nave servendosi del binocolo che Arthur gli aveva prestato. Si soffermava su ogni faccia che riusciva a distinguere e, per un attimo, fu colto dal panico, terrorizzato al pensiero che non fosse riuscita a partire, ma poi... su uno dei ponti inferiori, scorse un vestito bianco, un cappellino e quella chioma rossa che amava tanto. Si mise ad agitare freneticamente le braccia per salutarla, ma c'era troppa gente sulla banchina e capì che Solange non lo aveva visto.

Ci vollero parecchie ore perché lei potesse passare la dogana. Sam la attese con impazienza.

Era una splendida giornata di sole, sulla banchina faceva caldo, era tutto perfetto per l'arrivo di Solange. D'un tratto, apparve e si buttò fra le sue braccia col cappellino di traverso, le guance inondate di lacrime, Sam la baciò e la tenne stretta, pianse anche lui. Finalmente era giunto il momento che aveva tanto desiderato e si mise a ridere di gioia, e la baciò di nuovo.

«O Dio, Solange, come ti amo!» Era una passione, la sua, quasi irragionevole. Gli pareva di non sopportare nemmeno per un minuto di doversi staccare da lei tanto che cominciò a saltare un buon numero di lezioni di recitazione e detestava l'idea di dover andare al lavoro ogni sera alle cinque. Aveva trovato un minuscolo appartamento nei dintorni della Quarantesima Strada Est, ogni sera, anche se faceva molto freddo, lei lo accompagnava al lavoro. Alle due e mezzo, quando rientrava a casa, le portava qualcosa da mangiare. Solange era sempre sveglia e lo aspettava in piedi. Mangiavano dopo aver fatto l'amore, a volte addirittura alle quattro del mattino. Poi, verso Natale, lei cominciò a insistere dicendo che Sam doveva pensare seriamente alla sua carriera, alla sua smania di recitare. Per lui era ancora un sogno lontano, Solange era la sua unica realtà, ma capiva quanto lei avesse ragione. A volte Solange accettava addirittura di andare ad assistere alle lezioni con lui e non gli nascose di essere straordinariamente colpita dal talento che dimostrava. Il professore, però, era molto severo e pretendeva molto da Sam. Al mattino lui leggeva commedie ed esaminava gli annunci del giornale nella speranza di poter fare qualche audizione.

Si vedevano anche con Arthur, di tanto in tanto, ma meno di quanto Sam avrebbe voluto. Purtroppo era difficile combinare quegli incontri perché Sam lavorava di notte e Arthur, adesso, aveva una ragazza fissa. Una ragazza che si era diplomata a Vassar prima della guerra, con la voce nasale e capelli biondi e lisci, pettinati alla paggio. Non sembrava particolarmente entusiasta di Sam e riusciva sempre a menzionare il fatto che faceva il «cameriere», ma c'era di più: non faceva nessuno sforzo per nascondere l'odio che nutriva nei confronti di Solange, creando un enorme imbarazzo ad Arthur. Quando erano soli, se alludeva a Sam e a Solange, li chiamava sempre «gli zingari». Marjorie, era il suo nome, non sembrava particolarmente colpita, o commossa dai racconti di Arthur sulla guerra, o sulla storia di Solange rimasta sola nella Francia occupata; lei aveva trascorso il periodo della guerra lavorando come volontaria per la Croce Rossa e la Junior League ed era convinta di aver fatto più di ogni altro. Ma c'era di più: ormai era chiaro che, a ventotto anni, viveva nel terrore di non sposarsi. Dopo la guerra c'erano un mucchio di ragazze come lei che avrebbero dovuto sistemarsi anni prima se tutti gli uomini migliori non fossero andati a combattere oltremare, quindi si stava impegnando a fondo con Arthur per cambiare il proprio stato civile. Lui però aveva altri problemi, per il momento, sua madre non stava bene e si preoccupava al pensiero che lui sposasse Marjorie. Aveva ripreso il lavoro nello studio legale e se la cavava piuttosto bene, ma non voleva far soffrire la madre che desiderava per lui una ragazza più giovane, o diversa, o ancor meglio nessuna! Sam, quando abitava in casa di

Arthur, aveva capito il carattere della donna e adesso era molto dispiaciuto per lui e per le pressioni a cui era sottoposto. La madre lo voleva solo per sé, per dominarlo senza lasciargli vivere la propria vita, considerava tutte le donne che lo frequentavano, e perfino gli amici, persone in competizione con lei. Voleva il figlio tutto per sé e lo faceva sentire colpevole per ogni minuto che non trascorreva in sua compagnia.

«*Il manque de courage*», Solange disse, una sera, mentre chiacchieravano. «Non ha... fegato...» disse con aria vittoriosa perché aveva trovato la parola giusta. «Né cuore... e niente... coraggio.»

«Ha un cuore grande come una casa, Solange, ma non è abbastanza deciso e brutale.»

«*Voilà*», lei si mostrò d'accordo. «Non ha coraggio. Dovrebbe sposare Marjorie se ne ha voglia oppure dirle *au revoir*, o magari...» aggiunse in tono malizioso, «dovrebbe picchiarla.» Sam era scoppiato a ridere a quell'idea. «E poi dovrebbe dire a sua madre... *merde*!» Dopo quella battuta la risata di Sam si era fatta ancora più scrosciante. Andavano d'accordo in un modo incredibile, a letto e fuori. Avevano la stessa opinione su quasi tutti gli argomenti; Solange era molto affezionata anche ad Arthur e ciò aveva un grande significato per Sam. Arthur era stato testimone alle loro nozze, celebrate al City Hall tre giorni dopo che Solange era arrivata a bordo del *De Grasse*; era stato lui a pensare a tutti i documenti necessari. Lei lo chiamava *grand frère*, fratellone, e lo guardava con i grandi occhi verdi, pieni di affetto, e Arthur non nascondeva che sarebbe stato prontissimo a fare qualsiasi cosa, anche a morire per lei.

Alla fine, però, Marjorie ottenne ciò che voleva e, nella primavera del 1946, si sposarono con una cerimonia molto intima a Filadelfia, la città da cui lei proveniva. Per Sam Arthur aveva semplicemente piantato in asso una donna difficile per trovarsene un'altra che non lo era di certo meno, ma si trattenne dal dirlo. La madre di Arthur, a quell'epoca, era troppo malata per poter assistere alle nozze; aveva dichiarato che il suo cuore non era abbastanza forte da consentirle quel viaggio e, seguendo il consiglio del medico, era rimasta a casa. Anche Solange e Sam non erano andati, ma solo perché non erano stati invitati. Arthur si era dilungato in complicatissime spiegazioni affermando che si trattava di una funzione strettamente privata, solo la famiglia e gli amici più intimi di Marjorie, troppo lontano... complicato... era convinto che a loro non sarebbe piaciuta, ma era depresso e impacciato ogni volta che vedeva Sam. Solange, però, aveva letto l'annuncio delle nozze sui giornali. Si era trattato di una cerimonia in cui erano intervenuti cinquecento invitati, la funzione celebrata nella chiesa episcopale St. Peter di Filadelfia e il ricevimento organizzato al Filadelfia Club. Anche Arthur, naturalmente, aveva letto la notizia e, in cuor suo, aveva pregato che i Walker non la vedessero.

«Questo non è stato bello da parte sua, Sam.» Solange era offesa e delusa, lui, invece, si mostrava stranamente comprensivo.

«È tutta colpa di Marjorie, non sua!»

«*Quand même...*» Ciò non faceva che confermare quello che lei aveva già detto prima. Arthur non aveva fegato, e Sam cominciò ad avere il sospetto che Marjorie avrebbe tentato di tutto per guastare la loro amicizia. Il tempo dimostrò che non si era sbagliato; con Arthur si vedevano a pranzo, a volte. In qualche occasione c'era anche Solange, ma le loro riunioni non includevano mai Marjorie, la quale, dopo essere riuscita finalmente a farsi sposare, aveva deciso di riprendere gli studi, frequentare la facoltà di legge e non aveva nessuna intenzione di avere figli. Quello fu un duro colpo per Arthur, la sua speranza infatti era stata quella di diventare padre il più presto possibile e durante tutto il tempo in cui lui l'aveva corteggiata Marjorie aveva alimentato quella speranza.

In ogni caso, Sam e Solange avevano già la vita abbastanza piena senza doversi preoccupare troppo di Arthur e della sua sposa. Solange non viveva che per Sam, notte e giorno, e lo incoraggiava di continuo a prendere sempre più sul serio la sua professione di attore. Nell'autunno del 1947, conosceva ogni commedia in scena a Broadway, ed era riuscita a farsi dare il permesso di assistere alle prove, leggeva ogni giornale e ogni annuncio che parlassero di arte drammatica, Sam, invece, continuava a frequentare ogni giorno le lezioni di recitazione e si presentava a tutti i provini che lei gli consigliava. Era uno sforzo comune il loro e cominciò a dar frutti ancora prima di quanto si aspettassero.

La grande occasione, per Sam, arrivò subito dopo Natale: ottenne una parte da protagonista in una commedia che si recitava in un teatro off-Broadway; il giudizio della stampa fu straordinariamente buono. La commedia tenne il cartellone per quattro mesi e mezzo e fu una grande esperienza per Sam. Quell'estate trovò lavoro in una compagnia di repertorio che recitava a Stockbridge, nel Massachusetts. Mentre erano lì, decise di cercare la sorella. Era imbarazzante sapere che, in quei tre anni da quando era tornato a casa, non aveva mai tentato di rintracciarla. Solange lo rimproverò per quella mancanza, ma solo fino al giorno in cui conobbe Eileen e Jack Jones, allora comprese il motivo per cui Sam avesse sempre preferito ignorarla. Lui era riuscito a rintracciarla partendo dal quartiere in cui avevano abitato. La trovò sposata con un ex marine che li accolse con una serie di battute oscene e scurrili. Eileen parlò poco; con ogni probabilità era non solo un po' sbronza, ma completamente ubriaca. Continuava ad avere i capelli biondissimi, ossigenati, però con le radici nere, e il suo vestito era talmente aderente da non nascondere praticamente nulla. Sembrava quasi nuda, ma era chiaro che ciò piaceva molto a suo marito. Era difficile convincersi che ci fosse anche un remoto legame di parentela fra lei e Sam tanto che, quando finalmente se ne andarono, sia lui sia Solange provarono un autentico sollievo. Dopo aver respirato profondamente una boccata d'aria fresca, Sam lanciò a sua moglie un'occhiata e le rivolse un sorriso amaro.

«Be' tesoro, quella è mia sorella.»

«Non capisco... che cosa le è successo?» Solange era sbalordita, lei invece man mano che gli anni passavano diventava ancora più bella e sapeva vestirsi molto bene anche con poco, sembrava quasi un'attrice lei stessa, o una indossatrice di successo.

«È sempre stata così», le spiegò Sam. «Fra noi non c'è mai stato un grande accordo.» Sospirò. «E onestamente non mi è mai stata simpatica.»

«Peccato.» In ogni caso era un sollievo uscire da quella casa, entrambi avevano capito che non vedere mai più Eileen non sarebbe stata una grande perdita. Invece rimpiangevano moltissimo la mancanza di frequenti contatti con Arthur. Durante quella estate, lui venne una volta a veder recitare Sam e rimase notevolmente colpito dalla sua interpretazione. Com'era naturale, si affrettò a fare le scuse del caso per Marjorie, la quale era molto dispiaciuta di non poter essere lì presente, ma era dovuta andare a far visita ai genitori nella villa dove si trasferivano per l'estate, nelle vicinanze di Filadelfia. In autunno, avrebbe cominciato a studiare alla facoltà di legge della Columbia University e ci teneva a prendersi una bella vacanza prima di cominciare l'anno scolastico. Naturalmente Solange e Sam non approfondirono l'argomento.

In settembre, Arthur e Marjorie diventarono molto meno importanti; Sam ricevette un'offerta per la sua prima grande parte da protagonista. Solange ne fu talmente felice che si precipitò a comprare una enorme bottiglia di champagne da due litri e mezzo e la bevvero fino all'ultima goccia. Quella di Sam sarebbe stata una parte importante in *Wilderness*, che pareva destinata a essere una delle commedie che avrebbero ottenuto maggior successo a Broadway. Arthur si occupò dei contratti e Sam informò il suo datore di lavoro alla P. J. Clarke che non sarebbe più tornato da lui in autunno. La commedia aveva trovato dei solidi finanziatori e sarebbe stata messa in scena da uno dei registi di maggior successo del momento. La carriera di Sam Walker ormai era in piena ascesa. La stagione teatrale si prospettava tra le migliori da molti anni: si prevedeva la presenza di Rex Harrison in *Anna dei mille giorni*, allo Schubert, Henry Fonda e David Wayne stavano già recitando in *Mister Roberts* all'Alvin, mentre Anne Jackson, il 6 ottobre, avrebbe aperto la stagione con la prima di *Estate e fumo*, di Tennessee Williams, al Music Box Theater.

Arthur li invitò a pranzo al «21», per festeggiare. Spiegò che Marjorie era molto presa dagli studi e non avrebbe potuto raggiungerli; Solange aveva anche lei un annuncio da fare, privato e personale. Lo aveva già confidato a Sam la sera prima e lui si sentiva letteralmente esultante. D'un tratto, eccoli ad avere tutto ciò che desideravano. Aspettavano un bambino. Sarebbe nato in aprile, in quel periodo Sam sarebbe già stato impegnato nella nuova commedia. Ogni cosa pareva andare alla perfezione e Arthur, durante il pranzo, si scoprì a guardarli con malinconia più di una volta. Aveva solo trentadue anni, ma da qualche tempo sembrava molto più vecchio. Anche lui aveva desiderato dei figli, ma quando finalmente Marjorie avesse finito gli studi in legge, si sarebbe certamente scoperta ansiosa di cominciare la carriera. In realtà, lui lo sapeva benissimo, non avrebbe mai più avuto un figlio e proprio per quello il bambino di Solange e di Sam gli sembrava ancora più importante.

«Avete tutta la mia invidia.» E non solo per il bimbo, ma per tutto quanto Sam e Solange avevano, per quell'amore che non potevano nascondere, per la felicità, per la carriera di Sam. Pareva che quello fosse il principio di tutto, per loro. Sam aveva ventisei anni, Solange ventitré. Pareva che fossero trascorsi secoli dal giorno in cui l'avevano vista per la prima volta a Parigi. Lei possedeva un'eleganza innata, era sempre più bella, e dava l'impressione di essere sempre animata, piena di vivacità e di voglia di vivere.

Durante l'autunno, Sam faceva le prove della commedia e studiava la propria parte, ritoccandola e migliorandola anche nei minimi dettagli; tornava a casa esausto, ma mai abbastanza per rinunciare a fare l'amore con Solange, o per parlarle del suo lavoro. La protagonista femminile era Barbara George, una grande diva, la quale gli insegnava moltissime cose; Sam raccontava tutto ciò a Solange pieno di entusiasmo e lei lo amava ancora di più.

La prima venne fissata per il 9 dicembre, fu un trionfo, i giudizi che Sam ottenne per la sua interpretazione furono ottimi. Era difficile crederlo... anzi era incredibile... ce l'aveva fatta!

Capitolo 4

La bimba nacque mentre erano ancora in piena esaltazione per il grande successo di Sam a Broadway. Solange fu tempista al massimo: le sue doglie cominciarono subito dopo che era calato il sipario al termine dello spettacolo, un sabato sera. La piccola nacque alle dieci della mattina dopo, al Doctors Hospital, sulla East End Avenue. Fu un parto naturale; si ritrovarono con una femminuccia che stava tra le braccia della mamma come in un nido. Aveva i capelli scuri del padre e gli occhi verdi di Solange. La prima volta che Sam la vide rimase strabiliato trovandola così bella, quasi come Solange; lei appariva molto stanca, ma era orgogliosa.

L'indomani Arthur fu la prima persona che venne a trovarli. Guardando al di là della vetrata la piccina, si ritrovò con gli occhi lucidi. L'avevano chiamata Hilary e Solange adorava quel nome anche se le riusciva un po' difficile pronunciarlo. Le era sempre sfuggito il modo di pronunciare correttamente la *h* aspirata e quindi chiamava la bambina «Ilari» e le sussurrava questo nome in francese quando gliela portavano perché la allattasse. Pregarono Arthur di esserne il padrino e lui ne fu profondamente commosso, al posto di Marjorie, però, Sam pregò la prima attrice della sua commedia, Barbara George, di essere la madrina della neonata.

Il battesimo che venne celebrato nella cattedrale di St. Patrick fu una funzione molto sontuosa. La piccola indossava uno stupendo abito di merletto che la madrina le aveva acquistato da Bergdorf Goodman. Solange indossava una pelliccia di visone nuova e aveva al dito un anello con brillante, tutti regali di Sam per la nascita della figlioletta. Le loro condizioni finanziarie erano notevolmente migliorate da quando lui aveva avuto quella parte in *Wilderness*; adesso si erano trasferiti in un appartamento più grande, in Lexington Avenue che, pur non essendo lussuoso, indubbiamente appariva molto più accogliente di quello che avevano avuto nella Terza Avenue. La bambina, tornando a casa, aveva occupato la nuova cameretta che dava su un giardinetto retrostante, Sam e Solange invece dividevano una stanza molto confortevole, avevano inoltre uno spazioso soggiorno per invitare gli amici. Ormai sembrava che il flusso e riflusso della gente fosse costante nella loro casa; nuovi amici, in gran parte colleghi di lavoro di Sam. A Solange non dava fastidio averli in giro, anzi, le piaceva.

La commedia tenne cartellone per un anno intero e le rappresentazioni terminarono dopo il Natale del 1949. Nel giro di un mese Sam ricevette molte altre offerte e, quando finalmente ne scelse una, ebbe pochissimo tempo da dedicare a Solange e Hilary prima di ricominciare le prove. La piccola aveva ormai nove mesi e girava dappertutto a quattro zampe. Lui se la ritrovava ovunque: in bagno, mentre si faceva la barba, oppure sotto il tavolo della prima colazione, al mattino mentre beveva il caffè, queste apparizioni erano accompagnate da un costante balbettio di «Pa Pa Pa» che lo mandava in visibilio. Desiderava un altro figlio, presto, e sperava che fosse un maschio, Solange invece voleva aspettare ancora un po'. Era contenta della piccola Hilary e avrebbe voluto dedicare soltanto a lei tutta la sua attenzione. Era una mamma estremamente affettuosa e sembrava ancora più innamorata di Sam da quando era nata la bambina.

La maternità non aveva certo influito negativamente sulla sua bellezza, era ancora una magnifica ragazza, anzi forse più di prima, perfino sulla stampa si cominciava a parlare sempre più insistentemente della affascinante e stupenda moglie di Sam Walker. Era stata intervistata più di una volta, ma aveva sempre fatto in modo che l'attenzione generale fosse puntata su Sam e, parlando di lui, non faceva che ripetere che grande attore fosse. I critici non poterono che trovarsi d'accordo con lei dopo la prima della nuova commedia. Riuscirono a tenere il cartellone per due anni e, quando finalmente le rappresentazioni terminarono, Sam decise di prendersi un po' di tempo per se stesso. Solange rimase incinta quasi immediatamente. Nove mesi dopo, la sera della prima della nuova commedia di Sam, nacque un'altra femminuccia, con i capelli rossi come la mamma. Solange dovette precipitarsi all'ospedale accompagnata da Arthur subito dopo che si era alzato il sipario. Sentiva una specie di rimorso al pensiero di non assistere alla prima di Sam, ma fece appena in tempo ad arrivare all'ospedale, stringendo forte la mano di Arthur che supplicava il tassista di correre più che poteva. Alexandra nacque dieci minuti dopo il loro arrivo, su una lettiga appena fuori dalla sala parto; mentre la bambina lanciava il suo primo vagito Solange ricadde, estenuata dallo sforzo, sul guanciale con un gemito sommesso. Arthur, non appena la ebbero sistemata in una camera, la prese in giro dicendo che, se volevano, avrebbero fatto in tempo a tornare in teatro prima che lo spettacolo terminasse. A Solange l'idea non dispiaceva, tuttavia si accontentò di far promettere ad Arthur di tornare con Sam, lui se ne andò assicurandole che si sarebbero visti l'indomani.

Sam non arrivò all'ospedale fino alla mattina seguente. Le spiegò che era stato obbligato a intervenire a una serie di ricevimenti e di feste a cui avevano partecipato anche tutti gli altri attori della commedia e finse di non vedere l'espressione addolorata negli occhi di lei. Solange lo aveva aspettato tutta la notte, ma lui non le aveva fatto neanche una telefonata. Le portò uno spettacoloso braccialetto di smeraldi, ma lei, sia pure senza dirglielo apertamente, continuò ad arrovellarsi in silenzio chiedendosi dove poteva essere stato. In quel periodo era meno premuroso del solito a causa della commedia in cui recitava che era molto impegnativa, lui diceva. Lei sapeva che la parte era davvero difficile, ma le pareva che la loro piccola fosse più importante. Sam invece pareva che sapesse parlare soltanto della prima attrice. Sembrava ossessionato da lei. Fu Arthur ad accompagnare Solange e Alexandra a casa dall'ospedale mentre Sam era alle prove. Sembrava che non trovasse mai il tempo di tornare in famiglia, adesso. Solange continuava a non fare commenti anche se lui rientrava troppo tardi alla sera. Notava anche l'aroma intenso del profumo di un'altra donna di cui arrivava inondato, e, anche se taceva, si accorgeva sempre di più che il loro matrimonio stava cambiando. Le sembrava di avere una vita vuota e solo Arthur pareva capirla. Era anche l'unica persona con cui potesse parlare. Del resto anche lui aveva i suoi problemi. Continuava a desiderare disperatamente dei figli mentre Marjorie non voleva sentirne parlare. Arthur era convinto che Sam si stesse comportando come un perfetto imbecille, ma non aprì mai bocca al riguardo. Faceva soltanto del suo meglio per incoraggiare e confortare Solange tutte le volte che uscivano insieme a pranzo, sempre più di frequente. Non era giusto tradire una donna così innamorata del marito! Sempre più spesso pensava con rimpianto al fatto di non aver gareggiato con Sam per vincere il suo amore, ma ormai era inutile pentirsi. Solange era sposata con Sam, e lo adorava.

«E tu, Arthur, cosa mi racconti di te? Sei felice? No, naturalmente non sei felice», rispose per lui e Arthur non si affrettò a smentirla. Come si poteva essere felice con una donna come Marjorie? Egoista, ambiziosa, un vero e proprio iceberg. «Dovresti costringerla ad avere dei figli, se li desideri.» Pareva che parlasse sul serio, e Arthur si mise a ridere. Impossibile costringere Marjorie a fare qualcosa, se non ne aveva voglia. O, perlomeno, impossibile per lui. Non era il tipo.

«Non puoi forzare una donna ad avere un figlio.» Sorrise mestamente. «Ti ritroveresti soltanto con una madre infelice e con un bambino triste. Non come le tue.» Le sue bambine, Hilary e Alexandra, erano perfette, due autentici cherubini, e Arthur le adorava. Hilary era sempre bruna, come Sam, con grandi occhi verdi, mentre Alexandra aveva i capelli rosso fiamma e immensi occhi azzurri. Sorrise a Solange, ma non gli sfuggì la tristezza del suo sguardo. Lei sapeva benissimo quel che Sam stava combinando, come tutti a New York; aveva sentito voci e pettegolezzi, e si parlava di continuo di lui anche sui giornali.

«È un cretino. Adesso ha trent'anni, è riuscito ad acchiappare il mondo per la coda... e ha una moglie per la quale molti uomini sarebbero disposti a rinunciare anche a un braccio!»

«E che cosa me ne farei, io, di un braccio?» gli sorrise con filosofia. «Io voglio il suo cuore, il braccio non mi interessa... come tutti quei costosissimi gioielli. Ho sempre immaginato che ci fosse qualcosa che non andava quando, tornando a casa, arrivava con astucci pieni di brillanti!»

«Lo so.» Arthur aggrottò le sopracciglia. Era sempre il consigliere d'affari di Sam e da qualche tempo insisteva con lui perché risparmiasse un po' di soldi, ma Sam voleva godersi fino in fondo il successo. Comperava comperava comperava... giocattoli per le bambine... pellicce e gioielli per sua moglie... un completo guardaroba per se stesso... e costosi regali per le donne con le quali aveva una relazione. Erano già parecchie quelle di cui Arthur sapeva qualcosa e, in genere, le disapprovava, come disapprovava Sam.

«Non so cosa fare, Arthur. Non riesco a capire se dovrei fargli una scenata e dirgli che so benissimo quello che sta succedendo oppure se mi conviene tacere e aspettare che la faccenda finisca. Perché finirà presto. È sempre così con Sam... poi torna a casa, da me.» Rivolse ad Arthur un sorriso che lo commosse profondamente e lo avrebbe fatto inginocchiare davanti a lei se avesse potuto...

«Tu sei una donna piena di buon senso, Solange. Molte americane non lo sono. La massima parte delle donne, in questo paese, perde la testa se è convinta che il marito abbia una relazione extraconiugale. Chiamano un investigatore privato, chiedono il divorzio, gli fanno sputare tutto quello che è possibile...» Solange, invece, era meravigliosa.

Si limitò di nuovo a sorridergli, con quel sorriso saggio che lasciava capire come avesse tutta l'esperienza del mondo anche se sembrava ancora una ragazza. «Io non voglio 'cose', Arthur. Voglio soltanto mio marito.» Era chiaro che lo adorava. Arthur invidiò Sam, e non per la prima volta. Si era domandato spesso cosa sarebbe successo se fosse stato lui a corteggiare Solange, lui a rivolgerle la parola quel giorno in rue d'Arcole... e in tal caso?... Capiva che era una sciocchezza chiederselo, ma che nonostante ciò avrebbe continuato a farlo per il resto dei suoi giorni. Comunque ora non aveva più importanza. Sam era stato il più fortunato, anche più di quanto non immaginasse. Quel bastardo...

«Immagino che presto o tardi si calmerà di nuovo.» Solange sospirò e bevve l'ultimo sorso di vino. «Adesso abbiamo un piccolo problema con ogni prima attrice; poi per fortuna, lui si stanca. È una vita dura e faticosa per Sam, si lascia coinvolgere troppo dai personaggi che interpreta... il teatro è stressante per lui. È troppo esigente con se stesso.» Guardandola si sarebbe detto che fosse veramente convinta di ciò che diceva, ma Arthur scrollò la testa.

«Non è esigente fino al punto che credi. Sam è viziato. Viziato dal successo, dalle donne che incontra... e da te, Solange. Per amor di Dio, lo tratti come se fosse una divinità scesa dal cielo!»

«Lo è... per me... per me, significa tutto.»

«In tal caso, non alzare un dito. Aspetta. Tornerà a casa. Si diverte soltanto, Solange. Finché sarai convinta di questo forse non ti sembrerà tanto importante.»

Lei assentì. Era un buon consiglio. Fra l'altro, capiva di essere sempre pronta a tacere e ad aspettare. Meglio morire che perderlo!

Quella volta l'*affaire* andò avanti per sei mesi e finì bruscamente con un tentato suicidio da parte della prima attrice. Dopo di che lei abbandonò la compagnia, sotto il pretesto della «cattiva salute» e Sam tornò alla solita vita. In un certo senso poteva sembrare mancanza di cuore, o insensibilità da parte sua, ma per Solange fu un sollievo. Per il momento la minaccia era svanita. Intanto si era arrivati al 1954; Sam continuò a recitare nella stessa commedia per un altro anno, era stato l'impegno più lungo che avesse mai avuto e quando terminò ne fu rattristato. Quella estate Sam condusse Solange e le bambine in Europa, a Saint-Tropez. Una località di cui aveva sempre parlato. C'era stato durante la guerra, solo per un giorno, ma aveva sempre avuto il desiderio di tornarci.

Mandarono una cartolina ad Arthur da Saint-Tropez e un'altra da Cannes e poi partirono per un breve pellegrinaggio a Parigi. Solange mostrò alle bambine i luoghi dove aveva vissuto da piccola. Fu una grande emozione per lei quel ritorno. Mancava da Parigi da nove anni e, per quanto quella città evocasse ricordi tristi, scopriva di averne anche alcuni felici. Hilary, ormai, aveva cinque anni, ma Solange sperava che si divertisse ugualmente durante quel viaggio. Alexandra era ancora una bamboccia. Si erano fatti accompagnare da una bambinaia. Era tutto così diverso dal giorno in cui Solange aveva lasciato la Francia con il biglietto del viaggio in tasca e il denaro sufficiente appena per mangiare. Aveva solo tre vestiti, due paia di scarpe, un cappellino, che portava in testa e un vecchio cappotto consunto che era stato di sua madre. Adesso aveva bauli pieni di vestiti. Erano arrivati viaggiando in prima classe sul *Liberté* e, a Parigi, avevano alloggiato al Ritz. Sam accompagnò Solange da Givenchy, Chanel e Dior per comperarle altri vestiti e da Cartier, dove insistette assolutamente per acquistarle un nuovo braccialetto di brillanti.

«Ma non ne ho bisogno, Sam!» protestò ridendo mentre Sam glielo infilava. Era allegro e innamorato, come era sempre stato, e si era messo a viziarla come se fosse una nuova amante. In quegli ultimi anni aveva anche preso abitudini molto costose e ciò spaventava Solange. Come Arthur, avrebbe voluto che cominciasse a metter via un po' di soldi per le figlie.

«Ogni ragazza deve avere un braccialetto di brillanti, Solange.»

«Ma io ne ho tre!» Lei ritrasse il braccio con un sorriso e scrollò la testa. «*Non, chéri! Je ne veux pas!* Voglio che tu risparmi il nostro denaro.» Per un attimo lui sembrò indispettito e la guardò.

«A sentirti, sembri Arthur.»

«Be', ha ragione. Dobbiamo cominciare a pensare alle bambine.»

«Bene.» Lui indicò un altro braccialetto sul ripiano e fece segno alla commessa di mostrarglielo. «Ne prenderemo due.»

«*Ah, non*, Sam! *Quand même voyons!*»

Da quando era tornata a Parigi, senza accorgersene, aveva ricominciato a parlare francese, le piaceva sentire Hilary che lo parlava senza difficoltà. Aveva preso l'abitudine di parlare soltanto quella lingua con le bambine tanto che Hilary, ormai, era praticamente bilingue. Alexandra non parlava ancora, a dir la verità, ma quando lo avesse fatto, avrebbe parlato anche lei in francese. In un certo senso, Solange non aveva mai totalmente rinunciato alla sua patria ed era felice di esserci ritornata. C'erano luoghi e memorie che le scaldavano ancora il cuore e, alla sera, quando attraversavano Place Vendôme, con tutte le luci e la statua di Napoleone, si sentiva in estasi, come non le era più capitato da quando se ne era andata. Quella sera cenarono da Maxim e l'indomani a La Tour d'Argent e, il giorno della loro partenza da Parigi, Sam le regalò tutti e due i braccialetti di brillanti e un nuovo anello. Solange tentò di scoraggiarlo, ma inutilmente; nell'insieme fu un viaggio magnifico. Era bello anche tornare a casa. In fondo, New York era la sua città ormai, ci viveva da nove anni. Adesso avevano un appartamento in Sutton Place, con un panorama spettacolare sul fiume e due stanze deliziose per le bambine. Era un appartamento su due piani, molto spazioso, che consentiva di dare sontuosi ricevimenti. Marilyn Monroe era una dei loro vicini. Era una buona amica di Sam e passava sempre un po' di tempo con lui quando si trovava a New York, Solange sapeva che fra loro non c'era mai stato niente, anzi, Marilyn le piaceva moltissimo; era una ragazza divertente che cercava continuamente di convincerla a fare del cinema.

«Un divo in famiglia è più che abbastanza!» Ripeteva sempre Solange con quell'accento francese che non era mai riuscita a perdere.

In autunno, a Sam venne offerta una parte in una nuova commedia, ma la rifiutò. Non la trovava abbastanza coinvolgente. Invece lasciò tutti di stucco accettando di fare un film. Andarono a Hollywood per girarlo e Solange lo trovò un posto assolutamente straordinario, pieno di gente non meno straordinaria, che non sempre riusciva a scindere la fantasia dalla realtà. Alloggiarono al Beverly Hills Hotel, per circa un anno, fu un periodo favoloso. Solange giudicò molto buono il film, Sam invece non era molto soddisfatto. Provò un gran sollievo all'idea di tornare a New York e cominciare le prove per una nuova commedia che doveva andare in scena nel gennaio del 1956. Ricominciò a essere totalmente coinvolto in tutto ciò che riguardava la sua professione e nel giro di due mesi aveva anche una relazione con la prima attrice. Quella volta Solange ne rimase seriamente offesa. Si vedeva regolarmente con Arthur a pranzo e cominciava ad accorgersi che spesso ne approfittava per sfogarsi con lui, il matrimonio di lui era ormai solo una formalità, Marjorie era sempre occupata altrove e sua madre era morta l'anno precedente, quando loro si trovavano in California. Si era accorto di essere terribilmente solo, come Solange del resto, nonostante i giuramenti e le promesse di Sam.

«Perché? Perché mi fai questo?» Una mattina a colazione gli agitò sotto il naso il giornale aperto alla pagina della cronaca mondana. «Ancora una volta tu immagini cose che non esistono, Solange. Lo fai sempre, quando io comincio a lavorare in una nuova commedia.»

«Ah...» lei scaraventò il giornale nell'acquaio. «...Questo succede perché tu vai a letto con la prima attrice *ogni volta* che cominci un nuovo lavoro. Devi anche andarci a letto con la prima attrice? Non potrebbe occuparsene uno degli altri attori? Magari proprio il tuo sostituto. Non potrebbe essere uno dei suoi doveri?»

Sam scoppiò a ridere e la attirò contro di sé, se la fece sedere sulle ginocchia e affondò la faccia in quella criniera di lucenti capelli rossi, più belli che mai. «Io amo te, pazzerella.»

«E non chiamarmi pazzerella! Ti conosco troppo bene, signor Walker. Non mi imbrogli.» Intanto lo minacciava con un dito. Ma finiva sempre per perdonarlo. Sam beveva troppo e, quando beveva, si comportava spesso in modo minaccioso e ostile. Eppure era impossibile per Solange tenergli il broncio a lungo. Lo amava troppo. Troppo per il suo stesso bene, come Arthur diceva, e forse aveva ragione. In primavera rimase nuovamente incinta; la bambina nacque subito dopo Natale mentre Sam era in California. Un'altra femminuccia che chiamarono Megan. Ancora una volta fu Arthur ad accompagnarla in ospedale, Solange riuscì a rintracciare Sam, in California, solo due giorni dopo. Aveva sentito altre voci e altri pettegolezzi e sapeva quel che lui stava facendo a Hollywood. Ormai era stanca e sdegnata e glielo disse chiaramente al suo ritorno a New York, venti giorni dopo. Lo minacciò addirittura di chiedere il divorzio.

«Tu mi umili di fronte al mondo intero... mi fai passare per una stupida e ti aspetti che io me ne stia qui seduta bella tranquilla ad accettare tutto? Voglio il divorzio, Sam.»

«Devi essere impazzita. Immagini quello che non è. Si può sapere con chi hai parlato stavolta? Con Arthur?» Sembrava preoccupato.

«Arthur non ha niente a che fare con tutto questo. D'altra parte basta leggere i giornali. È stampato su tutte le pagine della rubrica mondana da qui fino a Los Angeles, Sam. Ogni anno, ogni mese, a ogni film, a ogni commedia, c'è una nuova attrice di varietà, una nuova prima donna, una nuova donna. È troppo! Non vivi che per recitare e sei così felice e realizzato che pensi di poterti permettere qualsiasi cosa. Come se fossi in debito con te stesso. Bene, d'accordo, ma anch'io devo qualcosa a me stessa: voglio un marito innamorato e fedele!»

«E tu?» Adesso Sam stava cercando di cambiare le carte in tavola ben sapendo quanto profondamente affezionata e fedele lei gli fosse sempre stata. «Cosa mi racconti di quei tuoi stramaledetti pranzi in compagnia di Arthur?»

«Non ho nessun altro con cui parlare, Sam. Perlomeno, lui non è il tipo che poi telefona ai giornali e racconta quello che ho detto.» Sapevano perfettamente che chiunque altro lo avrebbe fatto. Dopo tutto, lei era la moglie di Sam Walker, il celebre attore. «Se non altro, posso sfogarmi un po'.»

«Siete la coppia più patetica di cui abbia mai sentito parlare. E ricordati quello che ho detto, Solange. Non ti concederò il divorzio. Punto e basta. Il discorso è chiuso, quindi non chiedermelo di nuovo...»

«Non sarò costretta a chiedertelo.» Era la prima volta che lei lo minacciava apertamente.

«Ah, no?» La voce di lui adesso era venata da una lieve sfumatura di paura.

«Se ti avessi fatto pedinare, avrei già potuto divorziare almeno cinquanta volte!»

Lui era uscito di casa sbattendo la porta, senza aggiungere un'altra parola, e l'indomani era partito di nuovo per la California. Da un mese continuava a rimandare le prove della nuova commedia, ma tutti erano sempre disposti a perdonare a Sam Walker.

Quando tornò, la situazione con Solange non era certo migliorata. Lei sapeva con chi Sam fosse partito per la Costa Occidentale e ne aveva abbastanza! Una sera, al suo ritorno, lei rimase sveglia ad aspettarlo e lo affrontò senza mezzi termini. Litigarono tanto ferocemente da svegliare Hilary. Hilary, ormai, aveva otto anni. E ricordava ogni cosa: le ambulanze e la polizia... le sirene... la mamma che veniva portata via avvolta in un lenzuolo... e suo padre che piangeva mentre lo conducevano via. Lui non l'aveva nemmeno vista, lei era ferma, in piedi, vicino alla porta, a guardare. Poi la bambinaia aveva chiamato al telefono lo zio Arthur.

Lui era arrivato quasi subito, con un'espressione sconvolta. Non riusciva a credere a ciò che gli avevano detto. Doveva esserci uno sbaglio... un grave errore... non era possibile... sapeva che avevano avuto qualche problema negli ultimi tempi, ma Sam e Solange si adoravano. Il loro era un amore che spesso gli era sembrato addirittura irragionevole, un amore che colpiva e commuoveva tutti coloro che li conoscevano... un amore che... Insomma continuò a non capirlo anche quando si ritrovò seduto nel loro appartamento mentre si levava l'alba e il portiere veniva a consegnargli i giornali, dopo aver bussato con discrezione alla porta. Purtroppo era tutto lì, davanti ai suoi occhi, mentre afferrava il giornale con la mano tremante. Sì era tutto lì... la fine di un sogno... la fine di un'esistenza... Sam l'aveva ammazzata.

Parte seconda

Hilary

Capitolo 5

La porta della camera di sicurezza si richiuse alle spalle di Arthur, Sam era stato trattenuto al commissariato della Diciassettesima Sezione, nella Cinquantunesima Est, e solo dopo mezzogiorno gli diedero il permesso di vederlo. Lo avevano interrogato fino a quel momento, anche se non ce n'era bisogno. Aveva ammesso ogni cosa. Aveva singhiozzato. Li aveva fissati con occhi vitrei... aveva ricordato ogni minuto di quelle prime ore a Parigi. Non riusciva a capire per quale motivo lo avesse fatto... sapeva di aver bevuto... e lei l'aveva spaventato dicendo che se ne voleva andare. Ma nonostante quello... non riusciva a capire perché lo avesse fatto, solo che non voleva perderla e lei aveva detto... aveva detto... guardò Arthur con un'espressione allucinata, quando lo accompagnarono da lui. Sembrava quasi che non lo vedesse.

«Sam...» la voce di Arthur era rauca. Non aveva fatto che piangere tutta la mattina. Allungò una mano per stringere Sam per un braccio come se ciò potesse servire a riportarlo indietro dall'orlo dell'abisso. Sam dava l'impressione che avrebbe voluto morire anche lui. Rimase immobile al centro della stanza e si limitò a guardare Arthur con gli occhi sbarrati.

«L'ho uccisa, Arthur... l'ho uccisa.» Sembrava quasi che non lo vedesse nemmeno... davanti agli occhi gli appariva la sua faccia quando l'aveva strangolata... i capelli rossi che amava tanto... perché? Perché lo aveva fatto?... Perché lei gli aveva detto tutte quelle cose terribili? Guardò l'amico come se non lo vedesse neppure e un fiotto di lacrime gli bagnò le guance, di nuovo.

«Siediti, Sam... su, vieni.» Lo aiutò dolcemente a prender posto su una delle due sedie, dallo schienale diritto, che c'erano nella stanza, l'una di fronte all'altra, ai lati di un tavolo stretto e traballante. «Dobbiamo parlare.» Sembrava che Sam non riuscisse nemmeno a dire due parole in fila, ma era necessario. «Vuoi che discutiamo di quello che è successo?»

Sam si limitò a fissarlo, stralunato. Era tutto talmente semplice. «L'ho uccisa.»

«Questo lo so, Sam. Ma prima che cos'era successo? Ti aveva provocato?» Doveva assolutamente trovargli un buon avvocato difensore, ma prima doveva sapere esattamente come si erano svolti i fatti. Sam non era più soltanto il suo migliore amico, ma indirettamente era diventato anche un cliente. «L'hai picchiata?»

Sam scrollò il capo, con lo sguardo vago e assente. «Lei ha detto un mucchio di cose orribili... era arrabbiatissima.»

Arthur aveva il sospetto di saperne il motivo, comunque glielo domandò ugualmente. «E perché?»

Sam, adesso, aveva abbassato gli occhi sul pavimento e lo fissava, ricordando il furore di Solange. Non l'aveva mai vista così! Aveva superato ogni limite. Lui era disperato al pensiero di perderla. L'aveva perduta ugualmente... l'unica donna che avesse amato... rialzò gli occhi e fissò Arthur stralunato. «Sapeva che io avevo una relazione... ma non significava niente... non hanno mai significato niente...»

«Per Solange avevano un significato, Sam.» Pronunciò quelle parole con voce pacata e si impose con uno sforzo di ricordare a se stesso che ora stava difendendo Sam, non Solange.

Sam, per tutta risposta, gli lanciò una strana occhiata e lui rimase in silenzio a lungo.

«Ti aveva minacciato di divorziare?»

Sam assentì e si rese conto che doveva chiarirsi molte idee. Doveva fargli una determinata domanda. Voleva sapere. In fondo era il motivo per cui l'aveva ammazzata. A parte il fatto che era ubriaco e aveva perduto il controllo di sé, le cose che Solange aveva detto erano talmente orribili... e lui era terrorizzato al pensiero che dicesse sul serio, perché l'avrebbe perduta per sempre. «Ha detto che voi due avevate una relazione. È vero?» Fissò con aria penetrante l'amico e Arthur ricambiò quell'occhiata con un'altra piena di dolore.

«Tu cosa ne pensi?»

«È qualcosa a cui non ho mai pensato prima. So che le eri molto affezionato... che avevate l'abitudine di andare molto spesso a pranzo insieme...»

«Ha mai cercato di nascondertelo?» Come tutti i buoni avvocati, sapeva la risposta prima ancora di fare la domanda.

«No... me lo diceva sempre... almeno così credo...»

«Non puoi pensare che abbia soltanto cercato di renderti pan per focaccia, raccontandoti una cosa del genere, per vendicarsi di tutti i dolori che le avevi dato?»

Adesso, alla luce del giorno, anche lui se ne rendeva conto. Ma la sera prima, nella foga della passione, Sam le aveva creduto... gli era sembrato di impazzire... tanto che aveva finito per ammazzarla. Bastò questo pensiero a fargli sentire la gola stretta da un nodo di panico e capì di meritarselo. Meritava di morire per quello che aveva fatto a Solange. Scoppiò in lacrime e Arthur lo prese per le spalle.

«Adesso che cosa succederà alle bambine?» Alzò di nuovo gli occhi verso Arthur, colto da una nuova ondata di terrore.

Arthur non aveva fatto che pensarci per tutta la mattina. «Penso che tu abbia denaro a sufficienza perché possano mantenersi finché non avremo trovato una soluzione a tutto questo.» C'erano una bambinaia e una cameriera, nell'appartamento di Sutton Place, dove vivevano.

Sam fissò l'amico con aria smarrita. «Quanto potrà costarmi tutto questo?» A Solange era costato la vita, e ora... Arthur dovette imporsi con uno sforzo di lottare contro ciò che provava. Come aveva potuto Sam fare una cosa tanto orribile a Solange? Eppure Sam era un amico, anzi, quasi un fratello. Erano sopravvissuti alla guerra, Sam lo aveva trascinato a braccia oltre le montagne, lo aveva portato in infermeria quando era rimasto ferito vicino a Cassino. Avevano liberato Parigi e Roma... Parigi... e la rue d'Arcole dove l'avevano vista per la prima volta. Le loro vite per un certo periodo di tempo erano state strettamente intrecciate, ma adesso non si trattava più soltanto di pensare a Sam e a Solange, ma anche alle bambine. Hilary, Alexandra e Megan. Arthur si sforzò di dimenticare tutto ciò per dare una risposta alla domanda di Sam. Voleva sapere quanto gli sarebbe venuta a costare la propria difesa.

«Dipende da chi hai intenzione di assumere. Voglio pensare attentamente a chi raccomandarti. Ma dovresti avere il meglio che c'è sulla piazza. Sarà un processo molto importante e gran parte delle simpatie del pubblico andranno a Solange. Hanno parlato molto di te sui giornali, in questi ultimi anni, e delle tue amichette, Sam... E questo non ti aiuterà di sicuro!»

Sam, però, stava scrollando la testa con determinazione. «Non voglio altri. Voglio che sia tu a difendermi.» Alzò gli occhi a guardare Arthur che dovette dominarsi per non lasciarsi sfuggire un brivido.

«Questo non posso farlo!» La sua voce si levò rauca e rotta dall'emozione nella stanza piena di echi.

«Perché?»

«Perché sono un tuo amico. E per di più non sono un penalista.»

«Non mi interessa. Tu sei il meglio che ci sia. Non voglio nessun altro. Voglio te.» Aveva gli occhi lucidi di lacrime... era tutto così orribile, tutto così incredibile, eppure stava proprio succedendo a lui, era vero e reale. Lui lo aveva reso tale. Aveva trasformato un incubo in realtà.

La faccia di Arthur si coprì improvvisamente di un velo di sudore. La situazione era già abbastanza grave senza che nascessero problemi per la difesa di Sam. Lui, comunque, non se la sentiva. «Non credo di poterlo fare, Sam. Non ho nessuna esperienza in questo campo. Ne rimarresti terribilmente svantaggiato. Non puoi fare questo...» Aveva una gran voglia di piangere. Sam continuava a guardarlo con occhi supplichevoli e non si lasciò smuovere dalla sua decisione.

«Devi farlo. Per me, per le bambine... per Solange... ti prego...» Per Solange? Perdio, ma se l'aveva uccisa! Il peggio era che Arthur sapeva che Solange avrebbe voluto che lui facesse tutto ciò che Sam desiderava. Nessuno meglio di lui sapeva e capiva quanto profondamente lo avesse amato.

«Sarà meglio che ci ripensiamo, tutti e due, anche se sono convinto che sarebbe un gravissimo errore. Ti occorre il meglio che ci sia, Sam, non un fiscalista che tu hai voluto coinvolgere in tutto questo per una valutazione errata dell'affetto e della fiducia. Non posso farlo! Insomma, non posso!» Mai Sam lo aveva sentito parlare in modo tanto commosso e angosciato, ma desiderava ugualmente che Arthur lo difendesse. «Ma parliamo piuttosto di qualcosa di assolutamente più importante, c'è qualcuno che vuoi far avvertire perché si occupi delle bambine?»

Sam ci pensò e scrollò la testa. Non c'era nessun'altra persona con la quale fossero in intimità all'infuori di Arthur, gli altri erano le solite mille conoscenze che si hanno frequentando l'ambiente del teatro. Solange stessa non aveva avuto amiche intime. Si era sempre dedicata totalmente alla vita di Sam, alle figlie e alla carriera del marito. Non aveva mai avuto tempo per nessun altro, né per qualche altro interesse particolare.

«Non c'è nessun familiare che dovrei avvertire?» Si rendeva conto che avrebbe dovuto saperlo dopo tutti gli anni che avevano passato insieme in Europa, invece non riusciva a ricordare nulla. Sapeva che il padre e la madre di Sam erano morti, ma non era capace di ricordare se ci fosse qualcun altro, qualche lontano parente a cui telefonare, Sam si limitò a far segno di no con la testa.

«Non c'è nessuno che potrebbe avere una certa importanza per le bambine. Ci sarebbe mia sorella a Boston, ma per amor di Dio, non chiamarla!»

«Perché?»

«Sono anni che non la vedo, ancora da prima che Hilary nascesse. È una puttana fatta e finita. Meglio dimenticarla.»

Arthur in quel momento non poteva permettersi il lusso di dimenticare nessuno. Magari una zia era proprio quello di cui le piccole avevano bisogno. «Come si chiama? Nel caso potesse servirmi... non si sa mai in una situazione come questa...»

«Eileen. Eileen Jones. Sposata con un ex marine di nome Jack. Vivono a Charlestown. Però credimi, è una persona odiosa.» Sam si alzò in piedi e attraversò la camera di sicurezza per guardar fuori dalla finestra con le sbarre.

«Non sto pensando di invitarli qui da noi a passare il fine settimana, per amor di Dio, ma in questo preciso momento un paio di parenti potrebbero farci comodo.» Sam aveva tre figlie, due delle quali erano ancora molto piccole, e nessun altro al mondo che si occupasse di loro all'infuori di una bambinaia e di una cameriera... e di lui, Arthur.

Si voltò a guardarlo. «Posso vederle?» Bastò quel

pensiero a fargli salire le lacrime agli occhi... i suoi angioletti... le sue piccine... come poteva aver fatto anche a loro una cosa simile? Le aveva private della mamma, una mamma che avrebbe assicurato a ciascuna di loro un'infanzia felice e una vita perfetta, una madre che non le aveva mai deluse in nessun modo, che era sempre stata presente. Si domandò se sarebbe stato capace di prendersi cura di quelle creature, una volta uscito di lì. Ma ormai era inutile pensarci. Ci sarebbe stato costretto.

Arthur lo stava osservando di nuovo. «Vorresti sul serio vederle qui?»

«Credo di no.» La voce di Sam era ridotta a un impercettibile sussurro. «Pensavo soltanto... avrei voluto cercar di spiegare... almeno a Hilary...»

«Potrai farlo in seguito. Al momento dobbiamo fare di tutto per tirarti fuori di qui.»

«Credi che ci riuscirai?» Era la prima volta che Sam glielo domandava direttamente, ma ad Arthur non piacevano le prospettive che aveva.

«Credo che qualcun altro potrebbe farlo senz'altro meglio di me.»

«Me ne infischio. Te l'ho già detto, Arthur. Voglio te a difendermi.»

«Credo che sarà dura... per chiunque... e te lo dico perché voglio essere onesto con te, Sam.» Gli spiaceva pronunciare quelle parole, ma erano la verità. «Dovremo cercare di ottenere l'infermità mentale... puntare sul delitto passionale... hai ammesso ogni cosa. La tua posizione è abbastanza chiara e non ci sono molti elementi di contorno sui quali giocare, anche perché in questi ultimi anni ti sei fatto una pessima reputazione.» Arthur avrebbe sempre voluto dirgli che si stava comportando come un cretino; non solo nei confronti di Solange, ma anche verso se stesso. Il successo era stato raggiunto da Sam così in fretta e con un tale impegno che forse, ecco il sospetto di Arthur, si era trovato in difficoltà temendo di non esserne all'altezza. Quante cose gli erano sfuggite in Solange, preso com'era dalla propria carriera! Negli anni più recenti era diventato egoista e viziato. Sembrava che perfino le bambine se ne rendessero conto. Alexandra, solo poco tempo prima, aveva detto ad Arthur: «Dobbiamo sempre fare tante coccole a papà quando è a casa, altrimenti si arrabbia. Lui ha bisogno di tanto affetto». Era vero, e Solange glielo aveva spiegato insegnando come stargli alla larga quand'era stanco o, invece, come portargli qualche regalino che gli facesse piacere. L'intera famiglia gravitava intorno a Sam.

Adesso le bambine avevano perduto non solo Solange, ma anche Sam. Arthur non fece che pensarci, quel pomeriggio, dopo aver lasciato l'amico, mentre tornava in ufficio. Senza sentire il parere di nessun altro, decise di telefonare ai padrini e alle madrine per cercar di capire se avrebbe potuto avere il loro interessamento. Con Sam in prigione e Solange morta, non avevano più nessuno all'infuori di Arthur. Purtroppo i padrini e le madrine erano stati scelti perché avevano un nome importante, o un visetto grazioso, quasi tutti erano attori famosi e nessuno di loro provava un vero interesse per le figliocce. Dimostrarono invece una grande curiosità per discutere dell'accaduto con Arthur, per chiedergli per quale motivo lo avesse fatto, se per caso non era improvvisamente impazzito, o se invece Solange non lo avesse esasperato, che cosa sarebbe successo adesso, e per quando era stato fissato il processo... ma niente, nemmeno una sola parola a proposito delle bambine... Si ritrovò quindi al punto di partenza. Era lui, sempre lui, l'unica persona da cui potevano dipendere in assenza di Sam. In ogni caso avrebbe preso debitamente nota del nome della zia per non dimenticarlo, nel frattempo però preferiva seguire le istruzioni di Sam ed evitare di avvertirla. Subito dopo pensò di controllare la sua posizione finanziaria, alla banca, in modo di potersi occupare personalmente dei suoi affari. Rimase inorridito di fronte a quello che trovò. La somma complessiva versata sui conti correnti era infinitamente minore di quello che si aspettava. Sam aveva speso tutto quanto era stato capace di guadagnare facendo una vita lussuosa e sperperando denaro con le sue amichette. Anzi aveva addirittura chiesto un anticipo sui futuri compensi della commedia, nella quale avrebbe dovuto recitare successivamente e, a parte una piccola cifra in contanti, era nei debiti fino al collo. Restava soltanto, a malapena, il necessario per pagare lo stipendio della cameriera e della bambinaia per pochi mesi, fino a quando il processo non si fosse concluso. Le bambine, quindi, si trovavano in una situazione disperata; Arthur ricordò che Solange gliene aveva parlato già parecchi anni prima. Avrebbe sempre voluto che Sam pensasse alle piccole e mettesse da parte un po' di soldi. Lui invece le comperava braccialetti di brillanti e pellicce, e chissà quanto aveva scialacquato con le altre donne! Tutti sapevano che era un uomo generoso, non aveva mai risparmiato su niente. Adesso però si ritrovava con diecimila dollari in banca e con debiti dieci volte maggiori. Era incredibile quanto poco si sapesse dei propri amici, Arthur pensò, rimpiangendo di non averlo messo alle strette, parlandogli seriamente, qualche anno prima. Non si era mai reso conto che Sam fosse tanto irresponsabile e ora tutto ciò significava il disastro più completo per le figlie.

Arthur aveva anche cercato di parlarne con Marjorie, descrivendole in toni disperati il destino delle bambine, nella speranza di suscitare almeno un po' di simpatia nei loro confronti. Ne rimase deluso perché scoprì che lei aveva soltanto parole aspre per loro. Insomma pareva che non provasse la minima compassione.

Nei giorni successivi Arthur finì per non vedere quasi mai la moglie. Aveva una quantità di cose da fare per Sam e le bambine, era assillato dai giornalisti e doveva occuparsi di predisporre ogni cosa per il funerale di Solange. Non c'era nessun altro che potesse pensarci.

Lo fissò a distanza di tre giorni dall'arresto di Sam. Arthur rimase sorpreso vedendo la folla accorsa, soprattutto per rispetto nei confronti di Sam, ma c'erano anche moltissime persone che avevano conosciuto Solange e le avevano voluto bene. «Era una donna meravigliosa...» gli capitò di sentir ripetere infinite volte; «...straordinariamente bella... lui non ha mai capito come fosse fortunato... avrebbe dovuto fare l'attrice anche lei... speravo sempre che si decidesse a fare l'indossatrice per me... era straordinaria con le bambine... una ragazza formidabile... uomo fortunato ad avere una moglie come lei... era una francese fatta e finita... una donna meravigliosa... non riesco a capire perché lui l'abbia fatto... Solange era pazza di lui...»

Arthur prese posto in prima fila, con le bambine e la bambinaia, dovette fare uno sforzo terribile per non scoppiare in lacrime. Hilary gli sedeva vicino, rigida e impettita, tranne nel momento in cui si avvicinò alla bara per fissare la madre e, poi, darle un bacio. Ritornò al suo posto impietrita dalla disperazione, come se non riuscisse nemmeno a misurare l'immensità del proprio dolore. Non voleva nemmeno che Arthur la toccasse. Anzi, non permise a nessuno di andarle vicino. Si teneva stretta alla mano di Alexandra rispondendo a tutte le domande, che le facevano sulla mamma, la quale adesso dormiva in quella cassa, coperta di rose bianche. Arthur aveva pagato di tasca propria i fiori perché non voleva toccare i loro fondi nemmeno per il servizio funebre.

Alexandra trovava che Solange assomigliava a Biancaneve dopo aver mangiato la mela e continuava a domandare a Hilary quando si sarebbe svegliata... e perché papà non veniva a baciarla.

«No, continuerà a dormire così, Axie.» La sua voce era sommessa mentre le rispondeva. Intanto l'organo suonava un'Ave Maria.

«Perché?»

«Perché continuerà a dormire.» La fece tacere. «Adesso, sta' zitta.» Rafforzò la stretta sulla mano della sorellina e diventò pallidissima mentre seguiva con lo sguardo la bara della madre che passava lentamente davanti a lei. In silenzio si alzò in piedi e allungò di scatto una mano per strappare due rose bianche dal cuscino di fiori che la copriva. Ne consegnò una ad Alexandra. Alexandra cominciò a piagnucolare e a mormorare sommessamente che lei voleva vedere la mamma che si svegliava... e come faceva a respirare adesso che la cassa era stata chiusa? Un po' come se comprendesse che la madre era morta, ma non avesse la forza di affrontare il fatto! Perfino la piccola Megan aveva cominciato a piangere, come se lo avesse capito anche lei, e la bambinaia fu costretta a portarla fuori. Sembrava assurdo seppellire Solange in una giornata così bella, oppure no... ogni cosa, in lei, era sempre stata colma di luce, di sole e di fiori, dai capelli rosso fiamma agli splendenti occhi verdi, al corpo snello e flessuoso sempre in movimento.

Arthur riaccompagnò le bambine a casa con la sua limousine; poi andò personalmente al cimitero a controllare che tutto fosse eseguito a dovere, infine si recò a trovare Sam, a Rikers Island. Gli portò una delle rose bianche che avevano coperto la cassa, come quella che Hilary aveva dato ad Axie.

Arthur sembrava altissimo, magro e pallido, quando entrò nella camera di sicurezza. Era vestito di scuro e teneva il cappello floscio in mano. Sembrava un messaggero di morte e, in un certo senso, lo era. Sam, alzando gli occhi a guardarlo, ebbe un fremito.

«Ho pensato che ti avrebbe fatto piacere averla.» Gli tese la rosa bianca e Sam la prese con la mano che gli tremava.

«Come stanno le bambine?»

«Discretamente. Tutto merito di Hilary che riesce a controllarle. Un po' come se avesse preso il posto di Solange, come se fosse diventata la loro mamma.»

Sam si lasciò cadere di schianto su una seggiola e si nascose la faccia fra le mani, stringendo convulsamente la rosa che Arthur gli aveva portato, aveva odore di morte, di tristezza, di esequie. Non gli rimaneva più nessuna gioia nella vita, provava la sensazione che tutto fosse finito. E per molti versi lo era. Disteso nella sua cella giorno e notte non faceva che pensare a Solange. Perfino le bambine gli sembravano lontane, distaccate, ora. Si chiedeva quanto lo avrebbero odiato negli anni successivi, una volta che avessero scoperto e compreso pienamente che lui aveva assassinato la mamma. Era impossibile, con quei presupposti, creare le basi per un rapporto con loro. Tutto era impossibile ora. E la sua vita non meritava più di essere vissuta. Lo aveva già detto anche ad Arthur il quale gli aveva risposto che aveva le bambine a cui pensare, adesso. A loro doveva tutto. Ma che cosa aveva da dare? I debiti? Il senso di colpa? Le cattive abitudini? Il rimorso opprimente e soverchiante per avere ucciso l'unica donna che avesse mai amato?... Era certo che non avrebbero mai capito niente di tutto questo.

«Stavo pensando alle bambine, Sam.» Arthur si schiarì la gola e, in cuor suo, si augurò che Sam non gli sollevasse troppi ostacoli. «Vorrei vendere tutti i gioielli di Solange in modo che abbiano un po' di soldi da parte, anche a te occorreranno grosse somme per le parcelle degli avvocati, soprattutto se riuscirò a persuaderti a sceglierne un altro che non sia io. Per quello che mi riguarda, dovremo soltanto ricompensare lo studio per il tempo che ti dedicherò. Ma personalmente, o direttamente, non voglio nient'altro.» L'ultima cosa al mondo che poteva desiderare era di far soldi con la difesa di Sam. Fra l'altro non voleva assolutamente assumersela. Sam aveva ucciso l'unica donna che lui avesse mai amato e ammirato, anzi quasi adorato, e per quanto fossero intimi amici, per quanto stretto fosse il legame che li univa, gli pareva impossibile difenderlo. Aveva già cer-

cato di spiegarglielo, ma Sam non ne voleva sapere.
«Cosa ne pensi della mia idea di vendere i gioielli?»
«Bene. Se questo può servire alle bambine, vedi di liberartene. Vuoi la chiave della cassetta di sicurezza che c'è alla banca?»
«L'ho già trovata. Solange teneva tutto discretamente in ordine.»
Sam si limitò ad annuire, perché non riusciva ad aprire bocca. Non c'era da meravigliarsi che fosse così. Perché Solange era stata una donna straordinaria. Del resto, lo sapevano entrambi. E adesso non aveva più importanza... se n'era andata, lei... in quella bara che Arthur aveva visto calare nella fossa solo poche ore prima.
«Me ne occupo questa settimana.» Voleva raggranellare quanto più denaro era possibile per le bambine e per i fondi necessari alla difesa di Sam.
Il processo era stato fissato per il giugno seguente, cioè a parecchi mesi di distanza e Arthur voleva assicurarsi che non sorgessero problemi per le piccole. Sarebbe stata necessaria anche una bella somma per gli esami psichiatrici sulle condizioni mentali di Sam perché aveva intenzione di chiedere un giudizio di temporanea infermità mentale, l'unica linea di difesa possibile, date le circostanze e la sua confessione.
Fu un periodo di tempo che parve non finire mai. La bambinaia che avevano non era particolarmente brava, Solange infatti non aveva mai assunto nessuna di quelle ragazze facendo una cernita troppo severa dato che era quasi sempre lei a occuparsi delle bambine. Il giorno di Natale fu terribile. Senza il padre e la madre, le bambine sembravano già tre piccole orfane.
Arthur condusse Alexandra e Hilary fuori a pranzo, ma fu un pasto più deprimente che gioioso. E Alexandra se ne accorse. Dopo aver osservato a lungo, con aria grave, Arthur e la sorellina, rimase a fissare quest'ultima con un'espressione smarrita.
«Perché sei così arrabbiata con lo zio Arthur?»

«Non è vero. Non sono arrabbiata.» Hilary rispose tenendo gli occhi fissi sul piatto che aveva davanti.

«Invece sì, che sei arrabbiata. Hai tirato via la mano quando lui ha cercato di prendertela.»

«Mangia il tacchino che hai nel piatto, Axie.»

Sembrò che Hilary non ascoltasse nemmeno le canzoni natalizie suonate dai violini della Palm Court del Plaza. Era assorta nelle proprie riflessioni e Arthur si pentì di non aver fatto venire anche Marjorie con loro. Lei era a pranzo al Colony Club, con una collega. Per quanto l'avesse supplicata di accompagnarlo, Marjorie gli aveva risposto di no, chiaro e tondo.

«Non mi interessano quelle bambine e, anche tu, non dovresti condurle fuori. Non fai parte della famiglia, e dovranno adattarsi presto alla loro situazione reale.»

«Quando hanno otto e cinque anni, rispettivamente? È Natale, per amor di Dio. Il meno che possiamo fare è...»

«Non voglio saperlo. Se ti piace recitare la parte del salvatore, lascia perdere e non tentar di coinvolgere anche me nelle tue nobili azioni!» Dopo quelle parole lui era uscito a pranzo da solo, con Hilary e Alexandra.

Marjorie aveva assunto, nei confronti delle bambine, una posizione irremovibile non solo per la sua profonda antipatia nei confronti dei Walker, ma soprattutto perché era sempre stata gelosa di Solange, e del suo modo di comportarsi, così squisitamente francese.

Sam, quel Natale, non ebbe nessun contatto con le bambine. Non ottenne il permesso di telefonare e comunque non lo avrebbe fatto, era troppo depresso e non riusciva a pensare a nessuno all'infuori di Solange e al motivo per cui l'aveva uccisa. Il pensiero delle sue figlie era addirittura insopportabile.

Arthur aveva cercato di portargli le loro fotografie, ma lui era completamente chiuso in se stesso, non faceva che parlare di Solange e del passato, enumerando un elenco sterminato di peccati e di errori commessi. Sembrava quasi un vecchio, con la vita intera alle spalle. Arthur trovava sempre più difficile costringerlo a interessarsi alla propria situazione. Sembrava che Sam non si mettesse d'impegno a pensare alla propria difesa, anzi spesso ripeteva di meritare una punizione, il che era ben poco incoraggiante per Arthur!

Il resto dell'inverno passò con una lentezza esasperante. Sembrava che Hilary fosse in grado di dirigere la vita familiare in modo più che adeguato e anche le bambine più piccole se la cavavano. Tuttavia Hilary aveva sempre un'espressione angosciata che preoccupava enormemente Arthur. Da lui, comunque, non voleva né consolazione né conforto; anzi, dal giorno in cui la mamma era morta, non gli era mai più andata vicino. Arthur le aveva ripetutamente ricordato che era il suo padrino e le voleva un gran bene; lei lo ascoltava educatamente, ma non gli dava mai risposta. Era una strana bambina, distaccata da tutto, insolitamente quieta e silenziosa adesso che Solange se n'era andata; quanto al padre ne parlava come se non lo conoscesse nemmeno più, come se fosse morto tanti anni prima. Era chiaro che doveva essere rimasta profondamente colpita da tutto quanto era accaduto e, a volte, era difficile non dimenticare che aveva soltanto nove anni. Sembrava profondamente segnata dalla tragedia ed era penoso dover ammettere che tutto quanto era successo l'aveva fatta crescere prima del tempo.

Arthur cercava di cenare con loro più spesso che poteva; ormai cominciava a essere preoccupato per i soldi necessari a pagare la domestica, le scuole, quello che mangiavano, e l'affitto di casa. La piccola Megan si era ammalata svariate volte e c'erano stati i conti del dottore, e le scarpe nuove. Gran parte del denaro ricavato dalla vendita dei gioielli di Solange era sfumato per la difesa di Sam e quel po' che rimaneva non serviva certo a cambiare le cose. I loro scarsi fondi cominciavano a dissolversi. A volte Arthur si domandava se Hilary lo sapesse. Infatti costringeva tutti a fare economia e aveva perfino imparato a rammendarsi i propri vestiti. Megan ormai considerava Hilary come se fosse la sua mamma.

All'arrivo della primavera, Sam era dimagrito di quasi quindici chili e tutti gli esami psichiatrici erano stati completati. I medici che lo avevano visitato dicevano tutti, indistintamente, che soffriva di una gravissima depressione. Parevano anche disposti ad affermare che, nell'uccidere Solange, avesse agito in un raptus di passione, sotto l'impulso di un momento, e che, quando aveva compiuto quel gesto, non era nel pieno possesso delle proprie facoltà mentali, anche se lo avevano trovato sano, normale e intelligente. Il suo unico problema era la depressione, più che comprensibile. Arthur a volte aveva l'impressione di non riuscire nemmeno più a scuoterlo e Sam non faceva niente per aiutarlo a preparare la propria difesa. Sembrava completamente privo di interesse per tutti gli sforzi dell'amico che da mesi lavorava tutte le sere per perfezionare la sua linea di difesa, prendendo in esame casi simili avvenuti in passato, cercando qualche imperfezione tecnica fra le pieghe della legge e tentando angosciosamente di vedere la situazione da una nuova angolatura.

Il processo in se stesso fu una specie di incubo. Il pubblico ministero si rivelò pronto, vivace e sicuro di sé; era andato a ricercare ogni prostituta, ogni sgualdrina, ogni stellina con cui Sam era andato a letto. E aveva fatto sfilare in tribunale la parata di quelle donne, quasi tutte avevano confermato il fatto che lui beveva troppo, e a volte, da ubriaco, diventava violento e privo del minimo senso morale. Quanto al ritratto che tratteggiò di Solange, Arthur non avrebbe potuto trovarsi, praticamente, in disaccordo con lui. Infatti venne descritta come una donna intelligente, spiritosa, piena di fascino, con una specie di idolatria nei confronti del marito, ansiosa di fare il possibile per lui, di aiutarlo nella carriera, di rendergli la vita serena e felice mentre si dedicava con straordinaria cura e passione alle loro tre figliolette. In tribunale si affermò che era stata un'ottima padrona di casa; che si era sempre tenuta in disparte evitando di fomentare i pettegolezzi e le maldicenze che circolavano su gran parte delle mogli dei divi di Broadway e Hollywood. Infine si dichiarò senza mezzi termini che, malgrado le approfondite ricerche in argomento, la pubblica accusa non era assolutamente riuscita a trovare nessuno che fosse in grado di dire che Solange potesse avere ingannato il marito. Era sempre stata una moglie fedele e tutti lo confermarono. La pubblica accusa fece rilevare che lui non poteva aver commesso un «delitto d'onore», perché non esistevano i presupposti che giustificassero quell'improvviso accesso di furore, quella temporanea insanità mentale... Sam l'aveva semplicemente, impulsivamente, spietatamente uccisa. Cercò perfino di ottenere un'imputazione di assassinio di primo grado, insinuando che tutto era stato premeditato e Sam voleva liberarsi di lei per darsi alla pazza gioia con le altre sgualdrinelle. Arthur, invece, fece il possibile per trasformare l'imputazione in quella di omicidio preterintenzionale, affermando che si era trattato soltanto di un tragico incidente. Ma in conclusione, dopo essersi chiusa in camera di consiglio a deliberare per una sola giornata, e dopo poco più di tre settimane di processo, la giuria diede un verdetto di assassinio. Arthur ebbe la sensazione di sentirsi crollare il mondo addosso, Sam venne condotto fuori dall'aula di tribunale con l'aria smarrita. Era, evidentemente, sotto choc: la sua depressione era infatti enormemente peggiorata durante il processo. Era stato perfino difficile ricavare qualcosa di utile dalle sue risposte, quando era salito sul banco dei testimoni, o convincersi che avesse effettivamente amato la moglie. Ormai si era abbandonato talmente alla disperazione e al senso di colpa da non riuscire più a esprimere nemmeno una parvenza di qualsiasi altro sentimento.

Subito dopo il verdetto, Arthur domandò di vedere il suo cliente in camera di sicurezza, ma Sam si rifiutò di parlargli. Allora, anche Arthur cedette alla disperazione più totale, sentendosi frustrato, e convinto di aver tradito in pieno la fiducia di Sam. Purtroppo lo aveva messo in guardia più di una volta supplicandolo di scegliersi un altro avvocato, un penalista. Tornando a casa Arthur non fece che rimproverarsi perché si era lasciato persuadere da Sam a difenderlo. Si scolò due bicchieri di qualcosa di forte pensando che era suo dovere andare dalle bambine, ma non ne ebbe il coraggio. Marjorie gli aveva lasciato detto che non sarebbe stata a casa per cena. E quando si sedette alla scrivania, al buio, si disse che, in fondo, se lo aspettava: Marjorie non aveva mai avuto simpatia per Sam. Adesso Arthur si sentiva molto solo, avrebbe desiderato il calore umano e l'amore incondizionato di Solange, in realtà era ciò di cui tutti avevano bisogno, ma che Sam aveva strappato a tutti per sempre. Per un attimo che parve lunghissimo, Arthur si scoprì a chiedersi se la giuria non avesse avuto ragione a condannarlo ma rabbrividì di fronte a quel pensiero nel preciso momento in cui il telefono si mise a squillare. Era il sergente della prigione; gli disse che aveva qualcosa da dirgli a proposito del suo cliente. Forse Sam si era deciso ad accettare la sua visita, pensò mentre socchiudeva gli occhi per guardare l'orologio nella luce pallida del tramonto d'estate. Erano le otto e un quarto, si sentiva esausto e anche un po' sbronzo, ma per Sam sarebbe andato là...

«Il suo cliente si è suicidato in cella un'ora fa, signor Patterson. Lo abbiamo scoperto adesso.»

Arthur ebbe l'impressione che il cuore gli si fermasse; sentì una boccata di bile che gli saliva alla gola. Non riusciva a capire se stava per vomitare o svenire o, magari, addirittura morire. «Come ha detto?» chiese bisbigliando. Il sergente ripeté le stesse parole di prima mentre Arthur sprofondava nella poltrona con un brivido, tremando da capo a piedi. «Mio Dio, perché non lo avete messo sotto sorveglianza?» Era depresso da mesi, avrebbero dovuto pensarci! Anzi, uno degli psichiatri lo aveva messo in guardia in tal senso. Però nessuno ci aveva realmente creduto... e adesso se n'erano andati tutti e due. Era qualcosa di più di quello che Arthur riuscisse a sopportare... forse... l'unico amico che aveva... e l'unica donna che avesse mai amato... e adesso aveva le bambine a cui pensare. Cosa poteva fare per loro, in nome di Dio? Era necessario parlarne seriamente con Marjorie non appena fosse tornata a casa. Perché non avevano nessun altro, ormai. Sam e Solange se n'erano andati e le bambine, adesso, non erano altro che tre orfanelle.

Capitolo 6

«SEI completamente impazzito, Arthur?» Marjorie lo stava fissando con aria incredula. Lo guardava come se si fosse denudato in pubblico. Lui aveva aspettato che rientrasse a casa. Lei aveva reagito con la massima indifferenza alla notizia del suicidio di Sam, quello che la lasciava allibita era la proposta di Arthur di prendersi in casa Hilary, Alexandra e Megan. Era stata l'unica soluzione che gli fosse venuta in mente. Non avevano soldi né famiglia, ma con un appartamento più grande e una domestica fissa, se la potevano cavare discretamente... purché Marjorie accettasse l'idea. «Devi essere impazzito. Cosa vuoi che ce ne facciamo, in nome di Dio, di tre bambine piccole? Non abbiamo mai voluto neanche figli nostri e, adesso, per quale motivo dovremmo mettere a soqquadro la nostra vita per le figlie di estranei?»

Lui inghiottì faticosamente un po' di saliva, cercando

di schiarirsi le idee. Si pentì di non avere aspettato fino al mattino dopo. Aveva bevuto troppo prima che lei arrivasse a casa e adesso temeva che le proprie argomentazioni non risultassero convincenti: «Sam Walker è stato il mio migliore amico. Mi ha salvato la vita durante la guerra... quelle creature non sono delle estranee per noi, Marjorie, anche se ti fa piacere considerarle così!»

«Ma hai almeno un'idea della responsabilità che comporta avere un bambino?... Figuriamoci poi tre!»

«Hilary fa già da mammina alle altre due. Ti semplificherà ogni cosa, Marjorie, te lo garantisco.» Gli pareva di avere di nuovo sedici anni, e di essersi messo a supplicare sua madre per comperargli un'automobile ben sapendo che non sarebbe stato lui a vincere la battaglia. «Ho sempre desiderato dei figli. Sei stata tu a prendere la decisione perché non te la sentivi di affrontare i bambini e la carriera...» Tentò di guardarla con aria di rimprovero, ma si accorse che lei restava impassibile. Non provava alcun senso di colpa, ma soltanto una grande indignazione.

«Non voglio assumermi l'impegno di tre bambine. Non abbiamo né lo spazio, né il tempo, né lo stile di vita per farlo. Tu sei impegnato come me. A parte il fatto che allevare tre ragazzine ci costerebbe un patrimonio. No! Devi scordartelo, Arthur. Mandale in un orfanotrofio.» Una tragedia, Arthur pensò mentre la ascoltava ribattere in tono concitato, intanto che si preparava ad andare a letto. Marjorie non scherzava, diceva sul serio.

La mattina dopo a colazione ripropose l'argomento, ma tutto fu inutile. Marjorie aveva già stabilito il da farsi e lui non possedeva né la forza, né l'inventiva necessarie a persuaderla a cambiare idea.

«Non voglio figli miei... per quale motivo dovrei volere quelli di qualcun altro? E le loro bambine, poi! Dio santo, Arthur, l'ho sempre saputo che eri cieco, ma non pensavo che tu fossi anche stupido. Quell'uomo è un assassino, per non dire altro, puoi immaginare che cosa quelle bambine avranno ereditato da lui? In fatto di carattere, dico. La madre, poi...» Arthur si mise a guardarla con aria minacciosa, ma lei era troppo presa dal discorso che stava facendo per accorgersene. «A me è sempre sembrata una specie di sgualdrinella francese. Lo sa Dio cosa deve aver fatto durante la guerra prima di acchiappare Sam Walker.»

«Basta così, Marjorie. Non sai quello che dici. C'ero anch'io quando Sam l'ha conosciuta.»

«In un bordello?» domandò lei, in tono cattivo; per un attimo Arthur provò una gran voglia di schiaffeggiarla, ma sarebbe stato inutile. Marjorie aveva vinto. No, lui non sarebbe mai stato in grado di assumersi l'impegno delle bambine di Sam.

«Non ho intenzione di fare una discussione sui bordelli con te, Marjorie, e ti posso garantire con assoluta certezza che Solange Walker non è mai stata in nessuno di essi. Mi spiace che tu non sia disposta a mostrare un po' più di compassione in questa faccenda. Marjorie, ne sono profondamente deluso.» Lei, in ogni caso, se ne infischiava altamente. Uscì per andare in ufficio senza rivolgergli più la parola.

Era un problema tutto di Arthur: i genitori delle bambine erano stati i suoi più intimi amici. Lui era il padrino di Hilary. Quelle creature non erano delle estranee per lui, indipendentemente da quello che Marjorie poteva pensare. E voleva bene a quelle bambine.

Anche Sam e Solange le avevano amate tanto. Per Arthur, adesso, era molto importante che le tre piccole se lo ricordassero e non avessero l'impressione di essere state abbandonate. L'idea di farle adottare da qualcuno gli sembrava tremenda, ma non sapeva che cos'altro fare di loro. La situazione si complicò maggiormente la settimana successiva quando la cameriera e la bambinaia gli annunciarono che si licenziavano. Erano rimaste anche troppo a lungo, dissero. Sembravano entrambe indignate e offese per lo scandalo nel quale si erano viste coinvolte e non dimostravano la minima pietà per le bambine. Per Arthur significava trovare nuove persone che si occupassero delle piccole, ma tutto sembrava ancora più complicato di prima. Fu così che, alla fine della settimana, andò a cercare quel nome che Sam gli aveva dato, il nome della sorella. Eileen Jones. Si domandò se sarebbe mai riuscito a trovarla a Boston. Tuttavia pensò che, se ci fosse riuscito, forse sarebbe anche stato capace di persuaderla a occuparsi di loro almeno per un po'. Così potevano anche liberare l'appartamento di Sutton Place, e questo avrebbe fatto risparmiare loro un bel mucchio di soldi. Anche perché i fondi erano ormai praticamente finiti. Tuttavia, se fosse riuscito a farle ospitare dalla zia, Arthur avrebbe avuto un po' più di tempo a disposizione per cercare altre soluzioni, o per tentare di nuovo di convincere Marjorie a prenderle in casa con loro. Gli occorreva del tempo e lasciarle affidate alla sorella di Sam gli avrebbe concesso un poco più di respiro. La speranza di Arthur era quella di convincere Marjorie che la realizzazione di quel desiderio era qualcosa di giusto, non una pazzia come lei continuava a ripetere. Certo, sarebbe stato necessario cambiare qualcosa nella loro vita, ma in fondo si trattava di tre povere, piccole creature e forse valeva bene la pena di fare qualche sacrificio per loro. Che cos'altro si poteva sperare? E se non fossero stati loro ad accoglierle in casa, chi altro sarebbe stato disposto a farlo? Ecco ciò che preoccupava Arthur.

Prima di tutto era assolutamente necessario rintracciare la zia e vedere se fosse stata disposta a prendersi le bambine in casa anche solo per l'estate. Non poteva essere un pessimo soggetto, come Sam diceva. In fondo si trattava di sua sorella, e il sangue non è acqua! Diede ordine alla segretaria di mettersi in contatto con l'Ufficio per le Informazioni Telefoniche di Boston e finalmente riuscirono a rintracciare un Jack e una Eileen Jones a Charlestown, un quartiere di periferia che aveva il vanto di possedere un cantiere navale e, a quanto la segretaria gli riferì, era proprio sul mare. Sembrava la soluzione perfetta per una piccola vacanza estiva e Arthur si decise a telefonare a Eileen senza perdere altro tempo. Lei sembrò strabiliata di sentirsi rintracciare da Arthur, disse di aver letto la notizia del processo sui giornali, come quella del successivo suicidio del fratello. Non diede l'impressione di essere particolarmente commossa per la sua morte, anzi domandò ad Arthur, senza troppe perifrasi, se aveva lasciato dei soldi.

«Non molti, purtroppo, ed è questo il motivo per il quale telefono.» Aveva preso la decisione di andare direttamente al nocciolo della questione per capire subito se lei fosse disposta ad aiutarlo. Ormai non aveva più nessuno a cui rivolgersi. «Come forse lei saprà, Sam e Solange avevano tre bambine: Hilary, Alexandra e Megan e, al momento, non c'è assolutamente nessuno che sia disposto a prendersene cura. Desideravo parlarle della possibilità di... cercar di sapere se lei sarebbe disposta a offrire alle bambine una casa, su base temporanea o permanente... come meglio crede.»

Dall'altro capo del filo un silenzio stupefatto. Poi la voce aspra di Eileen, che non aveva nulla del timbro caldo ed educato del fratello, riprese: «Cazzo! Sta scherzando, caro signore? Tre mocciose? Ma se non ho nemmeno figli miei! Per quale motivo dovrei aver piacere di prendermi in casa le tre marmocchie di Sam?»

«Perché le bambine hanno bisogno di lei. Se accettasse di ospitarle almeno per l'estate, troverei il tempo necessario per cercare un'altra casa adatta a loro. Per il momento non hanno un altro posto dove andare.» Cercava di fare appello alla sua comprensione. Nel frattempo a Eileen Jones era balenata un'altra idea:

«Sarebbe disposto a pagarmi, se le prendessi con me?»

Arthur tacque, ma solo per un attimo. «Posso senz'altro darle il denaro sufficiente a pagare tutto quanto è necessario per il loro mantenimento fintanto che saranno sue ospiti.»

«Non è quello che intendevo, ma accetterò ugualmente.»

«Capisco.» Arthur adesso si rendeva conto del motivo per il quale Sam non avesse mai provato affetto per lei, d'altra parte non aveva nessun altro a cui rivolgersi. «Pensa che le basterebbero trecento dollari per le spese, signora Jones? Cento per ogni bambina?»

«Per quanto tempo?» Sembrava sospettosa nei suoi confronti. Sospettosa e avida.

«Fino a quando non troverò una sistemazione per loro... qualche settimana, un mese, magari l'estate intera.»

«Non di più, però. Io qui non dirigo un orfanotrofio, sa? E a mio marito questa faccenda non piacerà affatto.» Però sapeva che gli sarebbero piaciuti i trecento dollari e aveva la speranza di poterne far sganciare un po' di più ad Arthur, in seguito.

«Ha posto per ospitarle in casa, signora Jones?»

«Ho una stanza in più. Due di loro possono dormire sul letto, e cercheremo di arrangiarci anche per l'altra.»

«In tal caso si tratterebbe di Megan. Per lei ci vorrà una culla, o un lettino piccolo. Ha appena compiuto un anno.» Avrebbe voluto chiederle se sapeva come occuparsi di una bambina piccola e un sacco di cose, ma non ne ebbe il coraggio. Non aveva altra scelta. Doveva fidarsi nella speranza che lei facesse del proprio meglio, per amore di Sam. Tra l'altro le bambine erano adorabile ed era convinto che, non appena le avesse viste, Eileen si sarebbe innamorata di loro. Purtroppo, invece, si trattò di tutt'altro, e non certo di amore a prima vista, quando Arthur le accompagnò in macchina a Charlestown. Aveva spiegato a Hilary il giorno prima che dovevano partire per raggiungere la zia Eileen presso la quale sarebbero rimaste per l'estate. Aveva detto alla cameriera di fare i bagagli con tutta la loro roba e informò la bambinaia che sarebbe stata libera di andarsene non appena le bambine fossero partite, la mattina seguente. Suggerì a Hilary e Alexandra di portare i giocattoli preferiti. Non disse loro che non appena fossero partite avrebbe disdetto l'affitto dell'appartamento e venduto ogni cosa. La loro situazione finanziaria sarebbe senz'altro migliorata se lui avesse potuto ricavar qualcosa dalla vendita dei mobili. I debiti di Sam erano ancora astronomici e, ormai, le bambine non potevano più contare sull'arrivo di altro denaro. Fu quindi ben felice di liberarsi dell'appartamento e delle due persone di servizio. Hilary lo aveva guardato con sospetto quando le aveva accennato al viaggio a Boston. Sembrava che, dal giorno della morte della mamma, molto dell'affetto che aveva sempre dimostrato per lui fosse scomparso, ma non si capiva se quello era un modo di manifestare il dolore, o se c'era sotto qualche altro motivo.

«Perché ci mandi via?»

«Perché sarà più bello per voi stare là. La zia vive vicino al mare, a Boston. Farà più fresco, almeno, e d'altra parte non puoi rimanere qui a New York tutta l'estate, Hilary!»

«Però poi torniamo indietro, vero?»

«Certamente.» Intanto lottava disperatamente contro il terrore e il senso di panico. Possibile che non si accorgesse che quella era una menzogna?

«Allora perché hai detto a Millie di fare i bagagli con tutte le nostre cose?»

«Perché pensavo che potessero servirvi. Su, andiamo, cerca di essere ragionevole, Hilary. Sarà simpatico per voi imparare a conoscere la sorella di papà.»

Hilary era in piedi, quieta, tranquilla, in mezzo alla stanza. Portava un abitino di organza giallo con le guarnizioni di *piqué* bianco; i lucenti capelli neri, così simili a quelli di Sam, erano pettinati in due trecce lisce e perfette; i grandi occhi verdi avevano un'espressione piena di saggezza che ricordava molto quella di Solange, le calzette bianche erano immacolate e le scarpe di vernice, con il laccetto e il bottoncino, lucidate a perfezione. Lo stava scrutando come se intuisse che Arthur le nascondeva qualcosa. Quella bambina lo spaventava, era così intuitiva e così fredda e dimostrava un senso di protezione così forte nei confronti delle sorelline! Aveva accolto con un vero e proprio stoicismo la notizia del suicidio del padre. Non aveva quasi versato una lacrima, però aveva confortato Alexandra e le aveva spiegato che papà era andato in cielo per raggiungere la mamma. Tutte cose che erano sembrate incredibilmente difficili da capire per Alexandra, che aveva soltanto cinque anni; però, Hilary cercava di renderle ogni cosa più semplice, almeno per quanto le era possibile. Un po' come se Solange l'avesse incaricata di badare alle sorelline durante la sua assenza.

«Per quale motivo non abbiamo mai fatto la conoscenza della zia Eileen, prima? Non era simpatica al mio papà?» Si rivelava intuitiva, esattamente come Solange, e le piaceva la chiarezza in ogni cosa. I suoi occhi ebbero un lampo e gli ricordarono molto quelli della madre.

«Non credo che ci fosse molta intimità fra loro, Hilary, ma questo non vuol dire che non sia una brava persona.»

Hilary annuì, e sembrò disposta ad attendere prima di farsi un giudizio in proposito. Almeno per il momento. Ma non fu difficile capire quale fu la sua opinione quando arrivarono a Charlestown. La casa era piccola, di legno, con le imposte sgangherate per il vento che aveva soffiato con violenza negli inverni precedenti. La vernice era scrostata un po' dappertutto, il giardinetto soffocato dalle erbacce e due dei gradini dell'ingresso erano rotti. Quando Hilary salì quelle scale, tenendo Alexandra per mano, niente lasciava sperare in una buona accoglienza. Arthur la seguiva portando in braccio la più piccola. La bambinaia li aveva accompagnati per il viaggio, ma sarebbe tornata a New York con lui. Suonò il campanello, ma non ottenne risposta e, alla fine, si rese conto che non funzionava. Allora si mise a bussare energicamente a una finestra. Sentiva addosso lo sguardo di Hilary, intuiva le sue tacite domande, capiva che gli stava chiedendo per quale motivo fossero andati lì. Ormai lui non aveva più il coraggio di guardarla, come non avrebbe avuto il coraggio di affrontare lo sguardo di Solange, pronta a fissarlo con occhi carichi di rimprovero e di furore.

«Sì?» Finalmente la porta venne spalancata da una donna con i capelli biondi e spettinati, e una vestaglia sporca e stracciata. «Si può sapere che cosa vuole?»

Rimase a fissare il gruppetto che si era fermato sulla soglia con visibile fastidio, una sigaretta penzolante dall'angolo della bocca, gli occhi socchiusi per difendersi dal fumo che ne saliva... e solo allora si rese conto di chi erano. A quel punto sorrise, imbarazzata, e, per la frazione di un istante, la sua faccia ricordò quella di Sam, ma appena appena. In realtà non era facile trovare una somiglianza fra loro.

«È la signora Jones?» Arthur aveva provato un tuffo al cuore e non si sentì certo più confortato quando passarono nel soggiorno. Lì c'erano: un divano sfondato, tre poltrone sgangherate e lacere con l'imbottitura che usciva dagli strappi della fodera, un tavolino che aveva visto giorni migliori e un tavolo da pranzo con le seggiole in formica, nonché un televisore con l'audio altissimo. All'interno, la casa aveva un aspetto ancora peggiore che da fuori. Era chiaro che Eileen Jones non dedicava molto tempo alle faccende domestiche, o al marito. Era un sabato pomeriggio e la radio trasmetteva una partita di baseball mentre, contemporaneamente, la televisione dava un programma di Gabby Hayes. Il rumore era assordante; le bambine sembravano frastornate. Si fermarono tutti, goffi e impacciati, in mezzo al soggiorno, guardandosi.

«Gradisce una birra?» Eileen guardò Arthur, ignorando l'esistenza delle piccole. Era difficile convincersi che quella fosse la sorella di Sam Walker. Lui, sempre così impeccabile e curato nel vestire, lui che era stato un uomo molto bello e aveva sempre avuto presenza, e forza, e aveva sempre irradiato il fascino di una personalità magnetica... Da Sam ci si sentiva attratti istantaneamente; e, insieme a Solange, erano stati una coppia stupenda. Quella donna, invece, sembrava la parodia di tutto ciò che è brutto, deprimente, squallido e modesto. A guardarla sembrava molto più vecchia dei trentanove anni che in realtà aveva, stava pagando lo scotto di quel debole per l'alcol che aveva cominciato ad avere molto presto nella vita. Non si poteva escludere che in passato fosse stata piacente e simpatica, ma ormai anche quel po' di bellezza era scomparsa. Adesso dava soltanto l'impressione di essere amareggiata, brutta, incattivita. I capelli tinti erano fragili, sporchi e spettinati, tagliati appena sotto le orecchie; le penzolavano flosci e bisunti intorno alla faccia. Aveva gli occhi di un bell'azzurro luminoso, simili a quelli di Sam, ma adesso apparivano slavati e spenti, segnati, al di sotto, da grosse borse gonfie per colpa delle eccessive bevute. La pelle era terrea, il corpo appesantito e gonfio per la troppa birra ingurgitata, mentre le gambe erano secche e scarne come due stuzzicadenti. Era completamente diversa da tutto ciò a cui le bambine erano sempre state abituate e Arthur si accorse subito che Hilary la stava fissando, sconvolta e inorridita.

«Questa è Hilary.» Cercò di incoraggiarla a farsi avanti per stringere la mano della zia, ma la bambina rimase impietrita dov'era.

«E questa è Alexandra», la piccola annusò l'aria intorno a sé, che pareva permeata da un odore di birra inacidita, e fece una smorfia mentre alzava gli occhi verso Hilary per trovare la conferma di un'evidente disapprovazione, «ed ecco Megan.» Le indicò la più piccola la quale sgranò tanto d'occhi contemplando la donna bionda e sciupata. Sembrava che fosse l'unica a non preoccuparsi per la casa in cui avrebbero trascorso l'estate, o per la sua padrona. Le altre due sembravano terrificate; Hilary dovette sforzarsi per ricacciare indietro le lacrime che le erano salite agli occhi quando vide la cameretta che era stata loro assegnata. Eileen Jones ve le accompagnò senza troppe cerimonie e con un gesto indicò il lettino sgangherato che si trovava in un angolo ed era disfatto. Quanto alla cameretta si trattava in realtà di una piccola cella senza finestre grande appena a sufficienza per contenere il letto e una specie di culla smontabile, ripiegata contro una delle pareti, che pareva provenire dai rifiuti, e in realtà era proprio così, Eileen l'aveva trovata quasi subito dopo la telefonata di Arthur.

«Penseremo dopo alle lenzuola per il letto.» Rivolse un sorriso falso alla nipotina più grande. «Chissà che tu non possa aiutarmi.» Poi, senza mostrare un particolare interesse, disse ad Arthur: «Però ha gli occhi della madre».

Arthur parve sconcertato. «Conosceva Solange?» Solange non gli aveva mai menzionato quella donna.

«Ci siamo viste una volta. Sam recitava in uno spettacolo da queste parti, o qualcosa del genere.»

E allora, tutto d'un tratto, Arthur ricordò. Solange la aveva detestata. Ma anche Sam la odiava. Erano passati da queste parti subito dopo la guerra mentre Sam recitava a Stockbridge con una compagnia di repertorio durante una *tournée* estiva. Sembrava che da allora fossero trascorsi addirittura anni luce... Arthur si guardò intorno con la gola chiusa da un nodo di pianto, detestandosi perché avrebbe lasciato lì le bambine. E per un attimo odiò la moglie che condannava quelle creature a una vita del genere. Come poteva averne il coraggio? D'altra parte Marjorie non poteva immaginare neanche lontanamente tutto ciò, diceva a se stesso mentre lottava contro il senso di colpa e il risentimento che minacciavano di travolgerlo. Fu costretto a imporsi, con uno sforzo di volontà, di non pensarci più, si ripeté che si trattava di una sistemazione provvisoria, solo per l'estate. E poi... ecco il vero problema. E poi... cosa? Marjorie era intransigente. Aveva già allungato le antenne, cercando persone che fossero in grado di aiutarlo, qualcuno non contrario all'idea di accoglierle in casa, gente che aveva già una famiglia numerosa, o senza figli. Ne aveva parlato con tutti i soci dell'ufficio legale.

Hilary era ancora dritta in piedi, impacciata, sulla soglia di quella che sarebbe stata la loro cameretta, e la scrutava sgomenta. Non c'erano né un armadio, né un cassettone, né tantomeno una seggiola o una lampada, o un tavolo. Dal soffitto pendeva, in prossimità della porta, una lampadina.

«Ha il denaro?» Eileen si rivolse ad Arthur che, sentendosi imbarazzato a consegnarglielo di fronte alle bambine, infilò la mano nella tasca della giacca per prendere la busta.

«Questo comprende anche una somma ragionevole per le loro spese.»

Molto meno corretta ed educata di Arthur, Eileen aprì la busta e vi frugò rapidamente dentro. Lui le aveva dato mille dollari, inclusa la cifra fissa per il mantenimento delle bambine; Eileen pensò che, se avesse giocato bene le sue carte facendo mangiare alle bambine soltanto pasta e formaggio per i due mesi successivi, si sarebbe ritrovata con un bel mucchio di soldi. Sorrise allegramente alle nipotine, bevve una lunga sorsata di birra e salutò Arthur buttando il mozzicone di sigaretta nell'acquaio con una mira perfetta. Era una cosa che faceva spesso. «Va bene così, signor Patterson. Dovessimo avere qualche problema, le telefonerò.»

«Pensavo di venire a trovarle fra qualche settimana, se questo non darà fastidio a lei o a suo marito, per vedere come stanno.»

Hilary lo guardò sbarrando gli occhi, incredula. Dunque aveva davvero intenzione di lasciarle lì, in quel posto, con tutta quella sporcizia, le bottiglie di birra e il letto disfatto... e quella donna orribile. Se prima poteva sembrare chiusa in se stessa e riservata, quando Arthur le lasciò, si mostrò glaciale. «Ti telefono fra qualche giorno, Hilary. Però mi raccomando, chiamami pure anche tu se hai bisogno di qualche cosa.» Lei riuscì a rispondergli soltanto con un cenno affermativo. Continuava a non sapersi capacitare che potesse fare a tutte e tre uno scherzo simile. Per un attimo provò una gran voglia di ammazzarlo. Invece si voltò a guardare Alexandra che stava piangendo piano piano.

«Non fare la sciocca, Axie. Qui ci divertiremo. Ricordati, lo zio Arthur ha detto che potremo andare al mare.»

«Davvero?» Eileen scoppiò in una rauca risata mentre sentivano l'automobile di Arthur che si allontanava. «E dove pensi di trovarlo il mare? Giù al cantiere?» Rise di nuovo. Mille dollari erano una gran bella sommetta per qualche mese di fastidi e, con un po' di fortuna, forse le cose non sarebbero andate troppo male. La più piccola dava l'impressione di essere una smorfiosa viziata e quella di cinque anni sembrava che avesse le lacrime in tasca, ma la maggiore pareva capace di tenere tutto sotto controllo. Con un pizzico di fortuna, avrebbe pensato lei a tutto. Magari perfino a cucinare e a tener pulita la casa. Eileen si lasciò cadere sul divano di fronte alla TV, con un'altra birra in mano, e si accese una sigaretta. Chissà, forse avrebbero potuto uscire a cena, lei e Jack.

«Mi scusi.» Hilary era apparsa, imbarazzata, vicino al televisore, tenendo in braccio la sorellina. «Dove sono le lenzuola per il letto?»

«Sulla veranda dietro alla casa, credo. Se riesci a trovarle.» Non aggiunse più una sola parola e Hilary decise di organizzare le cose da sola, in silenzio. Trovò delle lenzuola lacere, ma fortunatamente pulite e rifece il letto. Però non esistevano né guanciali, né coperta. Cercò di fare, bene o male, anche l'altro lettino per la sorellina, lo sistemò fra il proprio letto e il muro per paura che si rovesciasse. Infatti era rotto, come aveva sospettato fin dal primo momento.

Poi lavò la faccia ad Alexandra e la portò in bagno, cambiò i pannolini di Megan e la fece bere. Infine rimasero sedute in silenzio nella nuova cameretta, guardandosi intorno. «Come è brutto qui», Axie bisbigliò, intimorita al pensiero che la signora con la sigaretta e la birra potesse ascoltarla. «Ma lei è proprio la sorella di papà?»

Hilary assentì. Riusciva difficile crederlo e non era certo piacevole pensarci, ma quella era la loro zia e sarebbero state costrette a vivere con lei per tutta l'estate. Non c'era nessun posto dove mettere i giocattoli; quanto agli abitini che la bambinaia aveva messo nelle valigie, avrebbero dovuto rimanerci. Hilary aveva già tutto sotto controllo quando Eileen le rivide; proprio come aveva intuito.

«Mi scusi», disse e si fermò di fronte a lei. «Potremmo dare qualcosa da mangiare alle mie sorelle? Hanno fame tutte e due.» Eileen, a quello, non aveva pensato. In casa non c'era niente. Aprì il frigorifero, ma scoprì che conteneva soltanto altra birra, qualche limone ammuffito e un pezzo di pane secco. Eileen e Jack non mangiavano mai in casa se potevano evitarlo. Tutto quello che ci facevano era bere.

«Certo, piccola. Tu chi saresti?»

«Hilary.» I suoi occhi avevano un'espressione fredda, distaccata, come se qualcosa si fosse spezzato in lei in quegli ultimi mesi. Aveva soltanto nove anni, ma si era vista costretta ad affrontare più dolore e sofferenza di quanto altra gente non deve affrontare in una vita intera.

«Puoi andar tu a comperare qualcosa nel negozio?

Penso che un paio di scatolette di tonno dovrebbero bastare.»

«Tonno?» Hilary fece una strana faccia come se non avesse mai sentito pronunciare quella parola. Era sempre stata abituata ai pasti caldi preparati dalla cameriera nell'appartamento di Sutton Place, e, prima ancora, dalla mamma. Minestre spesse e saporite, stufato gustoso, bistecche non troppo al sangue e torta di cioccolata con il gelato di vaniglia. «Tonno?»

«Già. Ecco qui un po' di soldi.» Le consegnò qualche dollaro come se si aspettasse di vederla inventare una cena completa con quei pochi soldi. Perfino Hilary si rese conto che era impossibile. La sua bambinaia le dava di più quando usciva a comprarsi il gelato! «Il negozio è sull'angolo, non puoi sbagliare. E comprami un'altra birra, già che ci sei, eh?» Aveva sempre paura che le mancassero, anche se ne era abbondantemente fornita.

Hilary portò con sé le sorelline solo perché aveva paura di quello che sarebbe potuto succedere se le avesse lasciate a casa. Quanto al negozio, sembrava miserabile e squallido come tutto il resto intorno a loro. Gran parte delle case erano in mattoni, ma decrepite e quasi in rovina, oppure in legno con la vernice sbiadita o scrostata. Tutto quanto, in quel quartiere, sembrava sciupato, malconcio, rotto e sporco. Hilary comperò due scatole di tonno, un barattolo di farina lattea, una pagnotta, un po' di maionese, burro, mezza dozzina di uova, un cartone di latte e una birra per la padrona di casa. Aveva calcolato che, con tutta quella roba, sarebbe riuscita a mettere insieme una cena quasi decente e avrebbe potuto usare le uova che rimanevano, e il pane, per la colazione della mattina dopo. Ma quando si presentò a casa, carica del grosso sacchetto, con Megan in braccio e Axie sempre per mano, Eileen le fece soltanto due domande:

«Dov'è la mia birra?»

«Qui, nel sacchetto.»

«Allora tirala fuori.» Sbraitò sgarbatamente e Axie cominciò subito a piagnucolare. Non sopportava le persone che si mettevano a gridare quando le parlavano, o che urlavano con le sue sorelle. Era una cosa che la madre non aveva mai fatto e nemmeno la bambinaia, anche se non la trovavano molto simpatica e aveva detto tante brutte cose su papà e mamma.

Hilary consegnò a Eileen la birra il più in fretta possibile e lei, scrutandola con un'occhiata rabbiosa, le fece la seconda domanda. «Dov'è il resto?»

Hilary le consegnò tre centesimi ed Eileen glieli scaraventò addosso. Una monetina colpì Megan vicino a un occhio. «Che cos'hai fatto? Hai comprato una costata? Qui non siamo in Park Avenue, sai? Dove accidenti è andato a finire il resto dei soldi?» Pareva che si fosse già dimenticata dei mille dollari che Arthur le aveva consegnato a quello scopo.

«Ho dovuto comprare qualcosa per la cena delle bambine», Hilary le spiegò. «E poi non c'era niente per la colazione di domattina.»

«Quando vorrò che tu vada a comprare il necessario per la colazione, te lo dirò. Ci siamo capite? E la prossima volta non spendere tutti questi stramaledetti soldi!»

Hilary rimase sbalordita per ciò che Eileen le aveva detto; mentre preparava la cena si accorse che le tremavano le mani. Tuttavia, capace ed esperta com'era, in meno di dieci minuti poteva servire qualcosa da mangiare alle altre due. Un uovo *à la coque*, pane tostato e un po' di omogeneizzato per Megan; tartine di tonno e maionese per Axie e per se stessa e bicchieroni di latte per tutte e tre, che bevvero avidamente. Erano affamate ed esauste dopo il viaggio da New York e l'emozione di essere affidate a Eileen e di dover rimanere a Charlestown.

Hilary non offrì niente da mangiare alla zia, né Eileen mostrò interesse per quello che stavano facendo. Hilary convinse le sorelline a mangiare in camera. Il frastuono simultaneo della radio e del televisore rendeva impossibile anche un minimo di conversazione, oltre al fatto che Eileen la terrorizzava letteralmente. Nello stesso momento in cui Hilary stava mettendo i piatti nell'acquaio e cominciava a lavarli, il marito di Eileen entrò in casa. E la ragazzina si accorse di essere ancora più spaventata di prima, quando lo vide. Era un omone, robusto e corpulento, con braccia enormi e spalle massicce; indossava un paio di pantaloni da lavoro e una canottiera. Pareva avvolto, letteralmente, dai fumi dell'alcol e il suo fetore arrivò fino in cucina. Cominciò a sbraitare, urlando contro Eileen quasi nello stesso istante in cui varcò la porta di casa, ma prima che facesse in tempo a picchiarla, lei gli mostrò la busta e quello che gli fece credere fosse tutto il denaro. Cinquecento dollari. Allora sulla faccia dell'omaccione si disegnò un largo sorriso idiota, mai e poi mai avrebbe sospettato che la moglie avesse già nascosto una cifra di pari entità in mezzo a un mucchio di vecchie calze dove conservava i propri risparmi.

«Woooo... piccola! Guarda un po'! Che bellezza, eh?» Hilary continuava a osservarlo anche se lui non si era ancora accorto della sua presenza. «E per che cosa sarebbero?»

«Per loro.» Gli indicò con un gesto vago il retro della casa e in quel momento Jack adocchiò, improvvisamente, Hilary in cucina.

«Quella chi è?» Aveva l'aria attonita e Hilary non poté fare a meno di notare come la sua faccia fosse quella di un uomo profondamente stupido e gli occhi le ricordassero quelli di un maiale. Si accorse di detestarlo a prima vista, doveva essere ancora peggio di Eileen, e sembrava ancora più gretto e maligno.

«Ti ricordi le mocciose di mio fratello, quelle di cui ti ho parlato?»

«Il fratello che ha fatto fuori la sua vecchia?»

«Già. Lui. Ecco, sono arrivate oggi.»

«E quanto tempo dobbiamo tenerle qui?» Non sembrava per niente contento. Intanto scrutava Hilary da capo a piedi. Come se fosse un oggetto. Non dava l'impressione di considerare una buona notizia quella del loro arrivo, malgrado la pioggia di denaro che le aveva accompagnate.

«Qualche settimana, fintanto che quell'avvocato trova un altro posto dove possano andare a vivere.» Dunque, ecco la verità. Hilary l'ascoltò rabbrividendo. Arthur non le aveva dato tutte quelle spiegazioni prima della partenza da New York e adesso, improvvisamente, si domandò quale sarebbe stata la sorte del loro appartamento.

Intanto che Hilary li osservava, Eileen si mise a sorridere al marito. Il fatto che ci fossero le bambine nella stanza sul retro della casa la lasciava indifferente e lo stesso valeva per lui. Un po' come se non esistessero, e in realtà per i Jones era così. «Ehi, bello, andiamo a ballare, stasera?» A Hilary sembravano troppo ubriachi per un'impresa del genere, invece parve che quell'idea sorridesse a Jack Jones. Aveva la faccia unta, i capelli radi e due mani massicce e rosse come pezzi di *roastbeef*. «Possiamo lasciare sole le marmocchie?»

«Certo, perché no? La maggiore fa di tutto.»

«Proprio di tutto?» Sogghignò guardando la moglie con aria lasciva e mosse qualche passo, facendosi più vicino, mentre Hilary intuiva, con un brivido, che stava insinuando qualcosa di molto poco corretto... Eileen, però, si limitò a ridergli in faccia e ad attirarlo ancora più contro di sé.

«Su, da bravo, vecchio marinaio con troppe voglie... Santo cielo, ha soltanto nove anni...» Eileen gli stava ancora ridendo in faccia quando lui le appoggiò smaniosamente la bocca sulla bocca e insinuò una delle grosse mani nel risvolto della vestaglia.

«E tu quanti anni avevi la prima volta?»

«Tredici», ribatté lei con aria piena di modestia, ma

sapevano tutti e due che mentiva. Poi con una risata rauca Eileen andò a prendersi un'altra birra e soltanto allora si accorse che Hilary li stava osservando. «Mi sai dire che cosa diavolo stai facendo qui, tu, mocciosa? Ci stavi spiando?»

«Veramente... stavo rigovernando i piatti dopo la cena... mi spiace... io...»

«Via! Fila subito in camera tua!» sbraitò lei, richiudendo con un tonfo lo sportello del frigorifero come per scaricare la rabbia. «Maledette mocciose.» Si rendeva conto che sarebbero diventate un bel fastidio, fino a quando non fosse riuscita a liberarsi di loro, ma fintanto che a Jack non importava, era meglio tenersele care soprattutto per la faccenda dei soldi.

I Jones, quella sera, uscirono alle otto. Megan e Alexandra erano già addormentate nella stanzetta senza aria, Hilary invece, distesa nel letto al buio, pensava alla mamma. Lei non avrebbe mai permesso che a loro succedesse qualcosa di simile. Mai. Lei avrebbe fatto le sue rimostranze a Eileen, si sarebbe portata via le bambine e in qualche posto, in qualche modo, sarebbe riuscita a trovare una casa per loro... Adesso era proprio quello che toccava a lei, Hilary, di fare. Se ne rendeva conto. Doveva cercare il mezzo, e un posto dove andare... e abbastanza soldi per riuscirci. Non avrebbe permesso che succedesse qualcosa alle sue sorelline. Era pronta a fare di tutto pur di proteggerle. Per il momento, doveva accontentarsi di tenerle alla larga da Jack ed Eileen, farle divertire, fuori, in quel cortiletto sommerso dalle erbacce, oppure nella loro camera. Avrebbe preparato i pasti, le avrebbe aiutate a fare il bagno, si sarebbe presa cura dei loro abitini. Distesa a letto, cominciò a fare mentalmente tutti quei progetti fino a quando non cadde addormentata; non si svegliò più fino alla mattina dopo e solo perché Megan la chiamò alle sei e un quarto perché aveva il pannolino sporco. Megan era una bambina di buon carattere con i capelli rossi della mamma che le scendevano sulle spalle in folti riccioli color rame, e i grandi occhi azzurri del padre, Hilary, al contrario, aveva i capelli neri di Sam e gli occhi verdi di Solange. Era soprattutto Alexandra quella che assomigliava di più alla madre e a volte Hilary provava una stretta al cuore quando ci rifletteva, o quando lei scoppiava in una di quelle risatine irrefrenabili, perché allora le sembrava proprio di sentir ridere la mamma.

Preparò la colazione delle sorelline prima che Jack ed Eileen si svegliassero e le condusse fuori a giocare, dopo averle fatte vestire con due grembiulini identici di tela a quadrettini azzurri. Per se stessa scelse un abitino rosso completato da un piccolo grembiule. Glielo aveva comperato la madre prima di morire ed era l'indumento che amava più di tutti gli altri. Le dava quasi conforto indossarlo, ora, e pensare alla mamma.

Soltanto verso mezzogiorno Eileen Jones apparve sulla porta guardandole con aria cupa. Sembrava che non si sentisse bene e, se le bambine fossero state più grandi, avrebbero capito che soffriva atrocemente di un terribile doposbornia.

«Volete tacere, mocciose? Fate un tal baccano da svegliare tutto il vicinato. Gesù Cristo!» La porta di rete metallica sbatté alle sue spalle quando si ritirò in casa e le bambine non la rividero più fin dopo l'ora del pranzo. Eileen rimase nel tinello tutto il giorno a guardar la televisione e a bere birra; quanto a Jack, sembrava che fosse andato altrove, forse a farsi una bella bevuta anche lui. L'unico cambiamento, durante la settimana, fu dato dal fatto che Jack usciva di casa prima del solito, vestito da lavoro. Capitava di rado che rivolgesse la parola alle bambine e, solo di tanto in tanto, si rivolgeva a Hilary con qualche battuta spiritosa, per esempio dicendole che un giorno sarebbe stata molto carina. E lei non sapeva mai che cosa rispondergli. Eileen, poi, non si degnava mai di parlare con loro. Così sembrò che fosse passato un secolo prima che Arthur si facesse di nuovo vivo. Telefonò esattamente una settimana dopo averle accompagnate lì per informarsi di come andavano le cose. Hilary gli rispose meccanicamente affermando che stavano bene anche se era fin troppo chiaro il contrario. Axie aveva cominciato a soffrire di incubi notturni e Megan si svegliava di frequente durante la notte. La cameretta era torrida, senza un filo d'aria, e il cibo insufficiente. Hilary aveva fatto tutto il possibile per rendere migliori le loro condizioni, ma anche lei aveva dei limiti. In fondo era soltanto una bambina di nove anni e, a poco a poco, stava cominciando ad affogare...

In ogni caso non parlò di tutto questo ad Arthur.

«Stiamo bene.» Ma sembrava stanca e senza entusiasmo.

«Ti chiamo di nuovo fra qualche giorno.» Però non lo fece. Aveva moltissimo lavoro da sbrigare in ufficio, occupato da un caso difficile, e stava anche cercando di tirare le fila degli affari di Sam e di trovare qualcuno che si prendesse in casa le sue figlie. Purtroppo, quando si arrivò ad agosto, dovette rendersi conto, senza avere più alcuna speranza, che non sarebbe stato possibile. Aveva perfino smesso di cercare di convincere la moglie. Marjorie, alla fine, gli aveva addirittura detto di scegliere fra lei e le tre sorelline. Il dado era tratto. Arthur non avrebbe potuto prenderle con sé.

Capitolo 7

VERSO la fine dell'estate due soci dello studio legale di Arthur vennero a parlargli, del tutto inaspettatamente, e si offrirono di risolvergli il problema. Il primo a farlo fu il partner più anziano, George Gorham. Ormai gli mancava poco ad andare in pensione, ma l'anno precedente si era sposato con una ragazza giovane e bella, molto nota nell'ambiente mondano della città, la quale aveva poco più di vent'anni. Margaret Millington era stata una delle debuttanti più carinc, l'anno in cui aveva fatto il suo ingresso in società, e in seguito tutti erano rimasti molto bene impressionati dagli studi brillanti che aveva completato a Vassar. Ma ciononostante non aveva seguito la solita strada della tradizione e del conformismo e, invece di sposare uno dei soliti giovanotti come i suoi genitori si aspettavano, aveva cominciato a frequentare George Gorham. Vedovo, di quarant'anni più vecchio di lei, le era sembrato comunque l'uomo perfetto sotto ogni punto di vista. Quello che ci voleva. Salvo che non poteva avere figli. Era stato onesto con Margaret e glielo aveva detto, ma lei aveva affermato ripetutamente che non aveva importanza. George, però, cominciava a temere che un giorno questo fatto sarebbe diventato importante invece, e temeva di perderla. La piccola Alexandra avrebbe colmato l'unico vuoto che esisteva fra loro. Aveva discusso con Margaret l'eventualità di adottare tutte le bambine Walker in modo da tenere unita la famiglia ma, anche se si trattava di un gesto molto nobile, lo trovavano un po' eccessivo. Lui non si sentiva abbastanza giovane per assumersi l'impegno di una bambina piccola come Megan, mentre una dell'età di Hilary, quando fosse stata adottata, avrebbe potuto presentare qualche problema. Invece una creatura di cinque anni sembrava l'ideale per loro e Margaret ne era estasiata.

Proprio lo stesso giorno in cui George aveva preso contatti con Arthur per adottare Alexandra, David Abrams gli chiese un colloquio. David aveva solo trentaquattro anni, era avvocato come la moglie Rebecca, anche se quest'ultima lavorava presso un altro studio legale di tendenze molto più liberali. Erano sposati fin da quando frequentavano l'ultimo anno di studi, al *college*, e avevano tentato di avere un figlio già da tempo, ma senza successo. Alla fine si erano sentiti dire che la loro situazione era senza speranze. Rebecca non poteva avere figli. Il colpo era stato durissimo per entrambi, soprattutto perché la loro speranza era stata quella di avere numerosi bambini, ma adesso pensavano che sarebbero stati ben felici di averne anche uno soltanto e in realtà era tutto quello che potevano permettersi, almeno per il momento. Come i Gorham, avevano pensato anche loro, in un primo tempo, di adottare le tre sorelline ma si erano resi conto di non potersi assumere un impegno così grave. Quella che desideravano adottare, dunque, era Megan, la più piccola.

Il che lasciava fuori soltanto Hilary. E Arthur con una decisione enorme da prendere. Era il caso di dividere la famiglia? Aveva il diritto, lui, di farlo? D'altra parte bisognava anche pensare che Sam, uccidendo Solange, aveva distrutto tutte le loro vite. Chissà che Arthur non dovesse accontentarsi che di questo... salvarle separatamente, una per una. I Gorham erano gente meravigliosa; fra l'altro enormemente ricchi, sia lui che lei. Arthur non dubitava affatto che Alexandra avrebbe avuto tutto ciò che le occorreva e, da quanto George gli aveva detto, era chiaro che l'avrebbero amata profondamente. Ma c'era di più, abitavano nelle vicinanze e, quindi, Arthur avrebbe potuto avere sott'occhio non soltanto loro, ma anche la bambina. Anche se capiva che non sarebbe stato necessario con George e Margaret Gorham.

Per quanto Rebecca e David Abrams fossero molto meno ricchi di George, era innegabile che si trattasse di due giovani, entrambi grandi lavoratori, con una carriera piena di promesse; le loro rispettive famiglie abitavano a New York e, quindi, era abbastanza improbabile che se ne allontanassero molto, di modo che Arthur, ancora una volta, avrebbe potuto recitare la parte dell'angelo custode per Megan.

Però era Hilary quella che lo preoccupava più di tutte. Quale sarebbe stata la sua sorte, adesso? Era un vero peccato che né i Gorham, né gli Abrams fossero disposti ad adottare una seconda bambina, ma quando provò a chiederlo nuovamente, sia gli uni che gli altri gli risposero in modo molto esplicito che non se la sentivano. Ne parlò di nuovo con Marjorie, ma anche quella volta fu irremovibile. Fra l'altro si rese conto che, insistendo, avrebbe rischiato di mettere in crisi i loro rapporti. Qualche settimana prima le aveva promesso di non risollevare più l'argomento. In tal caso, però, rimaneva sempre Hilary che non avrebbe più avuto nessun posto dove andare, all'infuori di rimanere dove già si trovava, con i Jones, a Boston, sempre che loro volessero tenerla. Dopo che tutto il resto era stato venduto, rimanevano ancora diecimila dollari di tutto quello che era stato il patrimonio di Sam e Arthur pensò all'eventualità di offrirli ai Jones per il mantenimento di Hilary, almeno finché quei soldi fossero durati. Era sempre meglio di niente, ma quella soluzione gli piaceva sempre meno. Vennero preparati i documenti necessari e le due coppie non nascosero di essere emozionatissime. Rebecca meditava di prendersi un mese di vacanza dal lavoro; Margaret e George stavano già progettando un viaggio in Europa, in autunno, con la nuova figlioletta. George aveva già fatto man bassa di tutto il meglio che il negozio di F.A.O. Schwarz poteva offrire e la nuova cameretta di Alexandra sembrava un emporio di giocattoli, la mamma di Rebecca aveva comprato golfini e tute da neve e biancheria almeno per cinque gemelli. Le due sorelline potevano considerarsi molto fortunate davvero e il loro arrivo era atteso con ansia e commozione. Ma era Hilary che continuava a preoccupare Arthur.

Verso la metà di agosto ebbe un breve colloquio con Eileen Jones, per spiegarle la situazione. Lei gli rispose, andando subito al sodo, che per diecimila dollari era disposta a tenersi in casa la bambina a tempo indeterminato, ma che non vedeva il motivo per il quale avrebbe dovuto adottarla. Bastava che vivesse con loro. E cucinasse e facesse le pulizie, anche se non si affrettò a fornire ad Arthur quei particolari. Per lei era già un po' come avere una cameriera fissa perché aveva obbligato Hilary a fare di tutto, in casa, e la bambina era talmente spaventata da lei che ubbidiva e si adattava a tutto. Aveva già picchiato Alexandra una volta, con un violento schiaffo in piena faccia, per quella che le era sembrata una piccola disubbidienza, e sculacciato Megan abbastanza spesso, se capitava che toccasse il televisore, o la radio, oppure si azzardasse a sgattaiolare fuori dalla cameretta, ed era difficile impedirglielo. Era ancora molto piccola, non aveva ancora compiuto due anni e non riusciva a capire che doveva rimanere confinata lì dentro.

Comunque, Eileen acconsentì a tenersi in casa Hilary purché le venissero versati i diecimila dollari in contanti. Quella faccenda stava diventando molto vantaggiosa per Eileen. Avrebbe detto a Jack che le erano stati versati soltanto duemila dollari in modo da tenerne ottomila per sé, e gli avrebbe indorato la pillola dichiarando che lo faceva soltanto in memoria del fratello.

«Credevo che ti fosse antipatico.»

«Ma era sempre mio fratello... e questa è sua figlia! Tra l'altro è una bambina abbastanza buona, e lavora sodo.»

«I marmocchi sono dei gran rompiscatole.» Jack lo sapeva, per esperienza diretta. La sua ultima moglie ne aveva avuti tre e c'era mancato poco che non lo facessero impazzire. «Però se vuoi occupartene, è un problema che riguarda te, io non voglio saperne niente. Basta che non venga a scocciarmi.»

«Nel caso lo facesse, prova a mollarle una sculacciata.»

«Giusto.» Una soluzione, questa, che sembrò incontrare il gradimento di Jack tanto che concesse a Eileen di tenersi la bambina in casa. Quella sera, lei si chiuse a chiave nella stanza da bagno per controllare che non fosse sparito anche l'altro denaro messo da parte, calcolò che con gli ottomila dollari ricevuti per il mantenimento di Hilary, nascosti fra giarrettiere e calze di nylon, ormai ne aveva quasi diecimila. Bastò quello a metterla di buon umore e a farla sentire più tranquilla nel caso avesse deciso di andarsene di casa e piantare il marito. E chissà che non si portasse dietro la bambina, oppure, magari, anche no! Tutto dipendeva dal fatto che Hilary potesse tornarle utile, altrimenti avrebbe lasciato che ci pensasse Jack a mantenerla. L'avvocato poteva sempre riprendersela. Lei, alla bambina, non doveva niente! Era Hilary invece che doveva qualcosa a lei. Dopo tutto, aveva acconsentito a tenersela in casa, sì o no? Quindi dal punto di vista di Eileen, le doveva molto.

Arthur arrivò, con aria grave, accompagnato da una bambinaia che aveva assunto solo per qualche giorno. Rimase sbalordito nel vedere Hilary così magra e le altre due così pallide dopo i mesi passati a Boston. Parevano tre orfanelle e, in cuor suo, si augurò che non si fossero ammalate. Disse a Hilary se voleva uscire un momento con lui in modo da poterle parlare, fuori. Voleva sapere come stava realmente, ma quando uscirono lei non gli disse nulla. Era come se volesse mettere fra loro due una distanza ancora maggiore di prima, Arthur, del resto, non poteva nemmeno immaginare quanto la bambina lo odiasse per averle abbandonate in quel posto infernale. Con le scarsissime risorse che Eileen le passava, non aveva fatto altro, per due mesi, che lottare per dar da mangiare alle sorelline, a volte togliendosi il pane di bocca per loro. Aveva lavato, sfregato pavimenti, cucinato, fatto la baby sitter e le aveva costantemente protette dalle botte di cui gli zii le minacciavano di continuo. Alla sera cantava una ninnananna per addormentarle e le teneva strette fra le braccia quando piangevano, cercando la mamma. Arthur non sapeva niente di tutto questo e, scrutando Hilary in faccia, si meravigliò soltanto di sentirla così distaccata. Adesso, per di più, doveva darle una notizia alla quale nessuno l'aveva preparata. Le sue sorelline se ne andavano da lì, ma lei no. Non sarebbero mai più state insieme, all'infuori di qualche rapida visita se i nuovi genitori lo avessero concesso, ma Arthur sapeva già che gli Abrams non ne volevano sentir parlare. Loro speravano che Megan non ricordasse nulla della vita passata, del padre, della madre, nemmeno delle sorelline. Doveva scomparire e ricominciare una nuova esistenza. Per sempre.

«Hilary...» cominciò imbarazzato, mettendosi a sedere sui gradini della veranda della casa dei Jones, quella che dava sul retro, con le erbacce che graffiavano le gambe, circondati da un nugolo di mosche. «Io... io ho pensato... ho... qualcosa da dirti.» In realtà avrebbe preferito non dirle niente, ma capiva che parlarle era un dovere. Sapeva quanto fosse attaccata alle altre due bambine, anche se si rendeva conto che non era colpa sua se si era arrivati a questi estremi e continuava a ripeterselo. Lui aveva fatto del suo meglio... se almeno Marjorie fosse stata disposta ad accoglierle in casa...

«Qualcosa che non va, zio Arthur?» Forse stava per informarla che non sarebbero più tornate nell'appartamento di prima, ma quello Eileen glielo aveva già detto e lei si era già rassegnata. Fintanto che erano insieme, tutto il resto non aveva importanza, nemmeno lì. Girò verso di lui i grandi occhi verdi e Arthur provò la sensazione che Solange lo guardasse, lo supplicasse in quel momento, tutto ciò servì soltanto a farlo sentire ancora peggio.

«Io... le tue sorelline adesso andranno via per un po'.» Non esisteva altro modo di dirglielo, se non andando diritti allo scopo.

«Megan e Axie?» Lei trasalì e sembrò confusa. Girò di nuovo quegli occhi color smeraldo, che conosceva tanto bene, a fissarlo.

«Perché? Perché vanno via di qui?»

«Perché.» Oh Dio... ti prego, non costringermi a farle

anche questo. Soffocò un singhiozzo di angoscia. Purtroppo doveva dirglielo a ogni costo. «Perché, Hilary, non è più possibile farvi stare ancora insieme. Tua zia non se la sente di tenervi qui e non c'è nessun altro che voglia farlo. Megan e Alexandra andranno a vivere in due simpatiche famiglie, a New York. Tu resterai qui con la zia a Boston.» Forse sarebbe stato più facile pugnalarla al cuore e, quando vide le lacrime che le sgorgavano dagli occhi, Arthur invidiò a Sam il destino così facile che si era scelto e, improvvisamente, si scoprì a odiarlo per questo. «Hilary, ti prego... tesoro, se tu sapessi come ho tentato, mi ci sono provato con ogni mezzo...» Le tese le braccia, ma lei gli sfuggì, scappando fra le erbacce, verso la facciata principale della casa come se avesse paura che le due sorelline fossero già andate via, voltandosi di tanto in tanto a gridargli:

«No! No! Non te lo lascerò fare!» Si precipitò dentro e senza dare spiegazioni a nessuno, entrò impetuosamente nella cameretta e strinse fra le braccia le due piccole. Le aveva lasciate a giocare sul letto raccomandando ad Axie di badare a Megan. Le strinse convulsamente a sé, con le guance inondate di lacrime, sentendosi disperata, indifesa e impotente, e rendendosi perfettamente conto che non aveva nessun mezzo per lottare contro di lui. Non sapeva dove andare, non aveva soldi per portarle con sé, e nessuno che l'aiutasse, aveva soltanto nove anni. Ma... non potevano farle questo... non potevano... le sorelline erano tutto quello che le rimaneva... la mamma e il papà l'avevano tradita... e lo zio Arthur... e lo zio e la zia la odiavano e lei odiava loro... Megan e Axie erano tutto quello che le restava al mondo.

«Che cosa c'è, Hillie?» Alexandra la fissò con i suoi grandi occhi azzurri e Megan si mise a piangere perché Hilary la stringeva troppo forte... lei, allora, la lasciò andare e si aggrappò ad Axie.

«Ti voglio bene... tutto qui... ti voglio bene, e basta... con tutto il cuore. Lo ricorderai sempre, Axie?»

«Sì.» La vocina era grave, come se capisse che stava per accadere qualcosa di importante. Avevano affrontato tante cose, tutte e tre insieme, e si era creato un legame particolare fra loro, era come se ormai ciascuna delle tre sentisse i cambiamenti di umore delle altre, o intuisse la possibilità di un pericolo. «Sta per succedere ancora qualcosa di brutto, Hillie? Come mamma e papà? Te ne andrai via anche tu in una cassa?»

Si mise a piangere e Hilary si affrettò a scrollare la testa. «No, no. Non aver paura, Axie. Lo zio Arthur vuole condurre te e Megan a fare un viaggetto a New York, per andare a trovare certi amici.» Capiva che doveva render le cose facili per le sorelline, anche se questo la faceva soffrire atrocemente. Ma, per loro, era pronta a sopportare qualsiasi cosa. Per Megan sarebbe stato tutto molto più semplice. Avrebbe pianto al momento in cui si fosse vista portare via, lontano dalle sorelle, ma non lo avrebbe più ricordato... mentre Hilary non le avrebbe mai più dimenticate. Le avrebbe portate con sé per il resto dell'esistenza e un giorno le avrebbe ritrovate. Lo giurò a se stessa mentre si stringeva al cuore Alexandra. Pochi attimi più tardi Arthur e la bambinaia fecero capolino dalla porta.

«Presto dovremo andare, Hilary.»

Lei assentì, accecata dalle lacrime, ma a un tratto Alexandra cominciò a piagnucolare: «Io non voglio lasciare Hillie». Si aggrappò alla sua mano e Hilary, asciugandosi le lacrime, la baciò dolcemente.

«Devi andare ad aiutarli con Megan, altrimenti lei avrà paura. Ci siamo capite? Ci penserai tu a occuparti di Megan al posto mio?»

Alexandra fece segno di sì fra le lacrime. Non aveva importanza quello che le avevano detto, sentiva che stava per succedere qualcosa di tremendo e, mentre Hilary le preparava la valigia, ne ebbe la certezza. Eileen, intanto, aveva preferito rimanere alla larga. Era talmente emozionata al pensiero di quei bei bigliettoni verdi che

Arthur le aveva consegnato, che era capace soltanto di chiudersi nella stanza da bagno a contarli e ricontarli. La sua intenzione era di nasconderne la massima parte perché Jack non li scoprisse, prima però voleva guardarsi bene quel bel mucchietto di soldi.

Così Hilary si ritrovò sola quando uscì ad aiutare Alexandra e Megan a salire in automobile. Le bambine si misero a sedere dietro con la bambinaia; Megan, piangendo, tendeva le braccia verso Hilary e Alexandra singhiozzava senza riuscire a frenarsi. Quando Arthur salì al volante, con un'ultima occhiata a Hilary disse:

«Torno presto a trovarti.» Lei tacque. Arthur l'aveva tradita. I pianti e i lamenti che le arrivavano dal retro dell'automobile le sembravano insopportabili e dovette lottare con tutte le proprie forze per dominarsi, per continuare a salutarle e a gridare verso la macchina anche se, dopo un po', non potevano più sentirla.

«Ti voglio bene, Axie... ti voglio bene, Megan... ti voglio bene...» La sua voce si spezzò in un singhiozzo mentre rimaneva immobile sulla strada, a fare grandi cenni di saluto all'automobile che si allontanava fin quando, dopo aver svoltato un angolo, scomparve portandosi via tutta la sua vita. Poi, quando la macchina non si vide più, Hilary cadde in ginocchio singhiozzando i loro nomi, augurandosi che qualcuno la facesse morire. Non si accorse più di dov'era né di quello che la circondava finché non si sentì scuotere sgarbatamente e un violento ceffone la colpiva in piena faccia. Alzò gli occhi accecati dalle lacrime, e vide Eileen china su di lei con una borsetta sdrucita sotto il braccio e l'espressione vittoriosa.

Parlò con asprezza alla bambina, come faceva sempre. «Si può sapere che cosa diavolo stai facendo?» Poi capì che gli altri dovevano essersene andati. «Piangere non serve. Torna dentro e mettiti un po' a pulire, piccola sciocca. La gente penserà che ti trattiamo male.» La costrinse ad alzarsi in piedi e, con uno spintone, la fece rientrare in casa. Hilary, però, ormai singhiozzava senza riuscire a controllarsi e un altro schiaffo, che la prese di nuovo in pieno viso, non contribuì a semplificare le cose. Barcollando rientrò nella sua cameretta e si buttò sul letto che odorava ancora delle due bambine che se n'erano appena andate. Poteva sentire ancora il profumo del borotalco che aveva adoperato per Megan solo pochi minuti prima, cambiandola, e quello dello shampoo per lavare i riccioli rosso fiamma di Axie. Il dolore era atroce, più di quanto potesse sopportare.

Rimase lì distesa a singhiozzare per ore e ore, finché cadde addormentata, esausta, svuotata, schiacciata dal peso della realtà. E mentre era immersa in quel sonno agitato e inquieto, cominciò a sognare... le sembrava di correre... correre... correre dietro un'automobile... cercando di rintracciarle... e guardava dappertutto... ma tutto ciò che poteva sentire, in lontananza, era soltanto la risata da ubriacona di Eileen.

Capitolo 8

QUELL'anno, dopo aver separato, l'una dall'altra, le bambine, Arthur provò a telefonare a Hilary parecchie volte, ma lei si rifiutò sempre di venire all'apparecchio a parlargli. A un certo punto fu il suo stesso senso di colpa che lo spinse a telefonarle sempre meno. Sapeva che le altre due bambine stavano benissimo. I Gorham erano in estasi di fronte ad Alexandra, una bimbetta deliziosa, mentre gli Abrams si dichiaravano innamorati della loro piccolina. Purtroppo Arthur ormai non aveva più alcun mezzo per restare in contatto con Hilary, né alcuna idea di come si sentisse, Eileen infatti non si preoccupava minimamente di informarlo in proposito e Hilary si rifiutava categoricamente di parlargli al telefono.

Una volta andò a Boston a trovarla, appena prima della Festa del Ringraziamento. Ma Hilary, seduta nel soggiorno, sembrava inebetita. Non aveva niente da dirgli e lui se ne andò provando un profondo senso di colpa. Gli pareva di aver provocato l'annientamento completo di quella bambina, eppure... quale altra scelta gli era rimasta? Dopo tutto, Eileen era la zia. Mentre viaggiava diretto a casa, sulla via del ritorno, provò a ripeterselo mille volte per mettersi a posto la coscienza; a Natale provò a telefonarle ancora ma non gli rispose nessuno e, da quel giorno in poi, si trovò a essere troppo occupato con la propria vita. George Gorham era morto all'improvviso e, del tutto inaspettatamente, David Abrams aveva deciso di trasferirsi in California, ciò significava che Arthur avrebbe dovuto accollarsi molto lavoro in più. C'erano, naturalmente, altri partner nello studio legale, ma Arthur ormai era fra i più anziani e gran parte delle decisioni da prendere toccava a lui, soprattutto quelle riguardanti il patrimonio lasciato da George, fonte di innumerevoli complicazioni. Vide Margaret al funerale, com'era logico; però lei aveva deciso di non far venire Alexandra con sé.

Venne la primavera prima che Arthur potesse rivedere Hilary e la trovò di nuovo chiusa in se stessa, ancora più di prima, con un'espressione vacua e disperata che lo terrorizzò. La casa era pulitissima, in perfetto ordine e questo gli diede un certo sollievo, perché significava che, se non altro, Eileen stava cercando di fare qualche sforzo più di prima. Non immaginava nemmeno lontanamente che lei, invece, si serviva di Hilary come di una domestica a tempo pieno. A dieci anni, toccava alla bambina fare tutto, perfino strappare le erbacce dal cortiletto, lavare e stirare i vestiti della zia e dello zio, pulire, cucinare, e fare il bucato. Era addirittura incredibile che ottenesse voti discreti a scuola, eppure ci riusciva sempre, a dispetto di tutto. Non aveva amiche, né il desiderio di farne. Che cosa poteva avere in comune con loro? Gli altri bambini che frequentavano la scuola avevano una casa normale, un papà, una mamma e delle sorelle. Lei aveva una zia e uno zio che la odiavano e bevevano troppo e una quantità innumerevole di faccende da sbrigare prima di mettersi a fare i compiti e di andare a letto verso mezzanotte. Fra l'altro in quegli ultimi tempi Eileen aveva incominciato a non sentirsi bene. Adesso parlava continuamente della sua salute, era dimagrita, malgrado tutta la birra che beveva, ed era stata a farsi visitare da parecchi dottori. Poi Hilary aveva sentito Jack che diceva qualcosa a proposito della Florida. Aveva degli amici, che lavoravano in un cantiere navale da quelle parti, i quali si dicevano convinti che avrebbe potuto trovarsi un buon lavoro anche là. Secondo lui il clima della Florida poteva giovare a Eileen e non era escluso che vi si trasferissero prima dell'inverno.

Hilary, però, non menzionò niente di tutto ciò ad Arthur. Non erano cose che lo riguardavano. Si stava accorgendo di non avere più interesse per lui né di provare affetto nei suoi confronti, come non la interessava nient'altro. L'unica cosa che le premeva era ritrovare Axie e Megan e sapeva che un giorno ci sarebbe riuscita. Ormai non le restava altro da fare che aspettare il giorno in cui avrebbe compiuto i diciott'anni; poi le avrebbe ritrovate. Era il sogno che faceva alla notte; le pareva di sentire ancora i morbidi riccioli rossi di Axie contro la guancia, quando dormivano nello stesso letto, le pareva di sentire l'alito lieve di Megan quando la teneva in braccio... e un giorno... e un giorno... le avrebbe ritrovate.

Nell'ottobre successivo si trasferirono a Jacksonville, in Florida, ormai Eileen stava molto male. Non riusciva quasi più a mangiare né a camminare e, quando si arrivò a Natale, fu costretta a rimanere a letto. Hilary, istintivamente, aveva capito che stava per morire. Jack, invece, sembrava che non provasse il minimo interesse per lei; era quasi sempre fuori, a bere e a spassarsela, e a volte le capitava di vederlo, lì nei dintorni, mentre usciva da un'altra casa e salutava, baciandola, un'altra donna. Adesso un altro dei suoi compiti era diventato quello di assistere la zia, di fare tutto ciò che le era possibile per una donna morente. Eileen non voleva essere ricoverata in ospedale e Jack sosteneva che non potevano permetterselo. Di conseguenza Hilary faceva di tutto, dal momento in cui tornava a casa da scuola fino alla mattina dopo. A volte non riusciva nemmeno a chiudere occhio. Si sdraiava sul pavimento, vicino al letto di Eileen, e l'assisteva pensando a quanto era necessario. Jack, in ogni caso, non dormiva più nella stessa stanza con lei, ma sotto la veranda, dietro la casa, e andava e veniva come più gli faceva comodo. Capitava anche che non entrasse a dare un'occhiata alla moglie per giorni e giorni di seguito. Eileen piangeva e domandava a Hilary dove suo marito andasse di notte e lei era costretta a mentirle e a dirle che stava dormendo.

Ma nemmeno la malattia riuscì a trasformare Eileen facendola diventare più dolce e più gentile con Hilary, che era ormai costretta a svolgere le mansioni più difficili. Se lo aspettava da lei come un dovere e, benché fosse ormai debolissima, se era convinta che Hilary potesse fare qualcosa di più, la rimproverava e la minacciava di riempirla di botte. Una vana minaccia ormai, ma Hilary continuava a odiarla come aveva fatto fin dal primo giorno in cui l'aveva vista.

Eileen visse ancora per un anno e mezzo dopo il trasferimento in Florida e, quando Hilary ebbe dodici anni, finalmente morì con gli occhi sbarrati che la fissavano come se volesse dirle qualcosa. Hilary era convinta che non sarebbero certo state parole gentili.

Dopo la morte di Eileen, la sua vita si rivelò più semplice sotto certi aspetti e più complicata sotto altri. Non era più costretta ad assistere una persona malata. Però doveva stare alla larga da Jack e dalle donne che si portava in casa. Le aveva subito detto, senza mezzi termini, che era disposto a lasciarla vivere sotto il suo tetto purché non gli creasse fastidi. Poi le disse di liberare la casa di tutto quello che era appartenuto alla zia, di tenere per sé ciò che voleva e far scomparire il resto. Lui pareva che non desiderasse avere ricordi di Eileen. Hilary ci aveva messo un bel po' di tempo a eseguire quell'incarico; a volte aveva l'impressione che Eileen potesse tornare dall'oltretomba per punirla per ciò che stava facendo... Ma riuscì ugualmente a portare a termine l'incarico. Diede i vestiti in beneficenza e buttò via creme e cosmetici, scadenti e da poco prezzo. Stava per far fare la stessa sorte anche a tutta la biancheria quando, in uno dei cassetti, scoprì un sacchetto di stoffa e vi guardò dentro per assicurarsi che non ci fosse niente d'importante. Conteneva più di diecimila dollari, in gran parte in banconote di piccolo taglio e qualche biglietto da cinquanta dollari. Sembrava che si trattasse di denaro che aveva raccolto con il passare degli anni, nascondendolo a tutti e, con ogni probabilità, anche a Jack. Hilary rimase a fissare quel sacchetto molto a lungo e infine se lo fece scivolare, zitta zitta, in tasca. Alla sera lo nascose fra la propria roba. Proprio quello che le occorreva per fuggire, un giorno, e mettersi a cercare Megan e Alexandra!

Per tutto l'anno successivo Jack quasi non le badò. Era troppo impegnato a dare la caccia a tutte le donne del circondario. Ormai era già stato licenziato da parecchi posti ma sembrava che riuscisse sempre a trovarne un altro. Qualsiasi lavoro andava bene per lui fintanto che aveva un tetto sopra la testa, una donna nel letto alla notte e una confezione da sei lattine di birra nel frigorifero. Quando però Hilary compì i tredici anni, si rivelò improvvisamente molto più esigente. Pareva che non fosse mai contento di niente, si lamentava di continuo, e insisteva nel chiederle di fare un mucchio di cose per lui. Diceva che Hilary non sapeva tenere la casa abbastanza pulita e, quando rientrava per cena, per fortuna raramente, si lagnava del suo modo di cucinare che, secondo lui, faceva schifo. Sembrava che non ci fosse più nessun modo di accontentarlo e, da come si comportava, che tutto ciò fosse diventato di estrema importanza, mentre in precedenza non l'aveva quasi mai degnata di uno sguardo. Adesso arrivava perfino a criticare il modo in cui lei si vestiva, diceva che i suoi abiti erano troppo larghi e sformati, le gonne troppo lunghe. Era l'anno 1962 e le minigonne andavano di gran moda, Jack le ripeteva che avrebbe dovuto vestirsi in un modo più simile a quello delle ragazze che vedeva nelle riviste oppure alla televisione.

«Non vuoi che i ragazzi ti guardino?» le domandò un pomeriggio, ubriaco fradicio. Era appena rientrato da una partita di *softball* con gli amici, quasi tutti ex marine come lui, Jack aveva quarantacinque anni ormai e cominciava a pagare lo scotto di trent'anni passati a bere. Era eccessivamente grasso, con un pancione gonfio di birra che gli usciva dai jeans. «Non ti piacciono i ragazzi, Hilary?»

Continuava ad assillarla e lei non ne poteva più. Tanto per cominciare, non aveva mai avuto il tempo di accorgersi dell'esistenza dei ragazzi, impegnata com'era ad andare a scuola e a tenere pulita la casa. In autunno avrebbe frequentato il secondo corso delle superiori con un anno di anticipo rispetto agli altri. E adesso aveva diecimila dollari nascosti nel cassetto della biancheria. Aveva tutto ciò che le occorreva.

«Non particolarmente», gli rispose infine. «Non ho tempo per i ragazzi.»

«Oh, davvero? E per gli uomini? Avresti tempo per gli uomini, piccola Hillie?»

Lei evitò di rispondergli. Preferì andare in cucina a preparare la cena, pensando che, in quei pochi anni, Jack aveva appreso molto delle abitudini del Sud. Parlava anche con un accento strascicato, da meridionale, tanto che sembrava fosse addirittura nato lì, in Florida. Nessuno avrebbe mai detto che fosse originario di Boston. Bastò quella riflessione per farla tornare indietro col pensiero a quel poco tempo che ci aveva vissuto con loro... lo ricordava ancora come il luogo in cui aveva perduto Megan e Axie. Da quando si erano trasferiti in Florida non aveva mai più avuto notizie di Arthur Patterson, ma non gliene importava. Lo detestava, non aveva mai pensato che il vero motivo per cui non le aveva telefonato, né si era fatto vivo, era semplicemente quello che Jack ed Eileen, prima di trasferirsi, non avevano dato il loro indirizzo a nessuno. Erano spariti senza lasciare tracce e Arthur non era più riuscito a ritrovarla. Ormai aveva la sua vita a cui pensare, Marjorie l'aveva lasciato più o meno nel periodo in cui i Jones si erano trasferiti in Florida.

«Cosa c'è per cena?» Jack apparve sulla porta della cucina con una lattina di birra in mano e una sigaretta. In quei giorni sembrava che la guardasse con maggior interesse del solito e a lei non piaceva. La metteva a disagio, le dava la sensazione di essere spogliata con gli occhi.

«Hamburger.»

«Molto bene.» Intanto le stava fissando il seno, giovane e sodo. Hilary aveva le gambe lunghe snelle e affusolate, la vita stretta, e i folti capelli neri, ereditati da Sam, le scendevano lisci e diritti fino alla vita. Era una gran bella ragazza e cominciava a diventare sempre più difficile nasconderlo. Sembrava anche più vecchia di quanto in realtà non fosse e nei suoi occhi si leggeva il dolore che l'aveva accompagnata per tutta la vita.

Jack le allungò uno sculaccione e le sfiorò il corpo passando dietro di lei, senza che ce ne fosse bisogno. Per la prima volta le rimase vicino per tutto il tempo che lei impiegò a preparargli la cena. Tutto ciò la mise talmente a disagio che non riuscì a inghiottire un solo boccone quando gli hamburger furono pronti. Non fece che gingillarsi con il cibo che aveva davanti e se ne andò dalla cucina più in fretta che poteva per lavare i piatti. Poi, dopo un po' lo sentì uscire e stava già dormendo profondamente nel suo letto, nella stanzetta dietro la cucina prima che lui rientrasse a casa verso mezzanotte. C'era un temporale tropicale con lampi e tuoni. Jack entrò in casa barcollando, ubriaco fradicio, ma con l'intenzione di far qualcosa... solo che non riusciva a ricordare di che cosa si trattasse... accidenti... se n'era dimenticato... stava ancora imprecando quando passò davanti alla sua stanzetta e allora, a un tratto se ne ricordò e scoppiò in una risata mentre si fermava davanti alla porta.

Non pensò nemmeno di bussare, afferrò la maniglia, spalancò la porta ed entrò con le scarpe bagnate che lasciavano impronte fradicie sul pavimento di linoleum e il respiro affannoso, per anni di fumo ininterrotto di sigarette... Hilary non lo sentì. I folti capelli neri, allargati a ventaglio, le nascondevano la faccia; teneva un braccio alzato sopra la testa e dormiva fuori dalle coperte, indossava una camicia da notte infantile, di cotone.

«Bella bambina...» bofonchiò tra sé, tossì, e per poco non la svegliò. Lei si mosse lievemente e si voltò, mettendo in mostra un fianco elegante e una gamba lunga e affusolata, ma continuava a dormire. Jack cominciò lentamente a slacciarsi i bottoni della camicia che, lasciò cadere sul pavimento, dove si afflosciò fradicia. Si aprì la lampo dei pantaloni e se li tolse, insieme alle scarpe; le rimase vicino in mutande e calzini. Ma dopo un attimo anche quelli finivano nel mucchio degli altri indumenti vicino al letto di Hilary. Non riuscì a ottenere una grande erezione perché aveva bevuto una quantità esagerata di liquore, ma a poco a poco si eccitò. Osservandola, si sentiva fremere di desiderio, si stava abbandonando a quella voglia segreta che aveva tenuto nascosta per anni... ma adesso lei era grande abbastanza... sì perdio, avrebbe potuto godersela per anni e anni, ce l'aveva lì in casa quella bella ragazza... prima che diventasse grande e se ne andasse... ma chissà che, dopo quello, non volesse più muoversi e fosse disposta a rimanere per sempre. Si lasciò sfuggire un lamento mentre si allungava sul letto di fianco a Hilary. Furono il fetore dell'alito da ubriacone e il tanfo di quel corpo umido di sudore e non lavato a svegliarla.

«Hmmm...» socchiuse un occhio, senza ben capire dove si trovasse e poi trasalì e, d'un balzo, si buttò giù dal letto. Jack si mostrò più rapido di lei e l'afferrò per la camicia da notte. La stoffa si lacerò per tutta la lunghezza e Hilary rimase nuda e tremante di fronte a lui che, sdraiato sul letto, la osservava.

«Guarda, guarda... lo sai che siamo proprio carine, piccola Hillie?» Lei cercò di coprire la sua nudità. Provava una gran voglia di mettersi a urlare, di scappare, ma non sapeva bene cosa fare. Finì per rimanere lì, terrificata. Capiva che, se avesse tentato di sfuggirgli, lui l'avrebbe riacchiappata in ogni caso. «Torna a letto, non è ancora il momento di alzarsi. Prima lo zio Jack ha qualche cosetta da farti vedere.» Hilary lo guardava, lì sdraiato dove lei era distesa poco prima, con quel membro virile così lungo, duro e minaccioso; era grande abbastanza per capire che cosa avesse intenzione di farle; pensò che preferiva morire piuttosto di permetterglielo.

«Guai a te se mi tocchi!» Uscì correndo dalla porta della camera ed entrò in cucina, lui la seguì al buio, inciampando, nudo, scivolando sulle impronte umide che aveva lasciato sul pavimento pochi minuti prima.

«Su, da brava, sgualdrinella... sai bene quello che vuoi. E io sono pronto a dartelo.» Intanto allungava le mani cercando di acchiapparla per un braccio e di trascinarla di nuovo in camera. Hilary, però, si dimenava, lottava selvaggiamente, graffiandogli la faccia e il braccio come una gatta, cercando di prenderlo a calci mentre la trascinava.

«Lasciami!» Si divincolò a tal punto che riuscì a liberarsi ed era già quasi alla porta che dava sul retro della casa quando lo zio la rincorse e la riacchiappò, lei fece in tempo ad allungare le mani per afferrare qualcosa di cui si era ricordata e che sapeva di trovare lì sul ripiano dell'acquaio. Nascose accuratamente l'oggetto che aveva afferrato e sembrò diventata docile. Si lasciò ricondurre in camera. Era una cosa rischiosissima da fare; d'altra parte, preferiva ucciderlo piuttosto che lasciarsi violentare da lui.

«Così, ecco che adesso fai la brava bambina... dunque, dimmi che vuoi il vecchio zio Jack, non è vero, piccola Hillie...» Hilary continuò a tacere, ma sembrò che lui non se ne accorgesse mentre la spingeva sul letto e si preparava a montarle addosso. Improvvisamente intravide qualcosa di metallico, e sentì il contatto con un oggetto freddo, acuminato, pericoloso, puntato contro il ventre.

«Se mi tocchi, ti taglio i coglioni... e dico sul serio...» Bastò il tono della voce per capire che Hilary non stava scherzando e Jack le credette. Indietreggiò solo di qualche millimetro, ma lei lo inseguì con la punta del coltello. «Fuori dalla mia camera.»

«Va bene, va bene... perdio...» lui bofonchiò mentre indietreggiava per uscire e scivolava, inciampando, quasi sulla soglia. «Però, accidenti, perché non vuoi metter via quel gingillo, per amor di Dio?»

«No, finché non te ne vai di qui.» E intanto lo stava inseguendo con il coltello sempre puntato verso i testicoli, sembrava che la cosa lo terrorizzasse.

«Piccola carogna... è questo che ti insegnano a scuola? Ai miei tempi, le ragazze erano molto, ma molto più carine e gentili.» Hilary non gli rispose e Jack continuò a indietreggiare; poi, a un tratto le fece saltar via il coltello di mano e le allungò uno schiaffo talmente violento che lei andò a sbattere contro la parete opposta. In quel momento non riuscì a capire che cosa le facesse più male: se il naso dal quale adesso il sangue sgorgava a profusione, inondandole la faccia, oppure la nuca che pareva fratturata per l'impatto con il muro. «Ecco, puttana... ti sta bene. Come ti senti, adesso?»

Lei bofonchiò, sforzandosi di rialzarsi, sempre ripiegata su se stessa per proteggere la propria virtù. Ma Jack non sembrava che provasse più il minimo interesse per lei. Aveva solo voluto punirla per l'umiliazione che gli aveva inflitto. Sapeva che avrebbe sempre potuto ottenere il resto da lei più tardi. Accidenti, la ragazza non aveva nessun altro posto dove andare. Ormai era sua. Praticamente ne era il padrone.

«Dunque... adesso ricordati che la prossima volta dovrai comportarti bene con lo zio Jack, eh?» Le allungò un altro manrovescio mentre un lampo di cattiveria gli illuminava gli occhi, lei cadde contro una seggiola urtandola con lo sterno, ferendosi profondamente a un seno tanto che subito si accorse di sanguinare anche lì. Le ronzavano le orecchie, aveva un labbro spaccato, temeva di avere una mandibola fratturata oltre a quell'orrendo squarcio al petto. Jack ormai non capiva più niente, stravaccato sul divano, ancora nudo, completamente ubriaco, era molto soddisfatto di quello che aveva compiuto. La prossima volta la ragazza non gli avrebbe resistito. Ne era sicuro. Le aveva dato una buona lezione. Talmente buona che lei riuscì a trascinarsi a malapena nuda, sotto il temporale, fino alla porta dei vicini di casa, e qui svenne. Rimase distesa su quel gradino per svariate ore senza accorgersi della pioggia, con le ferite aperte, finché aprendo per ritirare il giornale, la mattina dopo la signora Archer la scoprì.

«O mio Dio!... O mio Dio!» Urlò, indietreggiò e poi si affrettò a chiamare il marito. «Mio Dio... Bert, c'è una donna morta davanti a casa, ed è completamente nuda!» Lui si precipitò fuori e la trovò metà dentro e metà fuori dalla porta, ancora sanguinante e svenuta.

«Cristo... è la ragazzina della casa accanto, quella alla quale è morta la zia... quella che non si vede mai... bisogna chiamare la polizia.» Mollie stava già componendo il numero all'apparecchio. I poliziotti arrivarono quasi subito e l'ambulanza si trovò lì ancora prima di loro. La condussero al Brewster Hospital e, mezz'ora dopo, lei riprese conoscenza. Vide gli Archer che la guardavano con gli occhi sbarrati, fermi sulla porta della sala del pronto soccorso. La signora Archer scoppiò in lacrime... come le ricordava la figlia! Era chiaro che era stata picchiata selvaggiamente, violentata, e depositata da qualcuno sulla soglia della loro casa. Un esame più approfondito dimostrò che non era stata violentata, ma soltanto picchiata quasi a morte. La ricucirono, lo squarcio al seno era impressionante, ma ancora peggio era la commozione cerebrale provocata dal colpo preso quando lo zio l'aveva scaraventata contro il muro la prima volta. Hilary vomitò subito dopo essere rinvenuta, e continuò a svenire parecchie volte; i medici, però, rassicurarono la signora Archer dicendo che non correva pericolo. Così, dopo qualche ora, quella se ne andò. La ragazzina non sembrava particolarmente ansiosa di confessare quello che era successo e di dire il nome di chi l'aveva picchiata; la polizia, comunque, stava ancora svolgendo le indagini.

«Chi pensi che possa averle fatto una cosa del genere?» domandò la signora Archer al marito mentre tornavano a casa. Passarono vari giorni prima che la verità venisse alla luce. E non fu certo Hilary a raccontarla. Jack si tradì la terza volta che la polizia andò a cercarlo. Allora vennero emessi parecchi capi d'accusa a suo carico; ma Hilary li supplicò di rinunciare. «Se fate una cosa del genere, mi ammazza!» Era terrorizzata. Capiva che lo zio l'avrebbe senz'altro fatta fuori, o peggio...

A quel punto la polizia decise di trovare un'altra soluzione. «Hilary, senti. Non sei costretta a tornare a casa. Potremmo darti in affidamento a una famiglia.»

«Che cosa sarebbe l'affidamento?» Aveva sgranato gli occhi, intimorita... Eppure che cosa poteva essere peggio dell'inferno in cui era vissuta fino ad allora?

«Sì tratta di alloggiare presso una famiglia temporaneamente, oppure anche per un periodo di tempo più lungo. Lo facciamo con i bambini che non hanno nessun altro posto dove andare.»

«Vorrebbe dire una specie di orfanotrofio?»

Il funzionario scosse la testa. «No, si tratta di persone che sono disposte ad accogliere in casa i ragazzi, come te. Che cosa ne pensi?»

«Sì, credo che mi piacerebbe.» Per risolvere la questione, però, Hilary dovette passare attraverso quasi tutti i tribunali della Florida, era infatti una minorenne senza famiglia e questo poneva gravi problemi. La faccenda si risolse, quando appurarono che Hilary non era mai stata adottata dagli zii. Rivide Jack ancora una volta, accompagnata da Mollie Archer che l'aspettò, impacciata e a disagio, sulla soglia. Hilary doveva recuperare le sue cose, ma aveva paura di trovarsi a faccia a faccia con lui. Era la prima volta che si incontravano dalla sera in cui Jack l'aveva picchiata, Hilary era impaurita al pensiero di quello che lui poteva farle, dopo che lo aveva denunciato alla polizia. Jack si limitò a fissarla con gli occhi colmi di furore e di veleno e si azzardò a dire solo poche parole. La signora Archer, intanto, non la mollava di un passo.

Hilary mise le poche cose che le appartenevano nella sua unica valigia e nascose il sacchettino di stoffa, con la massima attenzione, sotto la fodera, dov'era scucita. Sapeva che, d'ora in avanti, doveva difenderlo con ogni mezzo, era l'unico amico che avesse al mondo... il denaro necessario a rintracciare le sorelle... i suoi diecimila dollari. Se Jack avesse immaginato l'esistenza di quei soldi e che lei se n'era impossessata, l'avrebbe senz'altro ammazzata.

Jack richiuse la porta, sbattendola violentemente, e diede un giro di chiave. Lei attraversò in silenzio il cortiletto per passare in casa della signora Archer, in attesa dei funzionari che si occupavano dei minorenni abbandonati. Sarebbero venuti a prenderla l'indomani mattina. Tutto stava andando a posto con una tale facilità che per un attimo Hilary si concesse un pensiero diverso dal solito; si disse che, da quel momento in poi ogni cosa sarebbe diventata semplice. Qualche anno privo di difficoltà e poi di nuovo a New York per rintracciare Megan e Axie. E, un giorno, le sorelle sarebbero tornate a vivere con lei. E avrebbe potuto prendersene di nuovo cura. Non la considerava un'eventualità impossibile, soprattutto pensando al gruzzolo che aveva trovato nascosto fra le calze di nylon di Eileen. Si trattava dell'unica cosa gentile che la zia le avesse mai fatto, anche se in realtà non ne aveva certo avuto l'intenzione. Ormai tutto ciò non aveva più importanza. Il denaro si trovava nella valigia e Hilary era decisa a difenderlo a costo della vita. Per lei, si trattava di un autentico patrimonio.

L'assistente sociale venne a prenderla, come le era stato promesso alla mattina e, dopo essere passata per pochi minuti dal tribunale, la condusse dalla famiglia a cui era stata affidata in una casa decrepita in un quartiere povero e periferico di Jacksonville. La donna che venne ad aprire aveva un sorriso cordiale sulle labbra; indossava un grembiule e, intorno a lei, c'erano altri quattro ragazzini di età che variava dai dieci a quattordici anni, almeno da quanto Hilary poté giudicare. Quel posto le fece venire subito in mente la casa in cui Eileen e Jack avevano vissuto a Boston. Aveva lo stesso fetore, lo stesso mobilio sconquassato, lo stesso aspetto squallido e trascurato. Del resto non c'era da meravigliarsi pensando che lì dentro vivevano una mezza dozzina di ragazzi.

La donna si chiamava Louise. Mostrò a Hilary la stanza, che doveva dividere con altre ragazze alle quali, come a lei, era stata assegnata una stretta branda militare, acquistata in uno degli empori dove si svendeva il materiale in eccedenza dell'esercito. Su uno di quei letti era seduta una negretta, alta e smilza, con immensi occhi neri la quale scrutò Hilary con curiosità non appena la vide entrare e posare lì la sua roba. Poi l'assistente sociale le presentò.

«Hilary, questa è Maida. Sono nove mesi che sta in questa casa.» La donna sorrise e scappò via per tornare da Louise e dal branco di ragazzini che c'era in cucina. La casa, per quanto piena di gente, di animazione e di traffico, non aveva per nulla un'aria accogliente tanto che Hilary provò subito la sensazione di essere appena stata abbandonata in un campo di lavoro.

«Hilary... che razza di nome sarebbe?» Maida la scrutò con aperta ostilità non appena l'assistente sociale se ne fu andata e tornò a esaminarla incuriosita dal collettino del brutto vestito e dalle scarpe da poco prezzo che Eileen le aveva comperato. Non si trattava certo di un abbigliamento elegante ed era molto, ma molto diverso dalle raffinate toilette di organza e velluto della sua infanzia, lussi dimenticati ormai. Hilary, con gli occhi verdi dall'espressione tanto grave, ricambiò lo sguardo della negretta chiedendosi quale sarebbe stata la sua vita lì dentro. «Da dove arrivi, ragazza?»

«New York... Boston... adesso abito qui da due anni.»

La negretta assentì. Era di una magrezza spaventosa e Hilary si accorse che doveva aver l'abitudine di mangiarsi continuamente le unghie. Era alta, collerica e nervosa. «Davvero? E allora perché sei venuta qui? Tua madre e tuo padre sono in galera?» I suoi, sì. La madre faceva la prostituta; il padre, il magnaccia, oltre a spacciare la droga.

«I miei genitori sono morti.» Anche la voce di Hilary pareva morta mentre pronunciava quelle parole e i suoi occhi erano diventati guardinghi. Si era fermata appena dentro, nella camera.

«Hai fratelli e sorelle?» Hilary pensò che non capiva che differenza facesse e stava per dire sì, ma poi ci pensò meglio e si limitò a scrollare la testa. Maida sembrò soddisfatta della risposta. «Dovrai lavorare sodo per Louise, dolcezza. È una carogna.» L'informazione non era del tutto gradita, ma chissà perché Hilary aveva già sospettato fin dal primo momento che la sua vita lì non sarebbe stata proprio facile come le avevano detto.

«Che cosa bisogna fare?»

«Pulire la casa, occuparsi dei bambini più piccoli, tenere in ordine il cortile, l'orto che c'è dietro... fare il bucato... tutto quello che lei dice... Insomma un po' come essere schiavi, solo che si dorme nella casa dei padroni e lei ci permette anche di mangiarci!»

Gli occhi di Maida ebbero un lampo maligno mentre pronunciava quelle parole e Hilary non capì bene se fosse il caso di ridere o no. «Insomma è anche peggio dell'istituto.»

«Che cosa sarebbe?» Si sentiva una neofita di fronte a tutto ciò: case e famiglie a cui si era dati in affidamento, istituti per minorenni abbandonati, genitori che erano finiti in galera... anche se il suo papà era morto in una cella di prigione. Era difficile assorbire tutti i cambiamenti che lui aveva provocato nelle loro vite, in una sola notte di furore scatenato. Hilary spesso ci pensava, tardi, la sera; forse, si diceva, papà avrebbe fatto meglio ad ammazzare anche lei insieme alla mamma. Sarebbe stato molto più semplice invece di quella morte lenta alla quale l'aveva condannata, lontano da casa e dalle persone alle quali voleva bene, abbandonata fra estranei.

«Scendi dalla luna!» Maida sembrava indispettita. «Lo sai anche tu che cos'è l'istituto... quello per i minorenni abbandonati...» Pronunciò quelle parole lentamente, con una strana intonazione. Intanto Hilary assentiva. «È la prigione, per i ragazzi. Se non riescono a trovarti una casa per l'affidamento, è lì che finisci e ti mettono dietro le sbarre e ti trattano come se fossi cacca. Io preferisco sfacchinare dalla mattina alla sera per

Louise fino a quando mia madre non verrà fuori di nuovo. Dovrebbe uscire il mese prossimo. Allora sì, che potrò andare a casa.» La madre di Maida era stata sorpresa, con il marito, in una retata di drogati. «E tu, invece? Quanto tempo pensi di rimanere qui? Non hai parenti da cui andare?» Pensava che i genitori di Hilary fossero morti da poco e si trattasse solo di una sistemazione temporanea. Perché, in Hilary, c'era qualcosa di differente; il modo in cui parlava, si muoveva, il silenzio con il quale esaminava con attenzione tutto e tutti, come se quello non fosse il suo mondo. Non vi appartenesse. Lei, però, si limitò a scrollare il capo per tutta risposta alla domanda di Maida e, proprio in quel momento, l'assistente sociale rientrò nella stanza.

«State facendo amicizia, ragazze?» La donna sorrise come se fosse totalmente ignara della giungla in cui lavorava. Per lei, quelli erano tutti bravi ragazzi; stava cercando una casa simpatica e accogliente per ciascuno di loro, e tutti dovevano essere felici.

Le ragazze la squadrarono come se non avesse il cervello del tutto a posto. E Maida fu la prima a rispondere. «Già. Proprio quello che stavamo facendo... impariamo a conoscerci. Giusto, Hilary?» Hilary assentì, chiedendosi se quella fosse la risposta che andava bene, ma si sentì sollevata quando l'assistente sociale la riaccompagnò in cucina. C'era qualcosa in Maida che la spaventava.

«Maida si sta comportando molto bene qui», le confidò la donna mentre percorrevano il piccolo e tetro corridoio.

I ragazzini più piccoli erano usciti di nuovo nel cortiletto e Louise le stava aspettando, ma Hilary non vide traccia del cibo che c'era in tavola e che gli altri stavano mangiando poco prima e sentì un brontolio allo stomaco. Chissà se le avrebbero dato qualcosa oppure se sarebbe stata costretta ad aspettare fino all'ora di cena.

«Sei pronta a metterti al lavoro?» Louise domandò, e

Hilary annuì. Ecco la risposta alla domanda che si era fatta mentalmente.

Sembrò che l'assistente sociale si dileguasse di punto in bianco mentre Louise la accompagnava fuori indicandole una pala e qualche rastrello. Le disse di mettersi a scavare una fossa lunga e stretta e le promise che qualcuno dei ragazzi l'avrebbe aiutata. In realtà nessuno di loro si fece vedere. Stavano fumando una sigaretta dietro il capanno degli attrezzi, venne lasciata sola a manovrare la pala, a sudare di fatica. Aveva sgobbato duramente in quegli ultimi quattro anni, però non era mai scesa tanto in basso da doversi occupare anche di un lavoro pesante come quello! Aveva tenuto pulita la casa di Eileen e Jack, fatto il bucato, cucinato i pasti e assistito la zia malata fino a quando era morta, ma questo era qualcosa di più faticoso di tutto quanto avesse mai provato prima tanto che aveva gli occhi colmi di lacrime di stanchezza quando Louise li chiamò dentro, avvertendoli che la cena era pronta. In cucina trovarono Maida, con aria trionfante, in piedi davanti ai fornelli. A lei era toccato un incarico molto più leggero: quello di preparare la cena, se così il loro pasto poteva chiamarsi. In realtà si trattava di qualche pezzo di carne e cartilagine che galleggiava in un mare di unto acquoso, che Louise definì uno stufato, mentre ne versava a ciascuno una piccola porzione nel piatto e tutti si sedevano a mormorare una preghiera di ringraziamento. Anche se sentiva atrocemente il morso della fame e le pareva di avere le vertigini, dopo essere rimasta sotto quel sole cocente per tutta la giornata, Hilary non riuscì a inghiottirne un solo boccone.

«Su, da brava, mangia, devi conservarti in forze.» Louise le rivolse un orrendo sorriso che le fece venire in mente una di quelle terrificanti fiabe infantili in cui una strega divorava i bambini.

«Mi spiace... non ho molta fame...» Hilary si scusò con voce fievole mentre i ragazzi la prendevano in giro.

«Sei malata?» Louise sembrò improvvisamente infastidita. «Non mi avevano detto che stavi male...» Sembrava che fosse lì lì per rispedirla da dov'era venuta, dove l'aspettava un destino sconosciuto e Hilary non poté fare a meno di ricordare la sgradevole descrizione dell'istituto che Maida le aveva fatto. Un carcere per ragazzi. Proprio quello che ci voleva! Purtroppo, adesso, non c'era nessun altro posto in cui potesse andare. Neanche a pensarci di tornare da Jack! Sapeva fin troppo bene che cosa le avrebbe fatto. Quindi si trattava di scegliere fra Louise e l'istituto.

«No, no, non sono malata... è stato il sole... faceva così caldo fuori...»

«Ohi! Ohi!...» Gli altri ragazzi ne approfittarono subito per sbeffeggiarla e Maida le allungò malignamente un pizzicotto mentre l'aiutava a lavare i piatti. Hilary ebbe la conferma che quella sistemazione fosse indubbiamente molto strana. Non si comportavano né come una famiglia, né come un gruppo di amici; e Louise non pretendeva di fingersi una mamma per nessuno di loro. Erano soltanto delle persone che lei aveva assunto perché facessero del lavoro e i ragazzi la trattavano più o meno nello stesso modo. Sembrava un arrangiamento temporaneo che tutti consideravano con molto distacco. Il marito di Louise aveva perduto una gamba in guerra e l'altra pareva gravemente acciaccata. Di conseguenza non era in grado di lavorare e Louise si prendeva in casa i ragazzi perché facessero la sua parte di lavoro, e la propria, oltre a trovar comodo il denaro che, per questo incarico, le veniva versato. Lo Stato la pagava per ogni ragazzo che accoglieva presso di sé e, pur non diventando certo ricca, riusciva a mettere insieme una bella sommetta. Il massimo che si diceva disposta ad accogliere erano sette ragazzi, quindi tutti sapevano che presto ne sarebbe arrivato un altro perché con Hilary erano soltanto sei. Oltre a Maida c'erano una biondina pallida di quindici anni che si chiamava Georgine e tre chiassosi ragazzotti, anche quelli più o meno della stessa età. Due di loro avevano cominciato a squadrare Hilary con aria lasciva subito dopo cena. Nessuno era bello e ben pochi avevano l'aria sana. Del resto sarebbe stato un po' difficile... con quello che mangiavano! Louise cercava di fare tutte le economie possibili, Hilary ci era abituata, dopo aver vissuto con Eileen e Jack. Tuttavia dovette accorgersi che Louise era riuscita a perfezionare ulteriormente quell'arte.

Alle sette e mezzo chiamò i ragazzi avvertendoli che dovevano prepararsi per andare a letto. Erano già tutti nelle loro stanze a chiacchierare, a lamentarsi, a raccontarsi le storie dei genitori in prigione, oppure delle esperienze che avevano avuto nell'istituto per minorenni abbandonati. Tutto ciò era talmente diverso da quello che Hilary si aspettava che finì per rimanere seduta sul letto, ammutolita e spaventata. I ragazzi avevano la camera, vicino a quella dove Georgine e Maida si erano messe a chiacchierare, come se lei neppure esistesse.

Posso accettare tutto questo, Hilary si disse... è meglio di Jack... non è poi così orrendo... le ritornò in mente il denaro nascosto nella valigia e si augurò che nessuno glielo trovasse. Doveva lasciar passare ancora cinque anni come quello... cinque anni di affidamento a una famiglia oppure di istituto per minorenni abbandonati... altrimenti c'era Jack... lottò contro se stessa perché le erano salite le lacrime agli occhi, poi finalmente poté chiudersi dietro le spalle la porta del bagno e si mise a singhiozzare in silenzio nell'asciugamano lacero e ruvido che Louise le aveva consegnato quella mattina. Impossibile persuadersi che la vita, adesso, non le offrisse che questo! Nel giro di pochi minuti, i ragazzi cominciarono a tempestare di colpi la porta e lei dovette uscire, una fila di scarafaggi attraversava la vasca da bagno.

«Si può sapere che cosa stavi facendo lì dentro? Hai bisogno di una mano?» le domandò uno dei ragazzi, un nero, e gli altri si misero a sghignazzare trovando divertentissima quella battuta. Hilary passò davanti a loro per rientrare nella propria camera, senza dire niente. Ma fece appena in tempo perché Maida stava già spegnendo la luce. Un attimo più tardi rimase ancora più sbalordita quando Louise apparve sulla soglia con un mazzo di chiavi in mano. Pareva che avesse intenzione di chiuderle dentro, ma Hilary pensò che non era possibile, o almeno così credeva... Intanto continuava a sentire le rauche risate che arrivavano dalla camera dei maschi.

«È l'ora di chiusura», Maida le fornì questa informazione nel preciso momento in cui Louise sbatteva la porta con un tonfo. Sentirono la chiave che girava nella serratura. Le altre due ragazze le diedero l'impressione di considerare normale la cosa. Hilary le guardò con gli occhi sbarrati.

«Perché lo fa?»

«Così non ci troviamo con i ragazzi. Vuole che tutto sia onesto, pulito e sano.» E, improvvisamente, Maida scoppiò in una risata scrosciante come se avesse detto una battuta di spirito, Georgine la imitò. Quella risata sembrò interminabile. Hilary continuava a fissarle.

«E cosa succede se dobbiamo andare in bagno?»

«Devi pisciare nel letto», la informò Georgine.

«Però, poi, la mattina dopo, ti tocca pulire!» Maida aggiunse, e si mise nuovamente a ridacchiare.

«E se dovesse scoppiare un incendio?» Hilary era terrorizzata, Maida invece si limitò a scoppiare in un'altra risata.

«In quel caso sei fritta, bella mia. Come una patatina... e quella tua bella pelle candida come un giglio finisce per diventare tutta nera come la mia.» Veramente avrebbero potuto rompere i vetri della finestra e fuggire da quella parte, ma Hilary, lasciandosi cogliere da crescenti ondate di panico, non ci pensò. Si distese sul letto, avvolgendosi nelle lenzuola, cercando di non pensare a tutte le cose orribili che potevano succedere. Nessuno l'aveva mai chiusa a chiave in una stanza prima e trovava quell'esperienza peggio di tutto il resto. Oltre a essere una cosa a cui non aveva mai pensato.

Rimase in silenzio a fissare il soffitto, con gli occhi sbarrati. Aveva il respiro rapido e affannoso. Le pareva di sentirsi soffocare come se qualcuno le avesse appoggiato un guanciale sulla faccia; poteva sentire le altre due ragazze che bisbigliavano; poi udì un fruscio di lenzuola e una serie di risatine irrefrenabili. Si voltò per vedere che cosa stava succedendo, ma non era assolutamente preparata allo spettacolo che si trovò di fronte. Maida, nuda, era finita nel letto di Georgine. Georgine aveva scaraventato sul pavimento la cenciosa camicia da notte e adesso si accarezzavano il corpo reciprocamente alla luce della luna, baciandosi, toccandosi. Maida, di tanto in tanto, si lasciava sfuggire un gemito sommesso, rovesciando indietro gli occhi. Hilary avrebbe voluto girarsi dall'altra parte, ma era talmente inorridita che non riuscì a muoversi e la ragazza più vecchia, accorgendosene, le domandò in tono tagliente:

«Si può sapere che cosa c'è, tesoro? Mai visto prima due ragazze che facessero quello che facciamo noi?» Hilary fece segno di no con la testa, in silenzio, e Georgine si mise a ridere raucamente quando Maida le mise la testa fra le gambe. Poi la scostò scoppiando in un'altra risata stridula. «Aspetta un momento.» Si rivolse a Hilary. «Vuoi provare?» Hilary fece segno di no con la testa, di nuovo, terrificata, ma non c'era modo di sfuggire alle due compagne. La porta era chiusa a chiave e lei era costretta a rimanere lì ad ascoltare, anche se non le guardava. «Potrebbe piacerti magari.»

«No... no...» E pensare che era stata portata lì in quella casa proprio per un motivo del genere... salvo che l'altra volta si era trattato di Jack, e non di due ragazze... Non riusciva nemmeno a immaginare che cosa avrebbero potuto farle, per fortuna si dimenticarono presto di lei mentre ritornavano ai loro segreti piaceri notturni. Gemevano, si contorcevano sul letto, a un certo punto Maida si lasciò sfuggire un grido talmente forte che Hilary ebbe paura di vedere arrivare Louise a coprire di botte tutte e tre... Invece non si udì nessun altro rumore nel silenzio all'infuori di quello che facevano Maida e Georgine, del suono dei loro respiri ansanti, affannosi... Poi, alla fine, mentre Hilary scoppiava a piangere sommessamente, si abbandonarono esauste l'una fra le braccia dell'altra e si addormentarono. Hilary rimase sveglia fino al mattino.

Il giorno seguente lavorarono di nuovo sodo. Hilary tornò in giardino a scavare; poi le venne dato ordine di ripulire a fondo l'interno di una baracca per gli attrezzi. I ragazzi la sbeffeggiarono come avevano già fatto prima; fu anche incaricata di preparare il pranzo. Voleva cucinare qualcosa di passabile, ma scoprì che era impossibile con le poche provviste che Louise le aveva lasciato. Dovette servire fette sottili di carne in scatola e avanzi di patatine fritte. Era appena il necessario per sopravvivere, costretti com'erano a lavorare sotto il sole cocente dell'estate; anche quella notte, Hilary fu costretta ad ascoltare Maida e Georgine che gemevano, ansavano e si lasciavano sfuggire grida sommesse. Stavolta girò risolutamente la schiena, mise la testa sotto le coperte e cercò di fingere con se stessa di non sentirle. Due giorni dopo, però, Georgine si insinuò nel suo letto e cominciò ad accarezzarle lentamente la schiena sotto la camicia da notte. Era la prima volta che qualcuno la toccava con gentilezza da quando la mamma era morta, ma Hilary capì che si trattava di qualcosa di diverso e non le piacque.

«No, per favore...» Si scostò bruscamente, rischiando quasi di cadere dal letto, ma Georgine ormai l'aveva bloccata e non la mollava più, circondandole la vita con un braccio e tenendola stretta contro di sé mentre si allungava dietro la sua schiena. Hilary poteva sentire il contatto dei seni di Georgine contro il dorso. Poi, con la mano libera, la ragazza, cominciò ad accarezzarle i capezzoli.

«Su, tesoro, non trovi che è bello... sì... certo che è bello... Maida e io siamo stufe di divertirci da sole e vorremmo provare a divertirci anche un po' con te... Dovremmo diventare amiche.» Intanto la mano che, fino a quel momento, aveva accarezzato il seno giovane e sodo si stava spostando lentamente verso il basso, verso le cosce che Hilary teneva chiuse, e strette, terrorizzata.

«Oh, per favore... ti prego... no!» Piangeva, si lamentava e gemeva, le pareva ancora peggio di ciò che era accaduto con Jack. Qui non aveva scampo, nessun coltello da macellaio, nessun luogo dove fuggire. Non poteva sottrarsi alle due ragazze, chiuse a chiave in una stanza con lei... Georgine l'aveva stretta in una morsa dalla quale Hilary non riusciva a liberarsi e, mentre la teneva imprigionata nel letto con due gambe che sembravano serpi di acciaio, Maida arrivò furtivamente e cominciò ad accarezzarla. Intanto Georgine cercava di allargarle le gambe impiegando tutte le sue forze almeno per quello che gli sforzi sovrumani di Hilary le consentivano.

«Così... prova un po'... vedrai...» Maida le mostrò cose che non desiderava né capire né provare e la toccò in certi punti del suo corpo che non aveva mai nemmeno toccato lei stessa. Allora tentò di urlare, terrorizzata. Georgine, però, le mise una mano sulla bocca, con fermezza, e lasciò che Maida continuasse ad accarezzarla. Sembrò che quelle carezze continuassero per un tempo infinito... In principio erano dolci, delicate, affettuose, ma poi si fecero sempre più crudeli, più violente. Alla fine si stancarono; quando Georgine si decise finalmente a scendere dal letto, Hilary sanguinava abbondantemente. «Cavolo, hai le mestruazioni?» Sembrò quasi infastidita quando vide quel lago di sangue nel letto e sulle gambe di Hilary. Lo si poteva scorgere perfino alla luce della luna. Maida, però, aveva capito di che cosa si trattava: dopo tutto le aveva fatto proprio quello che voleva! Sogghignò, guardando prima Georgine e poi Hilary, sconvolta e disperata.

«Figurati, no, assolutamente... era vergine.»

Anche Georgine scoppiò in una risata perfida. Sapeva fin troppo bene che erano cose senza importanza. Dopo la prima volta... era sempre stato così, per tutte. E se non la smetteva subito di piagnucolare, se non se la faceva passare in fretta, insomma... l'avrebbero picchiata e Hilary, spaventata, avrebbe sopportato e si sarebbe adattata.

Il giorno dopo Hilary, non appena Louise venne ad aprire la porta, andò a lavare le lenzuola e si scusò profusamente con lei che si era messa a urlare non appena aveva visto il guaio che aveva combinato. Perfino i maschi sghignazzarono, prendendola in giro, quando videro che le strofinava energicamente. Hilary aveva l'impressione che tutto il dolore e l'umiliazione del mondo si fossero scaricati su di lei, come se qualcuno, chissà perché, volesse annientarla e distruggerla. Non poté fare a meno di chiedersi dove fossero le sue sorelle e, in segreto, pregò che a loro non fosse successo niente del genere. Sapeva che, in ogni caso, non era possibile. Vivevano in case di amici di Arthur Patterson e gente come quella non faceva cose simili... Non poteva sapere né immaginare le torture che erano capaci di inventare persone come Eileen, Jack, Louise, Maida e Georgine. Lavando le lenzuola, scavando quel fossato che Louise voleva sempre più profondo, Hilary si augurò che le proprie sofferenze bastassero anche per Axie e Megan. E fece solenne giuramento a Dio di essere disposta ad accettare tutto ciò che Lui le aveva destinato purché loro venissero risparmiate... «Ti prego, Signore Iddio... ti prego», mormorò sofferente sotto il sole torrido mentre Georgine le arrivava d'improvviso alle spalle.

«Ehi, piccola, adesso ti sei messa a parlare da sola?»

«Io... no...» Girò di scatto la testa dall'altra parte in modo che Georgine non si accorgesse che era arrossita violentemente.

«È stato bello la notte scorsa... la prossima volta andrà ancora meglio.»

Hilary si voltò di scatto verso di lei e, anche se non poteva assolutamente immaginarlo, prese un'espressione che assomigliava in un modo incredibile a quella della madre. «No, niente affatto! E guai a te se ti azzardi a toccarmi ancora una volta, mi hai sentito?» Intanto aveva afferrato la pala e la stringeva con aria minacciosa tra le mani; Georgine scoppiò in una risata mentre si allontanava. Sapeva che Hilary non avrebbe avuto nessun'arma di difesa in camera, quella notte, e infatti fu così. Si ripeté la scena che era già successa. Il giorno dopo, Hilary sembrava inebetita. Non c'era modo di sfuggire alle due ragazze; tanto che l'assistente sociale, quando tornò la settimana dopo, data un'occhiata a Hilary, le domandò se non lavorasse troppo. Hilary esitò e infine scrollò la testa. Georgine le aveva detto che, se si fosse lamentata, l'avrebbero spedita in un istituto per minorenni abbandonati e le aveva raccontato tutto quello che facevano là dentro, a volte adoperavano perfino tubi di piombo e bottigliette di vetro per le bibite... «...non come me e Maida.» Hilary ci aveva creduto. Ormai tutto era possibile. Si limitò ad annuire e rispose all'assistente sociale che tutto andava per il meglio. Poi continuò a vivere quell'incubo.

Le cose andarono avanti così per sette mesi, fino a quando Georgine compì i sedici anni e venne considerata una minorenne emancipata e la madre di Maida uscì dal carcere in libertà vigilata e Maida tornò a vivere con lei; Hilary rimase l'unica ragazza con i tre maschi che occupavano la camera vicina. Louise aveva pensato che una ragazza e tre maschi non fossero una combinazione pericolosa e quindi non si preoccupava di chiudere a chiave la porta della camera di Hilary alla sera. Rimase così senza la minima protezione. I ragazzi arrivarono, furtivi, una notte; Hilary, che era sveglia, li vide entrare e richiudersi in silenzio la porta alle spalle. Lottò per difendersi come una gatta selvatica, ma ben presto perdette le forze e i tre fecero né più né meno quello che erano venuti a fare. La mattina seguente, Hilary telefonò all'assistente sociale e le domandò di essere trasferita in un istituto per minorenni abbandonati. Non le diede alcuna spiegazione e sembrò che Louise non desse importanza alla cosa quando la vennero a prendere due giorni dopo. Nel frattempo Hilary aveva sottratto da tavola un coltello e una forchetta per prepararsi a ricevere la seconda visita di mezzanotte. Uno dei ragazzi rischiò quasi di perdere una mano e gli altri batterono in ritirata, pieni di terrore. Comunque lei fu ugualmente felice di rinunciare all'affidamento in casa di Louise, anche se non disse una sola parola all'assistente sociale di quanto era successo.

All'istituto per minorenni abbandonati la misero in isolamento perché non faceva che avere l'aria aggrottata, tenere il muso, e si rifiutava di rispondere a qualsiasi domanda. Ci vollero due settimane per capire che non era ammalata. Era magra come un chiodo e troppo debole per stare in piedi, ma il medico concluse che forse, in compagnia di altri ragazzi, si sarebbe rasserenata. La sua «malattia» fu definita: psicosi dell'adolescenza.

Le venne assegnato un lavoro in lavanderia e la sistemarono in un dormitorio con altre quindici ragazze. Alla notte sentì gli stessi gemiti, e le stesse grida, che aveva sentito da Maida. Ma nessuno venne a infastidirla, nessuno le parlò, nessuno la sfiorò con un dito. Un mese dopo le trovarono posto in affidamento in una nuova casa con altre tre ragazze. La donna che doveva occuparsi di loro era simpatica anche se mancava di calore umano, però era educata e cortese, viveva la sua religione in un modo molto serio, ma senza la minima gioia, e parlava di frequente di un Dio che le avrebbe punite se non si fossero dedicate devotamente a Lui. Hilary si era chiusa in una specie di armatura, gli altri tentarono vanamente di trovare il punto su cui far leva per fargliela crollare di dosso, sapevano che era una ragazza intelligente, ma alla fine rimasero scoraggiati dal suo mutismo glaciale. Lei sembrava non riuscire più a trovare un punto di contatto con il mondo. Dopo un paio di mesi la rimandarono all'istituto e la «scambiarono» con un'altra ragazza, una undicenne allegra e cordiale, che chiacchierava e faceva tutte le cose che Hilary si rifiutava di fare.

Hilary, quindi, rimase definitivamente all'istituto, ma non fece nessuna amicizia. Studiava, lavorava, leggeva tutto ciò su cui poteva mettere le mani. Intanto aveva fatto i suoi piani. Voleva uscire di lì, voleva studiare e istruirsi e più duramente lavorava, più si rendeva conto che quella era la sua unica salvezza. Si dedicava appassionatamente agli studi e a diciassette anni si diplomò a pieni voti. Il giorno successivo la funzionaria che si era sempre occupata del suo caso la convocò per un colloquio nel suo ufficio.

«Congratulazioni, Hilary. Abbiamo sentito che sei stata bravissima.» Però nessuno era stato lì, presente, al momento del diploma. Non c'era mai stato nessuno ad assistere Hilary, da nove anni, ormai; lei aveva capito che, anche in futuro, non ci sarebbe mai stato nessuno per lei. Era il suo destino, e lo accettava. Purché riuscisse a rintracciare Megan e Alexandra... ma anche quella speranza adesso le pareva molto tenue. Continuava ad avere i diecimila dollari, nascosti nella fodera della valigia, ma l'illusione di ritrovarle pareva affievolita... A meno di non farsi viva di nuovo con Arthur... Ma si sarebbero ricordate di lei? Alexandra doveva avere tredici anni e Megan soltanto nove... Per lei, Hilary sarebbe stata un'estranea ormai. Tutto ciò che le rimaneva era soltanto se stessa. Adesso se ne rendeva conto, mentre fissava in faccia la funzionaria senza mostrare la minima emozione.

«Grazie.»

«Questo è il momento di fare una scelta.»

«Davvero?» Senza dubbio non si trattava di nulla di piacevole. Hilary era diventata molto diffidente dopo tutte le terribili esperienze che aveva subito.

«I nostri assistiti, di norma, rimangono qui fino a diciotto anni, come ben sai, ma in un caso come il tuo, visto che ti sei diplomata alle scuole superiori prima del tempo, ti viene offerta l'opportunità di andartene dall'istituto come minorenne emancipata.»

«Il che significherebbe...?» Hilary, dall'interno della torre d'avorio dove si era rinchiusa, la guardò insospettita.

«Significa che sei libera, Hilary, se vuoi. Altrimenti puoi rimanere qui fino a quando deciderai che cosa desideri fare. Ci hai già pensato per caso?» Certo, da quattro anni!

«Un po'.»

«E?...» A parlare con Hilary non si cavava un ragno dal buco, d'altra parte quei ragazzi erano quasi tutti così: troppo maltrattati dalla vita per fidarsi di chiunque. Era una tragedia anche se, purtroppo, non esisteva il mezzo di cambiare le cose. «Vuoi dirmi quali sono i tuoi progetti?»

«È proprio necessario per andar via di qui?» La funzionaria scrollò il capo.

«No, Hilary. Però vorrei aiutarti, se possibile.»

«Me la caverò benissimo.»

«Dove vuoi andare?»

«Probabilmente a New York. È la mia città. È tutto quello che conosco.» Anche se ormai ne era lontana da una buona metà della vita continuava a sembrarle la casa, la patria. E poi, naturalmente, a New York c'erano le sue sorelle...

«È una città grande. Hai degli amici, lì?»

Fece segno di no con la testa. Se li avesse avuti, sarebbe forse stata costretta a passare quattro anni nell'istituto per minorenni abbandonati di Jacksonville? Che domanda cretina. Per fortuna aveva ancora quei diecimila dollari! Sarebbero stati la salvezza. Non aveva bisogno di amici. Ma soltanto di un lavoro e di un posto dove vivere. Comunque una cosa era certa: lì non sarebbe rimasta di sicuro. «Credo che partirò abbastanza presto. Quando posso andarmene?» I suoi occhi si illuminarono per la prima volta di fronte alla prospettiva di partire.

«Possiamo avere i documenti necessari pronti per la settimana prossima. È abbastanza presto per te?» La donna sorrise con rammarico. Hilary, per loro, era stata un fallimento totale. Si alzò e tese la mano a Hilary che gliela strinse, guardinga. Ormai non si fidava più di niente e di nessuno. «Ti faremo sapere quando potrai andartene. Il più presto possibile.»

«Grazie.» Uscì in silenzio e tornò nella cameretta che occupava. Non era più costretta da tempo a dormire con le altre in dormitorio, o a dividere la camera con una compagna. Aveva l'anzianità conquistata dal lungo soggiorno in istituto; nel giro di pochi giorni però se ne sarebbe andata. Si lasciò cadere sul letto con un sorriso e gli occhi fissi verso il soffitto. Era finita! Finiti l'angoscia, la sofferenza, l'umiliazione, l'orrore dell'esistenza che aveva sopportato in quegli ultimi otto anni. Da quel momento in poi sarebbe stata padrona di se stessa. Cominciò a sorridere come non le accadeva da anni. Dopo una settimana esatta era a bordo di un autobus, senza rimpianti, né dispiaceri. I suoi occhi erano freddi, verdi e spietati; sognavano un mondo nuovo, diverso; il passato era un incubo che si lasciava alle spalle.

Capitolo 9

L'AUTOBUS si fermò a Savannah, Raleigh, Richmond, Washington e Baltimora, ci mise due giorni a raggiungere New York. Hilary, silenziosa, seduta vicino al finestrino, guardava fuori. Gli altri passeggeri avevano scambiato qualche parola durante le soste per il pranzo, o quando facevano quattro passi per sgranchirsi le gambe alla sera; due marinai avevano perfino tentato un approccio, ma lei li aveva trattati con una tale determinazione e sicurezza che, da quel momento, nessuno aveva più osato venirle vicino.

Era una figura solitaria, la sua, quando scese dall'autobus a New York. Si sentiva tremare il cuore in un modo terribile. Eccola a casa... dopo nove lunghi anni... Se n'era andata da lì, da bambina, tre giorni dopo che papà si era suicidato, per vivere con la zia a Boston. C'erano voluti tutti quegli anni per tornare, però ce l'aveva fatta.

Le autorità competenti del tribunale dei minori della Florida le avevano consegnato duecentottantasette dollari per iniziare una nuova vita. Ma lei ne possedeva altri diecimila, quelli che erano appartenuti a Eileen. Per prima cosa si recò in una banca nella Quarantaduesima Strada, poi si cercò una camera in albergo; ne scelse uno piccolo e decrepito nei dintorni della Trentesima Strada, nell'East Side. La camera era semplice, con il minimo indispensabile, e nessuno badava a quello che lei faceva, se entrava o usciva. Mangiava in una caffetteria all'angolo e leggeva tutte le inserzioni dei giornali per cercare un lavoro. Mentre studiava alle superiori, aveva seguito un corso di dattilografia, ma non aveva altre specializzazioni, quindi non si faceva illusioni su quello che l'aspettava. Doveva partire dal fondo. Però aveva anche altri progetti. E nessuna intenzione di fermarsi lì. I fantasmi delle donne che le era capitato di vedere nei nove anni precedenti avevano lasciato un segno su di lei. Mai e poi mai sarebbe diventata come loro. La sua intenzione era quella di lavorare e di andare al *college* di sera. Un giorno sarebbe diventata una persona importante, ecco la promessa che faceva a se stessa. Un giorno sarebbe diventata qualcuno.

Nel suo secondo giorno a New York, entrò da Alexander, il grande magazzino di Lexington Avenue, e spese cinquecento dollari per rifarsi il guardaroba. Le sembrava una cifra enorme, ma si rendeva conto che doveva avere l'aspetto giusto se voleva ottenere un impiego. Scelse colori scuri, uno stile semplice, qualche gonna e camicetta e scarpe e borsa di vernice. Mentre si provava tutte quelle novità nella camera del suo alberghetto scoprì di avere l'aria di una giovane donna molto graziosa; nessuno avrebbe certo sospettato gli orrori che era stata costretta a sopportare dal giorno in cui i suoi genitori erano morti.

Quando si presentò per il primo colloquio, alla ricerca di un impiego, si sentì rispondere che era troppo giovane; in altri tre posti cercavano qualcuno che sapesse stenografare, cosa che lei non sapeva fare. Alla fine entrò in uno studio di ragioneria e fu intervistata da un uomo calvo e obeso che sudava abbondantemente e stringeva in mano un fazzoletto umido.

«Sa scrivere a macchina?» Intanto la guardava con occhi lascivi. Hilary, dal posto in cui era seduta, lo scrutava. Era stata costretta ad affrontare ben altro nella vita e quell'uomo non la spaventava minimamente. Per di più, aveva bisogno di lavorare. Non poteva continuare a vivere eternamente intaccando i fondi che aveva da parte. Era necessario trovare un impiego al più presto; sarebbe stata perfino disposta a lavorare per lui, se si fosse comportato correttamente. «Sa anche stenografare?» Lei fece segno di no con la testa, ma non sembrò che quello avesse importanza. «Quanti anni ha?»

«Diciannove», mentì. Era qualcosa che aveva imparato fin dal primo colloquio. Nessuno voleva assumere una ragazza di diciassette anni. Così diceva una bugia.

«Ha fatto un corso per segretaria?» Hilary scrollò di nuovo la testa e l'uomo si strinse nelle spalle. Poi si alzò in piedi con un mucchietto di carte in mano e girò intorno alla scrivania come se volesse mostrargliele. Ma quando le venne vicino, allungò una mano per accarezzarle il petto, Hilary balzò in piedi con velocità fulminea e gli allungò un manrovescio che lo colpì in pieno viso. Era stato un gesto istintivo, tanto che rimasero tutti e due allibiti a guardarsi.

«Se si azzarda a toccarmi un'altra volta, mi metto a urlare tanto forte da fare arrivare la polizia», lo avvertì Hilary, con gli occhi verdi che lampeggiavano, il corpo teso e contratto e le mani tremanti. «Come osa fare una cosa del genere?» Perché tutti non pensavano che a quello?... Lo zio Jack... le ragazze della casa di Louise... e i maschi, sempre da Louise... era qualcosa che continuava a ripetersi. Non riusciva a capire che quello succedeva perché lei era molto bella. Si era convinta che si trattasse di una specie di punizione per qualche colpa che doveva aver commesso da bambina. Non le sembrava giusto che dovesse sempre essere così, pensò mentre indietreggiava lentamente verso la porta senza mai staccare gli occhi dalla faccia dell'uomo.

«Ascolti... mi spiace... è stata una sciocchezza... signorina... come si chiama?... Su, venga...» Si fece avanti ancheggiando verso di lei, affannato, ma Hilary gli chiuse la porta in faccia e scese le scale più in fretta che poteva. Poi tornò a piedi all'albergo, sentendosi sporca e depressa e continuando a chiedersi se avrebbe mai trovato un impiego.

Fortunatamente, alla fine ci riuscì in un'agenzia di collocamento, come *receptionist.* Era piaciuto il suo aspetto, sospettavano che fosse più giovane di quello che diceva, però era intelligente, sempre in ordine, pulita e ordinata, scriveva a macchina decentemente e sapeva rispondere al telefono e questo bastava. Le offrirono novantacinque dollari alla settimana, una cifra che a lei sembrò enorme. Accettò e tornò subito in albergo per prepararsi al giorno seguente. Aveva trovato il suo primo lavoro! Di lì sarebbe stato facile salire sempre più in alto. Non sapeva ancora che cosa avrebbe voluto fare, però sapeva che le sarebbe piaciuto riprendere gli studi. Aveva letto tutte le inserzioni sui giornali; aveva anche fatto qualche telefonata in proposito. Aveva già mandato la propria domanda di iscrizione e adesso stava aspettando la risposta. Era convinta che fosse l'unico modo per imboccare la strada giusta.

Adesso le rimaneva ancora una cosa da fare e decise di risolvere il problema quello stesso pomeriggio. Infatti non sapeva se in seguito ne avrebbe avuto il tempo. Però non voleva telefonargli. Ma vederlo di persona. Soltanto una volta. E ottenere un'informazione da lui. Poi le sarebbe bastato un giro di telefonate... un pensiero del genere la fece tremare mentre si cambiava di nuovo. Scelse un vestito blu *marin* molto semplice, calze scure e scarpe di vernice nera. Il vestito era corto, perché usava così, ma aveva comunque un'aria molto rispettabile. Si raccolse i capelli in una semplice crocchia che la faceva sembrare molto più vecchia di quanto non fosse in realtà. Si lavò la faccia, se l'asciugò in una delle piccole salviette ruvide dell'albergo e ridiscese. Non prese l'autobus. Non voleva perdere tempo. Chiamò un tassì, invece, e quando giunse finalmente all'angolo tra la Quarantottesima Strada e Park Avenue, si fermò a guardare il grattacielo dove aveva sede lo studio legale di Arthur Patterson, per raccogliere le idee.

L'ascensore ebbe un sussulto mentre saliva al trentottesimo piano e Hilary trattenne il fiato terrorizzata al pensiero che si bloccasse a metà strada. Non era mai stata in un posto del genere, perlomeno per quanto ricordasse... anche se c'erano altre cose che ricordava invece... un viaggio con il padre e la madre in Francia a bordo del *Liberté*... l'appartamento di Sutton Place... i tè al Plaza con Solange, tanti pasticcini e la cioccolata calda guarnita da un mucchio di panna montata... e la notte in cui la mamma era morta e le cose che lei e Sam si erano detti...

Gli sportelli dell'ascensore si aprirono silenziosamente e si trovò di fronte a una *reception* con la moquette folta e verde. Alla scrivania, una ragazza. Portava un tailleur di lino rosa, aveva i capelli biondi, corti, e quell'aria svelta e vivace che si suppone debbano avere tutte le ragazze che fanno un lavoro del genere. Quello ricordò a Hilary che l'indomani anche lei avrebbe occupato un posto simile. Però sapeva che non sarebbe mai stata come quella ragazza. Il suo aspetto non era così dolce, né aveva i capelli biondi, e soprattutto non avrebbe mai dato l'impressione di esser lì pronta a scattare dalla seggiola se qualcuno glielo avesse chiesto. Hilary, mentre le si avvicinava, aveva un'aria quieta, pacata e grave. Guardò la ragazza dritto negli occhi.

«Sono qui per parlare con il signor Patterson.»

«La aspetta?» Le rivolse un sorriso raggiante, ma Hilary non lo ricambiò. Molto onestamente fece segno di no con la testa e riprese a parlare, sforzandosi di dominare il tremito della voce. Dentro di sé si sentiva intimidita dall'ambiente che la circondava anche se, esteriormente, cercava di non lasciarlo trapelare. Sembrava perfettamente a proprio agio, pienamente controllata.

«Veramente no. Però sarei lieta di potergli parlare subito.»

«Il suo nome?» La piccola Miss Sorriso diventò ancora più radiosa del solito.

«Hilary Walker.» Poi aggiunse: «È il mio padrino».

«Oh. Certamente», rispose la biondina e, dopo aver schiacciato una serie di bottoni e sollevato un microfono, pronunciò qualche parola inafferrabile. Anche quello faceva parte del suo lavoro, parlare nel telefono in modo che nessuno potesse sentire quello che diceva.

Un'arte che anche Hilary avrebbe dovuto imparare alla perfezione, all'agenzia di collocamento. Poi la ragazza la lasciò sbalordita. Alzò gli occhi e le rivolse un altro stupendo sorriso e con un gesto della mano le indicò una porta sulla destra. «Entri pure. La segretaria del signor Patterson le verrà incontro per accompagnarla nel suo ufficio.» Non riuscì a nascondere di essere impressionata. Non era facile ottenere un colloquio di punto in bianco con Arthur Patterson... d'altra parte quella ragazza era la sua figlioccia!

Hilary varcò la porta che le era stata indicata e si trovò di fronte a un lungo corridoio con la moquette. L'ufficio legale occupava l'intero piano del palazzo. Il corridoio aveva un'aria imponente, fiancheggiato com'era da scaffali pieni di volumi di diritto, rilegati in cuoio, e popolato da segretarie sedute alle loro scrivanie davanti alla porta dell'ufficio dei rispettivi avvocati. Hilary non era mai stata a trovare Patterson, in studio, nemmeno da bambina.

«La signorina Walker?» Una donna anziana con i capelli grigi, corti, e un sorriso gentile si fece avanti per accoglierla e le indicò una porta che si trovava un poco più avanti lungo il corridoio.

«Sì.»

«Il signor Patterson la aspetta.» Tutto come aveva progettato, come se Arthur avesse saputo che lei doveva venire a trovarlo, come se l'avesse aspettata per nove anni. Ma che cosa poteva sapere lui, seduto lì in quell'ufficio? Che cosa poteva sapere di vite come quelle di Eileen e di Jack, delle cure che lei si era presa della zia fino a quando non era morta, oppure di come aveva lottato selvaggiamente contro lo zio con un coltello da macellaio, degli stenti e della fame che aveva sofferto in casa loro per tutti quegli anni, della famiglia in cui era stata affidata a Jacksonville, di Maida e Georgine... e dell'istituto per minorenni... e perfino dell'ometto viscido e sudaticcio che l'aveva «intervistata» soltanto pochi giorni prima? Che cosa poteva sapere, lui, di tutto questo? Per Hilary era come se Arthur avesse ucciso la mamma con le sue stesse mani, e, di conseguenza, anche la morte di papà era stata colpa sua. Adesso era lì ad aspettarla e Hilary desiderava una sola cosa da lui. Poi se ne sarebbe andata per non rivederlo mai più. No, non aveva nessuna voglia di posare di nuovo gli occhi su di lui, dopo...

La segretaria si fermò davanti a una porta e bussò. Una targa, piccola, elegante, in ottone e cuoio sulla porta, recava la scritta ARTHUR PATTERSON. Poi lei sentì la sua voce. Le era ancora familiare. Continuava a ricordare come le aveva mentito otto anni prima... «Le porto via soltanto per un po', Hilary... poi tornerò a prenderti.» Non l'aveva mai fatto, ma a lei non era nemmeno importato molto, talmente lo odiava. Però ricordava di essersi inginocchiata sulla strada, dopo che lui era ripartito a gridare il nome delle sorelline e fu costretta a ricacciare indietro le lacrime che le erano salite agli occhi per l'ennesima volta... ma ormai quella era la fine... quasi. Erano otto anni che non le rivedeva.

«Avanti!» La segretaria sorrise e si fece da parte mentre le apriva la porta. Hilary entrò in silenzio. Al primo momento non vide la scrivania, ma poi capì com'era fatta: una semplice lastra di vetro e metallo cromato, davanti a una finestra dalla quale si godeva il panorama di tutta New York. Dietro il tavolo era seduto Arthur. La sua figura pareva avesse qualcosa di stonato in quell'arredamento così moderno. Aveva cinquant'anni, ma ne dimostrava come minimo dieci in più, alto, esile, già un po' calvo, con gli occhi tristi e la faccia pallida. Quando si alzò in piedi per guardarla, era ancora più pallido del solito. Per lui era come vedere un fantasma. Hilary era bellissima, alta, con i lucenti capelli neri di Sam, ma la somiglianza con il padre terminava lì... aveva gli stessi occhi di Solange... lo stesso modo di muovere la testa... e stava lì, diritta, eretta di fronte a lui, con la stessa aria fiera con cui Solange, in quel lontano passato, ventun anni prima, si era incamminata per la rue d'Arcole a Parigi. Era un po' come vedere un fantasma... se al posto dei capelli neri s'immaginavano quelli rosso fiamma... era Solange di nuovo fatta e finita... ma con occhi colmi di amarezza e di collera, con qualcosa di duro e spietato nell'espressione del viso che Solange non aveva mai avuto, qualcosa che diceva se ti avvicini ti uccido prima che tu ti azzardi a mettermi una mano addosso... Arthur si domandò subito che cosa potesse esserle successo, qual era stato il motivo che l'aveva fatta diventare così? Eppure era sana e salva, almeno apparentemente, e, adesso che l'aveva di fronte a sé, lì nello studio, poteva notare che era diventata una donna fatta e molto bella. Gli parve un miracolo. Mosse lentamente qualche passo verso di lei, tendendole la mano, con l'illusione di far rivivere il passato. Perché quello era un modo di riavere di nuovo vicino a sé Sam e Solange, di godere ancora una volta del fascino che li aveva circondati. Hilary gli avrebbe restituito tutto ciò.

Tuttavia man mano che si avvicinava, si accorse che la ragazza aveva eretto una barriera fra sé e tutto quanto aveva intorno. Anzi cominciò a indietreggiare quando le andò ancora più vicino. Allora istintivamente si fermò.

«Hilary, stai bene?» Era un po' tardi per fare domande simili e la ragazza detestò immediatamente l'espressione debole e incerta che gli lesse nello sguardo. Non aveva mai capito fino a quel momento quanto Arthur mancasse di coraggio. Non aveva fegato, né grinta, adesso se ne rendeva conto, ed era quello il motivo per cui l'aveva abbandonata dopo avere tradito tutti gli altri... niente grinta... qualcosa di cui Solange l'aveva accusato molto, moltissimo tempo prima, anche se lei non poteva immaginarlo.

«Sto bene.» Non aveva intenzione di perdere tempo con lui. Non era andata lì per far festa, o per essere accolta calorosamente da un amico di famiglia, ma semplicemente per domandargli l'unica cosa che le importasse, l'unica cosa che avesse avuto importanza negli otto anni precedenti. «Voglio sapere dove sono le mie sorelle.» Lo sguardo dei suoi occhi era glaciale. Nessuno dei due si mosse. Hilary scrutava Arthur con attenzione, senza ben capire che cosa gli leggeva in viso, se terrore o dolore, e quindi si mise ad aspettare con il fiato sospeso ciò che lui le avrebbe risposto.

Se prima Arthur era pallido, adesso aveva assunto un aspetto addirittura spettrale. Capiva di non poterla più imbrogliare, sapeva che Hilary non voleva aver più niente a che fare con lui. Voleva soltanto le sue sorelle e purtroppo lui non poteva restituirgliele anche se lo avrebbe desiderato con tutto il cuore. «Hilary... perché non ci sediamo...» Le indicò una poltrona, ma lei fece segno di no con la testa, senza mollarlo con gli occhi.

«Non mi interessa mettermi qui seduta a chiacchierare con te. Hai ucciso mio padre e mia madre, hai distrutto la mia famiglia. Non ho niente da dirti. Però voglio sapere dove sono Alexandra e Megan. È tutto quello che voglio. Quando me l'avrai detto, me ne andrò.» Aspettò pazientemente, con la testa eretta, allo stesso modo di Solange, quel modo così unico e straordinario... Arthur la fissò con gli occhi sbarrati, comprendeva che non avrebbe potuto sfuggirle. Hilary era una forza con la quale bisognava fare i conti, adesso lo capiva in pieno. Aveva sempre intuito che Hilary sapesse molto di più di quello che lui credeva, ma adesso si rendeva conto che non era il momento di farle domande. Le disse la verità, con gli occhi colmi di rammarico, lucidi di lacrime, per ciò che era stato e non esisteva più. Una famiglia era stata distrutta per colpa sua. Hilary aveva ragione. Era una tragedia che lui non aveva mai saputo dimenticare. Non aveva mai avuto figli propri e Marjorie lo aveva lasciato da molti anni. La donna che lui amava era morta, le sue figlie abbandonate al caso. E lui si sentiva responsabile di tutto quanto era successo a ognuna di loro... e a Sam. Però non c'era il modo di spiegarlo a questa ragazza, né di trovare dei pretesti per se stesso. Solo Dio sapeva quello che Hilary doveva aver passato in quegli ultimi otto anni!

«Non so dove si trovino, Hilary. Non sapevo nemmeno dove ti trovassi tu. Quando sono venuto a Boston a cercarti sette anni fa, eravate partiti tutti... i Jones non avevano lasciato nessun indirizzo quando si sono trasferiti. Non sono più stato in grado di rintracciarti...» La sua voce si spense, senza concludere la frase, colma di rammarico perché era stata troppo grande la sua colpa e, nel profondo del cuore, aveva provato un certo sollievo al pensiero di non doverla più affrontare. Adesso aveva il sospetto che lei, questo, lo sapesse. Aveva occhi penetranti ai quali non sfuggiva niente; e sembrava incapace di perdonare. Non c'era calore umano in quella creatura, niente di dolce o di gentile. Pareva fatta di granito e filo spinato, aste di acciaio e schegge di vetro. C'era qualcosa di brutto dentro quella creatura, glielo poteva leggere negli occhi e, per un attimo, ne provò paura come se lei potesse fargli del male. Ma, riflettendo su quale era la situazione, non si sentiva del tutto convinto di poterla rimproverare per questo.

«Non devi esserti impegnato molto a fondo per cercarmi.» La sua voce aveva un suono duro. Non pareva interessata, né alle spiegazioni, né alle scuse. «Siamo andati in Florida.»

«E poi?» Arthur sentiva il bisogno assoluto di sapere tutto quanto le era successo; per quale motivo, adesso, appariva tanto trasformata. Doveva saperlo... doveva... soffocò un singhiozzo che gli era salito alle labbra e pregò, in cuor suo, di non scoppiare in lacrime di fronte a lei. «Che cosa ti è successo?» Avrebbe voluto che si mettesse a sedere... parlare con lei... farsi ascoltare... capiva di poterle raccontare tante cose adesso. Spiegarle qualcosa a proposito di Marjorie, che era diventata giudice della Corte Suprema, e del motivo per cui non aveva potuto accoglierla in casa propria a vivere con lui... perché nessuno aveva desiderato averle tutte e tre... perché aveva fatto quel che aveva fatto. «Jack ed Eileen sono ancora... sono stati buoni con te?»

Lei scoppiò in una risata colma di amarezza che sembrò la risata di una vecchia, non di una ragazza; i suoi occhi ebbero un lampo che li fece diventare ancora più verdi. Stava pensando a Jack e a quella notte... e a Eileen che era diventata patetica, ridotta a un fantasma, prima di morire. «Eileen è morta e io sono stata affidata al tribunale dei minori di Jacksonville in questi ultimi quattro anni. Ho vissuto presso famiglie, in affidamento, negli ospizi e adesso sono libera, caro signor Patterson. Non devo niente a nessuno, soprattutto a te. Tutto ciò che desidero, ora, sono le mie sorelle.»

«Perché non mi hai telefonato quando Eileen è morta?» Pareva inorridito. «Sono sicuro che non sarebbe stato necessario mandarti in affidamento presso una famiglia... o un istituto per minorenni...» luoghi ai quali non riusciva nemmeno a pensare adesso. «Hilary, se tu sapessi come mi dispiace...»

Ma gli occhi di lei ebbero di nuovo quel lampo che pareva di fuoco verde. Con un gesto della mano accantonò quei discorsi. «Non raccontarmi cazzate. Te ne sei sempre fregato ampiamente di noi, ed è quello che stai facendo tuttora. È comodo prendere quell'aria da brava persona compassionevole e venire a confessarmi come ti dispiace. Se vuoi che ti dica la verità, me ne infischio di quello che pensi. Tanto... non cambia niente di tutto quello che mi è successo. Da te voglio soltanto l'indirizzo delle mie sorelle, e non rispondere che non lo sai. Devi saperlo. Perché ce le hai accompagnate tu stesso!» Non le era mai balenato che Arthur potesse perdere le tracce delle bambine, come in realtà era successo. Lo giudicava impossibile. *Lui* doveva saperlo e, adesso, gli frugò negli occhi con lo sguardo. Ma quello che ci vide la lasciò terrorizzata. Perché vi lesse il rimorso e il senso di colpa. E guardandolo scoprì che l'uomo, davanti a lei, aveva paura.

Arthur si lasciò cadere in una poltrona e scrollò la testa, disperato. Poi alzò a fissarla due pupille colme di tristezza, spente. «Alexandra è andata a vivere in casa di uno dei miei ex soci dello studio legale. Aveva una moglie deliziosa, di ottima famiglia. Molto più giovane di lui. Non potevano avere figli e quando gli ho parlato di Alexandra hanno fatto di tutto per adottarla. Ci sono riusciti... la adoravano.» Guardò Hilary quasi nella speranza di renderla un poco più comprensiva, ma si accorse subito che era inutile; i suoi occhi parevano di ghiaccio verde, le sue mani tremavano mentre, dopo essersi messa silenziosamente a sedere, ascoltava ciò che lui aveva da dirle. «L'hanno condotta in Europa; la bambina andava ovunque con loro... ma sei mesi più tardi George morì per un attacco di cuore. Margaret rimase talmente traumatizzata che decise di andarsene, portando Alexandra con sé. L'ultima volta che ho avuto loro notizie, si trovavano nella Francia del Sud... qualche anno fa le abbiamo spedito dei documenti che riguardavano le sue proprietà, ed erano a Parigi... ma, dopo, non ne ho più saputo niente. Credo che Margaret sia rimasta laggiù, però non ne sono del tutto sicuro. Non avevamo nessun motivo di rimanere in contatto con lei e...» La sua voce si spense mentre due lacrime gli scendevano sulle guance.

«Di conseguenza non sai dove Alexandra si trovi.» Hilary pareva annientata. «E il nome di quella donna?»

«Gorham. Margaret Gorham. Ma può anche darsi che, oggi, si sia risposata... quante cose possono essere successe! Potrebbe essere anche rientrata negli Stati Uniti e trovarsi chissà dove. Non credo che sia tornata a New York perché, se fosse qui, sono convinto che lo avrei saputo.» La guardò impacciato.

«E Megan?»

«Lei è stata adottata da David e Rebecca Abrams, subito dopo che io... subito dopo che lei...» adesso faceva quasi fatica a controllarsi e Hilary tremava da capo a piedi. «...Dopo che io l'ho riaccompagnata qui a New York. Lui non era un socio, ma solo un dipendente dello studio e qualche mese dopo ci ha lasciato. Anche lei era avvocato; avevano ricevuto un'offerta da uno studio legale di Los Angeles che li voleva tutti e due. Erano ansiosi di cominciare una nuova vita, e mi hanno fatto capire molto chiaramente che non desideravano rimanere in contatto con me. Volevano dare a Megan una nuova esistenza, il più lontano possibile da tutto ciò che le era accaduto. Da quando se ne sono andati non ho più avuto loro notizie. Se lui fa parte dell'Ordine degli avvocati della California, credo che riuscirei a rintracciarlo, forse è possibile... sempreché sia ancora laggiù... non so...»

«Figlio di puttana che non sei altro.» Adesso Hilary lo squadrava con occhi colmi di rabbia e di odio. «Prima ci hai divise e poi hai permesso che non rimanesse più niente per tenerci in contatto... come se, liberandoti di noi, potessi cancellare la tua colpa... ma non è stato così, vero?» Gli leggeva nel pensiero senza sbagliare. «Hai distrutto anche la tua vita, e tutto questo te lo meriti. Meriti tutto ciò che ti è accaduto. Che tu possa marcire in fondo all'inferno, Arthur Patterson. E dovrai vivere con questo ricordo per il resto dei tuoi giorni. Hai ucciso due persone e hai distrutto altre tre esistenze. Hai il peso di cinque persone da portarti dietro. Credi di riuscire a vivere con questo rimorso?» Si alzò in piedi e gli si avvicinò, guardandolo dall'alto della sua statura con profondo disprezzo. «Riesci a dormire di notte? No, non credo... chissà che cosa è successo alle altre due. Chissà a quali esistenze le hai condannate. Io so come è stata la mia. Però non è ancora finita. Non permetterò che tu mi rovini la vita. Ho intenzione di diventare qualcuno... e chissà che un giorno io non trovi le mie sorelle... e magari... ma nel frattempo...» Si avviò lentamente alla porta mentre le lacrime le scendevano lentamente sulle guance... quante cose si era aspettata da lui e, ora, la delusione era talmente enorme... «Non voglio mai più rivederti, Arthur Patterson. Mai più. Non potrai cercare di metterti a posto la coscienza con me. Non saremo mai più amici, caro padrino.» Si voltò a guardarlo per un tempo che parve lunghissimo prima di pronunciare le ultime parole, quelle che avrebbero perseguitato e torturato Arthur per il resto dei suoi giorni. «Non ti perdonerò mai quello che ci hai fatto... mai... e ti odierò per tutta la vita. Ricordalo... ricorda quello che hai fatto e quanto io ti odio.» Poi, scomparendo come il fantasma del passato, si richiuse alle spalle la porta dello studio e si allontanò. Lui non ebbe il coraggio di seguirla. Rimase accasciato nella poltrona, come un vecchio, ricordando Solange e piangendo disperatamente per ciò che le aveva fatto. Hilary aveva ragione. Non sarebbe stato mai assolto per quello che aveva fatto a ciascuno di loro. Non sarebbe mai riuscito a perdonarselo e, come Hilary, adesso si domandò anche lui dove fossero le altre due piccole.

Purtroppo era una domanda che non aveva risposta. Hilary, dall'ufficio di Park Avenue, andò immediatamente alla biblioteca pubblica, spalancò l'elenco del telefono di Manhattan, e lo sfogliò, ma non trovò né il nome di George, né quello di Margaret Gorham. Scoprì che ne erano elencati altri cinque con quel cognome, ma quando provò a chiamarli, nessuno di loro sapeva qualcosa di Margaret, o di Alexandra. Era chiaro che non ne avevano mai sentito parlare. Anche l'elenco degli avvocati iscritti all'Ordine della California fu parimenti scoraggiante. Non vi si trovava nessun David Abrams, il che significava che doveva aver lasciato la California già da molto tempo e chissà Dio dov'era andato. Hilary non poteva far altro. Neanche a pensarci di dare la caccia a ciascuno di loro. Aveva le mani legate. La sua speranza era stata che Arthur lo sapesse, ma lui si era detto ignaro di tutto. Le sue sorelle erano scomparse. E per sempre. Si sentì il cuore di piombo perché era stato solo quel sogno a darle la forza di vivere durante tutti quegli anni. Rientrò lentamente in albergo con le guance inondate di lacrime. Era come se, a quel punto, fossero morte anche loro; ricordò le rose bianche al funerale della mamma. Non esistevano più nella sua vita... come non ci erano mai esistite da anni... adesso era bastato rivedere Arthur per ricordare quel giorno terribile in cui gliele avevano tolte... «Axie, ti voglio bene!» Ricordava ancora di avere urlato quelle parole mentre la macchina si allontanava, di essere caduta con le ginocchia nella polvere. Adesso aveva l'impressione di non essersi mai più rialzata da allora. Ed era venuto il momento di farlo... doveva... doveva cavarsela da sola... come aveva fatto in tutti quegli anni... però non le avrebbe mai dimenticate. Mai.

Mentre rientrava in albergo aveva la sensazione di averle perse per sempre; tutte le persone che aveva amato non c'erano più... Era sola.

Parte terza

Alexandra

Capitolo 10

La palazzina di Avenue Foch era protetta da un'alta siepe, impeccabilmente potata, che la nascondeva completamente dalla vista dei passanti. I giardini erano curati alla perfezione. L'*hôtel particulier* era una solida costruzione in mattoni che risaliva al diciottesimo secolo, aveva le porte di legno squisitamente intagliato, maniglie in ottone, imposte verniciate di verde scuro e tende di seta e damasco alle finestre.

Si trattava di una residenza privata, tenuta volutamente al riparo dal contatto con il mondo esterno e da ogni pubblicità; una casa in cui regnava la perfezione, piena di oggetti di Fabergé, lampadari di cristallo e antichità di gran pregio. Vi abitavano il barone Henri de Morigny con la moglie; la loro era una delle famiglie più antiche di Francia. Alla grande nobiltà era accoppiata, però, una ricchezza in via di esaurimento, fino al giorno in cui, quattordici anni prima, il barone non aveva sposato la bellissima figlia dell'anziano *comte* de Borne. La casa di Avenue Foch era stata un dono di nozze del conte, mentre Alexandra, come dono personale a Henri, aveva provveduto a far restaurare l'antica residenza di famiglia, un bellissimo château in Dordogna, e un casino di caccia in Sologna. Da quando, però, avevano comprato una casa per l'estate a Saint Jean-Cap Ferrat, passavano sempre là le loro vacanze con le figlie. Un'esistenza, quella che conducevano, di gran lusso, di infinita raffinatezza. Ma era anche l'unico modo di vivere che Alexandra de Morigny avesse mai conosciuto, lei sapeva sempre recitare alla perfezione la parte di moglie per Henri. Dirigeva la casa, organizzava gli inviti, intratteneva gli ospiti, seguiva le sue istruzioni e allevava in modo perfetto le loro due figliole, Axelle e Marie-Louise. Quel pomeriggio, seduta al suo scrittoio, pensando a loro, abbozzò un sorriso pieno di serenità. Presto sarebbero tornate a casa da scuola e le avrebbe accompagnate a fare una passeggiata, con il cane, fino al Bois. Sarebbe stata un'ottima occasione per chiacchierare, per parlare dei loro piccoli problemi; e, poi, una volta tornate a casa, le bambine avrebbero compiuto i loro *devoirs*, fatto un bagno, cenato e giocato fino all'ora di andare a letto. Alexandra non le lasciava un minuto fino a quando non era pronta la sua cena con Henri. Avevano rispettivamente sei e dodici anni ed erano differenti come il giorno e la notte; erano la gioia e il sorriso della sua esistenza. Marie-Louise era seria e assomigliava moltissimo a Henri, mentre Axelle era né più né meno come lei da piccola, una bambina un po' timida, sempre fiduciosa e capace di grandissimo affetto. Era una cosa stupenda anche solo accarezzarle i capelli ricci, di un pallido color fiamma, e fissarla negli immensi occhi azzurri. Alexandra si sentiva felice solo a pensarci. Mentre era lì seduta, sorridente, con lo sguardo fisso nel vuoto, non sentì il passo di lui sul pavimento di legno lucidissimo quando entrò nella stanza e si soffermò per un attimo a guardarla. Dovette andarle quasi di fronte prima di scuoterla dalle fantasticherie; soltanto allora Alexandra alzò gli occhi a guardare l'uomo alto e bello che aveva sposato. Henri aveva cinquantanove anni, una corporatura possente, un viso dai lineamenti forti e occhi severi che la scrutavano con attenzione, come se fosse sempre lì lì per farle una domanda molto importante. Il suo era il viso di una persona che non si diverte facilmente. Però era quello di un uomo di cui Alexandra sapeva di potersi fidare, sul quale poteva sempre contare. E lo rispettava. Si era perdutamente innamorata di lui a diciannove anni e per due anni erano stati fidanzati. Il padre di lei aveva voluto essere ben sicuro che Alexandra non commettesse un errore, né agisse impulsivamente. In fondo, Henri aveva ventiquattro anni più di lei. Alexandra, però, non aveva mai avuto un solo attimo di incertezza. Cercava una persona che fosse né più né meno come suo padre, l'anziano *comte* de Borne, il quale aveva sessant'anni, o doveva averli avuti quando lei era nata. L'aveva adottata quando aveva sei anni e da quel giorno non aveva fatto che adorarla. Non aveva mai avuto figli propri, ed era rimasto vedovo da poco, dopo quarant'anni di matrimonio, quando aveva sposato sua madre. Si era recato nella Francia del Sud per piangere in silenzio il proprio lutto e invece vi aveva conosciuto Margaret Gorham, che stava facendo esattamente la stessa cosa dopo la morte del marito. A quell'epoca lei aveva ventisette anni; era stato un amore romantico, turbinoso, e nel giro di sei mesi, si erano sposati. E Pierre de Borne aveva adottato Alexandra. Soltanto lui e Margaret erano al corrente di quel segreto, cioè che era già stata adottata un'altra volta in precedenza, da Margaret e George Gorham, all'età di cinque anni, a New York. In fondo si trattava di un fatto che non occorreva venisse risaputo e non era nemmeno importante! Lei adesso era Alexandra de Borne, cara al cuore del conte come se fosse stata una vera figlia. Forse ancora di più. Era cresciuta coccolata, viziata e adorata come capita a pochi bambini e lei aveva adorato l'uomo che conosceva come suo padre. Era Pierre che cercava per ogni piccolo dolore, o contrattempo, o desiderio, o sogno, era a lui che confidava tutti i segreti e confessava le marachelle (molto poche per fortuna!)

mentre Margaret assisteva a tutto ciò, felice, soddisfatta, piena di amore per il marito e per la bambina. ma sempre pronta a fare birichinate e scherzi di ogni genere. Anzi, in realtà, era stata sempre Margaret la bambina di casa, quella che organizzava di tutto per farli divertire. Era lei, la bimba cresciuta troppo in fretta alla quale piaceva follemente ridere e divertirsi. Per quanto potesse sembrare strano, Alexandra assomigliava molto a Pierre, affettuosa, timida, piena di ammirazione per le idee strampalate e le risate irresistibili di Margaret. Alexandra era sempre stata molto amata e protetta tanto che tutti rimasero sbalorditi quando, a diciannove anni, si innamorò e disse di volersi sposare. Pierre de Borne non si mostrò affatto contento di fronte alla prospettiva che la figlia diventasse la consorte di Henri de Morigny, tanto più anziano di lei. Inoltre lo trovava troppo austero e, come se non bastasse, con un carattere difficile. De Morigny non era mai stato sposato in precedenza e il vecchio conte sapeva che aveva semplicemente aspettato di trovare la ragazza giusta, proveniente da una famiglia importante, con un patrimonio di pari importanza e, se possibile, un titolo. Alexandra aveva indubbiamente tutto quello da offrirgli. Ma che cosa aveva de Morigny da offrire a lei? Ecco quello che il padre le chiedeva. Possedeva calore umano a sufficienza, sarebbe stato buono e gentile? Pierre non faceva che parlarne con Margaret che era preoccupata quanto lui. Alexandra, però, aveva detto chiaro e tondo di volere Henri e nemmeno per un attimo aveva vacillato nel suo proposito. Si era sposata a ventun anni nella chiesa della loro residenza di campagna a Rambouillet. Alla presenza di settecento persone, che appartenevano alle più belle famiglie d'Europa. Avevano passato la luna di miele a Tahiti, gustando bevande esotiche e facendo l'amore sulla spiaggia privata della splendida casa che Henri aveva affittato. Al ritorno a Parigi, Alexandra aveva dimostrato di amarlo con una passione ancora più intensa di prima, tutto ciò che desiderava era avere dei figli da lui. Ci misero un anno a concepire, malgrado i più romantici sforzi di Henri.

Il padre di Alexandra visse abbastanza a lungo per tenere fra le braccia la prima nipotina, due anni dopo il matrimonio di Alexandra. Poi morì serenamente nel sonno. Aveva ottantatré anni. Margaret rimase distrutta dal dolore e Alexandra annientata. Non riusciva a immaginare l'esistenza senza di lui, la sua mano da stringere, i suoi occhi colmi di saggezza da fissare. D'un tratto, tutto ciò la fece diventare sempre più dipendente da Henri. Henri che lei adorava e temeva. All'improvviso era diventato importantissimo per lei e pareva ossessionata dal terrore di perderlo, come aveva perduto il padre. Capiva che sarebbe stato ancor più tremendo. Del resto, Alexandra aveva sempre avuto una paura irrazionale di perdere le persone che amava. Ciò aveva preoccupato parecchio Margaret che era convinta che Henri se ne approfittasse per aver un maggior controllo su di lei. Lui trattava Alexandra come una bambina, una personcina da rimproverare, alla quale parlare in tono fermo, alla quale dire ciò che doveva fare come se lei non lo sapesse perfettamente già da sola. Agli occhi di Margaret, Henri era più un padre che un marito e Alexandra faceva di tutto per compiacerlo, anche se si trattava di qualcosa di banale, o di sciocco. De Morigny aveva aspirazioni politiche e ciò lo rendeva addirittura maniacale per tutto ciò che riguardava le apparenze. Ogni cosa doveva essere perfetta, la loro vita circondata dalla massima riservatezza, Alexandra impeccabile in ogni momento, le bambine dieci volte più educate e cortesi delle altre. Margaret trovava estenuante anche solo prendere il tè con loro e, a volte, si preoccupava perché Alexandra dava l'impressione di trovare tutto ciò normalissimo. Qualsiasi cosa le andava bene se piaceva a suo marito.

«Insomma, se lui è fatto così, *maman*. Non c'è niente

di male. È un uomo serio e vuole che tutto sia perfetto.» Il padre di Alexandra, però, non era mai stato tanto pieno di pretese nei confronti della figlia, o della moglie, e aveva sempre avuto uno splendido senso dell'umorismo. Margaret trovava Henri terribilmente noioso, anche se non si sarebbe mai azzardata a dirlo. Le bastava soltanto che Alexandra fosse felice; in fondo era tutto ciò che Pierre aveva sempre desiderato per lei. Alla sua morte le aveva lasciato gran parte del suo patrimonio e, a Margaret, più di quanto fosse sufficiente per spassarsela almeno altri quarant'anni. Alla morte di Pierre, Margaret aveva soltanto quarantacinque anni, ma sembrava ancora incredibilmente giovane, forse perché sapeva sempre divertirsi e godersi la vita ed era ancora molto attraente. Aveva tre anni meno del marito di Alexandra.

Margaret de Borne sapeva sempre trovare nuovi interessi, aveva sempre qualcosa di spassoso da dire, qualcosa di divertente e magari di insolito da fare. Era stata corteggiata da tutti i migliori partiti d'Europa, ma non aveva mostrato alcun desiderio di sposarsi di nuovo. Anni prima, era stata felice con George; e aveva avuto tutto ciò che desiderava con Pierre. Non aveva senso cercare qualcosa di più, o di meglio; sapeva di non poterlo e di non volerlo trovare. Ma Alexandra era tutt'altra faccenda e Margaret se ne preoccupava più di quanto la figlia immaginasse.

Henri si aspettava talmente tante cose da lei! E lo dimostrava a tal punto che Pierre e Margaret avevano deciso di non raccontargli niente delle origini di Alexandra, che del resto lei stessa non ricordava. L'unico «papà» che ricordasse era Pierre e, infatti, lo chiamava così benché Margaret capisse che doveva pur avere qualche altro vago ricordo, anche se da lungo tempo seppellito nella memoria. Per esempio pareva che non ricordasse praticamente nulla di George Gorham. Le avevano semplicemente spiegato che, dopo la morte del padre, che lei, non ricordava, era stata adottata da Pierre, ma non le avevano mai raccontato di essere nata da altri genitori, del fatto che Margaret non fosse sua madre e di essere stata adottata dopo la tragica morte dei suoi veri genitori. Pierre era stato inflessibile in quello con Margaret prima di morire. Non voleva che il marito di Alexandra venisse a conoscenza delle due adozioni. Alexandra ignorava tutto ciò, nessuno gliene aveva mai parlato direttamente per non suscitarle ricordi dimenticati, o crearle problemi di coscienza. Era una creatura talmente limpida e schietta che, magari, si sarebbe sentita obbligata a raccontarlo al marito! Molto più semplice che non se ne ricordasse nemmeno lei. Del resto Pierre conosceva fin troppo bene Henri e sapeva quale fosse l'importanza addirittura maniacale che dava alla propria genealogia.

Margaret era pienamente d'accordo con il marito per quello che riguardava il genero e, quindi, per amore di Alexandra, anche lei aveva sempre preferito tacere. Fra l'altro, poteva sembrare una cosa strana eppure, dopo tanti anni, nessuno ricordava nemmeno che Alexandra fosse stata adottata.

Margaret fu molto felice quando nacque Marie-Louise e si afflisse quando, un anno più tardi, Alexandra perdette un bambino, un maschio. E infine arrivò Axelle dopo una gravidanza faticosa e un parto estenuante. A quel punto il medico aveva insistito perché Alexandra non tentasse di avere altri figli. Le spiegò chiaro e tondo che avrebbe messo a repentaglio la propria vita. Lei, del resto, era felice delle due bambine. Solo Henri era rimasto profondamente deluso e non aveva nascosto il proprio risentimento per il fatto che lei non gli avesse dato un erede. Ancora anni e anni dopo che Axelle era nata, quando si arrabbiava, glielo rinfacciava. Quel fatto la faceva sempre sentire vagamente colpevole nei confronti del marito come se, in un certo senso, non fosse stata all'altezza delle sue aspettative e ora gli dovesse qualcosa di più per compensare quel fallimento.

La perdita del bambino era una delle due croci che Henri aveva dovuto sopportare, l'altra era quella di avere Margaret de Borne come suocera. Lo portava all'esasperazione con quel modo di camminare a passi lunghi, con le gambe da americana, lunghe e slanciate, una camminata che lui dichiarava priva di femminilità; come la risata tonante, troppo forte, e il pessimo accento francese che, alle sue orecchie, aveva lo stridio di una lavagna sfiorata dalla punta delle unghie. Odiava i suoi scherzi, detestava il suo senso dell'umorismo e rabbrividiva quasi apertamente ogni volta che lei arrivava portando per le bambine pistole ad acqua a forma di rossetto o altri giocattoli da quattro soldi, comprati nei grandi magazzini, che loro trovavano entusiasmanti. Oppure passando da un estremo all'altro, una quantità innumerevole di vestiti comprati a New York, come i cappottini con il manicotto di visone che lui, aveva spiegato ad Alexandra, trovava estremamente volgari. Detestava tutto quello che Margaret diceva e pensava e ringraziava Dio che Alexandra non le somigliasse. Non era mai riuscito a capire, del resto, per quale motivo il vecchio conte avesse sposato una donna come quella. Era molto felice che Alexandra fosse tanto più seria e avesse più autocontrollo della madre. Alexandra era intelligente e gentile, piena di discrezione e ancora molto timida, ma soprattutto era ubbidiente.

Adesso la contemplò dall'alto della sua statura, mentre lei stava seduta allo scrittoio, e le sorrise con quel modo di fare quieto e pieno di distacco. Non era mai stato un uomo che manifestasse apertamente i propri sentimenti, ma anche se era molto esigente con lei e poco romantico, ne era profondamente innamorato. Capiva che senza di lei la vita non sarebbe stata la stessa, non solo dal punto di vista finanziario, ma per mille altri motivi, più sottili e segreti, che non erano meno importanti. Alexandra dirigeva per lui una casa bellissima, aveva eleganza, classe e un'educazione impeccabile. Alexandra de Borne de Morigny era una vera gentildonna.

«Guardandoti si direbbe che stavi sognando, Alexandra.» Le aveva rivolto la parola a bassa voce, quasi con una punta di rimprovero. Henri non alzava mai la voce né con lei, né con chiunque altro, non ne aveva bisogno. Bastava un'occhiata perché tutti gli obbedissero, anche Alexandra. Era un dominatore, molto distinto, con gli occhi scuri e i capelli grigi. In gioventù era stato straordinariamente bello, virile e atletico, ma era anche riuscito a invecchiare in modo mirabile. Aveva tuttora una corporatura robusta e imponente, un viso interessante e, vedendolo, nessuno avrebbe detto che avesse cinquantanove anni. Del resto nemmeno Alexandra li mostrava i suoi trentacinque con quei grandi e ingenui occhi azzurri e i capelli di seta, biondo miele, che portava quasi sempre raccolti in eleganti acconciature o in un semplice chignon.

«Hai già pensato a tutto per la cena della prossima settimana?» Le consegnò una lista di cose da fare perché la controllasse di nuovo. Alexandra aveva una segretaria che la assisteva in tutte le incombenze di quel genere, ma preferiva fare quasi tutto personalmente. In tal modo poteva garantirgli la perfezione che lui si aspettava.

«Sì, ho già pensato a tutto.» Alzò, a sorridergli, due occhi colmi di rispettosa ammirazione, ma lui ricambiò quello sguardo con aria grave e un po' distaccata.

«Per favore, vedi di esserne completamente sicura.» Intanto le lanciava un'occhiata di ammonimento come quella che si darebbe a una bambina e lei gli sorrise. A volte, per fortuna non troppo spesso, Henri la spaventava. Sapeva quanto fosse buono nonostante quella costante esigenza di perfezione.

«Domani sera ceniamo all'Elysée», la informò Henri.

«Che bello. C'è un motivo particolare?» Gli sorrise,

ma senza mostrarsi particolarmente colpita dal fatto. Cenavano spesso all'Elysée.

«Presenteranno il nuovo ministro della difesa.» Ad Alexandra non sembrò una notizia di quelle che lasciavano senza parole per la meraviglia, d'altra parte le cene all'Elysée non erano mai divertenti. Henri, però, le considerava molto importanti. Continuava a gingillarsi con l'idea di una carriera politica quando si fosse ritirato a vita privata dalla direzione della propria banca, cosa che prevedeva di fare nel giro di qualche anno.

«Domani sarò a pranzo da mia madre. Ma tornerò a casa in tempo per prepararmi per la serata.» Distolse lo sguardo e fissò i documenti che aveva sullo scrittoio, non le garbava leggere la disapprovazione negli occhi di Henri. Era una cosa che odiava, che aveva sempre odiato. Aveva sempre sperato che un giorno Henri riuscisse a voler bene a sua madre, ma ormai aveva finito per non farsi più illusioni in proposito. Del resto non era un segreto che Henri disapprovasse Margaret e il suo modo di comportarsi.

Quasi per vendicarsi, quando parlò di nuovo, Henri sembrò dare un'intonazione più fredda alla voce. «Stasera sono fuori a cena.» Non si scusò per questo, né le diede spiegazioni in proposito. In ogni caso Alexandra non le avrebbe richieste. «Suppongo che, così, avrai il piacere di cenare con le bambine.»

Lei assentì e alzò di nuovo gli occhi per incontrare quelli del marito. Intanto si domandava dove sarebbe andato. Sapeva che Henri aveva avuto un'amante solo pochi anni prima e si augurò che, adesso, non ricominciasse con qualche altra faccenda del genere. Anche se accettava tutto da lui. Del resto, in Francia, non era niente di strano. «Avvertirò la cuoca.» Le piaceva mangiare con le bambine almeno quando ciò non significava che era intervenuto qualcosa di sgradevole nei rapporti col marito. Quella volta non era del tutto sicura. «Una cena di affari, tesoro?» chiese, scrutandolo, piena di curiosità, e cercando di dare un tono distaccato e casuale alla voce.

Lui aggrottò le sopracciglia guardandola con aria di disapprovazione. La domanda era fuori luogo, ma assentì ugualmente nel preciso momento in cui le bambine entravano rumorosamente nella stanza perché non si aspettavano di trovarcelo. Tutte e due si misero subito a strillare di gioia e Marie-Louise, con le sue gambe lunghe da puledrina, la corta gonnella blu, gli occhi intimiditi e pieni di ammirazione per Henri, si precipitò ad abbracciare affettuosamente la mamma mentre lui le osservava. Di fronte alle bambine non aveva mai un gesto affettuoso per Alexandra. Axelle, però, era la sua immagine fatta e finita; sembrava un'Alexandra in miniatura. Henri trasalì quando si arrampicò in grembo alla madre e cominciò a giocherellare con gli oggetti che c'erano sullo scrittoio rischiando di rovesciare una boccettina di inchiostro.

«Axelle!» esclamò in tono asciutto e lei alzò a guardarlo due occhi sereni, per nulla intimoriti, illuminati da un lampo sbarazzino. Henri era terrorizzato all'idea che la piccola finisse per assomigliare alla nonna materna e, proprio per quel motivo, era particolarmente severo con lei. «Sta' attenta a quello che fai nello studio di tua madre.»

«Sì, papà.» Intanto gli sorrideva con quei suoi occhi azzurri. Aveva le labbra tumide che sembravano sempre un po' imbronciate, le guanciotte tonde e piene ed era ancora grassottella e paffuta come i bambini molto piccoli; Marie-Louise, invece, era alta, slanciata, longilinea e aveva già i tratti caratteristici del padre. «Oggi a scuola mi hanno mandato fuori dalla classe», annunciò tutta fiera e Alexandra si mise a ridere. L'unica cosa che le dispiacesse era che suo padre non fosse ancora vivo per vederle tutte e due; sapeva che Axelle avrebbe avuto tutto il suo affetto, in senso totale, anche se naturalmente sarebbe stato molto orgoglioso di Marie-Louise. Erano due creature incantevoli e Alexandra ne era molto orgogliosa.

«Non è una faccenda di cui vantarsi, *mademoiselle*. Cosa avevi combinato?» Henri le domandò, mentre osservava con segreta fierezza le piccole. Le adorava, anche se non lo diceva mai, e continuava a rammaricarsi di non avere un figlio maschio che portasse il suo nome. Pensava spesso che era un peccato che Alexandra non fosse stata in grado di darglielo e considerava quel fatto come il suo unico, gravissimo, difetto. E Alexandra lo intuiva.

«Posso avere un po' di gomma da masticare?» Axelle bisbigliò, ma con un tono di voce troppo alto, e Alexandra arrossì. Era un piccolo piacere che a volte offriva alle bambine quando Henri non era presente perché lo aveva severamente proibito. Axelle, purtroppo, la tradiva sempre. Marie-Louise preferiva liquerizia e cioccolatini mentre Axelle adorava quei grossi pezzi di gomma rosata dove, a soffiarci dentro, si creava una bellissima bolla.

«Assolutamente, no!» Henri aggrottò le sopracciglia guardando prima l'una e poi l'altra e, dopo aver ricordato ad Alexandra l'elenco che le aveva lasciato sullo scrittoio, passò nel proprio studio, chiudendosi con fermezza la porta alle spalle. Ma poi l'aprì di nuovo, solo una fessura, quel tanto che bastava per osservare con un sorriso divertito la scena: sua moglie che distribuiva dolci e gomma da masticare alle bambine. Gli piaceva enormemente guardare Axelle che si impiastricciava tutta la faccia con quella ripugnante sostanza gommosa, però gli pareva che non fosse decoroso ammetterlo. Richiuse di nuovo la porta, in silenzio, e andò a sedersi alla scrivania con un sospiro. Intanto le bambine erano felici di stare con la mamma.

«Papà è tornato a casa presto», osservò Marie-Louise, in tono sommesso, mentre si lasciava sprofondare con grazia in una poltrona Luigi XV vicino allo scrittoio della madre, masticando un pezzo di liquerizia. Aveva grandi occhi scuri e pensosi, si muoveva con un'eleganza innata. Nel giro di pochi anni sarebbe diventata una bellissima ragazza, anzi, in un certo senso, lo era già. Tra le due quella che si notava di più era però Axelle, con quei capelli rosso fiamma uguali a quelli della madre, anche se Alexandra adesso se li tingeva per smorzare quella sfumatura troppo accesa ed era ormai quasi bionda. Henri la preferiva così. Trovava i capelli rossi «inappropriati».

«Stasera deve uscire», disse Alexandra, in tono disinvolto, porgendo ad Axelle un altro pezzo di gomma da masticare e un cioccolatino a Marie-Louise.

«Anche tu?» Gli occhi di Axelle si colmarono immediatamente di lacrime anche se fu ugualmente molto pronta a recuperare la gomma da masticare dalla mano della madre. Alexandra si mise a ridere e fece segno di no con la testa.

«Io rimango. Lui ha una cena di affari. Io stasera cenerò con voi.»

«Evviva!» Axelle si mostrò esultante anche se aveva la bocca piena e Marie-Louise sorrise. Era felice quando la mamma cenava con loro, e in modo particolare quando il padre andava fuori. Ridevano sempre moltissimo e Alexandra raccontava tante storie di quando era bambina e descriveva gli scherzi che la nonna l'aiutava a fare al suo papà.

«La vostra governante sa che siete già a casa?» domandò, ma le bastò un'occhiata alle mani e alla faccia sporche di Axelle per capire che erano venute a cercarla senza che lo sapesse. Gliele mandava sempre vestite a perfezione, pulite e ordinate, addirittura immacolate, anche se lei le preferiva così, un po' più naturali e totalmente libere e disinvolte.

«Ho paura che ci siamo dimenticate di dirle che eravamo tornate a casa», confessò Marie-Louise, mentre Axelle soffiando nella gomma da masticare faceva una bellissima bolla... proprio da esperta. Scoppiarono a ridere tutte e tre insieme.

«Sarà meglio non farle vedere quello che state facendo.» Alexandra sorrise e aiutò Axelle a scendere dalle sue ginocchia. «E sarà meglio andare ad avvertirla che siete a casa.» Di solito l'autista le riaccompagnava a casa da scuola con la *Citroën*, anche se Alexandra era felice di andare a prenderle personalmente, appena le era possibile. «Io, adesso, ho qualcosa da fare.» Voleva controllare di nuovo gli elenchi di Henri e assicurarsi di non aver dimenticato niente per la famosa cena della settimana successiva. Aveva fatto una lista degli invitati e già da una ventina di giorni aveva spedito gli inviti sui loro *cartons* ufficiali, con lo stemma inciso e i bordi dorati. In tal modo gli ospiti erano stati informati da tempo che il barone e la baronessa de Morigny li aspettavano al 14, Avenue Foch, per una cena in abito da sera, alle otto precise. Alexandra sapeva già quello che avrebbe indossato per l'occasione, quali fiori avrebbe ordinato e che menu avrebbe scelto. Tutto era in ordine; ne ebbe la conferma dopo che le bambine ebbero lasciato la stanza e poté leggere attentamente il lungo elenco. Sapeva che, per quell'invito, Henri avrebbe scelto i vini migliori. Probabilmente uno Château Margaux '61, oppure un Lafite-Rothschild '45. Ci sarebbe stato uno champagne Cristal e, dopo ancora, uno Château d'Yquem, un'eccellente grappa *à la poire* e una ricca scelta di altri liquori. Le signore si sarebbero ritirate in un altro salotto riservato intanto che i loro compagni si godevano una bella fumata, brandy e, almeno così si diceva, una serie di aneddoti piccanti. Era un'usanza che pochi mantenevano, ma Henri amava tutto ciò che apparteneva alle abitudini del passato e Alexandra faceva sempre le cose che piacevano a lui. Non le sarebbe mai passato per il cervello di suggerirgli qualcosa di differente. Aveva sempre fatto tutto come lui desiderava. Sempre. E in modo perfetto.

Dopo che le bambine se ne furono andate, rimase assorta nello studio a pensare al marito, a domandarsi dove andasse quella sera e a riflettere sulle proprie figliole. Sentiva le loro voci fuori, nel giardino, e sapeva che stavano giocando con la governante. Presto le scuole sarebbero finite e sarebbe giunto il momento della partenza per Cap Ferrat, come facevano sempre d'estate. Alle bambine faceva bene quella vita ed Henri, abitualmente, le raggiungeva dopo qualche settimana, sistemati gli affari e gli impegni dell'ufficio parigino. Con ogni probabilità avrebbero fatto un viaggetto con un gruppo di amici su uno yacht forse in Italia, o in Grecia, per qualche giorno, lasciando le bambine con la governante e il personale di servizio. Era una vita dorata, l'unica che Alexandra avesse mai conosciuto, eppure, a volte, anche se molto di rado, si scopriva a domandarsi come sarebbe stata la sua esistenza se avesse sposato un uomo diverso, meno complicato, o più giovane. Poi, provando un senso di colpa per quei pensieri, si sforzava di scacciarli dalla mente e di ripetersi com'era fortunata a essere sposata con Henri.

Quando rivide Henri quella sera, appena prima che lui uscisse, lo trovò bellissimo nell'impeccabile completo blu scuro di ottimo taglio, con una camicia bianca stirata alla perfezione e la cravatta blu scuro, i gemelli con lo zaffiro che scintillavano senza dare troppo nell'occhio e lo sguardo luminoso e vivace. Sembrava sempre pieno di energia, pareva che traesse forza e vigore da qualche riserva segreta, nessuno gli avrebbe mai dato sessant'anni. Anzi sembrava molto più giovane.

«Stai benissimo, come al solito.» Gli sorrise. Alexandra si era cambiata e, adesso, indossava una vestaglia di raso rosa con le pantofole in tinta, aveva i capelli raccolti in cima alla testa in un nodo dal quale le scendeva sulle spalle una cascata di morbidi riccioli. Era stupenda anche se, dall'espressione dei suoi occhi, si sarebbe detto che non se ne rendesse assolutamente conto.

«Grazie, mia cara. Non tarderò molto.» Parole banali, le sue, però lo sguardo che le rivolse era dolce e pieno di amore. Sapeva che Alexandra sarebbe rimasta alzata ad aspettarlo, come sempre, nella propria camera, con la luce accesa in modo che, se lo avesse voluto, sarebbe potuto andare da lei. In qualche caso, Henri bussava leggermente alla porta e andava a trovarla prima di ritirarsi nella camera da letto comunicante. Preferiva avere stanze separate. Era una questione sulla quale aveva insistito fin dal giorno in cui si erano sposati. Lei aveva pianto, per settimane, per mesi, se non addirittura per anni, e aveva cercato di fargli cambiare idea in proposito. Ma Henri non aveva mollato. Gli occorrevano il proprio spazio, la propria privacy, e le assicurò che anche lei avrebbe desiderato la stessa cosa. Diceva sul serio. Per lui quella era semplicemente un'abitudine, come molte altre. E Alexandra, alla fine, ci si era abituata. Le loro due camere da letto erano comunicanti e quella porta fra loro non aveva mai impedito a Henri di apparire nella camera di lei in vestaglia a sera inoltrata, con una certa frequenza. La desiderava sempre quando la guardava, come stava facendo adesso. Anche se c'erano state altre donne che lo avevano ugualmente attirato. Aveva sempre cercato di usare la massima discrezione, ma aveva il sospetto che, in qualche caso, Alexandra se ne fosse accorta. Le donne hanno un sesto senso incredibile per certe cose. Lo aveva scoperto in gioventù e le aveva sempre ammirate per quello.

«Divertiti.» Gli sfiorò una guancia con un bacio e scese a cenare con le bambine nella sala da pranzo più piccola. Pochi attimi dopo sentì il rumore dell'automobile che si allontanava e si voltò verso Axelle per aiutarla a tagliare la carne, tentando di non pensare a dove Henri stava andando.

«Perché papà è andato fuori solo?» domandò Axelle distrattamente, a bocca piena, e Marie-Louise la guardò con aria di disapprovazione.

«È una domanda che non si deve fare», la rimproverò, ma Alexandra sorrise.

«Non importa. A volte, ha qualche cena di affari a cui preferisce andare solo.»

«Sono molto noiose?» Ogni cosa la interessava.

«Qualche volta, sì.» Alexandra rise. «Mentre io preferisco rimanere qui con voi.»

«Che bellezza!» Axelle sorrise e poi annunciò a voce alta che le dondolava un dentino. Marie-Louise fece una smorfia disgustata e quando Axelle tentò di staccarlo dalla gengiva con le proprie dita non le nascose di essere veramente nauseata.

«Smettila! Mi fai rivoltare lo stomaco!» Fece un'altra smorfia e Alexandra sorrise. Mai era tanto felice come quando si trovava con le sue figlie. Quella sera si fermò un poco di più del solito nella camera di Marie-Louise e venne a sapere che aveva una nuova amica a scuola; poi andò da Axelle a leggerle qualche fiaba e infine diede un bacio a tutte e due e disse con loro le preghiere, prima di ritirarsi nella propria camera. Strano. A volte Marie-Louise le ricordava un'altra persona, anche se non sapeva chi. Henri forse... sì forse si trattava di lui... Ma si sforzò di scacciare quel pensiero dalla mente, si tolse la vestaglia, fece un bagno caldo e se ne andò a letto con un nuovo libro.

Mezzanotte era già passata da un pezzo quando finalmente Henri rientrò; Alexandra lo sentì muoversi nella sua camera prima che venisse ad augurarle la buona notte. «Ancora sveglia?» Lei annuì con un sorriso. Le piaceva restare sveglia ad aspettarlo; a volte la sera lui era più rilassato, più disposto ad aprirsi, a confidarsi con lei, a parlarle delle sue idee, dei suoi progetti, o dei suoi problemi.

«Hai avuto una buona serata?»

«Sì, è andata bene.» Per un attimo gli occhi di Henri diedero l'impressione di frugare in quelli di Alexandra; e, poi, le disse qualcosa che non gli era abituale, qualcosa che le diede un sollievo immediato. Forse non aveva una nuova amante, si disse Alexandra, finalmente sollevata. «Avrei dovuto chiederti di venire con me. Senza di te, mi sono annoiato.» Non era da lui farle un complimento del genere. Alexandra sorrise e batté con la mano sul bordo del letto perché venisse a sedersi vicino a lei. Quando Henri ubbidì si protese a dargli un bacio.

«Grazie, Henri. Anch'io ho sentito la tua mancanza...» La sua voce era dolcissima e il suo sorriso aveva qualcosa di intimo e di segreto che lo eccitò stranamente. «Ho passato qualche ora piacevole con le bambine stasera. Ormai Marie-Louise è molto seria, sembra un'adulta, mentre Axelle è ancora... be', è ancora una bamboccia!» Scoppiò a ridere e anche Henri sorrise. Pur non dimostrandolo, era orgoglioso delle sue figliole.

«Sono buone bambine.» Si protese verso di lei e la baciò sul collo. «Come la loro *maman*... anche tu sei una buona bambina, tesoro mio.» Erano quelle le parole colme di tenerezza che a lei faceva piacere sentire.

«Davvero?» Gli rivolse un sorriso sbarazzino. «Che peccato...» Scoppiò in una risatina ed Henri si distese sul letto vicino a lei, accarezzandole il seno con la mano, baciandola in modo da lasciarle capire tutta l'intensità del suo desiderio. Non aveva avuto nessuna intenzione di fare l'amore con lei, quella notte, ma Alexandra aveva un'aria talmente incantevole, con quella camicia da notte di raso rosa, distesa fra le lenzuola rosa e grigie! A volte, Henri scopriva quanto fosse difficile dirle che le voleva bene. Era più facile mostrarglielo qui, nelle luci soffuse del *boudoir*. Gli piacevano immensamente quelle ore che trascorrevano a letto, le notti passate l'uno accanto all'altra fino a quando al mattino lui non si decideva a ritornare in punta di piedi, senza far rumore, nella sua camera. Le era profondamente affezionato, come alle bambine, ma era difficile farglielo capire. Lui si aspettava tanto da lei... e da se stesso... in un certo senso avrebbe voluto che fosse tutto ciò che aveva sempre sognato e, sotto molti punti di vista, lo era. Non avrebbe mai potuto sposare un'altra donna che non fosse Alexandra. La figlia del *comte* de Borne era una creatura con una genealogia degna della propria e con un'educazione perfetta. Era fiero di lei, di tutto ciò che le aveva insegnato. Alexandra era eccezionale sotto ogni punto di vista; mai e poi mai, lui si sarebbe accontentato di un'altra donna che avesse meno pregi. Avrebbe voluto metterla su un piedestallo... all'infuori di quei rari momenti... in cui la stringeva tra le braccia... nel suo letto... perché allora le concedeva di essere un'altra... almeno per pochi istanti. Con un sospiro appagato, e un'ultima occhiata a sua moglie che gli sorrideva felice, Henri si voltò dall'altra parte e si addormentò, soddisfatto.

Capitolo 11

L'AUTISTA, al volante della *Citroën*, imboccò il ponte Alessandro III per passare sulla Riva Sinistra; pochi istanti più tardi, dopo aver superato *Les Invalides*, entravano in rue de Varenne. Per Alexandra era un po' come tornare a casa. Per quanto l'*hôtel particulier* di Avenue Foch fosse stupendo e arredato in modo squisito, ad Alexandra dopo tanti anni la casa dei genitori in rue de Varenne sembrava ancora la sua vera dimora.

Non appena intravedeva quell'edificio provava un tuffo al cuore per la felicità e, quando il custode apriva il cancello per fare entrare l'automobile, avvertiva sempre quell'attimo di tristezza, di sottile angoscia... al pensiero che suo padre non avrebbe mai più occupato quelle stanze. Dopo tanti anni sentiva ancora acutamente la sua mancanza. Però la prospettiva di vedere la madre era un conforto, una gioia; ogni volta che si incontrava con lei, provava una grande nostalgia nel tornare a casa propria.

Il vecchio maggiordomo le spalancò la porta d'ingresso per darle il benvenuto. Alexandra vide subito gli oggetti raffinati, di valore inestimabile, che i genitori avevano raccolto nel tempo. Mobilio intarsiato, cassettoni Luigi XV dal ripiano di marmo rosa intenso con fregi e maniglie di bronzo sbalzato. Urne che avevano acquistato alle aste di Londra. E i Renoir, i Degas, i Turner e i Van Gogh, per non parlare dei Cassatt, che sua madre adorava. La palazzina era colma di oggetti uno più bello dell'altro, tutte cose che un giorno sarebbero diventate sue, anche se quella era una prospettiva alla quale lei cercava di non pensare mai; era invece l'unica consolazione di Henri, quando si sentiva esasperato al pensiero di avere un legame di parentela con Margaret.

«Tesoro, sei tu?» La voce familiare le giunse dal piano superiore, dal piccolo salotto le cui finestre si affacciavano sul giardino, che a lei piaceva moltissimo. Alexandra salì rapidamente lo scalone di marmo provando la sensazione di essere tornata bambina, e un sorriso felice si disegnò sulle sue labbra, ansiosa com'era di rivedere la madre. La trovò seduta su un divano, intenta a lavorare a un ricamo al piccolo punto con gli occhiali sulla punta del naso, un bicchiere di vino sul tavolo accanto e il bellissimo cane di razza Labrador allungato pigramente davanti al fuoco. Axelle e Marie-Louise adoravano quella bestia, vecchia e bonacciona, mentre Henri si sentiva sempre rabbrividire quando la vedeva leccare e coprire di bava le bambine... Come se non bastasse, lasciava il pelo addosso a tutti. «Tesoro!» Margaret abbandonò il piccolo punto e si alzò in piedi in tutta la sua statura, di un metro e ottanta abbondanti, ancora molto graziosa con capelli biondi e occhi azzurri non molto diversi da quelli di Alexandra. Indossava un tailleur Chanel rosa intenso con la camicetta blu scuro e le scarpe della stessa tinta e due enormi orecchini di rubini. «Santo cielo, mi sai dire chi è morto?» Si tirò indietro di scatto, di qualche passo, dopo aver baciato Alexandra.

Scrutò la figlia corrugando la fronte e Alexandra ridacchiò. Sua madre portava sempre abiti dai colori vivaci, di uno stile squisito, disegnati da abilissimi stilisti. Chanel, Givenchy, Dior, de Ribes e sempre in tinte brillanti. Le stavano a meraviglia, Henri, invece, voleva che Alexandra si vestisse in grigio, blu e beige e, quando erano in campagna, in flanella grigia. Alexandra era andata a casa della madre indossando un nuovo vestito nero di Dior con la giacca in tinta. «No, lasciamo perdere! È nuovo, questo vestito, e piace alla follia a Henri.» A differenza di quando parlava con il marito e le bambine, Alexandra si rivolgeva sempre alla madre adoperando l'inglese e, pur parlandolo molto bene, continuava a conservare un forte accento francese.

«È orribile. Dovresti buttarlo nel fuoco!» Margaret de Borne tornò a sedersi sul divano e con un gesto indicò al maggiordomo di versare ad Alexandra un bicchiere di vino; poi riprese fra le mani il ricamo a piccolo punto e rivolse un sorriso felice alla figlia. Adorava quelle visite, i loro scambi di idee a quattr'occhi. Le piaceva anche uscire, andare in giro con lei, ma quel tipo di incontro era sempre qualcosa di speciale. In fondo, sia l'una che l'altra uscivano molto più spesso di quanto fosse necessario e non avevano quindi bisogno di un pretesto per frequentare i locali all'ultima moda. Preferivano un pasto semplice a base di insalata, formaggio e frutta, su un vassoio, nel piccolo salotto di Margaret che dava sul giardino. Margaret lanciò un'ultima occhiata penetrante alla figlia e scrollò la testa visibilmente sgomenta. «Come vorrei che non ti tingessi più i capelli di quel colore, cara. Stai prendendo l'aspetto di una di quelle bionde un po' appassite della California... Se io avessi i capelli del tuo colore, me ne farei una gloria. Li sfoggerei. Anzi, magari li farei ancora più rossi di quel che sono al naturale!» Per dare maggiore enfasi a quello che stava dicendo, agitò verso di lei la mano che teneva gli occhiali; poi li depose per bere un sorso di vino. Le era sempre piaciuto enormemente il rosso dei capelli di Alexandra prima che cominciasse a schiarirli. Le pareva un peccato; uno strano modo di sciupare quelli che erano i doni della natura. Quanto ai propri capelli, purtroppo ormai doveva aiutarsi un paio di volte al mese ritoccandone la tinta da Alexandre.

«Sai bene che Henri detesta il rosso. Lo trova un colore troppo chiassoso. Secondo lui, in questo modo, i miei capelli hanno una tinta molto più signorile.»

«Henri... quel poveretto ha una tal paura di essere poco conformista! Mi meraviglio che non ti costringa a portare una parrucca nera in modo da coprire tutto. Sul serio, tesoro, Dio ti ha dato i capelli rossi, e tu dovresti rallegrarti di averli.»

«A me non dispiacciono anche così.» Rivolse un sorriso garbato alla madre e bevve qualche sorso di vino. Ormai era abituata a sentire le sue lamentele su Henri. Fra l'altro, quelle del marito nei confronti di Margaret erano molto peggio! Ma aveva imparato a sopportare sia le une che le altre da quattordici anni. Le spiaceva soltanto che non fossero mai riusciti ad apprezzarsi, loro due, ma aveva rinunciato da tempo a farsene un cruccio. Era chiaro che nessuno dei due avrebbe mai trovato simpatico l'altro.

«Hai un carattere troppo mite. A proposito, cosa ne dici di questi?» Sorrise felice mostrandole i nuovi orecchini di rubini che portava. Poteva permettersi di essere generosa con se stessa, in parte, grazie alla generosità di Pierre quando era morto e, in parte, grazie al proprio patrimonio personale che era molto sostanzioso. «Li ho appena comprati.»

«Era quello che pensavo!» Alexandra si mise a ridere. La mamma non faceva che comperare vestiti stupendi e gioielli favolosi. Del resto le faceva bene. Aveva l'aria felice e soddisfatta e stava magnificamente quando portava ciò che si era comperata, anche se Henri la criticava affermando che era inconcepibile che una persona potesse spendere cifre del genere. «Sono molto carini e ti stanno a perfezione.»

«Van Cleef.» Margaret non le nascose di essere molto soddisfatta di se stessa. «Fra l'altro, sono stati un vero affare!» Ma a quelle parole Alexandra non si trattenne e scoppiò in una risata divertita mentre deponeva il bicchiere.

«Figurarsi! Me lo immagino davvero.»

«No, sto parlando seriamente! Costavano meno di centomila.»

«Dollari o franchi?»

«Vuoi scherzare? Dollari, naturalmente.» Margaret sogghignò senza sentirsi minimamente in colpa e Alexandra non poté trattenersi dal riderle in faccia.

«Lo immaginavo.» Non sarebbe certo stato il tipo di «affare» che poteva incontrare l'approvazione di Henri. Tra l'altro, dopo trent'anni di vita in Francia, sua madre continuava a parlare con maggior disinvoltura l'inglese del francese e a calcolare ogni cifra in dollari. «Che cos'altro hai combinato?»

«Il solito. Ieri sono stata a pranzo con Mimi de Saint Bré.» Un'altra americana che aveva sposato un nobiluomo francese e, come Margaret, aveva una grande intelligenza e uno spettacolare senso dell'umorismo. «La settimana prossima partiamo insieme per New York.»

«Che cosa ci andate a fare?»

«Oh, soltanto a farci sistemare la chioma e a comperare qualcosina. Sono mesi che non ci vado e ho pensato che sarebbe stato divertente prima dell'estate. Dopo mi trovo con un gruppo di amici a Roma e non è escluso che vada a San Remo per qualche settimana. Però non mi sono ancora decisa.»

«Perché non vieni nostra ospite per un po', dopo San

Remo?» Alexandra sembrava felice a quella prospettiva, ma sua madre assunse un'espressione guardinga.

«Non vorrei fare innervosire tuo marito.»

«Prova semplicemente a non portare quei cuscini... sconcertanti per le bambine, o quelle raganelle che fanno tanto rumore... e tutto andrà per il meglio!» Sghignazzarono insieme a quel ricordo. Henri era quasi svenuto il giorno in cui, sedendosi distrattamente su un divano, in salotto, con un gruppo di ospiti, era approdato senza saperlo su uno di quei cuscini che lasciavano sfuggire un rumore indecente e inequivocabile, confuso nel mucchio degli altri da Margaret e dalle bambine.

«Ti ricordi che tragedia è stata?» Margaret scoppiò in una risata irrefrenabile, ripensandoci, e Alexandra, quando riuscì a dominare lo scroscio di risa che l'aveva colta, si ritrovò con le lacrime agli occhi. Per Henri era stato terribile, ma gli altri lo avevano trovato incredibilmente buffo. Da quella volta, cuscini così pericolosi erano stati banditi dalle sale di rappresentanza e, adesso, le bambine li tenevano soltanto nelle loro stanze e in quella di Margaret, che aveva anche insegnato a Marie-Louise a fare il sacco nei letti. Così si erano avute ulteriori complicazioni. In ogni caso non c'erano dubbi che, per Henri, Margaret non era certo l'ospite favorita. «A proposito, stavo pensando di trovare qualcosa anche per loro a New York... qualcosa che sia un po' meno scandaloso, naturalmente...» Però i suoi occhi, a quella prospettiva, ebbero un lampo di cattiveria. Era sempre stata abituata a comperare stupidi giochini come quello anche per il suo defunto marito, che li trovava molto divertenti. Per lui, essere sposato con Margaret era stato un po' come avere un'altra figlia. In realtà, Alexandra, fin da piccola, si era sempre mostrata molto seria e lo era diventata ancora di più dopo il matrimonio.

«Dirò a Henri che hai intenzione di venire da noi.»

Margaret ridacchiò. «Aspetta un momento in cui avrai qualche valido motivo per farlo stizzire.»

«Mamma!» Alexandra si mise a ridere. Certo che Margaret aveva ben poche illusioni! «A sentirti, sembra una persona insopportabile mentre non lo è affatto!» Difendeva sempre il marito e, quando si trovava con Henri, difendeva la madre. Sentiva di dover essere leale nei confronti di tutti e due.

«Non è vero, tesoro.» Margaret scoppiò in un'altra risatina. «Solo che si dimostra di una mentalità talmente ristretta!»

Sembrò che il pomeriggio volasse, come sempre del resto quando erano insieme e, alle quattro e mezzo, Alexandra, guardato l'orologio da polso, cominciò a stiracchiarsi con aria piena di rammarico. Si trovava sempre a proprio agio in quel salottino così confortevole e accogliente, con le finestre che guardavano sul giardino, in compagnia della madre. Stavano sempre così bene insieme! Margaret era la sua più intima amica e lo era sempre stata.

«Devo andare... anche se mi dispiace moltissimo...» Alexandra si alzò mostrandosi visibilmente dispiaciuta mentre Margaret la osservava.

«Perché? Dai un ricevimento stasera?»

«No, quello è fissato per la settimana prossima. Stasera siamo a cena all'Elysée ed Henri diventa nervoso se io non torno a casa presto e non comincio a prepararmi con un certo anticipo.»

«Dovresti fare qualcosa di insolito per lasciarlo di stucco... per esempio scegliere un vestito aderente come una seconda pelle, tempestato di pietre preziose finte, naturalmente, e raccoglierti i capelli in una crocchia in cima alla testa. Anche per quella gente dell'Elysée sarebbe una bella sorpresa!» Scoppiò in un'altra risatina sommessa a quel pensiero e Alexandra sorrise. Con ogni probabilità sua madre avrebbe senz'altro fatto qualcosa di simile, ed Henri, la mattina seguente, si sarebbe precipitato a telefonare ai suoi legali. Alexandra non si azzardava mai a sperimentare fino a che punto potesse arrivare la sopportazione di Henri. Lo amava troppo per rischiare tutto in cambio di una buffonata come quelle che piacevano alla mamma. Per di più, lei non era il tipo più adatto per farle.

«Tu sei molto più coraggiosa di me, *maman.*»

«Solo perché non sono sposata con tuo marito. Adesso posso fare tutto quello che voglio, ma anche prima tuo padre mi lasciava sempre fare quello che mi saltava in testa. Sono stata molto fortunata.» Rivolse alla figlia un sorriso pieno di dolcezza.

«Anche papà è stato fortunato. E lo sapeva», le rammentò Alexandra. Poi si abbracciarono e scesero lentamente insieme al pianterreno dove il maggiordomo aspettava di aprire la porta ad Alexandra, con un sorriso pieno di calore. Si trovava in quella casa da quando lei era una bambina; adesso la chiamò «Madame Alexandra», mentre l'aiutava a salire in automobile e richiudeva con fermezza lo sportello. Lei salutò ancora la madre con un cenno della mano mentre l'autista avviava la *Citroën* per ricondurla a casa. Alexandra provava sempre una grande tristezza quando doveva separarsi da Margaret. Com'era stata semplice la vita in rue de Varenne, con i genitori... prima... Ma... no, anche questo non era giusto. Adorava Henri e, naturalmente, le bambine. Erano loro la forza vitale della sua esistenza. Tuttavia rivedere la madre le faceva desiderare un tipo di vita più semplice, con meno costrizioni e doveri.

Stava ancora pensando a tutto ciò mentre si spogliava e cominciava a far scorrere l'acqua nella vasca. Poi scelse per quella cena un abito da sera nero, dall'aria austera, con una scollatura praticamente inesistente.

Le bambine vennero a salutarla mentre era ancora nella vasca da bagno; poi sentì Henri che passava nello studio mentre si stava vestendo, ma non venne a salutarla. Lo vide soltanto quando si trovarono nell'atrio d'ingresso pronti per uscire. Il suo abito da sera aveva le maniche lunghe e il collo alto, una gonna lunga, dal taglio dritto, scivolato, con stupendi ricami d'oro. Un abito di splendida fattura che era stato acquistato, qualche tempo prima, da Saint Laurent. Sopra, Alexandra portava una corta giacca di zibellino e, come unico gioiello, un paio di stupendi orecchini di brillanti, regalo del padre.

«Sei stupenda, stasera.» Gli occhi di Henri erano colmi di ammirazione, ma la voce e il modo di comportarsi molto formali.

«Grazie.» Alexandra si voltò a guardarlo, era splendida con i capelli raccolti in una morbida acconciatura, dall'intreccio complicato, squisitamente francese; la stessa che, anni prima, aveva adottato anche Grace Kelly. A lei stava benissimo ed Henri l'aveva già approvata. «Che cos'hai fatto di bello, oggi? Hai avuto una buona giornata?» Gli occhi di Alexandra avevano un'espressione triste; avrebbe desiderato che il marito la baciasse, ma naturalmente lui si guardò bene dal farlo!

«Sì, una giornata molto piacevole, grazie», le rispose Henri. In certi momenti sembravano due estranei, e l'intimità della notte precedente pareva dimenticata in quelle parole così formali.

Henri l'aiutò a salire in automobile, l'autista li condusse via; erano entrambi assorti nei propri pensieri mentre due bambine in camicia da notte li osservavano allontanarsi dalle finestre del piano superiore.

Capitolo 12

Il giorno successivo a quello in cui aveva visto Arthur Patterson, quando lui aveva confessato di non poterle offrire nessuna soluzione per rintracciare le sorelle, Hilary credette che il mondo le crollasse addosso. Aveva diciassette anni, ma le pareva che la sua vita fosse finita. Aveva vissuto soltanto nella speranza di ritrovare Megan e Axie! Adesso quella speranza non esisteva più. Erano sparite per sempre.

Cominciò ad andare in ufficio, per quel primo impiego, con un senso di vuoto doloroso nel cuore, ma calma e impassibile esteriormente, con gli occhi gelidi. Nessuno avrebbe immaginato quanto fosse grande la disperazione che provava. L'unica cosa che la faceva andare avanti era la determinazione di sopravvivere a dispetto di tutto, unita all'odio per Arthur.

Per giorni e notti, tirò avanti, lavorando come un automa. Ciononostante riuscì a migliorare in dattilografia, comperò un libro per imparare la stenografia e si iscrisse al *college*, frequentando i corsi serali, come si era ripromessa di fare tanti anni prima. Insomma, tenne fede a ciò che si era ripromessa in passato, spinta più dalla volontà di riuscire che dal piacere di sentirsi realizzata. La sua intenzione era quella di avere successo a ogni costo anche se non riusciva più a capire per quale motivo. Ormai non c'era più nessuno a cui dare una tal prova di sé. Nessuno a cui interessasse. Nessuno da amare o che la amasse.

Conservò quell'impiego per un anno e poi ne trovò uno migliore. Ne aveva sentito parlare prima di chiunque altro, nell'agenzia di collocamento dove lavorava e, quindi, poté andare a presentarsi per prima al colloquio. Si trattava di un lavoro di *receptionist* negli uffici della CBA-News. Un impiego favoloso, con uno stipendio che era quasi il doppio di quello che riceveva attualmente. Si richiedevano capacità, prontezza e classe e Hilary aveva tutte e tre le qualità. La funzionaria che la intervistò ne rimase colpita molto favorevolmente. Hilary ottenne quell'impiego e riuscì anche a continuare i corsi serali al *college*. Di tanto in tanto riceveva anche cospicui aumenti. A un certo punto la promossero segretaria di produzione e poi assistente alla regia e, cinque anni dopo, regista. A quell'epoca aveva terminato gli studi al *college*, ed era incredibilmente pronta e brillante. Aveva ventitré anni e stava facendo una carriera strepitosa. Rispettata dai superiori, temuta da alcuni dei suoi sottoposti, anzi quasi da tutti, pareva avesse pochissimi amici in ufficio. Lavorava sodo e teneva le distanze con tutti; rimaneva quasi sempre a fare gli straordinari e presentava progetti che venivano sempre elogiati. Era una ragazza straordinaria e, quando, a venticinque anni, diventò uno dei più importanti registi del telegiornale della sera, Adam Kane, che era il direttore di tutti i telegiornali della stazione televisiva, la invitò a cena fuori per festeggiarla. Hilary esitò ad accettare, poi pensò che rifiutare sarebbe stato una mossa politica poco saggia. Quindi gli rispose affermativamente e si trovò a cena al Brussels con lui, a bere champagne, a parlare di lavoro, a discutere dell'importanza della stazione televisiva e di quelle che erano le mete alle quali, personalmente, aspirava. Adam Kane si stupì nel sentire i traguardi che si prefiggeva, molto più ambiziosi dei suoi stessi piani per il futuro.

«Ehi, un momento... che cosa sarebbe quella che mi stai raccontando... Una riunione di pezzi grossi per una campagna femminista?» Era un uomo attraente con i capelli castani e occhi buoni, color nocciola. Il suo atteggiamento nei confronti della vita era pieno di filosofia. «Si può sapere perché hai progetti così grandiosi?» Hilary era la prima donna, che avesse mai conosciuto, disposta ad ammettere di possedere determinate ambizioni tanto che finì per confessarle di trovarle incredibili. Aveva appena divorziato perché sua moglie aveva scoperto che non desiderava più «continuare a fare la moglie», e questo fatto lo aveva scombussolato in un modo tremendo. Prima erano una famiglia con due bambini, maschi, e una casa a Darien, poi, di punto in bianco, eccolo a vivere solo nel West Side, e a sentirsi confessare da una donna di avere delle «ambizioni in campo dirigenziale». Rise sommessamente, guardandola. Com'era bella, com'era giovane, come si capiva che prendeva a cuore il proprio lavoro... eppure c'era qualcosa che mancava in lei. «Si può sapere dove sono andate a finire le donne che vogliono avere dei bambini e vivere nei quartieri residenziali? Sono totalmente fuori moda?»

Hilary gli sorrise, rendendosi conto di essersi lasciata sfuggire, in quella confessione, più di quanto volesse. D'altra parte, le capitava talmente di rado di uscire con un uomo! Aveva dimenticato che, su determinati argomenti, è meglio tacere, ma Adam Kane le era simpatico. E le piaceva lavorare per lui. «Ho l'impressione che siano prospettive che non interessano a tutte le donne.» Ma non si scusò per le proprie opinioni. Sapeva qual era la meta a cui desiderava arrivare e niente l'avrebbe fermata fino a quando non l'avesse raggiunta. Dopo diciassette anni si sentiva ancora perseguitata dai demoni del passato e si rendeva conto che, con ogni probabilità, non sarebbe cambiato niente neanche in futuro. Ormai aveva accettato la situazione, ma evitò di spiegargliela. Non ne parlava mai con nessuno. Viveva sola e andava in ufficio, ma all'infuori di quello, non aveva altri interessi. Adam Kane lo intuì e ne rimase spaventato per lei. Sapeva quante altre cose ci fossero nella vita! Lui, che aveva trentott'anni e si era sposato quando ne aveva ventitré. Eppure, adesso, stava per scoprire nuovi, sterminati, orizzonti.

«Quindi tu non aspiri ad avere un marito e dei figli, un giorno?»

Lei fece segno di no con la testa. Poi pensò che Kane le sembrava un uomo onesto e avrebbe potuto essere sincera con lui. «Non sono cose importanti per me.» Non desiderava più nessuno che avrebbe potuto perdere in seguito... soprattutto due bambinette... sapeva che non avrebbe mai più permesso a nessuno di farle uno scherzo simile. Voleva essere sola, e lo era, anche se a volte ne soffriva, come adesso mentre, scrutando l'uomo che era con lei, si stava domandando che cosa avrebbe provato a confidarsi. Forse era solo colpa dello champagne, si disse.

«I figli sono la cosa migliore che io abbia avuto dalla vita, Hilary. Non lasciarti sfuggire un'occasione del genere.» Hilary si accorse che non avrebbe saputo come dirgli che, in un certo senso, lei aveva già avuto dei figli. Non lo raccontava a nessuno e sapeva che non lo avrebbe mai detto. No, mai.

«Mi vuoi spiegare per quale motivo tutti sono convinti che avere dei figli renda più completi?»

«Oggigiorno, non più. Gran parte delle donne sono come te, però sbagliano. Hilary, le donne che oggi non hanno figli si lasceranno prendere dal panico fra dieci, o quindici anni... bada a quello che ti dico! Stiamo vedendo un'intera generazione di donne che lottano contro la propria natura biologica. Adesso vogliono dare l'impressione di infischiarsene, sono convinte di avere ancora chissà quanti anni davanti a loro. Ma non è così. Non ti sei mai sposata?» Intanto la guardava negli occhi. Si accorse che gli piaceva ciò che quegli occhi esprimevano: coraggio, onestà, integrità e intelligenza. Ma vi lesse anche la paura. Hilary tentava di sfuggire a qualcosa che doveva averle fatto molto male in passato, però non riusciva a immaginare di che cosa si trattasse. Forse aveva solo avuto una brutta esperienza con qualcuno... non com'era capitato a lui e a Barb. Non riusciva ancora a convincersi che lo avesse piantato in asso portandosi via i bambini!

Hilary scrollò la testa per tutta risposta. «No, mai.» Poi scoppiò a ridere. «Ho soltanto venticinque anni. Che cos'è tutta questa fretta?»

«Figuriamoci... di questi tempi, non è assolutamente il caso di averne. La mia era pura e semplice curiosità. Avevo ventitré anni quando mi sono sposato. E mia moglie ventuno. Per noi era qualcosa di veramente importante. Tutto ciò è accaduto quindici anni fa e da allora in poi le cose sono cambiate in un modo incredibile. Siamo nel 1974. Noi ci siamo sposati nel '59.» Poi le sorrise mentre bevevano quel po' di champagne che ancora rimaneva. «Che cosa facevi tu a quell'epoca? Probabilmente eri solo una bambina.»

Ripensando a quegli anni, gli occhi di Hilary si offuscarono. Il 1959... sì, in quei giorni viveva a Boston, con Eileen e Jack... oppure si erano già trasferiti a Jacksonville?... Bastò soltanto quel pensiero a darle un senso di nausea. «Oh, niente di speciale. Vivevo con una zia a Boston.» Tentò di far passare quella notizia come qualcosa di comune e banale, quasi divertente.

«Ma i tuoi... dov'erano?»

«Sono morti quando io avevo otto... nove anni...»

«L'uno dopo l'altro?» Lei assentì, ansiosa di cambiare discorso. Di tornare a parlare di lavoro. Non se la sentiva di affrontare quell'argomento. Né con lui, né con nessun altro. «Che cosa terribile. Un incidente, una disgrazia in entrambi i casi?» Lei annuì senza dare ulteriori spiegazioni e si scolò di colpo lo champagne che aveva ancora nel bicchiere. «Eri figlia unica?»

Lo fissò negli occhi, con una espressione glaciale, dura, Kane non capì. «Sì, figlia unica.»

«Non dev'essere stato molto divertente.» Hilary gli faceva compassione e questo a lei dava molto fastidio. Non voleva la sua pietà, né quella di nessun altro. Tentò di sorridergli per rendere meno cupa l'atmosfera, ma Kane la stava fissando con una tale intensità da innervosirla.

«Forse è questo il motivo per cui mi piace tanto il mio lavoro. È la mia famiglia, la mia casa.» A Kane questa risposta sembrò patetica, ma non lo disse.

«Dove hai studiato?»

«Qui, a New York.» Tuttavia non gli disse che aveva frequentato le scuole serali mentre già lavorava.

Lui annuì. «Barb e io siamo andati all'università di Berkeley, in California.»

«Dev'essere stato divertente.» Hilary gli sorrise e Kane tentò di far nascere una maggiore intimità fra loro, accorgendosi di non avere più tanta voglia di parlare della ex consorte.

«Mi fa piacere essere usciti a cena insieme. Era da tanto tempo che volevo fare una chiacchierata con te. Fai un lavoro magnifico, da noi, sai?»

«Non vedo come sia possibile il contrario.» Hilary rise. «È tanto di quel tempo che sono alla CBA! Sette anni.» Anni di fatiche, di lotte per andare avanti, per fare carriera, per arrivare alla regia. Aveva ben diritto di essere fiera di sé. Quanta strada dall'istituto per minorenni abbandonati di Jacksonville, o dalle famiglie a cui era stata data in affidamento, o dalla vita che aveva avuto con Jack ed Eileen a Boston!...

«Pensi che ci rimarrai ancora?» le domandò Kane e Hilary gli rispose sgranando tanto d'occhi.

«Alla CBA? Perché dovrei andare altrove?»

«Perché nel nostro lavoro la gente cambia posto molto spesso.» Era quello che lui aveva fatto, ma era anche una consuetudine nella loro professione.

Lei scrollò la testa e lo fissò con un'espressione talmente decisa che Kane ne rimase sconcertato. «Non ho intenzione di muovermi, amico mio. Piuttosto diciamo che ho messo gli occhi su un certo ufficio che è lassù in alto, ai piani di sopra.» Kane intuì che Hilary stava parlando sul serio.

«Perché?» Quel genere di ambizione lo sconcertava. Kane era un uomo che aveva avuto successo, amava il proprio lavoro, ma non aveva mai aspirato ad arrivare molto in alto e non riusciva a capire che a desiderare tutto ciò fosse una ragazza bella e giovane come Hilary.

«Perché ha importanza nel mio caso.» Voleva essere onesta con lui. «Significa sicurezza. Essere realizzati. È qualcosa di tangibile che posso portarmi a casa la sera.»

Ma Kane non si faceva illusioni. «Fino a quando non ti licenziano per assumere un altro! Non dare troppo valore alla professione, Hilary. Un bel giorno ti ritroverai sola soletta, e delusa.»

«Non è certo questo che mi spaventa.» Era stata sola tutta la vita. Ci era abituata ormai. Anzi, le piaceva stare sola, nessuno poteva farle del male, o deluderla, o tradirla.

Kane pensò che Hilary era una strana ragazza. Non aveva mai conosciuto nessun'altra donna che fosse tanto amante della propria indipendenza. Quella sera la accompagnò a casa e si illuse che Hilary lo invitasse a salire nel suo appartamento. Lei invece gli strinse la mano con un caldo sorriso di gratitudine e lo ringraziò per la cena. Kane se ne andò, ma si accorse di desiderarla fisicamente a tal punto che, non appena arrivato a casa, le telefonò. Pensò che non gli importava nemmeno di svegliarla.

La voce di Hilary, quando rispose al telefono, era roca, sommessa, e Kane chiuse gli occhi ascoltandola. Era un brav'uomo e non sopportava di vivere solo. Hilary, poi, era talmente bella... Sapeva che anche i bambini le avrebbero voluto bene... «Pronto?»

«Salve, Hilary... volevo semplicemente dirti che ho passato una gran bella serata.»

Lei rise sommessamente e Kane si accorse che perfino il suono della sua risata gli piaceva. «Anch'io. Ma non cercare di farmi distrarre quando sono al lavoro, caro signor Kane. Non ho intenzione di perdere il posto. Neanche per te.»

«Questo, lo avevo capito! Avresti voglia di uscire a pranzo un giorno della settimana prossima?»

«Certo. Se non sono troppo occupata.»

«Cosa ne penseresti di domani?»

Lei rise di nuovo e la sua risata sembrò un miscuglio delizioso di ghiaccio e fuoco. «Prova un po' a calmarti, Adam. Te l'ho già detto, non sto andando via.»

«Bene. In tal caso approfittiamone. Vengo a prenderti in ufficio a mezzogiorno e un quarto. Ti va?» Sembrava un ragazzino, e Hilary sorrise al buio, distesa a letto. Per quanto detestasse ammetterlo perfino a se stessa, doveva riconoscere che Adam aveva «qualcosa», che le faceva provare «qualcosa», come nessun altro uomo fino a quel giorno. Aveva anche fiducia in lui. Forse non sbagliava... anche se usciva un paio di volte a pranzo con lui... Che male faceva? Non si era mai concessa niente da quando era arrivata a New York e poteva anche sembrare strano... ma non ne aveva mai neanche provato il desiderio. Altri avevano fidanzati, amori, e cuori spezzati. Hilary desiderava soltanto promozioni, aumenti di stipendio e lavoro. Era quello il suo amante e, finora, l'aveva trattata molto bene. «Mezzogiorno e un quarto?» ripeté Adam di fronte al suo silenzio.

«D'accordo.» La voce di Hilary aveva una tonalità calda e sognante, anche in quella sola battuta; quando riattaccò Adam ebbe la sensazione di veleggiare fra le nuvole.

L'indomani c'era una rosa, una sola, sulla scrivania di Hilary; pranzarono al Veau d'Or e lei non rientrò in ufficio fino alle tre del pomeriggio.

«Che cosa tremenda, Adam. Non ho mai fatto niente di simile in vita mia!» Si buttò indietro, sulle spalle, i lunghi capelli neri, arrotolandosi le maniche della camicetta. Era una splendida giornata calda e lei si stava accorgendo di non avere affatto voglia di tornare al lavoro. «Hai un pessimo influsso su di me. Ho appena avuto una promozione e adesso mi farai licenziare.»

«Bene, in tal caso mi sposeresti? Potremmo trasferirci nel New Jersey e avere dieci bambini.»

«Molto deprimente.» Lo guardò con quegli occhi che parevano di ghiaccio verde e Adam si accorse di provare qualcosa di nuovo e di imprevisto. Hilary era diventata una specie di sfida per lui. Era come se si ritirasse sempre in una torre d'avorio; e lui si sentiva disposto a fare qualsiasi cosa pur di arrampicarsi su quella torre per raggiungerla... ma non riusciva ancora a capire fino a che punto Hilary lo avrebbe lasciato arrivare. Al momento si scrutavano, girandosi intorno come due gladiatori nell'arena, eppure lui capiva di avere talmente tante cose da dirle, si accorgeva che lei era una compagna così intelligente! Da parte sua, Hilary si confessava di non aver mai provato per nessuno la stessa attrazione che provava per lui. Una combinazione pericolosa, che a tratti la spaventava, soprattutto perché la distraeva dal lavoro... Anche se, dopo tutto, Adam era il suo diretto superiore!

Lui la invitò a cena il sabato, ma Hilary rifiutò e non accettò nemmeno i due successivi inviti a pranzo. Kane si mostrò talmente dispiaciuto che, alla fine, lei si impietosì e accettò di uscire il venerdì sera successivo. Andarono da P.J. Clarke a mangiare un hamburger e poi fecero una passeggiata per la Terza Avenue fino a raggiungere il nuovo appartamento che lei aveva preso nella Cinquantanovesima Strada.

«Perché cerchi di mantenere le distanze in questo modo fra noi?» Adam ne sembrava sinceramente rammaricato. Si accorgeva di aver perduto la testa per Hilary e moriva dalla voglia di avere un rapporto più intimo e personale con lei.

«Non sono sicura che sia una buona idea. Ci potrebbe complicare terribilmente le cose in ufficio. Tu sei il mio diretto superiore, Adam.» Gli sorrise. Per quanto si sentisse attratta da lui, temeva le ripercussioni della faccenda nell'ambiente di lavoro.

Ma lui le rivolse un sorriso triste. «Purtroppo non lo sarò ancora per molto e può darsi che questo faccia una bella differenza per te. Tra quindici giorni mi trasferiscono all'ufficio vendite. L'ho saputo soltanto oggi.»

«E quale è stata la tua reazione?» Era preoccupata per Adam. In fondo quella non era certo una promozione, anzi, era quasi come essere messo da parte; se si fosse trovata nei suoi panni, ne sarebbe rimasta avvilita e preoccupata. Lui invece non dava l'impressione di esserne particolarmente turbato mentre si stringeva nelle spalle, sorridendole.

«Non mi sembra niente di così strano. Chissà che non sia un posto migliore di quello che occupo attualmente... e poi è meglio per te, no? Andando all'ufficio vendite, c'è la speranza di vederci più spesso?» Certo quel cambiamento avrebbe reso tutto più semplice per Hilary la quale, però, continuava a non essere del tutto convinta di voler lasciarsi coinvolgere in qualcosa di veramente serio con lui. La vita da zitella era molto più semplice.

Anzi era diventata un vero e proprio modo di vivere e, rinunciarvi, significava correre il rischio di sacrificare una parte di se stessa. «Hilary?» La stava guardando con attenzione, abbassando un po' la testa per osservarla meglio, e l'aveva presa per mano. Sembrava molto giovane quando le sorrise ed effettivamente lo era. «Voglio stare con te... significhi moltissimo per me...»

«Adam, non sai nemmeno chi sono... potrei essere di tutto... *La femme aux yeux verts...*» quelle parole le erano uscite di bocca quasi inavvertitamente e rise.

«Che cosa vorrebbe dire?»

«È francese.» Durante i corsi serali al *college*, aveva ricominciato a studiarlo e si era meravigliata di non averlo dimenticato del tutto. A poco a poco il ricordo di quella lingua le riemergeva dalla memoria, come un ultimo dono della madre. «Significa la donna dagli occhi verdi.»

«Come mai parli francese?» Pareva che Adam volesse sapere tutto su di lei, ma era così poco quello che lei desiderava raccontargli.

«Lo parlavo tanto tempo fa... quando ero una bambina. E, al *college*, ho ricominciato a studiarlo.»

«Tuo padre e tua madre parlavano francese?» Forse avrebbe potuto dirglielo, aprirsi un poco, parlargli di Solange, ma pensò che era meglio evitarlo.

«No, credo di averlo semplicemente imparato a scuola.» Lui assentì, soddisfatto di quella risposta. Quando arrivarono a casa, Hilary, dopo un attimo di esitazione, lo invitò a salire. Ascoltarono Roberta Flack sullo stereo e chiacchierarono per ore, bevendo una bottiglia di vino. Verso l'una, Kane si alzò in piedi con aria dispiaciuta e le rivolse un sorriso triste. «Mi piacerebbe passare la notte con te, Hilary, ma mi rendo conto che non sei ancora pronta per una cosa del genere... è vero?» Lei fece segno di no con la testa. Non sapeva se lo sarebbe mai stata! Varie persone avevano cercato di legarsi a lei in qualche modo, ma in nessun caso, se n'era sentita tentata anche solo minimamente. Adam avrebbe voluto domandarglielo già da un po', ma aveva sempre rimandato. Lei, per tutta risposta, fece segno di no fissandolo in un modo strano.

«No, non lo sono... non lo sono stata... da tanto tempo...»

«Ne hai qualche motivo particolare?»

«Un mucchio. E in gran parte sono troppo complicati per spiegarteli.» Lui tornò a sedersi sul divano e la guardò con la massima calma.

«Perché non provi con me?»

Hilary si strinse di nuovo nelle spalle. Non voleva raccontargli tutto quello che aveva passato. Non erano affari che riguardassero lui, o altri. Adesso faceva una vita diversa, in un altro posto, in un mondo opposto. Non desiderava trascinarsi dietro tutte quelle cose, ma per quanti sforzi facesse a rinnegarle, non riusciva mai a liberarsene completamente. «Mi spiace, Adam... non posso...»

«Perché?» Le prese le mani fra le proprie. Gliele strinse. «Non ti fidi di me?»

«Non si tratta di questo.» Intanto si stava accorgendo di avere gli occhi pieni di lacrime e si odiò. «Non voglio parlarne... sul serio...» Si alzò in piedi di scatto e fece qualche passo per la stanza, raddrizzando con fierezza le spalle contro il mondo. Senza saperlo, in quel momento assomigliava incredibilmente a sua madre.

«Hilary...» La raggiunse fermandosi alle sue spalle e abbracciandola da dietro. «Perché non provi a lasciarti andare? Io so quanto tu sei forte, ti ho visto al lavoro, ma tutto ciò è diverso... qui si tratta di noi... non siamo in zona di guerra!»

La sua voce era stanca quando gli rispose. E teneva la testa china. «La vita è tutta una zona di guerra, Adam.»

«Non deve esserlo.» Com'era dolce, e innocente. Hilary gli invidiò la sua vita semplice. La cosa più difficile che gli fosse mai successa era stata la decisione della moglie di voler essere libera e divorziata. Non immaginava neanche le atroci sofferenze che Hilary aveva dovuto sopportare. Non avrebbe saputo nemmeno da che parte cominciare per tentare di capirle. «La vita può essere così dolce... purché tu lo permetta...»

«Non è così semplice.» Sospirò, guardandolo. «Non credo che comprenderesti il genere di vita che ho fatto e non credo che riuscirei a spiegartelo.»

«In tal caso perché non provi a ripartire da qui? E a lasciarti il passato dietro alle spalle? Non sarebbe possibile?»

«Forse.» Non era del tutto convinta che fosse possibile, però era disposta a tentare. Lui la prese fra le braccia e cominciò a baciarla dolcemente; poi con maggiore passione. La desiderava da settimane, da mesi, dalla prima volta che l'aveva vista, e non riusciva più a trattenersi. Le tolse lentamente i vestiti, si liberò dei propri, la condusse verso il letto e cominciò a fare l'amore. Ma Hilary rimaneva distaccata, fredda e spaventata. Le cose che lui le stava facendo erano le stesse che Maida e Georgine le avevano fatto... altre le ricordavano i ragazzi che l'avevano violentata, quando Maida e Georgine erano andate via. Erano troppi i brutti ricordi contro cui lottare, da superare, perfino con un brav'uomo come Adam. Lui non ci mise molto ad accorgersi che

Hilary non aveva voglia di andare avanti. Si staccò da lei, anche se spasimava per il desiderio di possederla, non riusciva a capire cosa poteva essere successo.

«Qualcosa che non va?...» La sua voce era rauca, gli occhi annebbiati dalla passione che non era riuscito a soddisfare. «Se tu sapessi come ti desidero.»

«Scusami...» Bisbigliò quella parola voltandosi su un fianco, con gli occhi fissi sulla parete, chiedendosi se mai sarebbe riuscita a diventare una persona normale. Forse non ce l'avrebbe mai fatta a dare un colpo di spugna al passato. Aveva venticinque anni, e cominciava a sospettarlo. Erano troppe le persone che odiava... Arthur Patterson... Jack Jones, i ragazzi che l'avevano violentata... Maida e Georgine... Eileen... la gente dell'istituto per minorenni abbandonati... e, lontanissimo nel tempo, forse perfino suo padre. Un fardello troppo pesante da portarsi in giro e che le impediva di realizzarsi come donna. «Non si tratta di te», tentò di spiegargli. «Non ci riesco, ecco.»

«Perché? Devi dirmelo.» Stava cercando di farsi spiegare qualcosa, di capirla. Si era seduto, apparentemente calmo, sul bordo del letto. Lei si voltò e si mise anche lei a sedere. Forse era meglio scandalizzarlo che addolorarlo.

«Sono stata violentata molto tempo fa...» Non voleva aggiungere altro e si augurò che gli bastasse quella spiegazione, ma naturalmente non gli poteva bastare.

«Come?... Da chi?»

«È una storia lunga.» Ma quale doveva raccontargli, ora? Quella di Maida e Georgine, che erano state le prime, oppure quella dei ragazzi che erano venuti dopo? O la storia di Jack che aveva fatto del suo meglio per precederli tutti e l'aveva picchiata a sangue, riducendola quasi in fin di vita, quando si era accorto di non poter ottenere ciò che desiderava? Erano tutti candidati possibili per quel ruolo; ma non riusciva assolutamente a immaginare Adam in grado di sopportare una qualsiasi delle verità terribili che avrebbe potuto raccontargli.

«Quando è successo?»

«Quando avevo tredici anni.» Se non altro, era la verità. Perché tutte quelle cose terribili erano successe prima del suo quattordicesimo compleanno. Respirò a fondo. «E da allora non c'è più stato nessuno. Credo che avrei dovuto dirtelo.»

«Cristo!» Adam pareva profondamente sconvolto da tutto quanto Hilary gli stava raccontando. «In ogni caso, mi sarebbe stato di maggiore aiuto. Come potevo immaginare una cosa del genere?»

«Non pensavo che avesse importanza.»

«Oh, davvero? Ti hanno violentato dodici anni fa, da quel giorno in poi non hai più avuto rapporti con nessuno... e credevi sul serio che non facesse nessuna differenza? Come puoi fare una cosa del genere a te stessa... e a me, accidenti? Non hai pensato a farti consigliare da qualcuno? Da allora ti sarai fatta aiutare da un analista, vero... vero?» Ecco la conclusione più logica alla quale Adam poteva arrivare: tutti quelli che conosceva erano in terapia da un analista. Lui stesso era tornato immediatamente dal proprio, non appena la moglie lo aveva lasciato.

«No.» Hilary gli rispose con la massima calma e si alzò per infilarsi una vestaglia. Aveva un corpo slanciato, languido, gambe affusolate e bellissime che fecero spasimare di nuovo Adam per il desiderio. Tuttavia fece uno sforzo per non pensarci.

«Come sarebbe... 'No'? Ti sarai pur fatta aiutare da qualcuno dopo essere stata violentata, vero? Ho detto giusto?»

Lei lo guardò abbozzando un sorriso. «Niente affatto. Hai sbagliato. Credo di non averne avuto bisogno.»

«Sei matta?»

«E va bene! Diciamo che in quel momento non avevo sottomano nessuno che mi potesse essere utile in tal senso.»

«Già, e dov'eri? Al Polo Nord? Mi sai dire dove, nel mondo moderno, non c'è nessuna possibilità di mettersi in terapia con qualcuno?» O Dio, Adam non capiva proprio niente di quello che era stata la sua vita. Terapia? E dove? In casa di Louise oppure all'istituto?

«Te l'ho già detto, Adam.» Hilary cominciava a essere infastidita e lui stava letteralmente perdendo la testa. «Non voglio parlarne. È troppo complicato.»

«Troppo complicato o troppo penoso?» Evitò di guardarlo e Adam non poté accorgersi che le aveva inflitto un dolore amarissimo.

«Perché non proviamo semplicemente a dimenticarcene?»

«Di che cosa, dei nostri rapporti? E per quale motivo? Io non sono il tipo che molla, Hilary.» Adesso era arrabbiato sul serio. Hilary pareva disposta a fare qualsiasi cosa per il proprio lavoro, ma non per lui né tantomeno per la relazione che sarebbe potuta nascere fra loro.

«Perché non proviamo ad accantonare il problema, Adam? Poi scomparirà da solo.»

«Sul serio? E fra quanto tempo? Dodici anni, hai detto, e non mi sembra che tu, per il momento, sia proprio guarita! Quanto tempo vuoi aspettare, ancora, perché 'scompaia'? Magari trent'anni? O addirittura cinquanta? Certo che a quell'epoca dovresti sentirti molto meglio, e perdio avresti soltanto settantacinque anni! Quindi ti potresti aspettare una vita sessuale grandiosa, Hilary... Ma *cerca di essere seria*!» La prese per mano e la costrinse a sedersi sul bordo del letto vicino a sé. Lui desiderava troppo da lei e Hilary capiva che non avrebbe potuto dargli niente.

Adam voleva ogni cosa, cuore, anima, impegno, matrimonio e figli. Lo si intuiva in lui; desiderava di nuovo tutto ciò che la moglie gli aveva portato via, e qualcosa di più. Hilary invece si rendeva conto che non sarebbe stata in grado di dargli niente di tutto quello. Perché non le era rimasto più niente da dare. Era soltanto in grado di prendere, o magari di concedere qualcosa di sé, per un po', ma si trattava sempre di molto poco; non bisognava pretendere troppo da lei. Tutto il suo amore era già stato consumato da molto tempo, in passato; tutte le sue energie erano riservate alla carriera che voleva fare lì, in ufficio. «Voglio che tu cominci una terapia con un analista.» La fissava con aria severa, come se le annunciasse che voleva farla sottoporre a un intervento di chirurgia al cervello... ma lei si accorse di non avere la minima intenzione di fargli un piacere del genere! Solo Dio poteva sapere quel che ci avrebbero trovato!

«Non posso.»

«Frottole. E perché?»

«Non ne ho il tempo.»

«Hai venticinque anni, e hai un problema.»

«Non è uno di quei problemi con i quali non si possa convivere.»

«Tu non vivi, la tua è un'esistenza solo vegetativa.» A poco a poco anche Hilary cominciava a infuriarsi. Adam non aveva nessun diritto di dare giudizi sul modo in cui viveva, solo perché non aveva voglia di fare l'amore con lui.

«Forse le cose in futuro andranno meglio.» Ma dal tono della sua voce non si sarebbe detto che avesse una grande importanza e Adam ne rimase turbato.

«Senza aiuto?» Lei assentì. «Ne dubito.»

«Bisogna dare tempo al tempo, Adam. Questa è solo la prima volta.»

Lui rimase seduto lì dov'era, in silenzio, scrutandola a lungo. E scoprì molto di più di quanto Hilary desiderasse. «Di' la verità: ci sono un sacco di cose che non mi hai ancora raccontato, vero?»

Gli rivolse un sorriso da sfinge. «Non è questo che ha importanza, Adam.»

«Non ti credo. Ho l'impressione che tu voglia vivere l'intera esistenza arroccata dentro una fortezza.»

«Infatti... è stato così... molto tempo fa...»

«Perché?»

«Perché c'erano in giro troppe persone pronte a farmi del male.»

«E adesso?»

«Adesso non lo permetto più.»

Lui non le nascose di essere angosciato. Glielo si leggeva in faccia. Si protese a baciarla, posandole dolcemente una mano sulla spalla e rimasero seduti così, sull'orlo di quel letto, dove la loro passione non aveva potuto essere soddisfatta. «Non ti farò mai del male, Hil... lo giuro...» Aveva le lacrime agli occhi. Hilary era addolorata perché non sentiva niente per lui; si accorse di non esserne capace. Non provava più niente per nessuno, non sapeva nemmeno immaginare da dove si cominciasse. «Ti amo...»

Hilary non aveva risposta per quelle parole. Si limitò a lanciargli uno sguardo colmo di tristezza. Poi Adam le sorrise e la baciò di nuovo. Aveva capito, e questo la commosse profondamente. «Va bene così... non devi dire niente... lascia che ti ami...» L'aiutò a distendersi di nuovo sui guanciali, cominciò ad accarezzarle delicatamente il corpo risalendo verso i seni e ridiscendendo fino al ventre e poi di nuovo verso l'alto, sfiorandola con la punta della lingua, con la punta delle dita, con il cuore. Ma senza usare nient'altro... e, dopo ore e ore, Hilary cominciò a contorcersi e a supplicarlo di darle qualcosa di più. Lui voleva che fosse lei a cercarlo. La sfiorò delicatamente con il membro che pulsava, lo fece scorrere su di lei come una mano di raso e Hilary allora si chinò, e cominciò a baciarlo, e ad accarezzarlo delicatamente, tanto che Adam si mise a torcersi e a divincolarsi sul letto come lei... Ricominciò a toccarla con le labbra e con la punta delle dita, ma si accorse che lei si spaventava, irrigidendosi.

«Va bene così, Hil... va bene... non ti faccio male... io... ti prego, tesoro... ti prego lascia che io... ti prego...

o Dio, come sei bella...» La prese fra le braccia, mormorando quelle parole in un tono di cantilena, come una madre con un bambino, poi lentamente la penetrò e continuò a cullarla e a calmarla fino al momento in cui raggiunse l'orgasmo. Ma capì che lei non ci era riuscita. In ogni caso, tutto era andato un po' meglio di quanto non si fosse aspettato. «Mi spiace, Hil...» Avrebbe desiderato molto di più per lei, avrebbe voluto che sentisse tutto ciò che lui sentiva, ma pretenderlo sarebbe stato troppo.

«No, non essere spiacente. È stato molto bello.» Rimase distesa, quieta e silenziosa, al suo fianco. Adam si addormentò. Hilary continuò a osservarlo, chiedendosi se mai un giorno sarebbe stata capace di provare per lui ciò che desiderava, se mai le sarebbe riuscito di provarlo per qualcuno, o se avrebbe continuato a essere così pieno di odio.

Kane andò via, l'indomani mattina, prima che lei fosse vestita e la pregò di uscire a pranzo insieme. Ma Hilary gli rispose che aveva troppo da fare. Avrebbe voluto rivederla quella sera, ma lei aveva una riunione. In preda alla disperazione le chiese se non avesse voglia di trascorrere la domenica con lui e i bambini. Quella settimana sarebbero toccati a lui. Hilary sembrò stranamente esitante di fronte a quella prospettiva, ma vide che Adam aveva l'aria tanto avvilita e addolorata che finì per accettare.

«Sono bambini assolutamente fantastici, sono certo che ti piaceranno.»

«Ne sono sicura.» Gli sorrise. Però era trepidante. Da anni evitava i bambini e non si sentiva particolarmente ansiosa di conoscere quelli di Adam, o di affezionarsi troppo a loro. Da molto tempo non aveva più voluto saperne. Le uniche due bambine, che avesse mai amato, le erano state portate via.

Si diedero appuntamento al Central Park la domenica mattina. Hilary li raggiunse lì, in jeans e maglietta.

Adam aveva promesso di portare tutto il necessario per giocare a baseball, il picnic e i bambini. Li vide sotto un albero, il più piccolo era seduto sulle ginocchia del padre e quello di sei anni lì vicino, Hilary sentì uno strano rimescolio nel cuore e si commosse a tal punto da far fatica a controllarsi. Si arrestò di punto in bianco provando una gran voglia di scappare. Però capiva di non poterlo offendere a quel modo. Purtroppo quando si avvicinò, la situazione non fece che peggiorare. Ciò che lesse negli occhi di Adam, infatti, fu un grande amore, come quello che lei aveva provato per Megan e Axie.

Non riuscì nemmeno ad arrivare all'ora di pranzo. Rimase a guardarli giocare con le palle da baseball per una mezz'oretta e poi disse che le era venuto un terribile mal di testa. Corse via, uscendo dal parco, in lacrime e tornò a piedi fino a casa, senza fermarsi, né a un semaforo, né davanti a un'automobile o a una persona.

Si buttò sul letto e continuò a singhiozzare per tutto il giorno. Poi si costrinse per l'ennesima volta ad accettare la realtà così com'era: Megan e Alexandra erano scomparse per sempre dalla sua vita. Doveva imporsi con uno sforzo di ricordarlo. Inutile nutrire altre illusioni. D'altra parte nessuno sapeva dove fossero finite e rintracciarle sarebbe stato impossibile. Quindi non aveva senso torturarsi. Fra l'altro, ormai non erano più bambine, erano donne. Alexandra ormai doveva avere ventidue anni; e Megan diciassette. Non aveva più senso pensare a loro. Non erano più bambine smarrite e lei non sarebbe mai riuscita a ritrovarle. Però non sopportava nemmeno di vedere altri bambini. Né lo desiderava.

Quando il telefono cominciò a suonare quella sera, staccò la cornetta dalla forcella e la appoggiò lì accanto. Il giorno dopo si comportò come se niente fosse accaduto. Si mostrò simpatica, cordiale, indaffarata e distante; Adam non riuscì mai a capire che cosa fosse cambiato fra loro. Come previsto, la settimana seguente venne trasferito all'ufficio vendite e non uscì mai più, una sola volta, con Hilary. Lei fece di tutto per non incontrarlo. Non rispose mai alle sue telefonate. Come se niente fosse mai successo. Non poteva immaginare quanto Adam fosse addolorato per lei. Anche se, alla fine, si era reso conto di non poter fare niente per aiutarla.

Negli anni successivi Hilary si concentrò con ancora maggiore energia nella carriera. Si era conquistata un'ottima posizione nel campo della regia, aveva ventisette anni ed era sempre stata molto attenta a tenersi alla larga da ogni specie di *liaison*, dopo quel breve incontro con Adam. Era troppo impegnata a far carriera per aver tempo per altre cose; per di più, tutti gli uomini di cui faceva la conoscenza parevano divorziati, con figli. Fino al giorno in cui conobbe William Brock, il nuovissimo *anchorman* della CBA. Alto, biondo, molto bello, era stato un grande campione di football, assunto solo di recente dalla stazione televisiva. Divorziato due volte, senza figli, né il desiderio di averne. Cominciò subito a corteggiare tutte le ragazze che lavoravano negli studi televisivi, fino a quando vide Hilary che lo incantò con quegli occhi che sembravano di ghiaccio verde. Cominciò a trattarla con rispetto guardingo e inondarla di regali che andavano dai fiori a una pelliccia.

«Molto carina, Bill!» Gliela lasciò cadere sulla scrivania passando nel corridoio mentre si dirigeva verso il proprio ufficio, una mattina.

«Non è della tua misura, tesoro?»

«Non è nel mio stile, signor Brock!» Non le garbavano le storie d'amore con la gente dell'ufficio, né con altra gente, a dir la verità, e diventare l'ennesimo scalpo della collezione di Bill Brock era l'ultima cosa al mondo che desiderasse. Lui provò a invitarla a Honolulu per una settimana, in Giamaica per un week end, a sciare nel Vermont, a cena alla Côte Basque e molte altre cose. Ma fu sempre un fallimento, fino a quando una sera di pioggia, Hilary non riuscì a trovare un tassì per tornare a casa e lui le offrì un passaggio sulla sua *Ferrari*. Puntò direttamente verso il centro, partendo dalla sede della stazione televisiva, ma Hilary gli batté con la mano sulla spalla: «Un tentativo simpatico, Bill. Io però abito nella Cinquantanovesima Strada.»

«E io all'incrocio fra la Quinta Avenue e la Undicesima.»

«Congratulazioni. Adesso, però, accompagnami a casa. Altrimenti sarò costretta a scendere e a proseguire a piedi, ti pare?» Hilary non stava scherzando e lui frenò bruscamente. Prima che lei riuscisse ad aprire bocca, l'aveva già baciata.

«A casa tua, o mia, Signora Regista, oppure vogliamo fare una vera e propria pazzia e andarcene al Plaza?» Lei si mise a ridere di fronte a quella proposta spiritosa e sfacciata e lo pregò di nuovo di riaccompagnarla a casa, ma non rimase particolarmente stupita quando lui si fermò lungo la strada per portarla a cena. Presero un hamburger in uno dei locali che Bill frequentava di preferenza; Hilary rimase stupita accorgendosi che sotto quelle apparenze da playboy era un uomo molto intelligente. «E tu, bella signora? Che cosa c'è in quel cervellino che nascondi dietro occhi verdi come smeraldi?»

«L'ambizione.» Era la prima persona, Bill Brock, con il quale fosse realmente onesta, forse perché capiva che lui avrebbe compreso una risposta del genere.

«Piace parecchio anche a me. Ma diventa una droga, se non sai fermarti in tempo.»

«Lo so.» Però era veramente tutto quello che aveva per andare avanti... per arrivare fino in cima alla scala, fino al punto più alto, perché nessuno potesse mai più farle del male. E finché non ci fosse arrivata, non si sarebbe sentita al sicuro. Comunque, evitò di spiegargli tutto ciò. «Vero, che non c'è niente come l'ambizione? Non ti è dispiaciuto di rinunciare al *football*, Bill?»

«Un po'. Uno sport magnifico, ma mi sono stancato

di vedermi sfasciare le ginocchia dai calci e di ritrovarmi con il naso rotto. Non si possono sopportare in eterno botte del genere!» Le rivolse quel sorriso che solitamente commuoveva la maggior parte della donne e, pagato il conto, l'accompagnò verso la sua *Ferrari.* La lasciò sotto casa senza discutere e lei, entrando nel suo appartamento, scoprì che era quasi dispiaciuta. Chissà perché si era aspettata qualcosa di più, magari un altro tentativo... Si era già spogliata e aveva infilato la camicia da notte, quando suonò il campanello, mezz'ora più tardi.

«Chi è?» domandò al citofono.

«Sono Bill. Ho scoperto di essermi dimenticato di domandarti qualcosa a proposito dello spettacolo di domani.» Hilary aggrottò le sopracciglia e sogghignò. Bill sembrava sincero, ma probabilmente era solo un pretesto. Non si fidava e lo lasciò fuori, sotto la neve, mentre continuavano a parlare.

«Di che si tratta?»

«Come?»

«Ho detto di che si tratta?»

«Non riesco a sentirti!» Lui riprese a suonare energicamente. Hilary tentò vanamente di rispondergli per mezzo del citofono, ma alla fine dovette rinunciarvi e gli aprì la porta. Se era soltanto una piccola furberia lo avrebbe subito messo a posto. Lo stava aspettando sulla porta quando lui salì, sorridente, con la faccia arrossata e coperto di neve. «Ci dev'essere qualcosa che non funziona nel citofono.» Era ansante e paurosamente bello.

«Oh, davvero? Comunque è stato gentile da parte tua venire fin qui. Non hai mai sentito parlare dell'esistenza del telefono, signor Brock?»

«Nossignora, mai.» E senza aggiungere altro, la sollevò letteralmente da terra come se fosse stata una bambola di pezza e, tenendola stretta fra le braccia, entrò nell'appartamento e si richiuse la porta alle spalle con un calcio. Intanto Hilary era scoppiata a ridere e non riusciva più a fermarsi. La scena le sembrava assurda e ridicola, ma scoprì che in Bill Brock c'era qualcosa di infantile e di stupendo. Ma non fino al punto da desiderare un legame con lui, per quanto affascinante e attraente fosse. «Dov'è la tua camera da letto, signorina Walker?» le domandò con una voce piena d'innocenza e Hilary continuò a ridergli in faccia. Sembrava uno scolaretto che meditasse di farle uno scherzo. Però era anche terribilmente sexy.

«Da quella parte. Perché?»

«Fra un minuto lo capirai.» La depose sul letto, si ritirò nella stanza da bagno mentre lei lo fissava con gli occhi sbarrati e ne uscì cinque secondi più tardi, completamente nudo. Hilary era talmente sbalordita da non riuscire a fare altro che fissarlo. Era l'uomo più sfacciato che avesse mai conosciuto, ma aveva un fascino straordinario. Senza perdere altro tempo, Bill Brock cominciò a eccitarla e a fare l'amore e lei, dopo qualche resistenza iniziale, si lasciò completamente andare. Ben presto scoprì di desiderarlo e quasi subito lui l'accontentò. Poi rimase ansante fra le sue braccia; infine rotolò di lato e le sorrise. Hilary lo fissava sempre più sbalordita. Tutto quanto era accaduto aveva suscitato in lei sensazioni e sentimenti che non avrebbe mai immaginato esistessero; ma prima ancora che potesse aprir bocca e dire qualcosa, lui ricominciò. Hilary si convinse che stava perdendo la testa e l'autocontrollo, perché lui continuò, e più di una volta, e ancora, ancora... a fare l'amore fino al mattino. Fu un'esperienza incredibile per Hilary. Pensò che non ne avrebbe mai più avuta un'altra simile, ma anche che forse non tutto, dentro di lei, fosse definitivamente annientato. E che un giorno l'uomo giusto sarebbe arrivato a scoprirlo. Però nel frattempo Bill Brock aveva fatto per lei qualcosa che non sarebbe mai stata capace di dimenticare. E quando se ne andò l'indomani mattina, rimase alla finestra a seguirlo con gli occhi, un po' triste e pensosa, mentre lui saliva sulla *Ferrari* rossa e si allontanava.

Lei sentì che lo avrebbe ricordato per il resto della vita, ma non si aspettava niente di più da lui. Bill non cercava un legame, né voleva trovarsi una ragazza o un'amante o una moglie. Non cercava nemmeno una semplice amicizia. L'esistenza per lui era una serie continua di belle ragazze e fare l'amore era né più né meno come mangiare, dormire e bere. Tutte cose che gli piacevano. Per Bill non aveva importanza la persona con la quale faceva determinate cose, o quanto spesso le faceva, o se mai gli capitava di farle di nuovo con la stessa ragazza. A lui interessava soltanto riuscire a farlo, quando, come e con chi voleva.

Il giorno seguente mandò a Hilary un enorme fascio di rose e un braccialetto di brillanti di Harry Winston, ma lei glielo restituì con un sorriso. E Bill Brock non ne parve meravigliato. Però non la invitò più fuori. Aveva tante altre frecce per il suo arco; lei, in fondo, non era che una delle tante donne belle dell'universo. Hilary restò un po' delusa, ma non meravigliata. Rimase sorpresa invece, dopo una visita dal dottore due mesi più tardi. Aveva fatto una lunga influenza, durata parecchie settimane, ma invece di stare meglio continuava a peggiorare. Adesso si sentiva letteralmente esausta. Aveva soltanto un gran desiderio di dormire, il solo pensiero del cibo le dava la nausea e non riusciva nemmeno a sopportare il profumo del caffè quando andava in ufficio la mattina. Dopo un mese e mezzo, telefonò al medico per fissare un appuntamento. Lui le consigliò una serie di esami del sangue e una visita approfondita e disse che, saputo l'esito, le avrebbe fatto fare una cura di antibiotici.

«Potrebbe trattarsi di qualche virus che aggredisce in modo particolare l'intestino, signorina Walker. Non è stata per caso in qualche località esotica recentemente?»

Lei scrollò il capo, depressa per il fatto di sentirsi tanto male. Le pareva di avere cent'anni e provava soltanto il desiderio di appoggiare la testa in qualche posto e di dormire tutto il giorno. Due giorni dopo scoprì la ragione del malessere. I risultati degli esami del sangue tornarono indietro e il medico non le suggerì una cura di antibiotici. Era incinta. Le aveva fatto fare anche un test di gravidanza, e un VDRL per controllare che non fosse malata di sifilide. Quando ebbe la notizia, Hilary pensò che forse avrebbe preferito scoprire di avere la sifilide piuttosto che essere in attesa di un figlio. Riappoggiò la cornetta sulla forcella del telefono e girò gli occhi intorno a sé. Sapeva perfettamente di chi si trattava. Era l'unico uomo con il quale avesse dormito in quegli ultimi due anni; non aveva preso nessuna precauzione e nemmeno lui. Per la verità non le era mai nemmeno balenato di doverne prendere. Dopo le tragedie dell'adolescenza, Bill era stato solo il secondo uomo con il quale fosse stata. E adesso, eccola incinta.

Per quel problema c'era un'unica soluzione. Perciò nel giro di un'ora ritelefonò al medico e fissò un altro appuntamento. All'ora di colazione se ne andò dall'ufficio e, una volta rientrata a casa, cominciò a pensare alla situazione in cui si trovava. Era il caso di dirglielo? Oppure meglio evitarlo? E lui? Si sarebbe messo a ridere? Avrebbe pensato che si trattava di un problema che riguardava esclusivamente lei? E che cosa pensare dell'aborto? Era male? Un peccato? Una parte di lei avrebbe voluto liberarsi istantaneamente di quel bambino, un'altra non faceva che ricordare Axie, com'era da bambina e, di nuovo, la piccola Megan... quell'aroma dolce e tenero di borotalco, quella testolina dai capelli morbidi come la seta appoggiata nell'incavo del suo braccio per tutta la notte... Le riaffiorarono alla memoria i suoni lievi che le sfuggivano dalle labbra la sera prima di addormentarsi e all'improvviso capì di non avere il coraggio di andare fino in fondo. Aveva già perduto due creature che amava, come poteva uccidere anche quella? Forse era stato un dono divino per ripagarla di ciò che aveva perso, per restituirle una delle bambine che aveva perduto, per colmare gli anni vuoti che si profilavano davanti a lei, con qualcosa di più del lavoro... fra l'altro quella creaturina sarebbe stata molto bella con un padre come Bill Brock e lui non avrebbe mai dovuto saperlo... così avrebbe potuto essere tutta sua... tutta sua... di colpo, si accorse di volerla proteggere con tutte le sue forze. Adesso capiva perché le gonne avevano cominciato a diventarle strette anche se era dimagrita. Era la vita che iniziava ad allargarsi, e le pareva già di sentire un piccolo rigonfiamento all'altezza del ventre. Il medico, quando si erano riparlati, le aveva detto che era incinta di due mesi. Otto settimane... due mesi... e dentro di lei adesso c'era quella creaturina. No, non se la sentiva di farla uccidere. Ma quale carriera avrebbe potuto avere con una bambina che sarebbe diventata una pietra al collo... chi poteva aiutarla?... eppure quel profumo... quei gridolini... ricordava ancora la prima volta che aveva visto Axie... ma... e se poi qualcuno le avesse portato via anche quella come avevano fatto per Megan e Axie, se Bill Brock lo avesse saputo e avesse dichiarato di volere per sé quel figlio, che era anche suo? Per il resto della settimana Hilary fu in preda a un panico crescente. Non aveva nessuno con cui parlare, nessuno a cui rivolgersi. Era sola con il proprio senso di colpa, la confusione e la paura. Desiderava disperatamente tenere quel figlio, ma non riusciva a immaginare come sarebbe stato possibile, per di più era terrificata all'idea di poterlo perdere un giorno, o che qualcuno glielo potesse portar via... e poi sapeva anche di aver fatto un'altra scelta, no, si rifiutava di volere bene a qualcuno come alle sue sorelle. Fu proprio la paura il fattore decisivo. Era chiederle troppo; sapeva di poter affrontare tutto il resto, ma non il pensiero di perderlo. Conosceva troppo bene i tormenti che avrebbe sofferto. Avrebbe sacrificato il suo bambino alla memoria di Megan e Axie e non ce ne sarebbero più stati altri nella sua vita. Eppure, entrando nell'ambulatorio del dottore quel venerdì pomeriggio, credette di svenire da un momento all'altro.

Disse il proprio nome all'infermiera e firmò un modulo con la mano che le tremava. Poi la lasciarono seduta nella sala d'aspetto per un'oretta. Hilary si era presa un pomeriggio di libertà dall'ufficio e aveva passato la notte precedente senza chiudere occhio. Una parte di lei continuava a gridarle di salvare la vita di quella creatura. Ma c'era anche la voce del passato che le parlava, ed era la più forte. Superava tutto il resto, non faceva che rammentarle l'atroce dolore per la perdita di Megan e Alexandra. Continuava a pensare al giorno in cui gliele avevano portate via su quell'automobile, e alla disperazione che aveva provato... ma purtroppo anche l'angoscia di vedersi togliere dal grembo il bambino non era minore.

L'infermiera la precedette per un corridoio, la fece entrare in una stanzetta mentre lei si sentiva piegare le ginocchia dall'emozione. La donna le spiegò che doveva spogliarsi, infilare un camice, le pantofoline di carta e presentarsi alla sua collega sull'altro lato del corridoio.

«Grazie», le mormorò Hilary con voce impercettibile, domandandosi perché qualcuno non le impediva di fare ciò che stava facendo prima che fosse troppo tardi. Purtroppo sapeva che non esisteva nessuno in grado di farlo.

L'infermiera a cui si rivolse la guardò come se avesse commesso chissà quale delitto e le consegnò altri moduli da firmare. A Hilary bastò scorrerli con gli occhi per sentirsi male. Si lasciò cadere su una stretta panca di legno.

«Non si sente bene?» le domandò la donna, senza manifestare il minimo interesse.

«Mi gira un po' la testa.»

Lei annuì e le disse che doveva sdraiarsi sul lettino.

«Fra qualche minuto arriverà il dottore.» Dopo un'ora e mezzo Hilary stava ancora aspettando. Aveva cominciato a tremare già da un'ora e alla fine, per puro e semplice nervosismo, aveva vomitato. Dalla mattina presto non aveva più mangiato un boccone. L'infermiera che le aveva fatto firmare i moduli finalmente rientrò, la guardò, annusò l'aria e Hilary arrossì.

«Mi scusi, ma... non mi sento bene.»

«Probabilmente le capiterà anche dopo», rispose la donna con l'aria di chi ha pratica di certe cose. «Arriverà subito. Abbiamo avuto un piccolo problema in fondo al corridoio.» Hilary, però, non faceva che pensare a una sola cosa: a quel bambino, ancora vivo dentro di lei. Più tempo ci mettevano, più avrebbe vissuto e presto avrebbe dovuto ucciderlo. Le parve di sentirsi soffocare dalla disperazione, ma non c'era alcuna via d'uscita. Non poteva permettersi di voler bene a quel bambino, di soffrire ancora quello che aveva già sofferto. Una parte di lei cercava di dirle che sarebbe stato tutto diverso, ma l'altra le suggeriva di non farsi illusioni. Aveva amato Megan e Alexandra come se fossero state figlie sue... e le aveva perdute. Un giorno qualcuno le avrebbe portato via anche quella creatura. E lei non poteva permetterlo. Doveva scongiurare subito quel pericolo... prima che la distruggesse.

«È pronta, signorina?» Il dottore entrò nella stanza in fretta e furia, già in camice da chirurgo, una calotta verde che gli copriva i capelli e una mascherina penzolante dal collo. A Hilary sembrò quasi di vederlo grondante del sangue dell'aborto precedente.

«Io... sì...», gli rispose con voce fievole e rauca. Si sentiva malissimo e non capiva se fosse lì lì per scoppiare in lacrime o per cedere ai conati di vomito. «Non mi dà niente per addormentarmi?» Nessuno le aveva spiegato come si sarebbero svolte le cose.

«Non occorre. Sarà tutto finito in pochi minuti.» Pochi, sul serio? Quanto ci avrebbero messo? Che cos'avevano intenzione di fare al suo bambino?

Tornò a riadagiarsi sul lettino e l'infermiera la costrinse a infilare i piedi nelle staffe che erano più distanziate del solito. Poi glieli legò in modo che Hilary non potesse muoversi. Di colpo si sentì travolta da un'ondata di panico.

«Perché fa questo?»

«In modo che non si possa fare del male da sola.» E stava per legarle anche le mani quando Hilary la supplicò di lasciarglielele libere.

«Prometto che non toccherò niente... lo giuro... per favore...» Sembrava una specie di tortura medievale; l'infermiera si voltò con aria interrogativa verso il dottore il quale assentì, mentre si metteva una mascherina pulita.

«Deve semplicemente rilassarsi. Non ci vorrà molto e, così, si sarà liberata di tutto questo»... Liberarsi di tutto questo... cercò di confortarsi con quelle parole, ma non ci riuscì. Si ripeté che stava facendo la cosa più giusta; ma tutto il suo essere invece le gridava che stava per uccidere un bambino. In fondo Megan e Axie gliele avevano soltanto portate via, nessuno le aveva uccise. Era uno sbaglio, un peccato, una cosa terribile... avrebbe voluto... Sussultò sentendo la puntura dell'anestesia locale e provò una gran voglia di piangere e di pregare l'infermiera di tenerla per mano. La donna che assisteva il dottore, però, pareva indifferente, disinteressata. Improvvisamente Hilary sentì un rumore sordo, il rumore di una macchina che pareva dovesse risucchiare le pareti. Era l'aspiratore.

«E questo che cos'è?» Di scatto tentò di mettersi seduta ma non ci riuscì perché non poteva assolutamente muovere le gambe. Continuava a sentire un dolore acutissimo dove le avevano infilato l'ago dell'iniezione, nella cervice.

«Semplicemente il rumore che fa un aspiratore. E adesso torni a distendersi. Fra un minuto siamo pronti. Conti fino a dieci.» Provò un dolore acutissimo mentre qualcosa di metallico e di duro veniva inserito dentro di lei. Nessuna delle torture alle quali, nelle loro fantasie più sbrigliate, Maida e Georgine l'avevano sottoposta, poteva essere paragonato a quello... nemmeno quando i ragazzi l'avevano penetrata, con quei loro corpi duri e pesanti... tutto ciò era orrendo, era al di là di ogni possibile sopportazione, era... si lasciò sfuggire un urlo perché quell'oggetto metallico, che aveva dentro, pareva la dilaniasse. Stava forzando l'utero ad aprirsi, a dilatarsi il più possibile in modo da poterne estrarre il bambino. «È più avanti di quel che pensavamo, signorina Walker. Dovremo aprirla un poco di più.» Pareva che l'anestesia locale non avesse nessun effetto perché il dolore era straziante. Adesso le tremavano le gambe ma, finalmente, il dottore si lasciò sfuggire un borbottio soddisfatto. «Così.» Disse qualcosa all'infermiera mentre Hilary vomitava, sporcandosi tutta. Ma la donna era troppo impegnata ad assistere il dottore per accorgersene, o per aiutarla. Improvvisamente Hilary si rese conto che stava facendo la cosa sbagliata... no, non poteva... doveva tenere il bambino, e alzò di nuovo la testa, cercando di ricacciare indietro il vomito e di dirlo al medico.

«No, per favore... non... per favore... basta!» Lui si limitò a mormorarle qualche parola con l'intenzione di calmarla. Era troppo tardi per smettere. Dovevano finire ciò che avevano cominciato.

«Ormai ci siamo, Hilary. Ancora un po', e basta.»

«No... per favore, non riesco a sopportarlo... non voglio che... il bambino...» Le pareva di svenire, nuovamente, e adesso era scossa da capo a piedi da un tremito convulso.

«Chissà quanti bambini ci saranno ancora nella sua vita... è una ragazza giovane, e un giorno avrà quello giusto.» Poi si lasciò sfuggire un altro sinistro grugnito, il che significava, ormai Hilary lo aveva capito, che le avrebbe inflitto altre sofferenze. All'improvviso, l'aspiratore venne inserito. Lei credette che tutto il suo corpo venisse risucchiato da quella macchina e vomitò di nuovo. Le parve che continuasse così all'infinito... Poi, finalmente all'improvviso calò il silenzio di colpo.

«Adesso solo un piccolo raschiamento», le spiegò il dottore e Hilary ebbe l'impressione di avere le vertigini quando lo sentì raschiare quello che ancora rimaneva, portarlo via... ma ormai il bambino non c'era più da molto tempo... Aveva perduto le altre e ora aveva ucciso questo. Era tutto ciò a cui riusciva a pensare, lì distesa, con un solo desiderio: quello di morire come la sua creatura. Era un'assassina, adesso. Come suo padre lo era stato. Papà aveva ucciso la moglie, e lei il bambino.

«Ecco fatto.» Le giunse di nuovo alle orecchie quella voce che ormai odiava... Poi portarono via tutti gli strumenti e la lasciarono lì distesa, ancora tremante, legata al lettino. Si accorse che, dal grembo, le usciva qualcosa di caldo e di bagnato e capì di sanguinare, ma ormai non aveva più importanza... qualsiasi cosa le avessero fatto. Non le importava più nemmeno di morire. Anzi, se lo augurava. «Rimanga qui a riposare per un po', Hilary.» Il medico la osservò attentamente, le allungò un colpetto incoraggiante alla spalla e lasciò la stanza richiudendo la porta con un tonfo. Hilary rimase lì a singhiozzare in una pozza di vomito.

Tornarono dopo un'ora, le misero in mano una spugna umida e le diedero un foglio di istruzioni. Doveva telefonare e avvertirli se le perdite di sangue le fossero sembrate troppo abbondanti; in caso contrario era obbligata a stare a letto per ventiquattr'ore. E si sarebbe rimessa a posto. Tutto qui. Tutto finito. Una volta vestita, uscì barcollando. Continuava a essere scossa da un violento tremito. Chiamò un tassì e diede all'autista l'indirizzo di casa. Rimase sconvolta quando si rese conto che erano le sei. Era rimasta nell'ambulatorio di quel dottore per quasi sei ore.

«Che cosa c'è, signora, si sente male?» Perfino al buio, perfino a quell'uomo, Hilary doveva sembrare spaventosa. Di colpo le erano venute le occhiaie, era livida, e tremava a tal punto che, quasi, non riusciva a parlare. Per tutta risposta, annuì.

«Sì... ho... l'influenza.» Le battevano i denti e l'uomo assentì.

«Ce l'hanno tutti.» Le rivolse un sorriso. Probabilmente, quando non stava male, era una bella ragazza. «Basta che non mi dia un bacio!» Lei tentò di sorridergli, ma non ci riuscì. Le pareva di non riuscir più a sorridere, con nessuno. Come ne avrebbe avuto il coraggio? Come avrebbe mai potuto guardarsi di nuovo negli occhi? Aveva ucciso un bambino.

Arrivata a casa, si infilò a letto senza nemmeno spogliarsi e dormì fino alle quattro del sabato mattina. Furono i crampi a svegliarla e, dopo avere attentamente controllato, le parve che tutto fosse a posto. Era sopravvissuta. Ce l'aveva fatta. Però sapeva che non lo avrebbe mai più dimenticato.

Il lunedì tornò in ufficio, pallida e smunta, e sbrigò tutto quello che doveva fare; rientrando a casa alla sera si portò un mucchio di pratiche da sbrigare. La sua intenzione era quella di seppellirsi nel lavoro, di fare qualsiasi cosa pur di stordirsi e ci riuscì. Si impegnò a fondo, sgobbando come un automa, per i sei mesi successivi e, dopo ancora, per un anno intero. Diventò famosa in tutta la stazione televisiva CBA. Diventò quel tipo di donna che era ammirato da tutti, ma che tutti temevano, una persona alla quale nessuno avrebbe voluto assomigliare.

«Non è terrificante?» disse una delle nuove segretarie il giorno in cui Hilary compì trent'anni. «Vive e respira solo per il lavoro, per questa televisione e guai a te se hai il coraggio di farla arrabbiare. Se non altro, così dicono qui in ufficio. Per quel che mi riguarda, mi fa una tal paura!» L'altra ammise che era vero e si ritirarono insieme nella toilette femminile a discutere dei due nuovi arrivati, fra i giornalisti addetti alla preparazione del notiziario. Hilary, invece, era immune anche da tutto ciò. Pareva che non avesse più alcun interesse all'infuori del lavoro, della carriera, della stazione televisiva CBA.

A trentadue anni ne diventò la vicepresidente, e due anni dopo ottenne un'altra promozione. A trentasei, era la donna con maggior anzianità di servizio della direzione e a trentanove il numero tre di tutta la rete televisiva. A quel punto non c'erano più dubbi: tutti sapevano che un giorno avrebbe tentato la scalata anche a quel poco che rimaneva. E forse lo avrebbe fatto prima di quanto ci si aspettasse. Qualche tempo dopo, il *New York Times* pubblicò un lungo articolo che la riguardava, discutendone la politica televisiva e i progetti, e una sua intervista apparve sul *Wall Street Journal*. Hilary Walker ce l'aveva fatta.

Capitolo 13

QUANDO lasciò lo studio del dottore aveva l'impressione che l'aria di Park Avenue lo soffocasse, opprimendolo. Non era sorpreso. Se l'era aspettato eppure... Arthur Patterson si era augurato che si trattasse di qualcosa di diverso. Purtroppo i dolori erano stati atroci. E, durante tutto quell'ultimo mese, i calmanti gli erano serviti a poco. Inutilmente aveva tentato di persuadersi che si trattava di qualcos'altro.

All'angolo si fermò a riprendere fiato. Erano le quattro e mezzo, ma si sentiva letteralmente esausto. Un altro spasimo gli dilaniò il petto; si mise a tossire molto forte. Un passante si fermò a guardarlo preoccupato, chiedendosi se non fosse il caso di aiutarlo, ma Arthur risalì in automobile senza quasi rivolgere la parola all'autista.

Stava ancora pensando a ciò che il medico gli aveva detto, a quelle sinistre previsioni. Non aveva nessun diritto di pretendere di più. Aveva quasi settantadue anni, una vita piena alle spalle... più o meno... una volta era stato sposato... Marjorie era morta tre anni prima e lui era andato al funerale.

Era rimasto stupito dal fatto che, solo pochi mesi prima, lei si fosse risposata con un parlamentare in pensione. Mentre assisteva alle esequie, nelle luci soffuse della chiesa di St. James, si chiedeva se fosse rimasta soddisfatta della propria esistenza... se fosse stata realmente felice.

Adesso anche lui stava per morire. Strano che quello non lo terrorizzasse più. Gli spiaceva soltanto. Aveva così poco da lasciare al mondo: solo lo studio legale, dove il suo lavoro aveva preso un ritmo più lento già da parecchi anni, anche se lui continuava ad andarvi ogni giorno, o quando si sentiva abbastanza in forze per farlo. Chissà se i suoi soci ne avrebbero sentito la mancanza una volta scomparso. Certo non esisteva nessun altro che si sarebbe accorto della sua assenza, all'infuori della segretaria, forse, che però era già stata assegnata a uno degli altri avvocati.

Il portiere gli porse una mano per aiutarlo quando scese dalla vettura; salì in ascensore e scambiò le solite quattro chiacchiere banali con l'addetto al funzionamento, come aveva sempre fatto. Parlarono del gran caldo arrivato in anticipo e dei risultati del baseball. E infine entrò nel suo appartamento. Com'era strano pensarci, adesso. Presto tutto ciò non ci sarebbe più stato... Ma, quando entrò nel soggiorno, scoppiò in lacrime. Senza nessun motivo logico gli era tornata in mente Solange... Solange con quei capelli rosso fiamma e gli occhi di smeraldo... com l'aveva amata! Si chiese se l'avrebbe rivista, dopo la morte, nell'aldilà... se esistevano un Paradiso e un Inferno come gli avevano insegnato da bambino... chiuse gli occhi, lasciandosi cadere pesantemente su una poltrona... Solange... pronunciò il suo nome in un bisbiglio mentre le lacrime gli scendevano sulle guance, provava un enorme senso di disperazione. Come l'aveva delusa, come aveva deluso Sam... e quelle figlie adorate disperse nel mondo e, adesso, completamente scomparse. Lui le aveva lasciate sparire. Tutta colpa sua. Avrebbe dovuto accoglierle in casa propria se soltanto ne avesse avuto il coraggio. Purtroppo ormai era troppo tardi. Troppo, troppo tardi. Solange era morta più di trent'anni prima... e Sam... eppure, adesso capiva quale fosse il suo dovere. Il suo ultimo dovere. Ritrovarle.

Rimase lì seduto in poltrona, finché la stanza diventò buia, ripensando agli anni lontani, alle trincee vicino a Cassino, a quando era stato ferito e Sam lo aveva salvato... e alla liberazione di Parigi e alla prima volta che l'aveva vista. Impossibile tornare indietro nel tempo e cambiare gli eventi, poi, forse non avrebbe fatto nessuna differenza. Tuttavia capiva che, prima di morire, doveva trovarle, rintracciarle, spiegare... riunirle di nuovo per un'ultima volta, e gli ritornò alla memoria, tormentoso, il ricordo di quel giorno a Charlestown quando era andato a prendere Megan e Alexandra, e Hilary lo aveva supplicato, in un modo così straziante e penoso, di non portargliele via.

Rimase con gli occhi sbarrati nel buio, a letto, per buona parte della notte, pensando a quelle bambine, chiedendosi come rintracciarle e, soprattutto, se ce l'avrebbe fatta. C'era solo una cosa che poteva lasciare a quelle creature. Il resto era tutto in titoli e azioni. Ma chissà che la casa nel Connecticut non avesse un significato particolare per loro! L'aveva acquistata anni prima, come villa per l'estate, ma se n'era servito ben poco. Era una grande costruzione antica, dell'epoca vittoriana, dalla struttura irregolare. Gli era sempre piaciuto andarci e l'aveva conservata pensando di stabilirsi lì negli ultimi anni di vita. E ora il tramonto stava arrivando. Non avrebbe avuto il tempo di vivere come un professionista che si ritira dagli affari, di dedicarsi tranquillamente al giardinaggio e a lunghe passeggiate sulla spiaggia. Per lui, tutto ciò era finito. Il dottore gli aveva detto che era troppo tardi per un intervento. Le radiografie parlavano chiaro. Ormai il cancro si era trasformato in metastasi e, per di più, lo avevano trovato troppo indebolito per sopportare qualsiasi cura energica. Era alquanto difficile calcolare quanto tempo gli rimaneva. Tre mesi, forse sei, o meno se la malattia si fosse diffusa molto in fretta.

A mezzanotte si alzò per prendere una pastiglia di sonnifero, ma quando finalmente riuscì a prender sonno era ormai l'alba. Dormì male, inquieto, sognando ancora i singhiozzi di Hilary mentre si allontanava in automobile da lei, stringendo contro di sé qualcosa, non era ben sicuro di che si trattasse... e poi, improvvisamente, la faccia di Hilary diventava quella della madre ed ecco, era Solange che gli piangeva fra le braccia, chiedendogli per quale motivo l'avesse uccisa.

Capitolo 14

Il giorno dopo, a mezzogiorno, Arthur Patterson uscì dall'ufficio, estenuato per quella notte insonne, ma non aveva voluto rinunciare ad andarvi. Si era consultato a lungo, alle undici, con uno dei suoi partner e aveva ottenuto il nome di colui che era considerato il migliore in quel campo specifico. Non gli spiegò per quale motivo tale persona gli fosse necessaria, né il socio gli fece domande in proposito. Poi Arthur fece, personalmente, una telefonata e si stupì che John Chapman fosse disposto a vederlo quel giorno stesso, quando gli spiegò che si trattava di una questione urgente. D'altra parte Chapman lo conosceva di fama e capitava di rado che il partner anziano di un importante studio legale telefonasse di persona, e in tono tanto chiaramente angosciato! Gli rispose che era disposto a incontrarsi con lui subito dopo mezzogiorno anche se, ormai, aveva soltanto un'ora a disposizione. Arthur lo ringraziò e uscì in fretta e furia dall'ufficio, tastandosi le tasche per assicurarsi di avere le pastiglie di cui non poteva più fare a meno.

«Rientrerà dopo il pranzo, signor Patterson?» provò a chiedergli la segretaria mentre le passava davanti, tossendo come ormai faceva di continuo.

«Non credo», le rispose con voce appena percettibile e lei scrollò la testa dopo averlo visto salire in ascensore. Aveva un aspetto spaventoso in quei giorni; era troppo vecchio, ormai, per venire in ufficio. Si augurò che qualcuno gli imponesse di ritirarsi dagli affari.

Il tragitto, in tassì, dall'ufficio di Arthur a quello di Chapman fu breve. Rimase bene impressionato quando vide come fossero funzionali ed eleganti gli uffici che aveva sulla Cinquantasettesima Strada a poca distanza dalla Quinta Avenue. Si trattava di un palazzo più piccolo di quello dello studio legale Brokaw, Miller e Patterson, ma era comunque decoroso e molto ben conservato. Chapman occupava quasi un piano intero. Sulla porta soltanto una targa, piuttosto piccola, che portava semplicemente il suo nome: JOHN CHAPMAN. Una ragazza alla *reception* si fece dare il suo nome; intorno c'erano parecchie altre persone che aspettavano di parlare con i soci di Chapman. Gran parte di loro, come Patterson poté notare nella sala d'aspetto, sembravano avvocati.

«Prego, il signor Chapman l'aspetta», disse la donna e lo fece passare nell'ufficio con le finestre che davano sulla Cinquantasettesima Strada, una folta moquette, mobili antichi inglesi e moltissimi volumi di diritto. Era un conforto vedersi circondato da cose a lui familiari. Aveva avuto il timore di trovarsi in un ambiente losco e squallido e fu un sollievo scoprire il contrario.

Una porta si aprì e apparve un bell'uomo biondo, in giacca di *tweed* e calzoni grigi, con occhi azzurri vivaci e l'aspetto di chi ha studiato a Princeton oppure ad Harvard. In realtà John Chapman aveva frequentato entrambe le scuole. Anzi, a Princeton, aveva fatto il *college* e poi si era laureato alla facoltà di legge di Harvard.

«Il signor Patterson?» Girò intorno alla scrivania e strinse la mano di Arthur, rimanendo un po' sconcertato nel vederlo così esile e fragile. «La prego, si accomodi.» Gli indicò una poltrona, sorridendogli cordialmente e si sistemò in un'altra, vicina.

«Le sono molto grato...» Arthur tossì, e cercò di riprendere fiato, «...di essere stato tanto cortese da ricevermi senza preavviso. Ma si tratta di una questione non solo urgente, ma anche importante e temo di... non avere molto tempo.» Parlava in tono grave, del resto era la verità. Tossì di nuovo. John Chapman pensò che volesse alludere a qualche scadenza molto vicina, relativa a un processo, o a un caso che doveva essere risolto in tribunale.

«Sono rimasto stupito che lei volesse trattare la questione personalmente, signore.»

«Grazie.»

Chapman sapeva chi fosse Arthur, era del tutto insolito che il socio anziano di uno studio legale prendesse contatti personalmente con un ufficio di investigazioni private, anche se famoso.

Quello di Chapman era infatti uno dei più celebri del Paese. In effetti sembrava più uno studio legale che un ufficio di investigazioni private. Mentre Arthur tossiva di nuovo, si affrettò a prendere un blocco di fogli e una penna per scrivere qualche appunto.

«Vorrebbe darmi qualche spiegazione, signor Patterson, in modo da poter avere un'idea su come esserle utile?» Parlava in tono pacato, aveva un'aria molto professionale e si esprimeva con la dizione accurata e precisa delle classi sociali più elevate. Al tempo stesso sembrava un uomo senza pretese, semplice, disinvolto, tanto che Patterson provò una certa curiosità nei suoi confronti. Perché non era entrato nello studio del padre? Si trattava, infatti, del socio più importante del più grande ufficio legale di Boston; inoltre due suoi fratelli erano tra i più celebri avvocati di New York. Invece lui aveva scelto quella strana carriera, piuttosto insolita. Era strano, ma Arthur ormai non aveva più il tempo di riflettere. Gli occorrevano tutte le energie per spiegargli ciò che desiderava.

«Si tratta di una faccenda... personale.» Ansimava, e accettò l'acqua che Chapman gli aveva versato in silenzio, aspettando di saperne di più. Ne bevve un sorso. «È una questione estremamente importante e confidenziale. Non dovrà parlarne con nessuno.» Arthur gli lanciò un'occhiata feroce.

«Io non discuto mai con nessuno i casi di cui mi occupo, signor Patterson. Punto e basta.»

«Il mio desiderio sarebbe che se ne occupasse lei personalmente, se possibile. Uno dei miei colleghi mi dice che lei è il migliore in questo campo. Quindi vorrei assumerla per questo incarico.»

Chapman arricciò le labbra, attendendo di ascoltare il resto. Per il momento non voleva impegnarsi definitivamente con Arthur. «Tutto dipende da quello di cui si tratta. Cerco di occuparmi di tutti i nostri casi almeno per quanto mi è possibile.»

«Io voglio che, di questo, lei si occupi personalmente e non abbiamo nemmeno troppo tempo.» Tossì, e bevve un altro sorso d'acqua. «Sto morendo.»

Chapman lo scrutò attentamente, incuriosito. Il vecchio signore tremava per l'agitazione e stringeva fra le mani una cartelletta che aveva tirato fuori da una borsa di cuoio. Forse si trattava di un vecchio caso mai risolto che si era deciso a terminare prima della morte. Le persone fanno strane cose quando sono vicine al momento di morire.

«Il dottore pensa che io possa avere tre mesi, magari sei, ma forse anche meno. Voglio rintracciare tre giovani donne.» Chapman sembrò stupito. Era una strana richiesta da parte di un vecchio, a meno che non fossero le figlie. «Sono le figlie di miei intimi amici, i più cari. I genitori sono morti trent'anni fa, due di esse furono adottate poco tempo dopo e la terza è rimasta a vivere con una zia e uno zio. Quando ho perduto le loro tracce avevano rispettivamente uno, cinque e nove anni, adesso non ho la minima idea di dove siano finite. So chi ha adottato le due bambine più piccole e so anche che la maggiore è vissuta a Jacksonville in Florida e poi, ventun anni fa, è venuta a New York, ma è tutto. Ho incluso ogni informazione in mio possesso in questo fascicolo. Vi ho aggiunto anche alcuni ritagli di giornale che riguardano i genitori. Il padre era un famoso attore di Broadway.»

«Il padre e la madre sono morti simultaneamente, in una disgrazia?» Era solo una piccola curiosità in più da parte sua. Quella storia gli pareva molto singolare.

«No.» Arthur respirò penosamente, a fondo, e continuò. «Lui ha ucciso la moglie; nessuno ha mai saputo bene perché, all'infuori del fatto che avevano avuto una discussione e si pensa che lui abbia improvvisamente perduto la testa. Sono stato io l'avvocato difensore nel 1958.» La faccia di Arthur era diventata ancora più livida mentre Chapman lo osservava, meravigliato dal fatto che avesse accettato di occuparsi di un processo penale. In quella storia doveva esserci ben di più di quanto gli stava raccontando. «Lui è stato condannato e si è suicidato in cella la notte stessa, alla fine del processo. Io ho cercato di mandare le bambine a vivere insieme nella stessa casa.»

Era profondamente commosso e sembrava che non ce la facesse a continuare nella narrazione; John Chapman lo osservava, desolato, perché era facile capire quanto gli fosse penoso ricordare tutto ciò e, ancora peggio, parlarne con un estraneo. Qualsiasi uomo di legge si sarebbe sentito responsabile... però non fino al punto di mettersi alla ricerca di quelle bambine trent'anni dopo. Oppure c'era da pensare che lui si sentisse colpevole? «Purtroppo nessuno le voleva tutte e tre. Così sono stato costretto a metterle in case diverse e a lasciare la bambina più grande con la zia e lo zio.» Evitò di dirgli di aver preso in considerazione la possibilità di accoglierle presso di sé e di non averlo fatto perché sua moglie non glielo aveva consentito. «Di recente, c'è stato anche un articolo su una giovane donna che lavora alla CBA, le ho accluso il ritaglio», continuò, «che porta lo stesso nome della bambina più grande. Penso che potrebbe esserci una possibilità che si tratti di lei, ma potrebbe anche essere solo una coincidenza. Visto che il ritaglio di giornale è qui, lei forse potrebbe fare un controllo in tal senso.» Chapman annuì. Arthur aveva letto quell'articolo sul *Times* soltanto poche settimane prima e aveva pregato Dio che fosse la Hilary Walker «giusta». Gli tremava la mano mentre estraeva quel ritaglio e fissava la fotografia. Non assomigliava a nessuno che lui conoscesse, ma quello non significava molto. Capita spesso con le foto pubblicate sui giornali. «Ecco tutto, Chapman. Io voglio che lei rintracci, per me, queste tre giovani donne.» Giovani per lui, ma ormai adulte e mature, pensò Chapman. Fece un rapido calcolo e si rese conto che dovevano avere rispettivamente trentanove, trentacinque e trentun anni. Non sarebbe stato affatto facile trovarle. E Arthur glielo confermò. «I genitori adottivi delle due bambine più piccole si sono trasferiti parecchi anni fa e io non ho la minima idea di dove siano andati... spero soltanto, di tutto cuore, che lei possa rintracciarle.»

«Anch'io.» Chapman gli tolse il fascicolo dalle mani e poi gli domandò assumendo un'aria grave: «Nell'eventualità che riuscissi a trovarle, che cosa dovrò fare?»

«Prima di tutto voglio che siano rintracciate. Poi dovrà tornare da me, a dirmelo. E infine desidero che sia lei a spiegare a ciascuna di loro chi è e chi sono io e che voglio che si riuniscano tutte e tre. Vorrei fare questa riunione nella mia casa del Connecticut, se sarà possibile. Purtroppo non sono più in grado di viaggiare... saranno loro a dover venire qui.»

«E se rifiutassero?» Non era da escludere. Faceva quel lavoro da diciassette anni e aveva visto di tutto.

«Non dovrà permetterlo!»

«Potrebbero anche aver dimenticato di avere delle sorelle e questa notizia potrebbe creare loro non pochi problemi.» Intanto si stava chiedendo se ci fosse in ballo anche una cospicua eredità, ma preferì non insistere troppo su quell'argomento con Arthur.

«È un mio dovere nei loro confronti fare in modo che si riuniscano. È stata colpa mia se si sono separate... colpa mia, perché non sono mai stato capace di trovare una casa che le accogliesse tutte e tre. Adesso voglio sapere se stanno bene e se non hanno bisogno di niente... Devo almeno questo ai loro genitori.»

John provò la tentazione di dire che era un po' tardi, ma non voleva che questa risposta sembrasse una mancanza di rispetto nei confronti di Patterson. A trentanove, trentacinque e trentun anni non poteva importare molto a nessuna di loro sapere il motivo per cui erano state separate, se si ricordavano ancora di avere avuto delle sorelle... tanto per cominciare! Ma non toccava a lui domandarsi se quell'ultimo desiderio di Arthur Patterson avesse un fondo di saggezza. Arthur lo stava fissando con occhi colmi di disperazione.

«Farà ciò che le chiedo?» La sua voce era diventata un mormorio appena percettibile.

«Ci proverò.»

«Se ne occuperà personalmente?»

«Per la massima parte, se è possibile. Prima di impegnarmi definitivamente, però, voglio leggere tutto ciò che questo fascicolo contiene. Potrebbe darsi che alcuni dei miei dipendenti si trovassero già a lavorare nelle zone che ci interessano e, in tal caso, potrebbero fare questo lavoro meglio e più in fretta di me.» Arthur annuì. Era una risposta logica e sensata. «Guarderò questi documenti il più presto possibile e poi le telefonerò per dirle che cosa ne penso della situazione.»

Arthur volle essere onesto fino in fondo con lui. «Purtroppo in quel fascicolo non c'è molto, Chapman. Non molto di più di quanto le ho già detto.»

«Non si preoccupi. Non è escluso che ci sia qualcosa che può colpirmi in modo particolare.» Intanto, senza farsi notare, aveva allungato un'occhiata all'orologio a muro che poteva vedere al di sopra della spalla sinistra di Arthur. Era quasi l'una e un quarto e detestava l'idea di far aspettare Sasha. «Mi farò vivo con lei fra un paio di giorni.» Si alzò in piedi e Arthur lo imitò con movimenti piuttosto lenti e incerti.

«Le sono profondamente grato, Chapman.»

«Per carità, signor Patterson. Spero soltanto che non rimarrà deluso.» Arthur annuì con aria pensierosa, perché non sopportava nemmeno l'idea di dover prendere in considerazione un'eventualità del genere. Chapman *doveva* trovarle. «Mi sembra che sia anche il caso di avvertirla che questo progetto potrebbe risultare notevolmente costoso.» Arthur lo guardò con un sorrisino gelido.

«Non ho nient'altro in cui spendere i miei soldi adesso, le pare?»

Chapman gli sorrise. Era una domanda difficile alla quale rispondere. Lo accompagnò fuori in silenzio, gli strinse la mano, lo ringraziò per essere venuto da lui e poi, tornando in fretta e furia in ufficio, mise nella cassaforte quello smilzo fascicoletto, la richiuse, e uscì quasi di corsa. Sasha gli avrebbe strappato la pelle!

Capitolo 15

John Chapman si precipitò fuori dal palazzo in cui si trovava il suo ufficio e fece a passo svelto i due lunghi isolati in direzione ovest, guardando l'orologio di tanto in tanto e cogliendo il proprio riflesso nelle vetrine dei negozi. Tiffany... I. Miller... Henri Bendel... gli sembrò di metterci ore... sapeva come lei detestasse vederlo arrivare in ritardo... d'altra parte non aveva potuto far fretta ad Arthur Patterson, né scacciarlo dal proprio ufficio. Si trattava di un uomo anziano, che stava per morire e Chapman non si nascose di essere incuriosito dal caso che gli aveva sottoposto. Ma sapeva che Sasha non avrebbe mai capito niente di tutto ciò.

Aveva ventott'anni, magrissima, scattante dalla testa ai piedi, ogni muscolo del suo corpo modellato a perfezione. Portava i capelli biondi raccolti in una crocchia talmente stretta che sembravano dipinti sulla testa; gli occhi verdi, a mandorla, avevano il classico taglio slavo; e le labbra, costantemente imbronciate, erano state la cosa che lo aveva affascinato di più quando l'aveva vista la prima volta. Si erano incontrati in casa di un comune amico, un patito di danza classica, il quale, in estasi, aveva magnificato il talento di Sasha affermando che era sempre stata una creatura straordinaria fin da bambina. Da adulta lo era ancora di più. Figlia di emigrati russi, aveva studiato per anni al Balletto Russo di Montecarlo; poi da ragazzina aveva frequentato la Juilliard School dove si era rivelata un'autentica stella benché fosse ancora una adolescente. A vent'anni le avevano proposto di entrare a far parte dell'American Ballet Theatre. A ventott'anni, se non una prima ballerina, era un'ottima danzatrice con una solida carriera alle spalle. Soffriva anche lei delle classiche gelosie e invidie tipiche degli artisti, il suo grande rimpianto era quello di non essere mai riuscita a diventare una delle prime ballerine della compagnia, era troppo piccola di statura e aveva dovuto accontentarsi di far parte solo del corpo di ballo. Aveva la consolazione di essere molto brava, e lo ripeteva a John in ogni occasione, quando non si lamentava dei piedi che le facevano male, o del fatto che lui era arrivato in ritardo. Ma anche se non era una creatura con la quale fosse facile andare d'accordo, John Chapman, da mesi ormai, la trovava affascinante... gli piacevano il suo senso della disciplina, il lavoro intenso a cui si sottoponeva, il talento che possedeva... e quel viso piccolo e grazioso, quei piedini che parevano muoversi leggeri come ali di farfalla quando danzava, gli immensi occhi verdi... Insomma c'era qualcosa di veramente speciale in lei.

«Sei in ritardo di mezz'ora.» Alzò gli occhi dalla tazza di *borscht* che aveva davanti e lo guardò scocciata quando lui, ormai sfiatato, si presentò davanti al suo tavolo nel Russian Tea Room. L'atmosfera, lì dentro, era sempre la stessa da almeno cinquant'anni; ma entrambi adoravano i *blini* e il caviale. Inoltre, il ristorante si trovava vicino al luogo dove lei stava facendo le prove e quindi si incontravano lì almeno una mezza dozzina di volte alla settimana, a pranzare dopo le prove, oppure anche dopo gli spettacoli, tardi, la sera, a mangiare rapidamente qualcosa prima di raggiungere l'appartamento di John. Lei viveva con altre quattro ballerine, in una casa senza ascensore del West Side, e lì era impossibile anche scambiare due parole, figuriamoci poi fare l'amore. I suoi occhi verdi, adesso, lo stavano fissando pieni di rimprovero. John si scusò, mettendosi a sedere. «Stavo pensando di andar via.» Sembrava una bambina indispettita e in quel momento Chapman si rese conto di quanto l'amasse.

«Sono felice che tu non l'abbia fatto.» Le sfiorò delicatamente la mano e sorrise al cameriere che li conosceva. Si trattava di un vecchio russo che a volte chiacchierava con Sasha nella sua lingua. Infatti, benché fosse nata a Parigi, lei parlava ancora russo con i genitori.

«Avevo fame.» Intanto i suoi occhi lo fissavano spietatamente. «Ecco l'unico motivo per il quale ho aspettato.»

«Scusami. È arrivata una visita importante. Il socio più anziano di un grosso studio legale che aveva bisogno di un consiglio... Non potevo certo spingerlo fuori dalla porta!» Le sorrise, sperando di placarla, e in cuor suo si domandava quanto ci avrebbe messo a entrare di nuovo nelle sue grazie. In genere, la collera di Sasha, per quanto violenta, non durava mai a lungo e anche se aveva delle impennate improvvise, si calmava abbastanza presto. «Mi spiace, tesoro.» Le sfiorò di nuovo la mano, ma lei non sembrò molto colpita da tanta contrizione.

«Ho avuto una mattinata così difficile!» Era petulante, ma più bella che mai.

«Qualcosa è andato male?» Sapeva quanto Sasha si preoccupasse per i propri piedi, le gambe e le braccia... e non era facile fare la ballerina. Uno strappo muscolare, un legamento lacerato e la vita poteva cambiare per sempre.

«Stanno cercando di far lavorare un nuovo coreografo, ma è una creatura impossibile. Al suo confronto Balanchine verrebbe giudicato pigro! Quest'uomo è pazzo. Non si può ballare nel modo che lui pretende.»

«Tu sì, che puoi!» Chapman sorrise, profondamente orgoglioso di lei. La considerava superba, come ballerina. Lei gli sorrise, era quasi perdonato.

«È quello che cerco di fare. Però quell'uomo deve aver deciso di ammazzarci!» Sospirò e finì il *borscht* che aveva davanti. Non voleva mangiare troppo prima delle prove del pomeriggio, ma aveva ancora fame. Lui aveva appena ordinato i *blini* e Sasha fu tentata di imitarlo, ma pensò che erano un cibo troppo pesante se poi doveva ballare. «Magari prendo un'insalata.» Diede l'ordinazione al cameriere in russo e quello assentì, allontanandosi. Intanto lei aveva ricominciato a raccontare a John i suoi dispiaceri. Non gli domandò niente di lui. Come sempre. Perché pensava soltanto alla danza.

«Hai le prove stasera?» le domandò John con occhi pieni di comprensione. Era un uomo buono e gentile e non gli importava se la loro intera esistenza aveva come unico punto di riferimento la professione di Sasha. Ci era abituato. La sua ex moglie era stata una scrittrice e lui aveva aspettato pazientemente per sette anni che lei scodellasse quei romanzi polizieschi che, alla fine, erano diventati tutti bestseller. La rispettava come donna e come amica; però il suo matrimonio non era stato granché. Per lei ogni cosa veniva dopo il lavoro, persino il marito. Era una donna difficile. Il mondo intero doveva fermarsi se lei cominciava a scrivere un libro e si aspettava che John la proteggesse da ogni eventuale interruzione. Lui aveva ubbidito, si era dedicato a lei con impegno e affetto fino al giorno in cui si era sentito schiacciato dalla solitudine in cui viveva. Per sua moglie esistevano solo i personaggi dei suoi libri; ogni intreccio di romanzo che scriveva diventava una realtà, e non gli rivolgeva nemmeno la parola quando stava scrivendone uno. Lavorava dalle otto del mattino fino a mezzanotte, ogni giorno, e poi andava a letto talmente estenuata da non aver più voglia di dire una sola parola. Il giorno dopo ricominciava e non gli parlava nemmeno mentre prendevano il caffè, perché stava già pensando al libro. Il matrimonio con Eloise era diventato una vita fatta di solitudine. Come scrittrice, aveva adottato lo pseudonimo di Eloise Wharton. Quando non scriveva un libro, o cadeva in una profondissima depressione perché non stava lavorando, oppure viaggiava; era capace di fare il giro di trenta città in quarantacinque giorni per la pubblicità dell'ultimo romanzo. Prima di chiederle il divorzio John aveva calcolato che, in media, erano stati insieme e si erano rivolti la parola per qualcosa come trenta ore l'anno, parecchio meno di quello che occorre per un matrimonio felice. Si volevano bene, ma lei amava di più il lavoro. Tanto che, quando la lasciò, John continuò ad avere il dubbio che lei non avesse nemmeno capito il significato di quel distacco. Era immersa nella stesura di un nuovo romanzo e gli aveva dato soltanto una risposta molto vaga quando le aveva detto addio richiudendosi la porta di casa alle spalle. Poi aveva scoperto, anche se può sembrare strano, che era un sollievo ritrovarsi solo. Sentiva meno la solitudine di quando viveva con lei. Infatti poteva ascoltare lo stereo, cantare quando ne aveva voglia, invitare amici con i quali fare tutto il chiasso che volevano. Cominciò perfino a uscire con altre donne. La vita era bella. L'unico rimpianto era quello di non aver mai avuto figli. Il divorzio con Eloise era avvenuto cinque anni prima e solo adesso stava cominciando a entrare nell'ordine di idee di risposarsi. Anzi, in quegli ultimi tempi, ci aveva pensato moltissimo.

Sasha aveva annuito in risposta alla sua domanda relativa alle prove. «Sì, proveremo fino alle undici.» Non parlava l'inglese con scioltezza anche se non aveva un vero e proprio accento straniero.

«Posso venire a prenderti?» I suoi occhi si illuminarono di speranza. Intanto, però, si stava dicendo di non aver nessuna intenzione che la sua vita riprendesse il ritmo di una volta. No, non voleva che la sua intera esistenza avesse come punto focale Sasha e la sua professione di ballerina. Anche se era molto più vivace ed espansiva di quanto la moglie non fosse mai stata. Così vitale, così vibrante, non come Eloise che viveva in una stanza buia, con una sola lampada accesa sopra la testa, ossessionata da creature immaginarie. E non era mai cambiata in quegli ultimi cinque anni. Era solo diventata una scrittrice ancora più famosa. Era ormai considerata una delle più celebri scrittrici di romanzi polizieschi del Paese. La nuova Agatha Christie, ecco come l'aveva salutata il *New York Times*, e *Publishers Weekly* lo aveva confermato, con i più ampi consensi. Aveva quarantun anni e viveva in un mondo di fantasia. Non come Sasha... no, assolutamente.

«Grazie. Sarò alla porta del palcoscenico alle undici e dieci.» E John capì che ci sarebbe stata. Perché aveva la precisione di un chirurgo. «Non essere in ritardo.» Aggrottò le sopracciglia e lo minacciò garbatamente con un dito affusolato.

Lui le sorrise e le sfiorò il ginocchio sotto il tavolo. «No, non sarò in ritardo. Stasera non ho intenzione di lavorare.» Voleva semplicemente leggere a fondo il fascicolo che Arthur Patterson gli aveva lasciato e calcolava che non ci avrebbe messo molto più di un'ora, forse anche meno. Temeva che non ci fosse abbastanza materiale su cui lavorare. «Devo semplicemente dare un'occhiata al fascicolo relativo a quel nuovo caso.»

«Non interessartene troppo!» Intanto Sasha lo guardava aggrottando le sopracciglia. Era già capitato una volta che arrivasse con un'ora di ritardo dopo uno spettacolo. Ma lei non si sentiva di tollerare niente di simile, né da lui né da altri. Non ci era costretta. Come gli faceva notare infinite volte, era una *vera artista*, lei!

«Vuoi che ti accompagni?» John sembrava speranzoso, come uno scolaretto ansioso di farle piacere. Il suo modo di fare così premuroso era sempre piaciuto a tutte le donne con cui aveva avuto una relazione, e piaceva perfino a Sasha, anche se non voleva ammetterlo. Non gli diceva mai quanto lo amasse e le facesse piacere la sua compagnia! Le pareva che dire cose del genere fosse degradante e, in fondo, non c'era bisogno che lui le sapesse.

«Mi trovo con qualcuna delle mie compagne tra cinque minuti, John. Qui all'angolo. Ci vediamo stasera?» Si alzà in piedi, piccolina, eretta, con la schiena dritta, simile a una stupenda lastra di marmo scolpito, un sopracciglio leggermente sollevato sugli occhi verde oliva. «Puntuale, d'accordo?»

«Che tiranna che sei!» Si chinò a baciarla e rimase a

seguirla con gli occhi mentre si allontanava. Finì di sorseggiare il tè e pagò il conto. Qualcosa in lei lo faceva sempre sentire eccitato, ansioso. Un po' come se desiderasse qualcosa di più, come se quello che aveva non fosse mai abbastanza, come se lei non gli permettesse mai di possederla completamente. Un po' come se sfuggisse, danzando, dalla sua stretta ogni volta che le tendeva le braccia per afferrarla, anche se in un certo senso ciò gli piaceva. Darle la caccia, inseguirla, sì... gli piaceva. Come adorava ogni altra cosa in lei. Era tanto più viva di Eloise e della sfilata interminabile di avvocatesse e di donne manager con le quali era uscito in quei cinque anni, dopo il divorzio! Sasha in effetti era del tutto diversa.

Tornò a piedi in ufficio, a passo meno spedito, stavolta, pensando prima a Sasha e poi ad Arthur Patterson e alle tre donne che voleva fossero rintracciate. Una strana storia, tanto che non poté fare a meno di chiedersi se ci fosse sotto qualcosa di più che Arthur non gli aveva detto. Mancavano molte tessere a quel mosaico... Per quale motivo voleva ritrovarle e farle riunire? Che importanza poteva avere, ormai? Erano donne adulte, ciascuna con la propria esistenza, cosa potevano avere in comune fra loro? E per quale motivo Arthur Patterson provava un tale senso di colpa? Che cos'aveva fatto? O piuttosto non aveva fatto? E chi erano il padre e la madre di quelle donne? Un turbinio di domande si affollava nella mente di John lungo il cammino. Era molto abile nella sua professione perché aveva uno straordinario intuito, una specie di sesto senso, che gli permetteva di scoprire sempre quali fossero i pezzi mancanti del mosaico, e di ritrovarli. Aveva già avuto parecchi altri casi di grande importanza e li aveva sempre risolti brillantemente. Era il campo penale quello in cui otteneva le maggiori realizzazioni, tanto da essersi guadagnato il rispetto di avvocati e tribunali in tutto il Paese. Arthur Patterson era venuto nel posto giusto. John Chapman, però, non era del tutto convinto che sarebbe riuscito a trovare le donne scomparse.

Si portò il fascicolo di Patterson a casa quella sera e lesse lentamente, con molta concentrazione, quello che conteneva. In realtà era talmente poco da apparire quasi patetico. Arthur aveva avuto ragione. Lì non c'era molto che lo aiutasse. Soltanto ciò che gli aveva riferito in ufficio. Una raccolta di tutti i ritagli di giornale relativi al processo, che John lesse per primi, incuriosito dagli elementi taciuti, o sottintesi di quella storia. Quale era il vero motivo per cui Sam Walker aveva ucciso la moglie? Si trattava di un omicidio premeditato, come alcuni credevano, oppure di un delitto passionale? Che cosa gli aveva fatto quella donna e chi era? In un certo senso non era strettamente necessario che lui sapesse tutto ciò, tuttavia erano quesiti interessanti. Provò a leggere le critiche relative ad alcune delle commedie in cui Walker aveva recitato e gli tornò in mente di averlo visto una volta, da bambino. Ricordava soltanto che si era trattato di uno spettacolo molto bello e che lui era un uomo pieno di fascino. Ma i suoi ricordi non gli dicevano più di tanto.

C'era anche un breve appunto scritto con la calligrafia un po' tremula di Arthur in cui si spiegava che lui e Sam Walker erano stati insieme in guerra. Vi era aggiunto un elenco dei luoghi in cui avevano combattuto, una descrizione del loro primo incontro con Solange, incredibilmente poetica per un uomo della sua età che aveva scritto solo documenti legali per tutta la vita. John si chiese se non fosse quello il bandolo della matassa, se non si trovassero lì le risposte ad alcuni dei tanti interrogativi. Forse Arthur era stato innamorato di lei. O forse quel fatto non aveva importanza. Perché, in sostanza, gli avvenimenti rimanevano sempre gli stessi. Qualsiasi fosse stato il movente, Sam aveva ucciso Solange, e le loro tre bambine erano rimaste orfane.

La maggiore era stata affidata a parenti, a un indirizzo di Charlestown, nel Massachusetts, certi Eileen e Jack Jones; poi Arthur sapeva che si era trasferita a Jacksonville perché era stata lei stessa a raccontarglielo andando a cercarlo in ufficio nel 1966, nella speranza di ottenere gli indirizzi delle sorelle. In una nota a piè di pagina, Arthur osservava anche come l'incontro non fosse stato affatto cordiale. Aggiungeva che la ragazza aveva accennato a un periodo trascorso in un istituto per minori abbandonati di Jacksonville; John si chiese se, da ragazzina, non avesse commesso qualcosa d'illegale. In tal caso, poteva aver compiuto altri reati negli anni successivi e non era escluso che la si potesse rintracciare tramite la fedina penale. Ciò gli avrebbe consentito di trovarla più rapidamente, soprattutto se adesso magari stava scontando una condanna in qualche prigione. Ma perlomeno avrebbe potuto riferire a Patterson che aveva scoperto dove si trovasse.

La seconda era stata affidata a uno dei soci di Arthur che, successivamente, era morto. La vedova era finita chissà dove, e magari si era risposata. Lì il suo piano di lavoro aveva basi più solide. Poteva cominciare da tutto ciò che esisteva in archivio, su Gorham, nello studio legale e augurarsi che avessero conservato i contatti con lei per qualche motivo anche in anni recenti... magari perché una parte del suo patrimonio era tenuto in amministrazione controllata, o per qualche ultimo dettaglio da sistemare di cui Arthur non poteva sapere niente in quanto tali incombenze non erano certo state affidate a lui... E poi c'era la bambina più piccola.

Anche quella era scomparsa, ma non senza preavviso. Arthur gli aveva spiegato come David Abrams avesse insistito perché qualsiasi contatto fra lui e la bambina venisse interrotto; aveva affermato che desideravano farle iniziare una nuova vita, totalmente distaccata dal passato, e volevano aver la certezza che ciò si verificasse senza inconvenienti. John si chiese se, in parte, non fosse stata quella la ragione del trasferimento in California;

per cominciare da capo un'esistenza completamente diversa, in un luogo dove nessuno sapesse che la bambina era stata adottata.

E poi, il nulla. Solo un ritaglio di giornale, quello che Arthur gli aveva menzionato, ma nonostante il nome fosse lo stesso, anche John, come Arthur, pensava che si trattasse solo di omonimia. Era un articolo pubblicato sul *New York Times* in cui si parlava di una promozione ottenuta da una certa Hilary Walker nella stazione televisiva CBA, ma pareva estremamente improbabile che si trattasse della stessa ragazza. Perfino Arthur non l'aveva riconosciuta dalla foto; sarebbe stato troppo bello e facile averla così a portata di mano! Ottenere un primo successo. John lavorava nel campo della ricerca di persone scomparse da troppo tempo per non capire, trovandosela di fronte, quando una speranza era vana. Avrebbe approfondito le indagini anche in quella direzione, senza dubbio, ma era sicuro che quella sarebbe risultata una Hilary Walker del tutto diversa.

Tutto qui. Nient'altro. Si lasciò andare contro la spalliera della poltrona ripensando alle tre donne. Come trovarle, da dove partire. Cominciava già a meditare, a riflettere. Poi, gettando uno sguardo all'orologio ebbe un sussulto.

«Perbacco...» mormorò tra sé. Erano le dieci e mezzo passate. Afferrò la giacca, che aveva appoggiato alla spalliera della poltrona, e scese in fretta i tre piani della palazzina in arenaria, molto bella e accogliente, sulla Sessantanovesima Strada Est, dove abitava. Fu tanto fortunato da trovare un tassì quasi subito, ma in mezzo a tutto il traffico del dopo teatro arrivò alla porta del palcoscenico appena in tempo.

Sasha uscì alle undici e dieci precise, puntuale come sempre, del resto. Aveva l'aria stanca. Indossava un paio di jeans, scarpe basse con la suola di gomma e stringeva in mano una sacca che conteneva il costume e tutto il resto.

«Come è andata?» Sasha era sempre sotto pressione come un chirurgo che deve eseguire una serie di interventi molto difficili. In quello, era molto simile a Eloise. Però la professione di Sasha aveva qualcosa di più eccitante.

«È stato terribile.»

Lui, che ormai aveva mangiato la foglia e sapeva come non fosse affatto necessario crederle, le tolse di mano la sacca e le circondò le spalle con un braccio, con aria protettiva. «Esigi troppo da te stessa, piccola.» Era talmente esile e smilza che John provava sempre un senso di protezione nei suoi confronti.

«No, un orrore! E poi i piedi mi fanno vedere le stelle. Stanotte pioverà. Lo capisco sempre.» John aveva imparato che i piedi erano una costante fonte di tormenti e di sofferenze per una danzatrice, e anche un costante argomento di conversazione!

«Appena arriviamo a casa, te li massaggio», le promise mentre salivano su un tassì che si avviò subito verso la Sessantanovesima Strada Est.

L'appartamento era silenzioso e pieno di pace quando vi arrivarono. La palazzina ospitava altri due inquilini, uno, medico, pareva non ci fosse mai. Più giovane di John, quando non era di turno in sala parto al New York Hospital, passava il suo tempo in casa di uno svariato numero di amiche. L'altra inquilina era una ragazza che lavorava per la IBM e viaggiava da otto a dieci mesi l'anno. Di conseguenza John ci abitava quasi sempre solo. «Bevi qualcosa?» le domandò, mettendo fuori la testa dalla sua ordinatissima cucina.

«Solo un po' di tè, grazie.» Sedette con un sospiro sul divano poi cominciò a stirarsi lentamente le braccia, le gambe, la schiena. Non cucinava mai in casa di John. Non le era mai balenato di fare cose del genere, né per lui, né per se stessa. Era sempre John a pensare a tutto, per tutti e due.

John tornò fuori dalla cucina pochi minuti più tardi,

portandole il tè in un bicchiere, come piaceva a lei. Si trattava di una tradizione russa a cui anche lui aveva cominciato ad abituarsi, tanto che aveva perfino acquistato bicchieri di vetro col manico, proprio per quello scopo. Allo stesso modo, a suo tempo, mentre Eloise lavorava, era diventato abilissimo a prepararle una serie di spuntini. Però in cambio lei, fra un libro e l'altro, gli aveva sempre cucinato pranzi squisiti. Eloise adorava il forno e tutto ciò che vi si poteva cuocere e aveva anche una spiccata predilezione per la cucina francese. Sasha, invece, era convinta che aspettarsi da lei un po' di pane tostato fosse un terribile affronto alla sua personalità di artista.

«Vieni allo spettacolo, domani?» gli domandò mentre si toglieva lentamente le forcine dai capelli che le scesero in lunghe ciocche bionde sulle spalle.

John la guardò con rammarico. Gli spiaceva doverglielo ricordare. Sapeva che, ogni volta, in quelle occasioni, tutto finiva in una scenata. A Sasha dava fastidio che lui andasse in qualche altro posto. Si aspettava che fosse sempre vicino e presente. Purtroppo il pomeriggio del giorno successivo sarebbe partito in aereo per Boston.

«Vado a Cape Cod per il fine settimana, Sasha; te ne avevo parlato qualche tempo fa, ma forse te ne sei dimenticata. È il compleanno di mia madre. Un impegno da cui ho cercato di liberarmi, ma senza riuscirci. Sono settant'anni, quelli che compie; è una festa importante!» Ci sarebbero stati i suoi due fratelli, con mogli e figli. Ogni volta che si trovava con loro, gli pareva di non essere all'altezza della situazione. Forse perché il loro successo era così evidente, tangibile: le mogli, che portavano stupendi zaffiri o brillanti, i ragazzini con le ginocchia sbucciate e le bocche sdentate e, nel caso del nipote più grande, perfino un diploma delle scuole superiori. Sarebbe stato un fine settimana molto lungo. Però sapeva che lo avrebbe anche trovato divertente. Era affezionato ai due fratelli, uno più vecchio e uno più giovane di lui. Le cognate non erano persone molto comunicative, ma i nipoti erano simpaticissimi. Purtroppo non c'era modo di portare Sasha a una riunione del genere. Perfino alla sua età, si sarebbe visto scrutare con cipiglio dal padre e dalla madre se, nell'occasione di una festa familiare, si fosse presentato con una donna al seguito. «Rientrerò a casa domenica.»

«Per carità, non preoccuparti!» Raddrizzò il dorso e posò i piedi sul pavimento con un gesto pieno di eleganza. «Domenica pomeriggio ho un'altra prova. E non mi interessano le briciole avanzate dalla tavola dei tuoi genitori.» Pareva talmente offesa che lui riuscì soltanto a ridere di fronte alla scelta delle sue parole. A volte il suo inglese sapeva ancora molto di forestiero.

«È questo che sono, Sash? Una briciola?» Era più che evidente che lei la pensava così.

«Non riesco a capire che cosa ci sia di tanto sacro nella tua famiglia. Tu hai conosciuto mio padre, mia madre, mia zia e mia nonna. Possibile che i tuoi genitori siano meglio dei miei? Non mi approvano perché sono una ballerina?» Aveva qualcosa, nell'aspetto e nel tono della voce, di terribilmente russo, d'incredibilmente tragico, mentre camminava su e giù per la stanza con i capelli svolazzanti e le mani infilate nelle tasche posteriori dei blue jeans.

«Sono persone che danno molta importanza alla vita privata, tutto qui.» E molto «bostoniani». Una scrittrice era già stata accettata con difficoltà. Una ballerina avrebbe fatto perdere a sua madre il bene dell'intelletto. Aveva un profondo rispetto per tutte le arti, ma le apprezzava solo su un palcoscenico e non nella camera da letto del figlio. «Non capirebbero una relazione come la nostra.»

«Nemmeno io. Stiamo insieme, o no?» Gli si parò davanti con quella personcina esile che la faceva sembrare un delizioso elfo. Era molto arrabbiata. Si sentiva respinta da quella famiglia a cui John non l'aveva mai presentata e, senza che lui glielo avesse mai detto, era ben consapevole della loro disapprovazione.

«Naturale che stiamo insieme. Ma per loro sono cose che non si accettano e si finge di non saperle fino a quando due persone non sono sposate, o perlomeno fidanzate.» Era sempre stata lei a fare resistenza. Non trovava che fosse necessario un impegno formale.

«Pensano che siamo immorali?»

«Può darsi. O forse preferiscono non pensarci neppure. Non vogliono essere costretti ad affrontare cose del genere e quindi non lo fanno. Io, come loro figlio, devo rispettare tutto questo. Sono piuttosto vecchi, Sash. Mia madre sabato compirà settant'anni e mio padre ne ha settantanove. È un po' tardi per costringerli ad accettare il nostro modo di vivere.»

«Però è assurdo.» Riprese a camminare tempestosamente avanti e indietro per la stanza. Poi si voltò a fissarlo corrucciata. «Se tu fossi un vero uomo, mi condurresti con te e li costringeresti a riconoscere la mia esistenza.»

«Preferirei invitarli a vederti danzare la prossima volta che verranno in città. Sarebbe una presentazione migliore. Non sembra anche a te?»

Sasha ci pensò mentre attraversava di nuovo la stanza. Era un po' meno arrabbiata di prima, ma solo di poco. Poi si mise a sedere sul divano per infilarsi di nuovo le scarpe con la suola di gomma. John sapeva che questo era un gran brutto segno. Voleva dire che sarebbe uscita, furiosa, dal suo appartamento alle due del mattino per tornare a casa propria.

«Si può sapere dove stai andando?»

«Me ne torno a casa. Perché quello è il mio posto.» Lo guardò con un'occhiata piena di odio e lui sospirò. Detestava le scenate mentre a lei piacevano moltissimo. Le parevano un'altra espressione della propria arte.

«Non fare la sciocca.» John allungò una mano per accarezzarle una spalla. Ma la sentì tesa e dura, come una pietra sotto le dita. «Ciascuno di noi due ha i propri impegni personali. Tu hai la tua professione, i colleghi del corpo di ballo, le prove. Io ho il mio lavoro e qualche altro dovere.»

«Non voglio sentirne parlare. La verità, signor Chapman...» Si era alzata in piedi e, guardandolo con gli occhi fiammeggianti di collera si era buttata la sacca su una spalla. «...È che tu sei uno snob, e hai paura che i tuoi genitori non mi trovino alla tua altezza. E vuoi che ti dica un'altra cosa ancora? Non me ne importa. Puoi tenerti il *Mayflower*, la *Plymouth Rock* e la tua Boston. Non ho bisogno di essere accolta nel libro d'oro della nobiltà, perché un giorno il mio nome si troverà comunque sul *Who's who?* E se quello non basta...» concluse ciò che stava dicendo con un gesto che gli fece capire tutto e si avviò a passi lunghi e furiosi verso la porta. Una volta tanto, John non la trattenne. Sapeva che, ora di domenica, si sarebbe calmata e che non sarebbe nemmeno stato necessario rinunciare al suo viaggio per farla tornare di buon umore.

«Mi spiace che tu la pensi così, Sash.» Lei, per tutta risposta, si richiuse la porta alle spalle con un tonfo e John si mise a sedere, sospirando. A volte era infantile in un modo incredibile. E così egocentrica... mai una volta che Sasha gli avesse domandato qualcosa su un nuovo caso a cui stava lavorando! Le uniche occasioni in cui si rendeva conto che lui aveva una vita propria erano quelle che avevano il potere di metterla di pessimo umore.

John spense le luci nel soggiorno e se ne andò subito a letto, senza nemmeno mettere i bicchieri, in cui avevano bevuto, nell'acquaio. Lo avrebbe fatto la donna delle pulizie l'indomani. Disteso al buio cominciò a pensare alle accuse di Sasha... che lui era uno snob... che suo padre e sua madre non l'avrebbero mai accettata. In un certo senso, aveva ragione. I suoi genitori non sarebbero certo rimasti affascinati da Sasha Riva. L'avrebbero considerata una persona troppo limitata, con un carattere estremamente difficile, inadeguatamente istruita e poco informata... e sì... per loro avrebbe avuto importanza il fatto che non appartenesse a una «determinata classe sociale». Quello non era un problema per lui, ma sapeva che per loro lo sarebbe stato. Con Eloise la faccenda era stata diversa. Per la verità non c'era mai stato un vero e proprio accordo, né una grande simpatia fra lei e sua madre e nemmeno con le cognate, che lei aveva sempre trovato indicibilmente noiose. Però Eloise proveniva da un'ottima famiglia e si era laureata a Yale *summa cum laude*. Non si poteva trovare niente da ridire sul modo in cui era stata educata, né sulla sua istruzione. Inoltre era intelligente e straordinariamente brillante e spiritosa, anche se ciò non era servito a farne una buona moglie. Tutt'altro. Quanto a Sasha, non si poteva ammettere che il suo carattere fosse molto più promettente. Per un attimo pensò di telefonarle non appena fosse rientrata a casa, ma scoprì di essere troppo stanco per rincorrerla, svegliare le ragazze che abitavano con lei e chiederle perdono... semplicemente perché partiva per andare a trovare la madre a Cape Cod! Preferì nascondere la testa fra i guanciali e si addormentò di colpo, risvegliandosi soltanto quando squillò la sveglia alla mattina seguente.

Fece una doccia, si rasò, si preparò un caffè e uscì per andare in ufficio. Leggendo il giornale sulla metropolitana notò che un altro dei romanzi di Eloise era diventato un bestseller. Buon per lei. Era tutto quanto aveva nella vita e lui sapeva che quello la rendeva felice. A volte la invidiava. Gli sarebbe piaciuto essere soddisfatto, realizzato, ossessionato e totalmente preso da ciò che stava facendo come lei, a tal punto che non aveva importanza tutto quanto, d'altro, succedeva nella vita. Gli piaceva la sua professione, ma non gli bastava. Finora, non aveva ancora trovato qualcosa che lo assorbisse completamente. Ecco uno dei motivi per i quali si sentiva così emozionato, pensando al caso Patterson. Perché lì dentro c'era qualcosa che gli dava una strana eccitazione e quello non gli succedeva, nel suo lavoro, da moltissimo tempo. Prima di tutto voleva rintracciare la più grande, Hilary. C'era qualcosa in lei che lo affascinava. Chissà che cosa le era successo dopo che Arthur l'aveva abbandonata a Charlestown! Sapeva, dagli appunti relativi alla sua visita nell'ufficio di Arthur in anni successivi, che era finita a Jacksonville in Florida. Nessuno era riuscito ad appurare per quale motivo, quando e perché, ma forse non era importante. Del resto sembrava un mistero anche tutto quanto era accaduto in seguito. Non aveva mai più tentato di riprendere i contatti con Arthur. Era semplicemente scomparsa. E, poi, quel ritaglio del *New York Times* che Arthur gli aveva consegnato in cui si parlava di una donna di nome Hilary Walker che lavorava per la stazione televisiva CBA... Era possibile che si trattasse proprio della stessa persona? Ne dubitava. Gli sembrava estremamente improbabile.

Capitolo 16

John arrivò in ufficio prima delle nove. Aveva un mucchio di cose da fare prima della partenza per il fine settimana e soprattutto c'era una questione che desiderava risolvere prima di partire. Voleva tentare di telefonare alla Hilary Walker di cui si parlava nel ritaglio di giornale fornitogli da Arthur. Probabilmente non si trattava della stessa donna, ma si poteva sempre tentare... Era comunque una traccia, un indizio e lui non poteva permettersi di ignorarlo. Magari era proprio lei che lì, alla

CBA, praticamente sotto il loro naso, occupava una delle posizioni di più alta responsabilità nel settore.

Lanciò uno sguardo all'orologio da polso. Le nove e un quarto. Decise di chiamare personalmente. Alzò la cornetta, si mise in comunicazione con l'ufficio informazioni e poi compose il numero che gli avevano dato.

«Hilary Walker, prego.» Si sentiva la bocca stranamente arida e ne rimase stupito. Non riusciva a capire per quale motivo il caso Patterson lo interessasse tanto.

Una segretaria rispose e John ripeté la richiesta.

«Posso sapere chi la desidera?» domandò una voce.

«John Chapman della Chapman Associates. Non mi conosce ma si tratta di una questione di una certa urgenza se vuol essere tanto gentile da informarla di questo.»

«Un momento, per favore.» La ragazza all'altra estremità del filo era impenetrabile. Aveva chiamato Hilary con il telefono interno, ma non riusciva a immaginare chi diavolo fosse John Chapman o per quale motivo le telefonasse. Hilary alle dieci doveva presiedere una importante riunione che riguardava la produzione e non aveva tempo da perdere con le telefonate inutili.

«Lo preghi di richiamarmi più tardi», disse alla segretaria, ma poi cambiò idea e annullò immediatamente quell'ordine. «Oh, non importa, preferisco parlargli subito io stessa.» Premette il bottoncino dove si era accesa una luce intermittente e la sua voce fresca e profonda fu in linea: «Sì? Qui parla Hilary Walker.» Per un attimo stranamente quella voce ricordò a John quella di sua madre. Era l'unica altra donna al mondo, che conoscesse, con un timbro di voce così caldo e profondo... ma decise di andare subito al sodo con lei, senza perdere tempo. Che si trattasse della autentica Hilary Walker o no, doveva essere una persona molto impegnata.

«Prima di tutto la ringrazio per avere risposto alla mia telefonata, le assicuro che lo apprezzo molto. E per farle risparmiare tempo, entrerò direttamente in argomento. Mi chiamo John Chapman e dirigo la Chapman Associates. Sono alla ricerca di una donna di nome Hilary Walker. Suo padre si chiamava Sam, sua madre Solange e, per un certo periodo di tempo, ha vissuto con una coppia, di nome Jack ed Eileen Jones, a Boston. È lei quella donna?» Una vera fortuna che non potesse vedere l'espressione della sua faccia. Perché Hilary era diventata pallida come un cadavere e aveva cominciato a tremare dalla testa ai piedi, aggrappandosi con una mano al bordo della scrivania. Tuttavia la sua voce non rivelò niente di tutto ciò.

«No, non sono io. Ma perché me lo chiede?» D'istinto la sua prima idea era stata quella di negare tutto ma doveva assolutamente sapere per quale motivo la stavano cercando. Forse per le altre? Purtroppo non aveva più importanza. Erano sparite, scomparse da molto tempo; con ogni probabilità non si ricordavano nemmeno di lei. Aveva già rinunciato a qualsiasi speranza da molti anni. E adesso tutto ciò che aveva importanza per lei, tutto ciò che lei era, si chiamava CBA, la stazione televisiva. A ben ripensarci, molto più probabilmente era opera di Arthur. Quel bastardo.

«Tutto ciò fa parte di un'indagine che devo eseguire per un cliente. Si augurava di trovare questa signorina Walker. Ha visto gli articoli che parlavano di lei sul *Times* e sul *Wall Street Journal* e aveva avuto la speranza che fosse la persona giusta. È stato un po' un colpo al buio e mi scuso di averla disturbata.» Lo capiva, solo dalla voce, che non era la persona giusta, tuttavia fu costretto ad ammettere tra sé di essere rimasto deluso.

«Sono spiacentissima di non essere in grado di aiutarla, signor Chapman.» La sua voce era garbata, fredda, ma si capiva che tutte quelle indagini non la interessavano minimamente. Sarebbe stato troppo semplice se fosse stata lei quella che cercava!

«Grazie del tempo che mi ha dedicato, signorina Walker.»

«Per carità!» E Hilary riattaccò. Chapman la imitò

lentamente. Aveva fatto fiasco. Non poteva vedere, però, all'altro capo della città, quella donna che era rimasta seduta alla scrivania, pallidissima e sconvolta. Era stato come ricevere una telefonata da un fantasma! Era convinta che fosse Arthur a cercarla, quel vecchio figlio di puttana... Ebbene, non l'avrebbe mai più trovata. In fondo, non aveva alcun motivo di andare a trovarlo, o di aiutarlo a mettersi a posto la coscienza! Arthur non aveva mai fatto niente, né per lei, né per le sue sorelle. Che andasse all'inferno. Come John Chapman. Come tutti. Non aveva bisogno di loro.

Alle dieci in punto entrò nella sala di riunione e fece una strage. E quando ne uscì era ancora turbata e sconvolta, come tutti gli altri, del resto. Aveva licenziato tre registi e scagliato fulmini contro tutte le altre persone presenti. Si era mostrata senza pietà, era già nota per quello. E, dopo la telefonata di John Chapman, si era mostrata soltanto un po' peggio del solito.

Capitolo 17

Nel suo ufficio, John Chapman, con lo sguardo smarrito nel vuoto, non riusciva a nascondere la sua delusione. La donna di cui si parlava nell'articolo non era la Hilary Walker che loro... che lui desiderava... Sospirò profondamente e ripose il ritaglio di giornale nella cartelletta, con un appunto. Più tardi avrebbe telefonato ad Arthur per dirglielo. Ma nel frattempo due dei suoi funzionari erano ansiosi di parlargli.

Stavano per essere presentati in tribunale tre dei loro casi più importanti e dovevano controllare il materiale raccolto per ciascuno di essi. Fu una seduta molto soddisfacente. A mezzogiorno, John, guardato l'orologio, prese una decisione. Ormai aveva risolto praticamente tutti i problemi più urgenti e il resto poteva aspettare fino a lunedì. Il padre e la madre lo attendevano soltanto per l'ora di cena. Se avesse preso il volo dei pendolari delle due del pomeriggio, dal La Guardia, sarebbe arrivato a Boston alle tre e, strada facendo, avrebbe potuto fermarsi a Charlestown. Avrebbe fatto ugualmente in tempo ad arrivare per l'ora fissata, ma prima voleva vedere se riusciva a scoprire qualcosa su Hilary Walker. Aveva già la documentazione necessaria per spostate le indagini direttamente a Jacksonville, però era sua abitudine non lasciare indietro mai niente. Chissà che una semplice gita a Charlestown non gli facesse scoprire qualcosa su una delle altre sorelle! Era meglio fare una piccola indagine anche lì... e comunque andava proprio da quelle parti!

Spiegò alla segretaria dove rintracciarlo se ne avesse avuto bisogno e tornò a casa in tassì. Ci mise dieci minuti esatti a prepararsi una valigia. Sapeva a perfezione che cosa poteva occorrergli per un fine settimana in famiglia. Alla una era già diretto verso l'aeroporto La Guardia. Arrivò a Boston alle tre e dieci del pomeriggio e noleggiò subito un'automobile. Dall'aerostazione a Charlestown ci avrebbe impiegato circa mezz'ora.

Controllò di nuovo le informazioni nel fascicolo che aveva con sé, si assicurò di avere l'indirizzo esatto e si sentì stringere il cuore non appena cominciò a inoltrarsi fra le strade di Charlestown. Si trattava di una di quelle zone suburbane, già brutte quarant'anni prima e che non erano certo migliorate con il passare del tempo. Altri quartieri, in anni più recenti, erano stati fortunati perché si erano visti restaurare, ma le case davanti alle quali passava purtroppo non appartenevano a quella categoria. Se erano state brutte quando Hilary ci aveva vissuto, adesso erano ancora peggio. Anzi, a dir la verità, erano terrificanti. Sporche, decrepite, con la vernice scrostata ovunque... qualcuna, poi, era addirittura diroccata, con le imposte sbarrate. Molte di quelle abitazioni erano state condannate alla demolizione dalla municipalità stessa... John non poté fare a meno di rabbrividire al pensiero dei topi che dovevano solo aspettare il calar della notte per sbucare fuori. Una zona bruttissima e deprimente; la casa davanti alla quale si fermò gli sembrò la peggiore in assoluto. Rimase immobile per un momento a contemplarla dal marciapiede: le erbacce nel giardinetto erano tanto alte da arrivargli alle spalle, l'odore di immondizie gravava pesante nell'aria e la porta penzolava sbilenca dai cardini.

Con una certa trepidazione, raggiunse i gradini dell'ingresso, li salì cercando di evitare i due che erano rotti e bussò con colpi sonori. Il campanello era appeso soltanto per un filo. Evidentemente era rotto. Anche se gli parve di sentire qualche rumore che proveniva dall'interno, nessuno venne ad aprirgli per un po'. Alla fine si presentò una vecchia sdentata che lo scrutò sbarrando gli occhi, confusa, e gli chiese che cosa desiderava.

«Sto cercando Eileen e Jack Jones. Molto tempo fa vivevano qui. Li conosceva?» Aveva parlato a voce piuttosto alta, nel caso la donna fosse sorda.

«Mai sentito. Perché non prova a domandare a Charlie che sta qui di fronte? Abita lì fin dai tempi della guerra. Magari lui li conosceva.»

«Grazie.» Un'occhiata all'interno della casa gli era bastata per capire quanto fosse deprimente. Si augurò che all'epoca in cui Hilary e le sue sorelle ci avevano abitato fosse stata un poco più accogliente. Anche se era un po' difficile immaginare che fosse mai stata in condizioni migliori. «La ringrazio molto.» Le rivolse un sorriso gentile, ma lei gli richiuse la porta in faccia con un tonfo, non tanto perché fosse arrabbiata, ma semplicemente perché non conosceva altro modo di chiuderla.

John Chapman scrutò la strada, prima da una parte e poi dall'altra, meditando se fosse il caso di parlare con qualcuna delle altre persone che vi abitavano. Prima di tutto, però, decise di recarsi in quella che la vecchia gli aveva indicato. Chissà se ci avrebbe trovato qualcuno alle quattro di un venerdì pomeriggio... Il vecchio che la donna aveva chiamato «Charlie» era sotto il portico, lì davanti, su una sedia a dondolo e chiacchierava con un cane spelacchiato, accucciato al suo fianco.

«Ehi, salve.» Sembrava cordiale

«Salve. Lei è Charlie?» John gli sorrise cortesemente. Era sempre molto abile in quel genere di contatti con persone sconosciute, lo aveva imparato all'epoca in cui doveva fare direttamente quel tipo di ricerche. Adesso si limitava a deciderle dalla sua scrivania nell'ufficio della Cinquantasettesima Strada... però sentiva una certa nostalgia per le abitudini del passato. Anche a Sasha, una volta, aveva cercato di spiegare quanto gli fosse piaciuto. Ma lei non lo aveva capito. Per Sasha esistevano soltanto la danza... il Lincoln Center... e le prove. Nient'altro importava. Spesso John si chiedeva se lui avesse un minimo di importanza per Sasha.

«Sì, io sono Charlie.» Rispose il vecchio. «Chi vuole saperlo?»

John gli tese la mano. «Il mio nome è John Chapman. Sto cercando certa gente che abitava qui molti anni fa. In quella casa» e gliela indicò. «Eileen e Jack Jones. Lei non se li ricorda per caso, signore?» Era sempre cortese, educatissimo e disinvolto; proprio il tipo di persona con la quale chiunque si sentirebbe invogliato a fare quattro chiacchiere.

«Certo che li conoscevo! Una volta ho anche trovato lavoro a Jack. Naturalmente non se lo è conservato a lungo. Beveva come una spugna, e anche lei. Tanto è vero che ho sentito che è stato il bere che l'ha uccisa.» John assentì come se si trattasse di qualcosa di cui già era al corrente. Anche quello faceva parte della sceneggiatura. «Io lavoravo nel cantiere. Ed era un gran bel lavoro, soprattutto durante la guerra. Mi avevano riformato perché da ragazzo avevo avuto le febbri reumatiche. Così ho passato lì tutta la guerra, vicino a casa, con la moglie e i figli. Adesso potrà sembrare poco patriottico, ma sono stato fortunato.»

«Dunque aveva dei figli?» John lo guardò con aria interessata.

«Sì, adesso però sono tutti grandi.» Continuò a dondolarsi lentamente avanti e indietro e, nei suoi occhi, apparve un'espressione triste, mentre mordicchiava la pipa. «Mia moglie se ne è andata. È morta quattordici anni fa, in estate, come adesso. Era una gran brava donna.» John annuì di nuovo lasciando che il vecchio divagasse. «I miei ragazzi mi vengono a trovare di tanto in tanto, quando possono. La figlia vive a Chicago. Sono andato a trovarla l'anno scorso, a Natale; quella città era più fredda di una tetta di strega! Anche lei ha sei bambini. Il marito fa il predicatore.» Era una storia interessante e John, ascoltandola, si mise ad accarezzare il cane.

«Si ricorda per caso quelle tre bambine che sono venute a vivere con i Jones all'incirca trent'anni fa... più o meno in quest'epoca dell'anno... anzi per la precisione era l'estate del '58? Tre bambine. Una doveva avere nove anni, una cinque e la più piccola non camminava ancora. Doveva avere pressappoco un anno.»

«No... confesso che non me ne ricordo... Jack ed Eileen non hanno mai avuto figli. Meglio così. Non erano per niente gente simpatica. A volte facevano di quelle litigate... si picchiavano anche... una notte c'è mancato poco che non chiamassimo la polizia. Io credevo che volesse ammazzarla.» Sembrava davvero una casa molto adatta per lasciare tre bambine!

«Erano le figlie del fratello di lei. Sono rimaste qui soltanto d'estate, all'infuori di una che ha continuato ad abitare con gli zii anche dopo...» Lasciò la frase in sospeso nella speranza di stimolare la memoria di Charlie e infatti, di colpo, il vecchio lo scrutò con un vago cipiglio, travolto all'improvviso dall'ondata dei ricordi.

«Adesso che lei mi dice tutto questo, certo che me ne ricordo!... Doveva esser successo qualcosa di tremendo... lui aveva ammazzato la moglie, e quelle erano le sue orfane... mi pare di averle viste un paio di volte, però Ruth, mia moglie, mi raccontava sempre che erano molto carine e che Eileen era cattiva e le trattava male e che era un delitto affidarle creature simili. Le nutriva anche poco, diceva Ruth, tanto è vero che un paio di volte aveva portato lei la cena a quelle poverine, ma era convinta che se la fossero mangiata Jack ed Eileen, senza darne neanche un boccone alle bambine. Però, non ho mai saputo come fossero finite. Sono andati via subito dopo. Eileen si è ammalata e sono partiti. Per l'Arizona, credo... o la California... mi pare che fosse un posto dove faceva caldo... ma lei è morta ugualmente. Se vuole sapere come la penso, è stato tutto quello che ha bevuto a farla crepare! Non so cosa sia successo alle ragazzine. Immagino che siano rimaste a Jack.»

«Una soltanto. Le altre son venute via da qui quella stessa estate. Gli zii hanno tenuto con loro soltanto la più grande.»

«Immagino che Ruth sapesse tutte queste cose. Io me ne sono dimenticato.» Si riappoggiò alla spalliera della poltrona come se gli fossero tornate in mente altre cose e non soltanto Jack ed Eileen... Era passato tanto tempo e a quell'epoca sua moglie era viva... una sensazione dolce e amara quella di riandare così indietro con i ricordi... Sembrò che avesse dimenticato la presenza di John mentre continuava a dondolarsi avanti e indietro nella poltrona. Ormai aveva risposto alle domande di John, almeno per quel poco che sapeva. E spiegava almeno in parte il senso di colpa rivelato da Arthur. Lui doveva aver capito che persone orribili fossero quegli zii... eppure aveva lasciato da loro le bambine... e in seguito aveva acconsentito che Hilary rimanesse... Anzi, in effetti, ce l'aveva abbandonata. John riusciva a immaginare solo a fatica come dovesse essere stata la sua vita nella casa di fronte, al di là della strada, con il genere di persone che Charlie gli aveva descritto. Solo a pensarci si sentiva rabbrividire.

«Secondo lei ci può essere qualcun altro, qui nei dintorni, che se le ricorda?» gli domandò, ma Charlie scrollò il capo, ancora smarrito nelle sue fantasticherie. Poi alzò gli occhi, lo guardò e rispose.

«Nessuno ha abitato qui tanto a lungo all'infuori di me. Gli altri ci hanno vissuto dieci, quindici anni... e anche meno. Di solito restano un anno o due, poi se ne vanno.» Era facile capire per quale motivo. «Mio figlio maggiore vorrebbe che andassi a vivere con lui, ma a me piace questo posto... ho vissuto qui con la sua mamma... e un giorno morirò.» Lo disse con filosofia. Per lui andava bene così. «Io non mi muovo.»

«Grazie per il suo aiuto. Mi è stato di grandissima utilità.» Sorrise al vecchio che adesso, per la prima volta, alzava gli occhi a guardarlo con evidente curiosità.

«Per quale motivo vuole trovare Eileen e Jack? Qualcuno ha lasciato dei soldi a quella gente?» Sembrava un po' improbabile, perfino a lui, però era un'idea... ma John fu pronto a scrollare il capo.

«No. Veramente io sto cercando le tre bambine. Un amico dei loro genitori le vuole rintracciare.»

«Mi sembra un po' strano! Perbacco, come si fa a mettersi a cercare adesso gente che si è perduta da tanto tempo!» John sapeva fin troppo bene quanto fosse vero.

«Precisamente. Ecco il motivo per il quale lei mi è stato di tanto aiuto. Via via si mette insieme il quadro servendosi di tanti piccoli pezzi che sono quel poco che la gente ricorda e, a volte, si ha un vero colpo di fortuna come è capitato a me. La ringrazio, Charlie.» Strinse la mano del vecchio che lo salutò agitando la pipa.

«La pagano bene per un lavoro del genere? A me sembra un po' come andare a cercare qualcosa di introvabile.»

«A volte, è proprio così.» Evitò di rispondere alla prima domanda e lo salutò ancora con la mano mentre scendeva i gradini del portico e tornava verso l'automobile. Si accorse che solo il viaggiare per quelle strade era deprimente, si sentiva addosso gli occhi di Hilary, come se fosse stato lui al posto di Arthur ad abbandonarla... Era alquanto perplesso e continuò a domandarsi come Arthur avesse avuto il coraggio di fare quello che aveva fatto.

Il viaggio fino alla casa dei genitori richiese meno di un'ora; il fratello maggiore era già arrivato e stava sorseggiando un gin tonic in compagnia del padre sulla terrazza.

«Ciao, papà. Stai magnificamente!» In realtà il vecchio signore sembrava un sessantenne e nessuno gli dava gli ottant'anni che stava per compiere. La sua voce non era tremante, aveva ancora tutti i capelli e le stesse gambe lunghe e dinoccolate di John.

«Bene... E come sta questa pecora nera di mio figlio?» Lo prendeva sempre in giro anche se era molto orgoglioso di lui. In fondo John aveva successo, era un uomo attraente, faceva una vita interessante. L'unica cosa che suo padre e sua madre rimpiangevano era stato il divorzio da Eloise; la loro speranza era sempre stata quella che riuscissero a rimanere insieme e ad avere dei figli. «Non ti sei cacciato in qualche guaio?»

«Cerco sempre di evitarlo se appena posso. Salve. Charles.» Strinse la mano al fratello che ricambiò il sorriso. Non c'era molta intimità fra loro anche se John gli era affezionato. Charles lavorava in un importante studio legale di New York e aveva fatto una splendida carriera. Aveva quarantasei anni, era un'autorità nel campo del diritto internazionale, aveva una moglie affascinante, presidente della Junior League, e tre graziosissimi bambini. Per i valori di giudizio della famiglia, Charles aveva realizzato in pieno tutte le aspettative. Eppure John aveva sempre avuto la sensazione che nella vita di suo fratello mancasse qualcosa, forse eccitazione, emozione o semplicemente una romantica storia d'amore.

In quel momento sua moglie Leslie uscì dalla villa in compagnia della suocera la quale si lasciò sfuggire un gridolino deliziato non appena vide John che chiacchierava con il padre e il fratello.

«È arrivato il figliol prodigo», esclamò con la sua voce roca e profonda, stringendolo forte al cuore. Era ancora una donna molto bella, a settant'anni, e anche se in quel momento indossava un semplicissimo abito di lino giallo, bastava guardarla per capire che possedeva un'eleganza innata. Portava i capelli raccolti in un'elegante crocchia, al collo un filo di perle che il marito le aveva regalato il giorno delle nozze e sulle mani gli anelli che appartenevano alle donne della famiglia da cinque generazioni. «Hai l'aria un po' stanca, tesoro! Che cosa hai combinato?»

«Venendo su da voi, ho voluto fare un lavoretto. Ho appena cominciato una nuova serie di indagini.» Lei sembrò soddisfatta. Era felice dei suoi figli. Tutti belli, intelligenti, anche se diversi l'uno dall'altro e lei voleva un gran bene a tutti, anche se in segreto aveva sempre provato una particolare predilezione per John.

«Ho sentito che in questo momento ti stai interessando molto di balletto», disse Leslie in tono freddo, squadrandolo al di sopra dell'orlo del bicchiere che conteneva un Bloody Mary. C'era qualcosa di malevolo in quella donna che aveva sempre infastidito John, e continuava a stupirsi che nessun altro sembrasse notarlo. Leslie era una di quelle creature che dalla vita hanno avuto ogni cosa e avrebbe dovuto esserne ben felice: due deliziose bambine, un simpatico maschietto, un marito bello, che aveva fatto una ottima carriera... eppure trovava sempre da ridire su tutto quanto avevano gli altri, John in particolare. Aveva sempre avuto il sospetto che il suo successo nella vita fosse stato maggiore di quello di Charles e questo la infastidiva. «Non immaginavo che ti lasciassi prendere tanto dal mondo della danza, John.»

«Non si può mai sapere, vero?» Le sorrise, ma il suo era un sorriso che non diceva nulla. Tuttavia era stupito che avesse sentito parlare di Sasha; ma poi ridacchiò tra sé divertito pensando che forse si era trovata con un amante al Russian Tea Room.

Pochi minuti dopo arrivò anche Philip, abbronzatissimo dopo una vacanza in Europa. Viveva nel Connecticut con la famiglia e giocava a tennis in continuazione. Aveva un maschio e una femmina, una moglie con i capelli biondi, gli occhi azzurri e le lentiggini, che era rimasta esattamente uguale a quando l'aveva sposata ai tempi del *college*. Philip aveva trentott'anni, come lei, che vinceva tutti i tornei di tennis di Greenwich. I Chapman erano la personificazione della famiglia perfetta, salvo John che non si era mai adattato alle convenzioni di una vita così conformista e non aveva mai fatto quello che ci si aspettava da lui.

Di conseguenza, presentarsi lì con Sasha avrebbe complicato ulteriormente le cose. Già Eloise era stata abbastanza difficile. Se voleva essere socievole, sapeva mostrarsi spiritosa e divertente, ma quando non ne aveva voglia arrivava con la macchina da scrivere e insisteva per lavorare fino all'ora di pranzo, cosa che faceva perder la pazienza a Leslie e preoccupava sua madre la quale temeva che non si divertisse abbastanza. No, indubbiamente Eloise non era stata facile. Sasha, però, sarebbe stata un autentico choc per tutti, con le sue calzemaglie, i blue jeans aderenti al corpo come una seconda pelle, i suoi scatti di petulanza, le sue scene di sfida. Gli bastò solo pensare a lei per scoprirsi a ridacchiare mentre guardava il mare.

«Che cosa c'è di tanto divertente, fratellone?» Philip gli allungò una pacca affettuosa sulla schiena e John si affrettò a chiedergli di raccontargli dell'Europa. Il guaio era che, per quanto fossero persone care e simpatiche e lui volesse bene a tutte, lo annoiavano da morire. Tanto che, la domenica pomeriggio, fu un sollievo tornare in automobile all'aeroporto. Provava uno strano senso di colpa ripensandoci, ma... purtroppo avevano tutti una vita talmente normale, da gente che abitava nei quartieri alti! L'ultimo giorno di quei fine settimana si sentiva sempre il classico disadattamento. Per fortuna la mamma si era divertita. Ciascuno dei figli le aveva regalato qualcosa di speciale e quello per lei era importante. John le aveva comprato una bellissima spilla antica di brillanti che faceva *parure* con un braccialetto, proprio il genere di cose che, come ben sapeva, la madre adorava. Charles le aveva offerto dei titoli di Borsa e, benché John lo avesse trovato un dono curioso, lei ne era sembrata molto soddisfatta. Quanto a Philip il suo dono era stato qualcosa che la mamma avrebbe voluto avere da anni, ma non si era mai comperata. Il lunedì, nella casa di Boston, era stato consegnato un pianoforte a coda. Proprio da lui, farle un regalo del genere e John trovò che era straordinario. Anzi si pentì di non averci pensato personalmente.

All'aeroporto riconsegnò l'automobile che aveva noleggiato e salì sull'aereo, carico di persone che tornavano in città al termine del fine settimana. Alle otto era di nuovo a casa e si stava preparando un panino per cena. Intanto aveva davanti, di nuovo, il fascicolo che Arthur Patterson gli aveva lasciato. In realtà non aveva saputo niente di più di quanto non sapesse già prima, salvo una cosa: aveva visto in quale genere di casa Hilary fosse stata abbandonata. E sapeva anche che cosa avrebbe fatto l'indomani mattina.

Ma Sasha non ne rimase affatto entusiasta quando glielo disse, poche ore più tardi, allorché si presentò nel suo appartamento. «Come? Parti di nuovo?» Era furibonda. «E stavolta dove vai? E per quale motivo?»

John tentò di calmarla come meglio poteva; stavano andando a letto quando gliene aveva accennato e aveva commesso un errore, adesso se ne rendeva conto, però sperava ugualmente di fare l'amore con lei quella notte.

Ormai non lo facevano più da parecchi giorni e purtroppo con Sasha bisognava sempre trovare il momento giusto, quando non era troppo stanca, se i suoi muscoli non erano troppo sofferenti, se non aveva uno spettacolo importante l'indomani. Insomma, portarsela a letto era un'autentica impresa; in ogni caso, però, John non aveva nessuna intenzione di rinunciare a un piacere del genere per le indagini di Arthur.

«Ti ho detto che me ne occupo personalmente.»

«Credevo che tu fossi il padrone. O meglio, il coreografo.» Lui sorrise a quel confronto, e assentì.

«Infatti. Però questa è un'eccezione. Ho accettato di assumermi anche il lavoro delle indagini di base, quelle di routine. Si tratta di un caso importantissimo per il mio cliente.»

«Perché non me lo spieghi?» Lo guardò con aria sospettosa, sdraiandosi sul letto di John, completamente vestita.

«Sto cercando tre ragazze... a dir la verità, tre donne. Il mio cliente ha perduto le loro tracce all'incirca una trentina di anni fa e deve trovarle il più in fretta possibile. Sta per morire.» Non poteva dirle molto di più, anche quella era già una violazione delle confidenze che Arthur gli aveva fatto, ma sperava che servissero a stimolare l'interesse di Sasha e la sua comprensione.

«Sono le figlie?» Lui fece segno di no con la testa mentre si sbottonava la camicia. «Ex mogli?» Lui scrollò il capo di nuovo. «Amichette?» Lui sorrise e fece di nuovo segno di no con la testa. «Insomma chi sono?»

«Sono sorelle.»

«E stanno in Florida?» Sasha trovava tutto questo estremamente noioso.

«Una di loro ci ha vissuto molto tempo fa. Devo andare a ritroso e ripartire dal principio. Credevo che si trovasse qui a New York e invece mi sono sbagliato. Così bisogna ripartire da capo.»

«Quanto tempo rimarrai laggiù?»

«Qualche giorno. Dovrei rientrare venerdì. Potremmo fare qualche cosa di simpatico questo fine settimana.»

«No, non possiamo. Ho le prove.» Inutile negarlo, i suoi impegni di lavoro erano rigorosi.

«Va bene, vuol dire che faremo in modo di poter fare entrambe le cose.» Ormai ci era abituato.

«Sei proprio sicuro che non vai in Florida in vacanza?»

«È un po' difficile. Potrei trovare un numero incredibile di posti nei quali preferirei andare con te, tesoro mio!» Si allungò attraverso il letto, cogliendola di sorpresa, e la baciò. E stavolta lei rise. Poi gli consentì di spogliarla e si avvinghiò a lui con quelle sue gambe muscolose e scattanti, in quel modo che lo faceva sempre smaniare mentre cominciavano a fare l'amore. Poi, di scatto, Sasha si tirò indietro e John ebbe paura di averle fatto male. La fissò con gli occhi offuscati dal desiderio mormorandole con voce roca: «Che cosa è successo? Stai bene?»

Lei assentì, ma continuò ad avere l'aria preoccupata. «Lo sai che cosa mi potrei fare in posizioni come questa?» Poi sembrò dimenticare tutto man mano che l'ardore di John cresceva e, con esso, anche la sua stessa passione. Però pensava sempre a se stessa, alla danza, ai muscoli, ai piedi e al suo corpo.

«Ti amo, Sash.» Mentre giacevano l'uno fra le braccia dell'altra, dopo, John bisbigliò queste parole, ma lei rimase curiosamente silenziosa. Aveva gli occhi spalancati e fissava la parete di fronte a sé. John la osservò con maggiore attenzione e si accorse che pareva sconvolta. «Si può sapere cosa c'è, dolcezza?»

«Quel figlio di puttana non ha fatto che sbraitare tutto il pomeriggio prendendosela con me, come se facessi qualcosa di sbagliato... mentre so che non era vero...» Era ossessionata dalla danza e quello per lui era deprimente. Gli era già capitato di provare la stessa depressione, solo che, l'ultima volta, la colpa era stata di quei dannati personaggi dei romanzi di Eloise e della trama che non le dava completa soddisfazione! Donne come loro erano estenuanti. Avrebbe voluto che Sasha fosse diversa, gli sarebbe piaciuto che dimostrasse un po' di premura nei suoi confronti. Mentre se voleva essere davvero onesto con se stesso, si trovava costretto ad ammettere che lui non esisteva per lei. Sasha pensava solo ed esclusivamente a se stessa. Quando si alzò per andare a prendere da bere in cucina, gli parve che non notasse nemmeno la sua assenza. Allora rimase seduto a lungo sul divano, al buio, ad ascoltare i rumori che salivano dalla strada e a chiedersi se mai avrebbe trovato una donna disposta a mostrargli affetto e premura, alla quale interessassero il suo lavoro, la sua esistenza, i suoi amici, le sue necessità, una persona che fosse felice di stare con lui.

«Si può sapere che cosa stai facendo?» Eccola sulla porta, con la figura snella che si stagliava, aggraziata, nel chiaro di luna. La sua voce si levò come un sussurro nella stanza buia. Ma, quando John la guardò, si accorse che Sasha non poteva leggere la tristezza nei suoi occhi.

«Sto pensando.»

«A che cosa?» Venne a sedersi di fianco a lui e, per un attimo, diede quasi l'impressione di provare un vago interesse nei suoi confronti; ma subito dopo si guardò i piedi e si lasciò sfuggire un gemito. «Dio, dovrei tornare dal dottore.»

«Perché?»

«Perché adesso mi fanno male di continuo.»

«Hai mai pensato di rinunciare alla danza, Sash?»

Lei lo guardò come se fosse impazzito. «Sei diventato matto? Preferisco morire. Se mi dicessero che non posso più danzare, mi ucciderei.» Aveva parlato in un tono talmente serio che c'era da crederle.

«Ma i bambini? Non desideri dei figli?» Avrebbe dovuto farle tutte quelle domande molto tempo prima, ma era sempre stato molto difficile distoglierla dal pensiero della danza con altri argomenti.

«Magari più avanti.» Ma la sua risposta era vaga. Del resto Eloise era abituata a rispondergli più o meno nello stesso modo. Fino a trentasei anni era stato così; poi aveva deciso che sarebbero stati un fastidio per la carriera e, durante uno dei suoi viaggi di affari, si era fatta legare le tube. Probabilmente non aveva sbagliato. Eloise era molto più felice sola.

«A volte, se si continua a rimandare, quello che si desidera non succede più.»

«In tal caso vuol dire che non ero destinata ad averli. Non ho bisogno di figli per sentirmi realizzata.» Lo disse con fierezza.

«Di che cosa hai bisogno, Sash? Di un marito?» Oppure le bastava la danza? Ecco il nocciolo della questione.

«Non ho mai pensato di essere già tanto vecchia da dovermi preoccupare di trovar marito.» Lo disse con molta chiarezza, scrutandolo al chiaro di luna. Ma John aveva quarantadue anni e stava già pensando a tutte quelle cose da molto tempo. Non desiderava rimanere solo per sempre. Voleva qualcuno da amare, che lo amasse, ma non soltanto fra libri, corpo di ballo e prove.

«E tu hai ventott'anni. Potresti cominciare a pensare al futuro.»

«Ci penso ogni giorno, con quel vecchio maniaco che mi copre di improperi!»

«Non parlavo del tuo futuro professionale, ma della tua vera vita.»

«*Questa è la mia vera vita!*» Proprio quello di cui John aveva paura.

«E quale sarebbe il mio posto in tutto ciò?» Sì, era la notte giusta per frugarsi nel cuore e nell'anima, anche se non era del tutto convinto che fosse un bene aver cominciato. D'altra parte non ci poteva fare niente. Presto o tardi sarebbe stato un discorso che andava affrontato. Non si poteva parlare soltanto dei suoi piedi e delle prove di ballo.

«Questo sei tu che devi deciderlo. Al momento io non posso offrirti nient'altro. Se ti può bastare, è meraviglioso. E se non ti basta...» Si strinse nelle spalle. Se non altro era onesta. John si chiese se sarebbe mai riuscito a farle cambiare idea, se sarebbe stato capace di persuaderla a sposarlo... a desiderare un figlio... ma era una assurdità ripercorrere di nuovo la stessa strada. Pareva che fosse una sua caratteristica quella di cercare sfide di ogni genere, di combattere per le cause perse. «Una volta o l'altra dovresti provare a scalare l'Everest», gli aveva detto suo fratello minore. «Chissà che in quel modo tu non riesca a scaricare un po' di tensione.» Aveva visto Sasha un paio di volte ed era convinto che John fosse ammattito. «Vuoi che rimanga qui con te stanotte?» Ecco quello che Sasha gli stava domandando in quel momento. Altrimenti era dispostissima ad andarsene. Non le dava fastidio il caos del suo appartamento nel West Side con mille altre ragazze che vi abitavano e un milione di sacche che contenevano il loro equipaggiamento da ballerine...

«Mi farebbe piacere se rimanessi.» A dir la verità, da Sasha desiderava molto di più. Più di quanto lei fosse in grado di dare e purtroppo cominciava a capirlo soltanto adesso.

«Allora torno a letto.» Lo disse in tono pratico, quasi indifferente, e si avviò verso la camera di John. «Domattina ho una prova molto presto.» Lui avrebbe voluto fare di nuovo l'amore. Ma quando la raggiunse a letto e si azzardò a fare i primi approcci, si sentì rispondere che era troppo stanca e che aveva i muscoli indolenziti.

Capitolo 18

Il volo per Jacksonville fu breve e diede a Chapman il tempo di leggere qualcuno dei documenti che aveva portato con sé. Ne firmò anche una mezza dozzina, ma il suo cervello continuava a tornare a Hilary... e all'esistenza che doveva aver vissuto con Eileen e Jack Jones, se si doveva dar retta alle descrizioni del vecchio di Charlestown.

A Jacksonville si diresse immediatamente verso l'istituto per minorenni abbandonati e domandò di poter parlare con l'amministratore più anziano, al quale spiegò il motivo delle sue indagini.

Non era un'abitudine dell'istituto che i documenti d'archivio venissero mostrati a chiunque, ma ormai erano passati molti anni e quella ragazza doveva averne all'incirca trentanove. Non c'era niente di male se si fossero azzardati, in quel momento, a rivangare il passato. John li assicurò della sua più completa discrezione.

Occorreva, comunque, la firma del giudice assegnato al tribunale minorile e John si sentì rispondere che doveva ritornare la mattina dopo. Nel frattempo, prese una stanza in un motel del centro e si mise a girare per le strade, senza meta. Passò anche un po' di tempo a sfogliare l'elenco del telefono e scoprì che vi si trovavano indicati ben cinque Jack Jones. Fu allora che, seguendo un impulso improvviso, decise di provare a chiamarli. Tre di loro erano negri e il quarto non rispose. Il quinto, però, disse che suo padre era cresciuto a Boston e che gli pareva fosse già stato sposato con una donna di nome Eileen, morta prima che lui avesse sposato la sua mamma. Adesso aveva diciott'anni e il papà era morto di cirrosi epatica dieci anni prima. Però lui sarebbe stato ben lieto di raccontargli tutto quello che poteva. John gli chiese se sapesse dove abitava suo padre all'incirca venticinque anni prima, o se magari lo sapeva sua madre; la risposta a tutto ciò fu molto semplice: «Ha sempre abitato nella stessa casa. Quella dove stiamo ancora adesso». L'interesse di Chapman si acuì improvvisamente tanto che domandò al ragazzo se poteva andare a parlargli.

«Certo.» Il giovane gli diede l'indirizzo e John non si stupì di scoprire che si trovava in una zona più o meno simile al quartiere di Charlestown, con le stesse case decrepite, lo squallore deprimente, nelle vicinanze di un cantiere navale. Solo che, stavolta, la zona era abitata quasi esclusivamente da negri e c'erano parecchi ragazzi in motocicletta che giravano per il quartiere guidando in modo spericolato. Il che lo fece innervosire.

Indubbiamente non era un ambiente particolarmente simpatico in cui trovarsi a vivere e, un po' come gli era sembrato a Charlestown, le cose non dovevano essere molto cambiate dai tempi precedenti.

Jack Jones jr. lo stava aspettando vicino a una motocicletta, parcheggiata nel giardinetto, davanti a casa. Dall'espressione della faccia si sarebbe detto che la visita di Chapman lo facesse sentire importante. Chiacchierò volentieri raccontandogli quello che sapeva del padre, gli mostrò alcune fotografie e lo invitò a entrare per fare la conoscenza di sua madre. Nell'interno il tanfo era terribile, le stanze esalavano un orribile odore di orina e di liquori, ma pareva che quel fetore, come la sporcizia che imperava dappertutto, si fossero ormai stratificati lì dentro. Infatti la casa era di uno squallore e di una miseria inenarrabili, e la donna che Jack jr. gli presentò come sua madre, addirittura patetica. Probabilmente non arrivava nemmeno alla cinquantina, ma era già sdentata e sembrava che avesse, come minimo, trent'anni di più. John non riuscì a capire se le sue infermità fossero dovute a vere e proprie malattie, o ai maltrattamenti subiti. Gli sorrise con aria vaga e si mise a fissare il vuoto dietro di lui mentre Jack si affrettava a scusarsi per quello strano comportamento. Purtroppo la donna non ricordava niente dell'esistenza di una nipote della prima moglie di Jack. Anzi parecchie volte diede addirittura l'impressione di non sapere nemmeno chi fosse il suo stesso figlio. Alla fine John decise di rinunciare a scoprire qualcosa e stava per andarsene quando Jack jr. gli propose di provare a parlare con i vicini. Erano gente che abitava lì da anni e avevano conosciuto Jack senior fin da quando era ancora sposato con la defunta consorte. John lo ringraziò e provò a bussare alla porta. Una donna anziana apparve dietro l'infisso di rete metallica e lo scrutò guardinga.

«Sì?»

«Posso parlarle un momento, signora?» Da anni non faceva più quel genere di indagini e adesso, all'improvviso, si rendeva conto quanto fosse sempre difficile guadagnarsi la fiducia delle persone. E gli tornò in mente il numero straordinario di porte che gli erano state sbattute in faccia ai vecchi tempi.

«È della polizia?» Una domanda alla quale ormai era più che abituato.

«No, assolutamente. Sto cercando una donna di nome Hilary Walker. Ha abitato qui moltissimo tempo fa, quando era bambina. Non ha per caso l'idea di dove possa essere finita?» La donna fece segno di no con la testa e sembrò che scrutasse con aria sospettosa John dalla testa ai piedi.

«Che cosa vuole da lei?»

«Un amico di suo padre e di sua madre vuole rintracciarla.»

«Avrebbero dovuto venire a cercarla venticinque anni fa. Povera bambina...» Scrollò il capo con aria desolata e John capì di aver fatto centro. La donna continuava a parlargli attraverso la rete metallica, ma lentamente si decise a spalancarla e gli si piantò davanti in vestaglia e pantofole, fissandolo con attenzione, senza invitarlo a entrare. «Quel cosiddetto zio, che aveva, la picchiava a sangue. È sgusciata fuori di casa sotto la pioggia battente e c'è mancato poco che non morisse qui, davanti alla mia porta. Siamo stati io e mio marito che l'abbiamo portata all'ospedale... e ce l'ha fatta per un pelo! Poi hanno detto che lui aveva cercato di violentarla.»

«Ma non è stata fatta nessuna imputazione a suo carico?» Chapman la fissò inorridito. La storia stava diventando sempre peggio. In realtà il destino di Hilary sembrava un autentico incubo.

Ma lei si limitò a scrollare la testa. «Era troppo spaventata... la piccola Hilary.» Poi un altro diniego. «L'avevo dimenticata per tutto questo tempo.»

«Poi che cos'è successo?»

«L'hanno data in affidamento a due diverse famiglie e, alla fine, credo che sia stata ospitata dall'istituto per i minorenni. Siamo andati a trovarla un paio di volte, se non sbaglio, ma era come... ecco, come se le mancasse qualcosa, a quella figliola... E non si può farle una colpa per questo. Non mostrava il minimo interesse per nessuno.» Facile da capire, considerato quello che stava ascoltando.

«Grazie. La ringrazio moltissimo.» Dunque ecco il motivo per il quale l'avevano accolta in un istituto per minorenni, non perché lei avesse commesso qualcosa d'illegale. Ma chissà che, in seguito, non avesse fatto anche quello! A volte succedeva.

Nel suo caso, però, no. La mattina seguente, gli consegnarono in fascicolo che la riguardava. Il giudice aveva firmato l'ordinanza senza difficoltà. Ma la documentazione su Hilary Walker non era niente di straordinario. Studentessa modello, non aveva creato problemi allo Stato; era stata accolta, per l'affidamento, in due famiglie di cui veniva riportato l'indirizzo e aveva trascorso tre anni scialbi e privi di eventi nell'istituto per minorenni. Al completamento dell'ultimo anno di studi delle superiori le erano stati consegnati duecentottantasette dollari e, cinque giorni più tardi, lei se n'era andata. Nessuno ne aveva più sentito niente. Si trattava di ben poco, all'infuori di una cosa, e cioè che le assistenti sociali, alle quali il suo caso era stato affidato, avevano riferito che era un tipo chiuso, senza amici. Ma, comunque, non aveva mai creato problemi dal punto di vista della disciplina. Quelle assistenti sociali ormai da moltissimo tempo non lavoravano più lì e John calcolò che anche le due famiglie alle quali era stata affidata chissà dov'erano andate a finire... Però si recò anche agli indirizzi indicati nei documenti per fare un ultimo controllo. La prima donna, per quanto fosse straordinario, era ancora viva e abitava sempre nella stessa casa. Disse che le pareva di ricordarsi di Hilary pur non essendone completamente sicura.

«Era una di quelle persone che si sentono sempre superiori alle altre. Che credono di essere chissà chi! In ogni caso non rimangono mai nemmeno molto. Non ricordo come lavorasse. Aveva cominciato a soffrire di malinconia e così l'hanno rimandata all'istituto. Ma è tutto quello che ricordo.» Ma era abbastanza. Le parole aspre della donna su altre ragazze, la casa stessa parlavano fin troppo chiaro. Quanto al secondo indirizzo, dove abitava l'altra famiglia cui era stata affidata, scoprì che qualche anno prima la avevano demolita per una ristrutturazione della zona. Non c'era affatto da meravigliarsi che la manager della CBA non sapesse niente di quella Hilary Walker. La ragazza che aveva vissuto lì chissà dov'era andata a finire, probabilmente nello stesso ambiente di miseria e di squallore da dove era partita, a cui era stata condannata, all'età di otto anni, quando suo padre aveva ucciso la mamma e poi si era suicidato e il loro miglior amico l'aveva abbandonata, dopo averle portato via le sorelline. In un certo senso John si stava convincendo che Arthur l'aveva praticamente mandata al macello. Non era difficile comprendere per quale motivo lei, ventidue anni prima, si fosse presentata nell'ufficio di Arthur per gridargli in faccia il proprio odio. Il problema adesso era un altro: dov'era andata a finire, dopo essere stata lì? Ormai si trattava di una pista che offriva ben pochi indizi e lui non aveva nessuna idea di come ripartire adesso che era arrivato fin lì. Da dove si cominciava a cercare una ragazza che aveva conosciuto tanta miseria e infelicità così presto nella vita? Aveva provato a chiedere alla polizia di svariati Stati, e anche all'FBI, se esistesse una fedina penale che portava il suo nome, ma non aveva scoperto niente. D'accordo, non aveva alcun significato. Poteva aver cambiato nome, essersi sposata parecchie volte... Poteva essere morta in quei ventidue anni. Poteva avere fatto una quantità di cose. Però se si trovava ancora a New York, John promise a se stesso di rintracciarla.

Partì da Jacksonville senza rimpianto, anzi quasi con un senso di sollievo per poter sfuggire all'umidità di quella atmosfera e allo squallore che ci aveva visto. Non faceva fatica a immaginare che cosa Hilary dovesse aver provato quando si era messa in viaggio per New York con l'intenzione di ritrovare le sorelle e, una volta arrivata, aveva scoperto che Arthur ne aveva perduto completamente le tracce, né più né meno come era successo con lei! Chissà che amara delusione doveva essere stata la sua!

Tornò a casa il giovedì sera e lasciò un messaggio per Sasha alla segreteria telefonica. Sapeva che quella era la sera del grande spettacolo, ma era rientrato alle dieci e si sentiva esausto.

L'indomani, in ufficio, riferì ad Arthur Patterson quello che aveva scoperto. Dall'altro capo del filo gli rispose soltanto un lungo silenzio colmo di tristezza. E John Chapman non poteva vedere le lacrime silenziose che scendevano sulle guance di Arthur mentre lo ascoltava.

«Dopo essere venuta a cercare lei, la pista Hilary non offre più alcun indizio. Non ho la minima idea di dove sia andata da lì, però sto riprendendo le indagini.» Aveva già consegnato a uno dei suoi assistenti un elenco.

Voleva che lui controllasse scuole, ospedali, agenzie di collocamento, ostelli della gioventù e alberghi, tornando indietro nel tempo fino al 1966. Non era un compito da poco, eppure ne sarebbe emerso qualcosa. Poteva bastare per ripartire ex novo. Nel frattempo la sua intenzione era quella di cominciare le ricerche relative ad Alexandra. «Dovrò venire nel suo ufficio lunedì. Voglio esaminare il materiale relativo al patrimonio di George Gorham. Voglio vedere se qualcuno non è stato in contatto con la sua vedova di recente.» Arthur assentì e si asciugò le lacrime che aveva versato per Hilary. Non c'era niente da dire: indubbiamente John Chapman era un uomo che andava a fondo in ogni cosa.

Però era terribile pensare a quello che era stato il destino di Hilary... ma lui... come avrebbe potuto immaginarlo... se soltanto... ricominciò a tossire violentemente mentre ci rifletteva... E, alla fine, fu costretto a interrompere la telefonata e a riattaccare. John si dedicò di nuovo al lavoro. C'era una montagna di carte e documenti che lo aspettavano sulla scrivania dopo un'intera settimana che aveva passato in Florida. Rimase in ufficio fino alle sette e mezzo e poi, sulla strada di casa, si fermò all'Auto Pub per mangiare un hamburger. Erano le nove quando rientrò. Il telefono stava squillando. Sasha.

«Dove sei stato tutta la sera?» A sentirla si sarebbe detto che era insospettita e furiosa.

«Nel mio ufficio. Poi mi sono fermato a mangiar qualcosa sulla strada del ritorno. E tu come stai, signorina Riva?» Nessun preambolo, nessuna domanda per sapere come stava, nessuna spiegazione per non avergli telefonato in Florida tutta la settimana anche se le aveva lasciato il suo numero alla segreteria telefonica. Però lui sapeva che era stata molto impegnata con le prove.

«Sto bene. Credevo di essermi fatta qualcosa a un tendine ieri, ma grazie a Dio non è così.» Niente era cambiato durante la sua assenza.

«Mi fa piacere. Hai voglia di venire per un drink?» In parte desiderava vederla, in parte no. Quella settimana in Florida lo aveva lasciato incredibilmente depresso e sentiva il bisogno di un po' di distensione; d'altra parte, non aveva molta voglia di prestare ascolto ai soliti lamenti sui tendini e i legamenti.

«Sono esausta. Ma sono libera per domani. Si potrebbe fare qualcosa.»

«Perché non andiamo in qualche posto per il week end? Cosa ne dici degli Hamptons, oppure di Fire Island?» L'estate ormai era già cominciata. Faceva un gran caldo ovunque. Il fine settimana sarebbe stato splendido.

«Dominique Montaigne ha organizzato una festa di compleanno per domenica. Gli ho promesso che ci sarei andata. Non posso deluderlo. Credimi, mi spiace moltissimo.» Balletto, ballerine, ballerini, prove, spettacoli. Senza fine.

«Va bene ugualmente. Si potrebbe andar via in giornata. Avrei voglia di lasciare la città e di sdraiarmi su una spiaggia, in un posto qualsiasi.»

«Anch'io.» Però John già sapeva che Sasha sarebbe rimasta sdraiata sulla sabbia per una mezz'ora esatta e poi avrebbe cominciato a saltellargli intorno e a flettere i muscoli, perché non si irrigidissero mentre si rilassava. Tutto ciò era letteralmente snervante.

«Vengo a prenderti alle nove. Va bene?» Lei acconsentì e John riattaccò sentendosi, tutto a un tratto, triste e indescrivibilmente solo. Sasha non era mai lì con lui quando ne aveva bisogno; cominciò a ripensare a una ragazza che non conosceva, che era stata sballottata fra varie famiglie e un istituto per minorenni, più di vent'anni prima. Che assurdità pensare a lei, adesso! Gli sembrava di essere diventato come Eloise, con i suoi personaggi immaginari. I ragionamenti che stava facendo avevano più o meno la stessa logica... eppure quella creatura era diventata straordinariamente reale per lui nell'ultima settimana. Molto più di quanto non desiderasse.

Il giorno dopo lui e Sasha andarono al mare. Si limitarono a raggiungere Montauk, a Long Island, ma furono ugualmente ore simpatiche e rilassanti. Lui fece un po' di jogging sulla spiaggia mentre lei si dedicava ai soliti esercizi, lungo la strada del ritorno si fermarono a cena. Mangiarono aragosta. Erano le undici e mezzo quando rientrarono nell'appartamento di John. Crollarono a letto, di schianto, come due bambini. Sasha era di ottimo umore, e fecero l'amore. Una volta tanto, lei non si lamentò che la passione di John le danneggiasse il fisico. Allacciati, si addormentarono. Soltanto alle dieci della mattina dopo Sasha balzò dal letto, guardò l'orologio da polso e si lasciò sfuggire uno strillo, che lo svegliò.

«Che cosa c'è?... Dove sei?...» Strizzò le palpebre per la luce del sole che entrava e invadeva la stanza. La vide precipitarsi in bagno e la sentì aprire la doccia. Allora scostò le lenzuola e la raggiunse lentamente. «Si può sapere che cosa stai facendo?» La stanza da bagno era piena di vapore, Sasha aveva i capelli raccolti in una crocchia in cima alla testa e la faccia rivolta verso il getto d'acqua.

«Perché ti sei alzata così presto?»

«Ho promesso a Dominique che sarei stata da lui alle undici e mezzo.»

«Oh, per amor di Dio! Si può sapere perché tanta fretta?»

«Devo preparare il pranzo per tutti.» Glielo annunciò mentre chiudeva la doccia e cominciava ad asciugarsi.

«Interessante. Qui non cucini mai.» Era stizzito. Il giorno prima tutto era andato liscio come l'olio ed era stato molto piacevole, ma adesso lei sembrava avesse una gran fretta di piantarlo in asso. Aveva sperato di far di nuovo l'amore prima che se ne andasse, ma lei non faceva che pensare ai fatti propri.

«È diverso.» Gli spiegò guardandolo come se quello che stava dicendo fosse la cosa più logica del mondo. «Sono ballerini loro.»

«Perché? Mangiano in un modo diverso da tutti gli altri?»

«Non fare lo sciocco.» John non si sentiva affatto sciocco. Ma semplicemente stanco di subire tutte quelle prepotenze. «Ti telefono stasera quando torno a casa.»

«Lascia perdere.» Uscì dalla stanza da bagno, prese una sigaretta dal cassettone e l'accese. Fumava di rado, ma gli pareva che servisse ad allentare la tensione o, magari, ad aumentarla... Veramente non l'aveva mai capito bene... In ogni caso, a qualcosa serviva.

«John», lei disse, rivolgendogli un sorriso angelico, mentre si spazzolava i capelli, «non fare il bambino. Ti farei venire con me, ma siamo tutta gente del corpo di ballo. E a queste feste non portiamo mai estranei. Vedi è un po' come...» Gli sorrise e lui scorse nei suoi occhi una vaga espressione di vendetta. «È un po' come quando tu vai a trovare la tua famiglia a Boston.» Dunque era quella la ragione. O almeno in parte. Bene, al diavolo anche quei giochetti e i suoi amici ballerini! «Ci vediamo domani sera?» Entrò con passo esitante, da cerbiatta, in camera da letto.

«Può darsi. Di solito al lunedì ho un sacco di lavoro da sbrigare.»

Sasha gli si avvicinò e, protendendo il corpicino flessuoso verso di lui, lo baciò sulle labbra con un ardore che lo eccitò subito. Era rimasto fermo, nudo, sulla porta. «Ti amo.» Aveva uno strano modo di sfidarlo e di eccitarlo, che in parte lui amava e in parte odiava, ma prima che potesse dirle ancora qualcosa, ecco, se n'era già andata. Provò una gran voglia di mettersi a urlare per la frustrazione.

In mancanza di qualcosa di meglio da fare, telefonò al fratello minore e passò la giornata a Greenwich, giocando una serie di doppi misti a tennis con lui, Pattie e il loro figliolo; poi fece una nuotata in piscina con la bambina. Fu una giornata alquanto distensiva e piacevole, ma mentre stava tornando a casa in automobile concluse che Philip e la sua famiglia lo annoiavano profondamente.

Quando rientrò il telefono stava squillando ma si guardò bene dall'andare a rispondere. Non aveva nessuna voglia di sentir parlare di Dominique, di Pascal, di Pierre, di Josef, di Ivan e di tutti gli altri. Non ne poteva più di tutta la combriccola e anche di Sasha. La mattina dopo si recò nello studio legale di Arthur per esaminare i documenti relativi al patrimonio di George Gorham dopo che aveva ricevuto carta bianca per farlo, qui trovò proprio ciò che voleva. Forse anche Arthur stesso se li avesse osservati con maggiore attenzione avrebbe potuto trovare la stessa cosa molti anni prima. L'ultimo contatto che avevano avuto con Margaret Millington Gorham risaliva al 1962; a quell'epoca lei era già diventata la *comtesse* de Borne e viveva a Parigi in rue de Varenne. Da quel giorno, i rapporti con lei erano cessati, ma non doveva essere troppo difficile rintracciarla. Una ricerca sull'elenco telefonico di Parigi, quello stesso pomeriggio, gli mostrò che allo stesso indirizzo era registrato il nome «Borne, P. de». Di conseguenza se fosse stata ancora viva e avesse potuto dirgli dove Alexandra si trovava, lui si sarebbe finalmente trovato sulla strada buona.

Capitolo 19

«Di nuovo!» Sasha non gli nascose di essere offesa, ma stavolta John non si lasciò commuovere. Gli affari sono affari. «Si può sapere che cosa ti sei messo a fare... hai trovato lavoro in una compagnia aerea?» Era furibonda. Si trattava del terzo viaggio di John in tre settimane.

«Non rimarrò via a lungo.» Fra loro si notava ormai una certa freddezza.

«Stavolta dove vai?»

Lui sorrise. Non si trattava certo di Jacksonville! «Vado a Parigi. Per fortuna, questa volta, si tratta di un posto piacevole.» Al primo momento lei non gli rispose; poi alzò le spalle. Per quel che ne sapeva John poteva raccontarle un sacco di fandonie e andarsene in giro per il mondo in aereo con una serie di amichette. Certo in passato non aveva mai viaggiato tanto. Sembrava strano che improvvisamente si mettesse a fare proprio lui quello che era considerato il lavoro della «manovalanza», come le aveva sempre spiegato. «Dovrei rientrare per venerdì. Lunedì al massimo.»

«Dunque te ne sei dimenticato? La settimana prossima parto per una *tournée*. Rimarrò via venti giorni. Non ti rivedrò fino al mio ritorno. A meno che tu non voglia raggiungermi in volo una sera, per stare insieme.» Lui sapeva già come sarebbero andate le faccende: un corpo di ballo composto da gente completamente isterica e con i nervi a fior di pelle e Sasha talmente stralunata da non accorgersi quasi della sua presenza.

«Non importa. Anch'io sarò molto impegnato.» In tal modo non si sarebbero rivisti per un mese. Solo un anno prima questo fatto gli avrebbe dato qualche preoccupazione, ma adesso gli pareva di provare quasi sollievo. L'ossessione che Sasha mostrava per il proprio lavoro stava cominciando a diventare opprimente.

Dormirono l'uno vicino all'altro quella notte senza fare l'amore e l'indomani mattina lui la lasciò davanti a casa mentre andava all'aeroporto.

«Ci vedremo al tuo ritorno.» La baciò sulla bocca e lei alzò gli occhi a sorridergli. Aveva un'aria straordinariamente pura e innocente.

«Buon viaggio. Sentirò la tua mancanza.» Parole insolitamente gentili da parte sua. Di solito gli faceva le previsioni del tempo traendo l'oroscopo dal male che provava ai piedi. Quell'improvvisa gentilezza fece provare a John un vago dispiacere al pensiero di lasciarla. Il guaio, con Sasha, era che non aveva la minima idea di quanto terribile fosse il suo egocentrismo. Lo considerava perfettamente normale.

La salutò ancora con la mano dal tassì e promise di telefonarle; pochi istanti più tardi era già assorto nei suoi pensieri e si domandava che cosa avrebbe trovato a Parigi. Certo non una esistenza come quella che aveva fatto Hilary, se Margaret Gorham aveva sposato un conte francese! Perlomeno se l'augurava.

Su proposta di Arthur aveva fissato un posto in prima classe. L'aereo atterrò a Parigi a mezzanotte, ora locale. Dopo aver passato la dogana, raggiunse direttamente l'Hotel Bristol e alle due era già a letto. Si accorse di essere troppo stanco per riuscire a prender sonno tanto che arrivarono le cinque prima che potesse addormentarsi. La mattina dopo rimase inorridito scoprendo, quando si svegliò, che erano le undici. Si alzò immediatamente dal letto, ordinò caffè e *croissants* e compose all'apparecchio il numero di Margaret prima ancora di fare la doccia.

Quando al telefono venne a rispondere una voce maschile, chiese se poteva essere messo in comunicazione con la *comtesse* de Borne, balbettando quelle poche parole in un francese piuttosto arrugginito. Quando il maggiordomo gli domandò: «*De la part de qui, Monsieur?*» gli disse il suo nome, ma si sentì incapace di tradurre le parole: «però lei non mi conosce». A ogni modo pochi istanti più tardi Margaret veniva al telefono.

«*Monsieur* Chapote?» mormorò in un francese che aveva un fortissimo accento americano e la sua voce sembrava venata di perplessità.

«Mi scusi.» Lui sorrise. Gli piaceva quel timbro di voce. «Sono John Chapman di New York.»

«Santo cielo. André non è mai stato capace di capire i nomi americani. La conosco, per caso?» Era molto semplice, e andava per le spicce, eppure c'era qualcosa nella sua voce che lasciava sospettare come fosse una creatura sempre pronta al sorriso.

«No, signora. Sono qui per una faccenda di affari della quale gradirei parlarle il più presto possibile, quando le farà comodo.» Non aveva nessuna intenzione di affrontare l'argomento al telefono.

«Oh.» Lei sembrò un po' stupita. «Veramente tutte le mie questioni di affari vengono trattate direttamente a New York.» E gli disse anche il nome dell'ufficio che aveva quell'incarico. «Salvo si tratti di qualche affare di mio marito. Vuole forse parlarmi di qualche investimento?»

«No.» Non voleva spaventarla, però doveva pur spiegarle qualcosa. «A dir la verità, è una faccenda un po' più personale. Riguarda una serie di indagini che sto eseguendo su richiesta di un socio del suo defunto marito.»

«Pierre? Ma lui non aveva soci.» Era un colloquio complicato.

«Mi scusi, alludevo al signor Gorham.»

«Oh, il povero George... ma è stato tanto tempo fa. È morto nel 1958... cioè da trent'anni... signor... ehm... Chapman.»

«Me ne rendo conto e infatti tutto ciò di cui devo parlarle risale a moltissimo tempo fa.»

«Qualcosa che non va?» Lei sembrava preoccupata.

«No, affatto. La nostra speranza era semplicemente quella che potesse aiutarci a rintracciare una persona. Se lei fosse in grado di farlo, ci sarebbe di grandissimo aiuto. Ma preferirei non affrontare questo argomento al telefono. Se volesse concedermi pochi minuti, sarei felicissimo di vederla e...»

«Va bene.» Ma sembrava incerta. Avrebbe voluto poter domandare a Pierre o a qualcun altro se erano del parere che dovesse ricevere quella persona. Se fosse stato un ciarlatano, o un delinquente di qualsiasi genere... per quanto... a sentirlo parlare, non si sarebbe detto. «Magari domani, signor Chapman? E il nome della sua ditta a New York?»

Lui sorrise: faceva bene a controllare la sua identità. «La Chapman Associates con gli uffici nella Cinquantasettesima Strada. Io mi chiamo John Chapman. A che ora avrebbe piacere che ci trovassimo?»

«Alle undici?» Adesso il suo desiderio era di liberarsi il più presto possibile da quell'impegno. Quell'uomo cominciava a innervosirla. Ma quando fece controllare la sua identità per mezzo dei legali che aveva a New York, quelli la informarono che lo conoscevano e il suo avvocato aveva avuto addirittura rapporti personali di affari con John Chapman. Quindi fu in grado di assicurarle che era una persona correttissima e al di sopra di ogni sospetto. Lui stesso però non riusciva assolutamente a immaginare per quale motivo Chapman volesse un colloquio con Margaret de Borne a Parigi.

La mattina dopo John arrivò puntualissimo e l'anziano maggiordomo lo fece entrare dopo aver abbozzato un inchino; poi lo accompagnò al piano di sopra e lo lasciò ad aspettare nel severo studio della contessa. Si trattava di una stanza arredata con stupendi mobili Luigi XV, illuminata da un piccolo lampadario russo a gocce che dava l'impressione, quando il sole penetrava nella stanza e lo illuminava, di essere adorno di mille e mille cristalli che creavano un gioco di luci di tutti i colori dell'arcobaleno sulle pareti. Era l'oggetto più grazioso che John avesse mai visto tanto che, ammirando quello sfavillio e il giardino incantevole che si intravedeva dalla finestra, non la sentì entrare.

«Il signor Chapman?» Era alta, elegante, con una stretta di mano salda e una voce squillante. L'espressione dei suoi occhi era cordiale e amichevole. Indossava un tailleur giallo di Chanel, calzava le scarpe classiche della stessa casa e portava uno stupendo paio di orecchini di brillanti gialli, dono del defunto marito. Rivolse un caldo sorriso a John e gli indicò con un gesto una delle poltrone più grandi che si trovavano nella stanza. In realtà molte di esse erano piccolissime e non apparivano troppo invitanti, cosa che la faceva sempre sorridere. Adesso scoppiò in una risata mentre diceva: «Purtroppo ho l'impressione che nessuno di questi pezzi d'antiquariato sia stato costruito per persone della nostra taglia. In realtà non adopero molto spesso questa stanza. Era stato progettato come uno 'studio per la signora', ma in realtà non sono mai riuscita a capire come potevo servirmene. La mia nipotina, che ha sei anni, è l'unica persona fra tutte quelle che conosco che sembri a proprio agio qui dentro! Quindi le faccio le mie scuse.»

«Per carità, contessa. È una stanza bellissima.» Gli sembrava strano chiamarla con quell'appellativo, soprattutto per via di quel sorriso così disinvolto; ma pensò che forse avrebbe gradito quel tono così formale. Dopo tutto desiderava farsene un'alleata. «Temo di essere venuto per parlarle di una questione molto delicata. Sono stato assunto da Arthur Patterson.» Aspettò un attimo per cercar di capire se quel nome la colpiva in modo particolare, ma lei non diede l'impressione di conoscerlo. «Era socio del signor Gorham molti anni fa ed è stato tramite lui che avete potuto adottare Alexandra Walker.» Intanto la fissava negli occhi. Per un attimo Margaret gli diede l'impressione di essere lì lì per svenire. Era diventata pallidissima ascoltandolo, ma aspettò che lui continuasse a parlare senza dire una sola parola. Ormai era chiaro che si ricordava di Arthur.

«È molto malato e, qualsiasi possano essere i motivi che lo spingono a farlo che presumo siano strettamente personali, si mostra ansioso di rintracciare le tre ragazze Walker. I loro genitori erano suoi amici intimi e lui si sente in obbligo di avere la conferma che stanno tutte bene, prima di...» stava cercando la parola più adatta quando lei lo interruppe.

«Non è un po' tardi, signor Chapman? Evidentemente non sono più bambine!»

«Sono d'accordo. Lui ha lasciato che le cose andassero così fino all'ultimo momento, ma adesso vuole avere la certezza che hanno avuto una buona vita.»

«E a spese di chi?»

«Chiedo scusa!»

Lei sembrava in collera. Si alzò in piedi e cominciò a camminare avanti e indietro per la stanza, passando e ripassando in mezzo a quel fascio di raggi di luce che avevano i colori dell'arcobaleno. «A spese di chi vuole essere rassicurato su questo punto? Senza dubbio quelle tre giovani donne non hanno più il minimo interesse per Arthur Patterson, se poi lo hanno davvero conosciuto! E anche in questo caso non possono certo ricordarsi di lui, adesso! Erano tutte bambine molto piccole.» Davanti all'espressione dei suoi occhi, Chapman provò un tuffo al cuore. Era chiaro che Margaret era pronta a tutto pur di impedirgli di entrare in contatto con sua figlia. «Si può sapere che cosa diavolo può importare ormai? Sono tutte adulte, mature e cresciute. Non lo conoscono. Non si conoscono nemmeno fra loro.»

John Chapman sospirò. Sotto un certo punto di vista aveva ragione. Lui però lavorava per Arthur. «In parte è proprio questo il motivo della mia indagine.» Cercò di parlare in tono suadente, ansioso di calmarla, di dimostrarle che poteva aver fiducia. «Il signor Patterson vuole riunire le tre sorelle.»

«Oh, mio Dio.» Si lasciò cadere di schianto in una delle scomode, piccole, poltroncine Luigi XV. Poi, in tono intransigente aggiunse: «Non lo permetterò. Che bisogno c'è di torturarle? Mia figlia ha trentacinque anni. E solo Dio sa qual è l'età delle altre! Per quale motivo dovrebbero avere il desiderio di scoprire due sorelle sconosciute? Può essere soltanto imbarazzante per loro, per non dire penoso. Immagino che sappia quali sono state le circostanze della morte dei genitori, signor Chapman, vero?» Lui annuì e Margaret riprese: «Anch'io. Però mia figlia le ignora e non è assolutamente necessario che le venga a sapere adesso. George e io l'abbiamo adorata, le abbiamo voluto bene come se fosse una vera figlia, e il conte poi le era affezionato come se fosse stata sua! È cresciuta come la nostra bambina, circondata da tutto quanto di bello e di buono le si poteva dare e adesso ha un'esistenza felice con un marito e delle figlie sue. Non c'è bisogno di infliggerle questo dolore». Senza parlare del fatto che avrebbe dovuto tenerlo nascosto al marito. Ma in che modo? Il solo pensiero terrorizzava Margaret. Perché non soltanto era una figlia adottiva, ma il vero padre aveva «assassinato» la sua mamma.

«Posso capirlo, ma potrebbe darsi che a lei faccia piacere conoscere le sorelle... è possibile... magari ha il diritto di fare questa scelta da sola. È al corrente del fatto di essere stata adottata?»

Margaret ebbe un attimo di esitazione. Aveva l'aria pensierosa. «Sì. E no. Glielo abbiamo detto... molto tempo fa, ma non sono del tutto sicura che Alexandra se ne ricordi. È una questione che non ha più alcuna importanza. Per nessuno, signor Chapman. Non le parlerò della sua visita.»

«Non è corretto nei suoi confronti», le rispose Chapman in tono pacato. «E se dovesse costringermi a farlo, la rintraccerò da solo. Preferirei che fosse lei a parlarle, a spiegarle il motivo della mia visita. Penso che le semplificherebbe molto le cose.»

Gli occhi di Margaret de Borne erano lucidi di lacrime di rabbia. «Questo è un ricatto. Lei mi vuole costringere a dirle qualcosa che la renderà infelice.»

«Se non desidera vedere le sorelle, non ci è costretta! Però ha il diritto di rifiutarsi di farlo da sola. Nessuno può imporglielo. Lei ha il diritto di scegliere. Può darsi che abbia piacere di vederle.»

«Perché? Perché dopo trent'anni? Che genere di persone possono essere adesso? Che cosa può avere lei in comune con le altre? Niente.» Indubbiamente con Hilary era così, però John Chapman di Megan non sapeva ancora nulla. Mentre Hilary veniva picchiata a sangue e quasi violentata dallo zio ed era costretta a vivere in affidamento presso famiglie dove passava notti da incubo, sua sorella cavalcava *ponies* a Parigi. Tutto ciò sembrava uno scherzo amaro del destino, ma se non altro una di loro aveva avuto fortuna, almeno a giudicare dalle apparenze. Tutto ciò lo rendeva ancora più triste quando pensava a Hilary. La vita non era stata buona con lei, mai, nemmeno per un momento!

«Contessa... la prego... mi aiuti a renderle più facile tutto questo. Lei ha il diritto di sapere. E io ho l'obbligo di informarla.»

«Informarla di che?»

«Che ha due sorelle in un posto imprecisato del mondo, le quali forse desiderano vederla.»

«Le ha già rintracciate?»

Lui scrollò il capo. «No, ma credo che ci riusciremo.» Si mostrava ottimista, non voleva manifestarle i propri timori.

«Perché non torna quando le avrà trovate?»

«Non posso permettermi di perdere un solo istante. Come le ho già detto il signor Patterson è vicino alla morte.»

«Un vero peccato che non sia morto prima di prendere la decisione di rovinare la vita di tutti.» Aveva parlato con un tono di voce pieno di amarezza, molto stizzito. Per anni aveva accuratamente protetto Alexandra dalla verità e adesso quell'uomo, un estraneo, veniva a farle del male. Provava una gran voglia di ammazzarlo e John si accorse di sentire una profonda compassione nei suoi confronti. Era una donna simpatica, un vero peccato che quella faccenda la sconvolgesse tanto.

«Mi spiace. Mi creda, lo dico sul serio.»

Lei lo guardò a lungo con aria dura. «Può darsi. Non potrebbe semplicemente dirgli che non è riuscito a rintracciarla?» John fece segno di no con la testa, e Margaret sospirò.

«Devo pensarci. Per lei sarà un colpo terribile soprattutto perché dovrò parlarle dei genitori.» In ogni caso per fortuna, John si disse, era abbastanza adulta e matura da sopportarlo. Non si trattava di un'adolescente, né di una bambina. Forse non era stato un guaio tanto grosso aspettare finora. «La vedrò domani a pranzo. Gliene parlerò in quell'occasione se riuscirò a trovare il momento opportuno.»

Lui annuì. Non avrebbe potuto pretendere di più. «Io sono al Bristol. Gradirei parlarle anch'io, quando lei le avrà detto tutto.»

«Può darsi che non desideri vederla, signor Chapman. Anzi mi auguro che non ne abbia nessuna voglia.» Margaret de Borne si alzò, raddrizzando le spalle, in tutta la sua imponenza, non gli tese la mano e suonò per chiamare il maggiordomo. «La ringrazio della visita. Buon giorno, signor Chapman.»

«Grazie a lei, contessa.»

Venne scortato al pianterreno da André che aveva l'aria severa, piena di disapprovazione. Era evidente, dal modo in cui la contessa lo aveva salutato, che John Chapman era una «persona non gradita» e lo trattò quindi, di conseguenza, richiudendogli la porta alle spalle con un tonfo sonoro.

Capitolo 20

ALEXANDRA trovò sua madre, come al solito, nel salottino fiorito che lei preferiva. Ma quando arrivò non stava ricamando e, cosa ancor più curiosa in lei, era vestita di blu scuro con pochissimi gioielli.

«Hai l'aria molto seria, *maman.* Sei stata a una riunione della banca, stamattina?» Alexandra la baciò affettuosamente e Margaret le sorrise. Ma era un sorriso triste e forzato. Non aveva praticamente chiuso occhio quella notte, dopo la visita di Chapman.

«No, no, sto bene.» Margaret le aveva risposto con aria visibilmente turbata mentre girava gli occhi per la stanza, come nella speranza di trovare una via d'uscita. E Alexandra si accigliò, scrutandola.

«Qualcosa che non va?» Non l'aveva mai vista tanto nervosa da quando il papà era morto e quindi si domandò se era accaduto qualcosa che l'aveva preoccupata.

«No, solo che ieri mattina ho avuto uno sgradevole colloquio di affari.» Sorrise innervosita. «Niente di cui preoccuparsi, tesoro. Ah, ecco il pranzo.» Sembrò straordinariamente sollevata e si mise a mangiare di gusto l'insalata che le era stata servita, ripetendo ad Alexandra gli ultimi pettegolezzi che aveva saputo dal parrucchiere. Fu un sollievo per la figlia sentirla ridere. Comunque era chiaro che qualcosa la preoccupava e infatti, man mano che il pasto procedeva, si faceva sempre più stranamente silenziosa.

«*Maman.*» Alexandra guardò la madre con aria grave. «C'è qualcosa che ti preoccupa? Ho subito capito che dovevi avere qualche fastidio. Insomma di che cosa di tratta?» Si augurò che non si trattasse della salute. Era ancora straordinariamente giovanile, ma nonostante ciò... all'improvviso, le venne un'altra idea preoccupante e si chiese se non fosse stata a New York per quel motivo la settimana precedente. Magari per una visita medica, non per fare un po' di spese. Aveva portato degli oggetti stupendi per le bambine e una magnifica toilette di Galanos per lei.

Margaret, tuttavia, si limitò a guardarla con aria desolata, desiderando in cuor suo di non aver mai sentito parlare di John Chapman. Respirò a fondo; attese che André servisse il caffè e lasciasse la stanza. Non che avesse grande importanza, perché era sordo e non parlava l'inglese, ma cionondimeno Margaret aspettò.

«Ho avuto una visita piuttosto spiacevole ieri. Una specie di fantasma del passato.» Guardò la figlia con gli occhi colmi di lacrime e Alexandra rimase costernata. Non aveva mai visto sua madre così angosciata.

«Che genere di fantasma?»

«Oh...» Margaret prendeva tempo, anche perché non riusciva a trovare un modo per continuare. Guardò la figlia e si asciugò gli occhi. «Non so da dove sia meglio cominciare. È una storia talmente lunga e confusa.» Si soffiò il naso delicatamente in un fazzolettino di pizzo che teneva ripiegato nella manica e tese una mano ad Alexandra. Alexandra le andò vicino, afferrò la mano della mamma e la strinse forte. Ormai era chiaro che, qualunque fosse stata la notizia che quell'uomo le aveva portato, doveva essere terribile. Si mise ad accarezzarle dolcemente la mano nel tentativo di rassicurarla mentre Margaret alzava gli occhi verso di lei e lottava per ricacciare indietro le lacrime. «Ricordi un tempo molto lontano, prima che io fossi sposata con Pierre?»

«A dir la verità, no, *maman.*» Era tutto così confuso e lontano... Certo, forse se ci si fosse messa con molto impegno, era convinta che sarebbe riuscita a ricordare qualcosa. «Perché? Che cosa dovrei ricordare?»

«Ricordi che io ero sposata con un'altra persona prima di tuo padre? Voglio dire prima di Pierre...» Le riusciva tutto difficile, molto di più di quanto non si fosse aspettata e Alexandra, dopo aver socchiuso gli occhi con aria pensierosa, finalmente assentì.

«Certo... più o meno... suppongo che quello fosse il mio vero padre... però, in tutta franchezza, non me lo ricordo. Tutto quello che ricordo è papà.»

Margaret annuì. Proprio come lei aveva sempre pensato. «Bene. Io ero già stata sposata un'altra volta e credo che forse ricorderai quando Pierre ti ha adottato subito dopo il nostro matrimonio.»

Alexandra sorrise a quel vago ricordo. Se n'era quasi dimenticata fino al momento in cui la madre non l'aveva costretta a riandare indietro nel passato. Adesso però le memorie riaffioravano vagamente. Certo, erano stati nell'ufficio di un avvocato e poi alla *mairie* e infine a pranzo da Maxim a far festa. Era stato il giorno più felice della sua vita... curioso che, in un certo senso, lo avesse quasi dimenticato. «Sai che cosa ti dico? È una cosa talmente buffa! Credo di aver quasi dimenticato che ero una figlia adottiva.» Poi arrossì. «Suppongo che avrei dovuto dirlo a Henri, ma non ho mai pensato che fosse realmente importante. E poi papà diceva...» Tutte e due sapevano benissimo ciò che Pierre le aveva detto. Istintivamente, fra l'altro, Alexandra aveva sempre intuito che Henri sarebbe andato terribilmente in collera se avesse saputo che lei era una figlia adottiva. Quindi non glielo aveva mai confidato, né si era mai concessa di ricordarlo.

«Tuo padre ti considerava come una creatura sua, fatta della sua carne e del suo sangue... Ma c'è dell'altro...» aggiunse a voce bassa. E infine riprese il racconto di quella storia penosa. «Tu però sei stata adottata...» fece una pausa, come se volesse radunare tutto il proprio coraggio «...non soltanto da Pierre... ma anche dal mio precedente, e defunto, marito. Ti abbiamo adottato quando avevi quasi sei anni. Tuo padre e tua madre erano morti entrambi e un socio dello studio legale di George ci venne a parlare di te... e noi... ci siamo innamorati di te appena ti abbiamo visto.» Adesso le lacrime scendevano copiose sulle sue guance e bagnavano le loro mani strette convulsamente. Alexandra la fissò con gli occhi sbarrati. Ma... che cosa stava dicendo? Che cosa significava tutto quello? Dunque Margaret non era la sua mamma? D'impulso le buttò le braccia al collo e la strinse forte come se avesse paura di perderla.

«Non ricordo niente, pensavo... ho sempre creduto... che tu fossi la mia mamma...» Come aveva potuto dimenticare?... Com'era possibile?... Anche se in realtà tutto quello non cambiava nulla. Ma chi erano stati i suoi genitori, e chi la sua vera mamma?

Margaret si soffiò di nuovo il naso. «Avevi quattro anni o poco più quando tuo padre e tua madre sono morti... la mamma, comunque... perché tuo padre è morto qualche mese più tardi. Siete state affidate a una zia, credo, una zia paterna, ma lei non se la sentiva di tenervi tutte...» Non riuscì a concludere la frase e cercò di tirare avanti come meglio poteva: «Così un amico di famiglia si mise a cercare delle persone che volessero adottarti. E tu hai fatto di noi le due creature più felici del mondo. Sei mesi dopo, George morì e noi venimmo in Francia. E poi, credo che tu ricordi tutto quanto è accaduto». Aveva volutamente sfiorato determinati argomenti ed evitato di approfondirne altri, ma Alexandra non le aveva badato perché stava ancora cercando di assimilare il fatto che Margaret non era sua madre.

«Come sono morti i miei genitori?» Ci fu un lungo silenzio mentre si fissavano negli occhi e Alexandra sentì un brivido che le correva lungo la schiena. Adesso capiva, ne aveva la sicurezza assoluta, che fosse successo qualcosa di terribile. Margaret chiuse gli occhi; poi li riaprì e ricominciò a parlare con voce piena di dolcezza:

«C'è stato un violentissimo litigio di cui nessuno ha mai capito la ragione... lui era un famoso attore di Broadway e dicevano che lei fosse bellissima...»

«Non è quello che ti ho chiesto, *maman*...» Mentre aspettava la risposta, anche Alexandra aveva le guance inondate di lacrime. Aveva già capito che quella era la parte più terribile della storia, ma sentiva comunque il bisogno di farsela raccontare.

«Tuo padre l'ha uccisa.»

Alexandra cominciò a parlare con voce sommessa, colma di angoscia, guardando il giardino oltre le spalle di sua madre. «E mio padre si è suicidato. Mi dissero che si era ucciso...» di scatto portò una mano alle labbra e le sfuggì un singhiozzo. Margaret la prese fra le braccia e lasciò che si sfogasse a piangere. «E io ho dimenticato... ho dimenticato tutto questo... come ho potuto dimenticarlo? La mia mamma aveva i capelli rossi... e... e... parlava francese, vero? Oh, mio Dio... ma è tutto quello che ricordo!» Poi alzò di nuovo gli occhi per guardare Margaret e, sulla sua faccia, piangente e sconvolta, era disegnata l'angoscia per la rievocazione di tutti quegli avvenimenti che le erano tornati alla memoria di colpo. «Non era francese?»

Margaret annuì, sgomenta. Tutto ciò era orribile e si accorgeva di odiare John Chapman e Arthur Patterson che le costringevano, senza necessità, a rivangare tutti quegli eventi e a ricordarli dopo che erano trascorsi tanti anni. «Mi pare che fosse francese... probabilmente...» E probabilmente aveva avuto i capelli rossi, come quelli di Alexandra, quando non se li schiariva per far piacere al marito, e della piccola Axelle.

«Perché mio padre si è suicidato? Perché l'ha uccisa?» Voleva saperlo. Era terribile, ma capiva quanto le occorressero le risposte a quelle domande da tanto tempo dimenticate.

«Si è ucciso perché era stato condannato per l'assassinio di lei. È stata una vicenda terribile, sconvolgente. E ti ha lasciato... ti ha lasciato orfana.» Non poteva continuare a evitare di raccontarle il resto della storia. Che era il peggio. Doveva dirle tutto. Prese di nuovo Alexandra per mano e cominciò ad accarezzarle lentamente quelle dita lunghe e sottili che non assomigliavano per nulla alle proprie. Effettivamente, dal punto di vista fisico, erano molto diverse, anche se Alexandra non ci aveva mai pensato. Lo capiva ora... ma tutto ciò che riusciva a ricordare erano i capelli rossi e nient'altro... non vedeva un volto sotto quei capelli. Provò la sensazione che le strappassero il cuore dal petto mentre riaffioravano quei brutti ricordi seppelliti da tempo. «Avevi... avevi anche due sorelle.» Quelle parole furono come una pugnalata per Alexandra; le parve di sentirne l'eco nella memoria simile a quella di una scarica di pallottole... due sorelle... due sorelle... due sorelle... Axie ti voglio bene... ti voglio bene... mio Dio, come poteva aver dimenticato? Ricordava le carezze, il profumo... capelli neri, nerissimi e grandi occhi tristi... Hillie... Hillie... e una bambina molto piccola. Istintivamente Alexandra si staccò dalla madre e, attraversata la stanza, andò a guardare il giardino al di là della finestra. «Non abbiamo potuto prendervi tutte e tre... non ce la siamo sentita...» Ma Alexandra non prestava più ascolto a quella voce, ai tentativi di scusa, continuava a sentire quelle stesse parole... «Ricorda sempre quanto ti voglio bene... ti voglio bene, Axie...» e una bambina che scoppiava in singhiozzi irrefrenabili. Chi era quella bambina? Sua sorella?

«Quali erano i loro nomi?» Doveva saperlo. Assolutamente. Margaret scrollò la testa. Delle altre due sapeva molto poco.

«Non te lo so dire. Ricordo soltanto che ce n'era una maggiore di te...»

Alexandra concluse la frase per lei come se fosse in trance: «...e l'altra era molto piccola». Guardò Margaret attraverso le ondate di dolore che le offuscavano gli occhi. «Me le ricordo, *maman*... adesso ricordo qualcosa. Come ho potuto dimenticarlo?»

«Può darsi che allora fossero ricordi troppo dolorosi per te e che dimenticare fosse più facile. Non hai fatto niente di male. Avevi il pieno diritto di avere una nuova vita. Noi ti abbiamo amato moltissimo e abbiamo fatto tutto quello che era possibile per renderti felice.» Appariva desolata come se improvvisamente avesse perduto la sua unica figlia. Alexandra tornò da lei e buttò le braccia al collo della donna che da trent'anni considerava la sua mamma.

«Tu sei mia madre, *maman.* E lo sarai sempre. Niente di tutto ciò potrà cambiare qualcosa tra noi.»

«Dici sul serio?» Aveva bisogno di sentirselo ripetere e scoppiò in lacrime, senza vergognarsi, mentre Alexandra la rassicurava. «È una cosa orribile che questa gente sia riemersa dal passato per angosciarti e perseguitarti... Non hanno nessun diritto di farlo.»

«Per quale motivo si sono fatti vivi?» Alexandra la guardò con gli occhi colmi di curiosità.

«Arthur Patterson, quello che aveva deciso di farti adottare, era un amico della tua famiglia... dei tuoi genitori... e adesso vuole sapere se tu e le tue...» faticava a pronunciare quella parola «...sorelle... state bene e siete vive. Se possibile, vorrebbe riunirvi.» Alexandra sembrò sconvolta.

«Ma sanno dove si trovano le altre?»

«Non ancora. Però le cercano. E ti hanno trovato. Quindi suppongo che troveranno anche le altre.»

Alexandra assentì. Quante cose da assimilare in un colpo solo! In un pomeriggio, si era ritrovata ad avere due sorelle, un papà che aveva ucciso una mamma con i capelli rossi, la quale probabilmente era francese e aveva scoperto che la donna che aveva amato teneramente per tutta la vita non era la sua vera madre... per non parlare dei due padri adottivi... Era un po' troppo da accettare in una sola volta, tanto che sorrise debolmente a Margaret e bevve una lunga sorsata di vino, lanciandole un'occhiata quasi di scusa.

«Credo di averne bisogno.»

«Anch'io.» Margaret si alzò e suonò il campanello per chiamare André. Quando il maggiordomo si presentò, gli chiese un *bourbon* doppio. «Le abitudini americane non muoiono mai, soprattutto nei momenti di crisi.» Poi si voltò verso Alexandra con il bicchiere in mano facendo roteare lentamente, con la punta di un dito, i cubetti di ghiaccio.

«Vuoi vederle, Alex?»

Alexandra la guardò con aria pensierosa. «Non so. E se ci trovassimo odiose l'una con l'altra e fossimo terribilmente diverse? Trent'anni sono molti.»

«È quello che ho detto a Chapman. È una cosa assurda. E poi che cosa potreste avere in comune?»

Alexandra annuì. Tuttavia era innegabilmente attratta dall'idea di conoscere le altre. Ma c'era un problema che doveva affrontare, prima di quello, più urgente. Suo marito. «Che cosa pensi che potrebbe dire Henri di tutto questo, *maman*?» Guardò la madre, con aria interrogativa, ma entrambe sapevano ciò che Henri avrebbe detto. Si sarebbe indignato. «Credi sul serio che farebbe una grande differenza per lui?» Margaret capiva che la figlia desiderava disperatamente di essere rassicurata, ma non poteva darle tale certezza. Lo scandalo, indubbiamente, sarebbe stato troppo clamoroso per il marito di Alex.

«Non dovrebbe, se ti vuole bene. Però credo che sarebbe uno choc per lui. È inevitabile. E, in tutta franchezza, continuo a non capire per quale motivo dovresti dirglielo. Tuo padre e io ne abbiamo parlato quando ti sei sposata e abbiamo concluso che non era importante. Ti vogliamo bene, sei nostra figlia in ogni senso, quello che è successo trent'anni fa non riguarda più nessuno. Forse nemmeno tuo marito.»

«Ma è così disonesto, *maman*. È mio dovere dirglielo. Non ti sembra?»

«Perché? Perché turbarlo senza necessità?» Margaret cercava di conservare la calma, ma tutta quella faccenda stava diventando un incubo.

«Perché il fatto che io sia la figlia del *comte* de Borne

è molto importante per lui, *maman.* Crede profondamente in tutto ciò che sono la genealogia e le discendenze. E tu lo sai. Sopporta a malapena il fatto che tu sia americana, per amor di Dio! E lo accetta unicamente perché sa benissimo da quale famiglia tu provenga. Solo per questo ci passa sopra. Come faccio a dirgli che mio padre era un attore che ha ucciso mia madre e che le mie origini sono ignote? Sono la figlia di un anonimo, assassino, suicida, americano e per di più, con due sorelle non identificate.» Rise a dispetto di se stessa. Era una situazione difficile. «Credo che gli verrebbe un attacco di cuore e mi cadrebbe morto ai piedi. E se mai dovesse sopravvivere chiederebbe il divorzio e mi porterebbe anche via le bambine. Però, se non glielo racconto, mi comporto da persona disonesta.»

«Non dire sciocchezze, Alex. Non siamo nel Medioevo. Non può essere irragionevole fino a questo punto. Per di più io sono sempre dell'idea che non dovresti parlargliene.»

«Non conosci mio marito. Se glielo dico, non è escluso che lasci me e le bambine, ma diversamente ti lascio immaginare... Soprattutto con le sue aspirazioni politiche. Mio Dio, mamma, ne morirebbe... e se lo dovesse scoprire in qualche altro modo... se non glielo dicessi... se qualcun altro lo venisse a sapere...» Alexandra fu scossa da un violentissimo brivido mentre camminava su e giù per la stanza e Margaret si rese conto di non poterla contraddire.

«Te l'ho detto. Non parlargliene.»

«E se lo scopre? Se scoppia uno scandalo? Almeno prima ignoravo gran parte di tutto ciò. Ma adesso che lo so, come faccio a non dirglielo? Sarebbe come ingannarlo.» In realtà l'inganno c'era già stato, fin dal principio, ma adesso gli avrebbe nascosto anche una quantità incredibile di altre notizie.

«Oh, non essere così maledettamente ingenua, per amor di Dio!» Margaret bevve una lunga sorsata di *bourbon* e guardò la figlia. «Non puoi continuare a fare la moglie perfetta. Ogni tanto devi pensare anche a te stessa ed è una cosa che non fai molto di frequente. Sarebbe una sciocchezza confessare tutto ciò a Henri. Quale altro scopo avrebbe a parte quello di crearti un sacco di gravissimi problemi?» Alexandra non poteva che dirsi d'accordo con la madre. Il rischio era troppo grande. Poteva perdere ogni cosa. Il marito. Il matrimonio. Le figlie.

«Ma che cosa succederebbe se io decidessi di voler rivedere le altre? Come faccio a squagliarmela e a partire per l'America per trovarmi con le mie sorelle? Non posso dirgli semplicemente che vengo a pranzo da te e poi scomparire per cinque giorni, giusto?»

«Sei proprio sicura che vorresti andarci?» Margaret era delusa di sentirglielo dire e Alexandra scrollò il capo.

«No, non ne sono affatto sicura... Ma se volessi farlo, non saprei che cosa dire a mio marito.» L'unica soluzione, secondo Margaret, era quella di rinunciare del tutto ad andare in America, ma sentiva che non sarebbe stato giusto condizionarla. Aveva dei motivi personali per desiderare che Alexandra non ci andasse: era una sciocchezza, ma temeva di perderla nella lotta contro il fantasma di una madre, morta da tempo, e di tre sorelle. Un po' infantile da parte sua, eppure il suo desiderio sarebbe stato quello che Alexandra voltasse le spalle a tutto ciò, e alle altre. Ma non lo disse.

«Credo che non dovresti dirgli niente, Alexandra. Niente del tutto. Saresti più saggia tacendo.»

Scrisse rapidamente qualcosa su un pezzo di carta e glielo consegnò. Erano il nome di John Chapman, l'indirizzo e il numero di telefono dell'albergo. «Il signor Chapman vorrebbe che tu gli telefonassi in modo da poterti spiegare tutto ciò. Se lo desideri, puoi chiamarlo al Bristol.»

«Per quale motivo è qui?»

Margaret esitò, ma solo per un istante. «Per vederti.»

«È venuto a Parigi per me?» Margaret assentì. «In tal caso lo chiamerò. Gli devo almeno questo!» Poi, dopo aver messo nella borsetta il foglietto, guardò l'orologio. Erano le cinque passate e rimase inorridita. Doveva precipitarsi a casa da Henri e dalle figlie. Che pomeriggio assolutamente incredibile era stato, pieno di confessioni inattese! Margaret l'accompagnò alla porta e l'abbracciò forte, prima di lasciarla andare. Alexandra la guardò negli occhi. Aveva le guance ancora piene di lacrime. «*Maman*, ti prego, ricordati quanto ti voglio bene.»

«Sarai sempre la mia bambina.» Le due donne si tennero abbracciate forte e a lungo, prima che Alexandra si decidesse ad andar via. Quel pomeriggio l'aveva sconvolta. Si accorse, durante il tragitto verso casa, che non riusciva quasi a connettere. Continuava a sentire quella voce che proveniva da un lontano passato... Axie... ricordati sempre che ti voglio bene...

Capitolo 21

ALEXANDRA era ancora sotto choc quando arrivò a casa. Si rendeva conto che era difficile assimilare così in fretta tutto quanto sua madre le aveva raccontato. Le pareva di vivere come in un sogno, continuava a sforzarsi di ricordare cose che non rammentava più da anni... la donna con i capelli rossi... la bambina che lei aveva chiamato Hillie.

«Sei in ritardo.» Henri la stava aspettando nello studio.

«Scusami, io...» Trasalì vedendolo perché era costretta a strapparsi alle proprie fantasticherie. A Henri, invece, parve che, così sconcertata, avesse, piuttosto, un'espressione colpevole. «La mamma aveva alcuni documenti che desiderava mostrarmi... non pensavo che ci avremmo messo tanto... Henri, scusami.» Aveva gli occhi lucidi di lacrime quando lo guardò, ma lui la stava fissando come se non le credesse.

«Dov'eri?»

«Te l'ho detto...» Aveva le mani che le tremavano mentre si toglieva la giacca. Henri era molto geloso. «Dalla mamma.» Tentò di parlare tranquillamente, ma si accorse di avergli risposto in tono pieno di nervosismo.

«Fino a quest'ora? Sono le sei.» La sua voce era carica di disapprovazione tanto che, di scatto, Alexandra si voltò a guardarlo. Si accorgeva di avere i nervi a pezzi. Aveva bisogno di tempo per riflettere, per assimilare tutto quanto le era stato raccontato... per ricordare.

«Senti, scusami se sono in ritardo. Te l'ho già detto, ero da mia madre.»

Lui si tirò indietro di qualche passo lentamente, però aveva sempre l'aria di essere in collera. «Che non succeda mai più. Non so per quale motivo ti fa rimanere da lei fin così tardi. Lo sa che tu hai obblighi più importanti.»

Alexandra strinse i denti per non essere costretta a ribattere. Sua madre l'aveva trattenuta fino a quell'ora in modo da poterle raccontare che era stata adottata due volte... che il suo vero padre aveva assassinato la mamma... che aveva due sorelle di cui si era completamente dimenticata... Sciocchezze come quelle, insomma! Niente d'importante.

Andò a cambiarsi. Indossò in fretta e furia un vestito di seta nera. Calze nere trasparentissime. Infilò rapidamente i piedi in un paio di scarpine scollate di raso nero, si lavò la faccia, si rinfrescò il trucco, si ripettinò e infilò il rossetto e il portacipria in una borsetta di raso nero. Nel giro di venti minuti era di nuovo da basso, e raggiungeva Henri nell'atrio per uscire con lui. Fece appena in tempo ad augurare la buona notte alle bambine e, vedendole, per poco non scoppiò in lacrime. Le era bastato guardarle perché le tornassero alla memoria quelle due sorelle che aveva praticamente dimenticato.

«Siate buona l'una con l'altra, voi due», sussurrò mentre dava il bacio della buona notte a Marie-Louise. «Non immaginate neanche come siete fortunate ad avere una sorella!» E una vita come quella, piena di persone affettuose. Anche lei era stata molto fortunata a essere stata adottata da Margaret e Pierre. Adesso, però, guardando Henri, si sentì colpevole del suo segreto.

«Si può sapere per quale motivo tua madre non discute i suoi problemi con gli avvocati o con i banchieri?» La voce di Henri era ancora carica di risentimento, in auto, mentre stavano dirigendosi al ristorante dove si sarebbero trovati con alcuni nuovi conoscenti di Henri.

Alexandra prese un'espressione vaga e girò gli occhi dall'altra parte, guardando fuori dal finestrino. «Credeva che potessi aiutarla. Tutto qui.» Lui rise come se quella fosse un'idea assurda.

«Se non altro poteva venire da me. Io sì, che avrei potuto esserle di aiuto.» Alexandra sapeva benissimo che Margaret non avrebbe mai chiesto niente del genere a Henri. Si tolleravano appena.

Arrivarono al Taillevent e Alexandra girò gli occhi intorno a sé, osservando quell'ambiente che pure le era familiare. Intanto Henri la conduceva verso il gruppo degli ospiti e faceva le presentazioni necessarie. Il locale era stracolmo del *tout-Paris*, uomini in abito scuro e donne bellissime, vestite con eleganza. La sala era sontuosa, come sempre, con la stupenda *boiserie*, i magnifici lampadari a gocce e i vasi pieni di fiori freschi. Si trattava di uno di quei locali dove soltanto una strettissima *élite* poteva entrare e, anche in tal caso, a volte bisognava aspettare mesi e mesi per poter prenotare un tavolo.

Era il ristorante preferito di Henri il quale aveva sempre un grande piacere di ritrovarsi lì con lei, i loro amici, e anche le persone con le quali era in rapporto d'affari, come quella sera. Quella volta si trattava di gente che, in futuro, avrebbe potuto facilitare la sua carriera politica e Alexandra intuì che si trattava di una serata di estrema importanza. Ma, pur mettendosi d'impegno, si accorse di non riuscire a concentrarsi tanto che, verso la fine della cena, era talmente agitata da avere le lacrime agli occhi. Henri, ogni tanto, le lanciava un'occhiataccia mentre lei tentava disperatamente di seguire la conversazione generale.

«Come dice, mi scusi?» mormorò, almeno per la decima volta. Le era sfuggito del tutto quello che la signora stava dicendo... doveva trattarsi della Francia del Sud... o, piuttosto, le stava parlando dei figli? «Mi scusi, sono spiacentissima...» Aveva gli occhi colmi di lacrime e vi passò sopra rapidamente il tovagliolo fingendo di soffocare un colpo di tosse. Aveva la sensazione che la serata non finisse mai e, quando lasciarono il ristorante, Henri non le nascose di essere furibondo.

«Come hai potuto farmi una cosa simile?» l'aggredì mentre tornavano a casa. «Il tuo modo di comportarti è stato un vero e proprio insulto!»

«Henri, scusami... non mi sentivo bene... non riuscivo a concentrarmi... io...» Purtroppo non faceva che pensare a John Chapman, all'Hotel Bristol, e all'angoscia disperata con la quale aspettava il momento di telefonargli.

«Se eri indisposta, avresti potuto fare a meno di venire. In questo modo mi hai fatto più male che bene.» Era livido di rabbia.

«Scusami... ho tentato... credimi, ce l'ho messa tutta...» Adesso aveva le guance bagnate di lacrime. Non sopportava il pensiero di averlo deluso; purtroppo in quel momento aveva troppe altre cose in mente.

«Non hai nessuna scusa!» tuonò Henri. Invece, le scuse c'erano. Eccome. Ma Alexandra non poteva parlargliene. «Non sono disposto a tollerare che ti comporti in questo modo.» E, poi, il colpo definitivo. «Sei sempre insopportabile quando torni da una visita a tua madre.» La rimproverava come se fosse una bambina cattiva.

«Mia madre non ha niente a che vedere con tutto questo, Henri.» Alexandra gli rispose in tono sommesso, soffiandosi il naso, e lui le lanciò un'occhiataccia mentre si fermavano a un semaforo. A quel punto non aveva più nemmeno importanza, per lui, che l'autista sentisse quello che dicevano.

«E, allora, si può sapere dove sei stata stasera fino alle sei?» Di nuovo. Alexandra si limitò a scrollare la testa e guardare fuori dal finestrino. Poi tornò a guardarlo.

«Te l'ho detto. Ero dalla mamma.»

«C'era qualcun altro da lei?» Non era mai stato così pieno di sospetti nei suoi confronti e ne rimase profondamente indignata.

«No, affatto! Santo cielo, si può sapere di che cosa mi stai sospettando?» Avrebbe voluto ribattere, dicendogli chiaro e tondo che non era abituata agli stessi giochetti che a lui piacevano, a quelle relazioni extraconiugali, ma pensò che fosse meglio non toccare quel tasto perché avrebbe potuto crearle ulteriori problemi. Si protese ad accarezzargli una mano anche se lui le fece chiaramente capire che quelle moine lo lasciavano indifferente. «Henri, ti prego...»

«Stasera mi hai fatto fare una figuraccia.»

«Scusami. Ho un terribile mal di testa.»

Lui non aggiunse una sola parola e quando arrivarono alla loro casa sulla Avenue Foch la fece entrare scostandosi molto cortesemente, ma poi passò nelle proprie stanze, richiudendone l'uscio con un colpo secco.

Capitolo 22

Non appena Henri fu uscito di casa per andare in ufficio, la mattina seguente, Alexandra cercò il numero dell'Hotel Bristol e lo compose all'apparecchio. Domandò di parlare con John Chapman, accorgendosi che la mano, con la quale stringeva la cornetta, era scossa da un tremito e la voce, annunciando il proprio nome, era spezzata dall'emozione. Si sentiva nervosissima. Se Henri avesse avuto anche solo il sospetto di ciò che lei stava facendo, o se avesse saputo che cosa le era stato rivelato, con ogni probabilità avrebbe chiesto il divorzio.

«Ha parlato con sua madre?» Chapman aveva un tono di voce pacato e suadente e Alexandra scoprì che era facile conversare con lui.

«Ieri... io... avevo dimenticato ogni cosa.» Perfino di essere stata adottata. Aveva preferito non rievocare tutto ciò per tanti anni... dimenticare perfino il fatto di essere già stata adottata una volta, prima... e Hillie... e la donna con i capelli rossi... però sembrava che Chapman non volesse condannarla per quello.

«Forse per lei è stato più facile non ricordare. In fondo non ne aveva nessun motivo.» Tacque per qualche istante e poi le domandò con gentilezza: «Potremmo vederci oggi, all'ora che preferisce?... Ehm... a... sono spiacentissimo, ma non so come lei si chiami da coniugata! Al momento conosco soltanto il nome di sua madre». Sembrava molto cortese, educatissimo e colto. Alexandra, invece, aveva tremato al pensiero che potesse assomigliare a uno di quegli investigatori sciatti, malvestiti e con l'aria losca, i tipici protagonisti dei film di serie B.

«De Morigny. Alexandra de Morigny.» Preferì non accennare al titolo nobiliare. Non sembrava affatto importante.

«La ringrazio. La mia speranza era quella di poterci vedere. Magari nella tarda mattinata. Vorrei mostrarle i documenti che ho in mio possesso. Chissà che lei non possa aggiungere qualcosa a tutto questo... In ogni caso, mi pare che lei sia nel pieno diritto di sapere tutto quello che noi sappiamo.»

«La ringrazio moltissimo. Potrei venire da lei, al suo albergo...» Lanciò un'occhiata all'orologino che aveva sullo scrittoio e fece un rapido calcolo. Doveva fare il bagno, vestirsi e dare istruzioni al personale di servizio. Henri aveva ospiti quella sera a cena. «Alle undici. Può andar bene per lei?»

«Perfetto.» Con un po' di fortuna, chissà che non potesse prendere un volo per New York quella sera stessa! Aveva una quantità di lavoro da sbrigare e non se la sentiva di perdere tempo inutilmente ancora lì, a Parigi. «Sarò giù nell'atrio ad aspettarla. Sono alto un metro e ottanta, ho i capelli biondi con la scriminatura da un lato, e indosserò una giacca di *tweed*, una camicia azzurra e i calzoni grigi.» A sentire quella descrizione, si sarebbe detto più uno studente di *college* che non un investigatore privato e Alexandra sorrise tra sé pensando che, dalla descrizione, assomigliava un po' a uno dei suoi cugini americani. Poi si rese conto che, invece, lui non poteva immaginare il suo aspetto.

«Anch'io ho i capelli biondi. Sono alta un metro e sessanta... e avrò addosso un *tailleur* grigio.» Aveva in mente un completo di seta grigia che a Henri piaceva, anche se ciò non aveva la minima importanza. Vestendosi, scelse una camicetta di seta rosa e un *foulard* rosa di Hermès. Mise anche un paio di orecchini, a forma di moneta, di Bulgari, che portava quando preferiva non indossare gioielli troppo appariscenti. Aveva un'aria estremamente chic e rispettabile quando entrò a passo lento nell'atrio del Bristol, con il cuore che le batteva all'impazzata. Il rumore dei suoi passi sul pavimento di marmo riecheggiò per tutto l'atrio mentre lei si guardava intorno. Stava per andare al banco della *reception* e pregare che un fattorino lo chiamasse quando all'improvviso lo vide. Era seduto in una poltrona, teneva fra le mani una copia dell'*Herald Tribune*, edizione di Parigi, e subito si alzò in piedi sorridendole. Le venne incontro. Era alto, con le gambe lunghe, una dentatura perfetta e occhi pieni di bontà. Osservandolo rimase per un attimo soggiogata da tanta bellezza e scoprì di trovarlo subito simpatico. Le bastò un'occhiata per giudicarlo una persona di cui potersi fidare. Gli strinse la mano con una certa solennità cercando di non allungare gli occhi verso la cartella di cuoio che lui portava con sé. Capiva che lì dentro erano conservati i segreti del suo passato e di quello delle sue sorelle.

«Mi scusi se sono in ritardo.» Aveva parlato con voce sommessa, quasi bisbigliando e lui capì subito che doveva essere spaventata. «Sono venuta in auto e ho fatto una fatica terribile a trovare un parcheggio. Alla fine l'ho affidata al portiere!» Lui assentì e la precedette in un angolo dove si sedettero su due accoglienti poltrone di velluto rosso che parevano fatte apposta per quell'occasione.

«Gradisce qualcosa da bere? Una tazza di tè?» Ma Alexandra si sentiva troppo nervosa per aver voglia di mangiare o di bere e si limitò a far segno di no con la testa. Intanto John aveva estratto un fascicolo dalla cartella. Era molto più grosso di quello che Arthur Patterson gli aveva consegnato inizialmente. Perché adesso conteneva anche tutto ciò che era riuscito a sapere sulla vita di Hilary. Presto ci sarebbe anche stato il materiale relativo a quella di Alexandra.

«Grazie, sto bene così.» Lo scrutò con grande attenzione. «Pensa che troverà presto anche le altre?»

«È quello che ci auguriamo. L'ultima traccia che abbiamo di Hilary risale a una ventina di anni fa quando è andata a cercare, di persona, Arthur Patterson per scoprire qualcosa su di lei e sulla vostra sorella più giovane.

Si arrabbiò molto quando seppe che lui non aveva mantenuto i rapporti con nessuna di voi due. Suppongo che abbia tentato di rintracciarvi lei stessa senza riuscirci, ovviamente. Hilary considera Arthur Patterson il responsabile dello smembramento della vostra famiglia e suppongo che ancora adesso lo detesti. E non è difficile capirlo considerando anche quella che è stata la sua vita giovanile.»

«Non so ancora quale sia stata la sorte di Megan, ma senza dubbio Hilary ha avuto un destino peggiore del suo.» Le raccontò tutto quello che sapeva e gli occhi di Alexandra si colmarono di lacrime mentre lo ascoltava, pensando che ciò che era accaduto a sua sorella era stato terribile. Immaginò che qualcosa di simile potesse succedere anche alle sue due bambine e le bastò il pensiero per sentirsi in preda alla disperazione. Non c'era da meravigliarsi che Hilary fosse amareggiata. Ne aveva ogni diritto. Abbandonata, picchiata, dimenticata. «Sono arrivato alla conclusione che appena giunta a New York abbia subito cercato di parlare con Patterson. Dopo, però, abbiamo perduto ogni sua traccia. Tuttavia, ho già predisposto che questa stessa settimana vengano fatte indagini approfondite e suppongo che, al mio ritorno, potrò avere qualche informazione più recente su Hilary. Fra l'altro, credevamo di averla già rintracciata, ma purtroppo è stato un errore.» Alludeva alla donna della CBA. In ogni caso, ovunque Hilary fosse, lui l'avrebbe scovata. «La prossima volta andremo a colpo sicuro.»

«Mio Dio, che vita terribile!» Alexandra si asciugò le lacrime di nascosto e John Chapman le mostrò il fascicolo perché lo esaminasse. Lei si accorse di non riuscir quasi a sopportare la realtà di ciò che leggeva e, alla fine, alzò verso di lui un viso devastato dalla disperazione. «Come ha fatto a sopravvivere a tutto questo?» Alexandra si sentì travolta da un'ondata di colpevolezza pensando a quella che era stata la propria esistenza a confronto di quella delle sorelle. «Perché è accaduto tutto questo?»

«Non lo so. A volte il destino fa dei brutti scherzi, signora de Morigny.»

«Me ne rendo conto.» Gli rispose a voce bassa, ma non era completamente lucida. Le pareva di vedere tutto attraverso un caleidoscopio, come quelli che regalava alle bambine; bastava girarlo di una frazione piccolissima e tutti gli stessi pezzi assumevano forme, e creavano disegni, totalmente diversi. Ora sembravano fiori, e un attimo dopo, démoni che emettevano fuoco dalla gola. Era ingiusto che Hilary fosse stata abbandonata ai démoni! Con uno sforzo riportò la sua attenzione su John Chapman. «Che cosa posso fare per aiutarla a rintracciarle?»

«Niente al momento, a meno che lei non ricordi qualcosa di particolare che possa esserci utile. Ma tutto ciò che poteva sapere risale a molto tempo fa e credo quindi che oggi non possa esserci della minima utilità. Le telefonerò non appena avrò rintracciato le altre. Il signor Patterson avrebbe piacere che lei si recasse nella casa che possiede, nel Connecticut, per incontrarle. È l'unica cosa che desidera fare prima di morire.» Un nobile desiderio, ma lo era molto meno, ripensando al dolore che aveva inflitto a tutte loro.

«Che tipo di persona è? Sarà strano, ma non me lo ricordo affatto.» Come non ricordava il padre. Aveva dato un'occhiata ai ritagli di giornale che parlavano di Sam, nel fascicolo in possesso di John Chapman, ed era rimasta colpita dalla sua bellezza e dalla sua notorietà. C'erano solo due fotografie della mamma, una raffigurava una giovane donna ridente con una folta capigliatura rosso fiamma. Le sembrò curioso, ma assomigliava vagamente alla sua bambina più piccola. L'altra fotografia mostrava tre bambine, Alexandra e Hilary con due abitini bianchi uguali e le scarpette di vernice nera, la più piccola in un lungo abito tutto gale e balze fra le braccia della mamma. Era stata scattata subito dopo la nascita di Megan, l'ultima Pasqua che trascorsero ancora tutti insieme, davanti alla loro casa di Sutton Place, ma Alexandra non vi trovò nulla di familiare.

Chapman, intanto, stava cercando di rispondere alla sua domanda. «Il signor Patterson è vecchio e malato. Non credo che avrà ancora molto da vivere. È ansiosissimo di riunirvi tutte e tre prima di morire. Credo che questo abbia una grandissima importanza per lui.»

«E se dovesse morire prima che abbia rintracciato anche le altre?» gli domandò brutalmente Alexandra.

«Ha già provveduto perché le indagini continuino e io vi faccia incontrare. Però gli piacerebbe molto assistere alla vostra riunione.» Alexandra assentì. Patterson aveva proprio pensato a tutto. Peccato che non gli fosse venuto in mente di fare tutto quello trent'anni prima. Per Hilary le cose sarebbero andate molto diversamente. E lo disse a Chapman. «Se era un amico così intimo dei miei genitori, perché non ci ha preso in casa lui in modo da farci vivere insieme?»

John Chapman scrollò la testa. «Non saprei. Ha accennato alla moglie, affermando che lei non si sentiva di assumersi questa responsabilità. Credo che oggi se ne sia pentito. A volte commettiamo errori gravissimi, ma ce ne rendiamo conto soltanto in seguito.» Poi si azzardò a domandarle quello che Arthur voleva sapere. «Lei è felice, Alexandra? Mi perdoni se glielo domando...» Ma per Arthur poteva significare moltissimo. E lei sorrise.

«Sono sempre stata molto felice. Considero una fortuna aver avuto genitori meravigliosi che amo teneramente. Pierre de Borne era un uomo straordinario e io non posso che essere grata a Dio per avermi fatto godere della sua presenza per tanto tempo. Era la gioia della mia vita», affermò arrossendo, «e io della sua.» Poi il suo sorriso si accentuò. «Quanto a mia madre, ieri l'ha conosciuta. Non è una donna straordinaria? È la mia più intima amica, la più grande alleata. Tutto questo l'ha addolorata profondamente.» Il volto di Alexandra si incupì al pensiero delle lacrime di sua madre, il giorno prima. «Per lei è stato terribilmente duro rivangare il mio passato. Non credo che sia facile per nessuno dover ricordare certe cose, soprattutto considerando la gravità dei fatti.» Sospirò e gli rivolse un'occhiata penetrante. «Nessuno ha mai realmente capito per quale motivo l'abbia uccisa?»

«Veramente no.» Scrollò il capo. «Un litigio, una violenta discussione, credo. Lui doveva essere ubriaco. E infatti la difesa ha sempre battuto sul concetto di temporanea infermità mentale. Il signor Patterson ancora oggi continua ad affermare che Sam, suo padre, adorava la moglie. È difficile capire i motivi per i quali una persona può abbandonarsi a quel genere di eccessi e di violenza.»

Lei annuì. Però stava pensando a Hilary. E a Megan, che non avevano ancora trovato. «Spero che Megan stia bene. Lo spero per tutte e due.» Adesso pensava alle sorelle, ne parlava ricordandole come erano state allora e le pareva di parlare delle proprie bambine. «Anch'io ho due figlie, Axelle e Marie-Louise. È strano», mormorò con aria pensosa, «ma comincio a pensare che Marie-Louise abbia qualcosa di Hilary.»

Poi Chapman le fece un'altra domanda difficile: «Ha parlato a suo marito di tutto questo?»

Lei fece segno di no con la testa, lentamente. «Temo che Henri non capirebbe. Penso che rimarrebbe profondamente sconvolto sapendo che i miei genitori gli hanno tenuto nascosto tutto ciò, quando ci siamo sposati. Comunque, fintanto che lei non ha rintracciato le mie sorelle, mi sembra inutile metterlo di fronte alla realtà dei fatti. Non servirebbe che a creargli un motivo di infelicità.» Era la spiegazione che continuava a ripetersi fin dalla sera precedente e ormai si era quasi convinta che fosse quella giusta.

«E se dovessimo rintracciare le altre?...»

«In tal caso dovrò dirgli qualcosa.» Abbozzò un sorriso imbarazzato. «Perché vede, signor Chapman, in genere io non ho l'abitudine di partire per l'America così, di punto in bianco, e senza motivo.»

«Lei non lo ha ingannato perché non sapeva niente di tutto questo.» Cercava di persuaderla, ma Alexandra non si lasciò convincere.

«Però i miei genitori ne erano al corrente. Andrà terribilmente in collera. È convinto che io sia la figlia legittima del *comte* de Borne. Genealogie e discendenze hanno un'importanza grandissima per Henri. Si figuri che è potuto risalire, per quel che riguarda la sua famiglia, fino ad antenati che vivevano nel 900 d.C. Non credo che un assassino e una sposa di guerra francese siano esattamente quello che voleva come nonni delle sue figlie.» Forse era meglio che non avessero avuto un figlio maschio. Perché in tal caso non le avrebbe mai perdonato. Ma probabilmente non le avrebbe mai perdonato nemmeno così. Chapman provò una gran compassione per lei, guardandola. Capiva che il marito non doveva avere un carattere facile.

«Credo che finirà per adattarsi. È evidente che siete sposati da molto tempo. E che lui l'ama. E questo ha molta importanza.»

«Non per tutti, signor Chapman.» Alexandra ebbe un sorriso pieno di malinconia. Come poteva, quell'uomo, essere tanto sicuro che Henri l'amasse? A volte, non ne era sicura nemmeno lei. In realtà Henri la possedeva, come un bel mobile d'epoca Luigi XV, oppure un buon quadro. Ma se il quadro si fosse rivelato falso? Gli sarebbe piaciuto ugualmente fino al punto di conservarlo, anche sapendolo? Alexandra si rendeva conto che alcune persone lo avrebbero tenuto ugualmente, ma non era del tutto convinta che Henri fosse fra quelle. Era talmente ossessionato dalla qualità, dalla schiettezza, dalla classe e dalla perfezione. Chapman le rivolse un'occhiata piena di gentilezza e si accorse che gli era simpatica.

Era garbata e timida, aveva occhi pieni di bontà, quelli che avrebbe sempre desiderato trovare in una donna. Aggraziata, e gentile. Si augurò che le indagini richieste da Arthur non le provocassero troppa angoscia. In fondo non aveva fatto niente per meritarselo.

«Posso invitarla a pranzo, Alexandra? E spero mi perdonerà se non bado molto alle cerimonie.» Le rivolse un sorriso da adolescente e a quel punto lei scoppiò in una risata.

«Conosce tutti i segreti della mia vita. Non posso certo aspettarmi che lei si rivolga a me chiamandomi con il titolo di mio marito.»

«Oh, santo cielo... dunque è anche titolato?»

«Certo!» Rise di nuovo e gli sembrò quasi ringiovanita. «Il barone Henri Edouard Antoine Xavier Saint Brumier de Morigny. Bello, vero?» Stava quasi ridacchiando, come una ragazzina. Dopo quella mattinata carica di emozioni, sentiva il bisogno di scaricare in qualche modo la tensione. E anche lui.

«Un nome così lungo... Ma ci sta proprio tutto sulla patente?»

Lei rise a quell'idea. Poi ridiventò seria. «Mi dica un po', signor Chapman, che cosa pensa lei di tutto questo. È un uomo intelligente. Deve trovarlo piuttosto sconvolgente.»

«A dir la verità, non c'è più niente che possa meravigliarmi. Penso che è una vergogna che tante vite siano state rovinate da un atto di follia. E, sotto un certo aspetto, trovo che sia un peccato anche frugare fra la cenere. Ma non tocca a me esprimere giudizi dal genere, anche perché non è escluso che una riunione con le sue sorelle possa dare un po' di conforto a tutte. Non è curiosa di scoprire come sono le altre?» Lei assentì. Sì, ammetteva di esserlo.

«Ricordo vagamente Hilary... Ma soltanto a sprazzi, qualche episodio... Tutte cose che mi sono tornate alla memoria dopo il colloquio con mia madre, ieri.» Sospirò di nuovo. «Per lei è stato senza alcun dubbio un terribile choc.»

«Mi sembra che la stessa cosa si possa dire nel suo caso.» I suoi occhi erano colmi di compassione. Avrebbe voluto prenderle una mano, stringergliela, ma non osò. «Mi spiace di essere la causa di tanto turbamento.»

«Per carità, non lo dica nemmeno! Non ha fatto niente di simile!» Ma l'avrebbe turbata in futuro, rintracciando le altre sorelle.

«Allora... posso persuaderla a pranzare con me malgrado tutto questo?» Quella donna gli piaceva e avrebbe voluto conoscerla meglio. Si disse che, in fondo, lo faceva per poter presentare un rapporto più completo al suo cliente, ma in cuor suo c'era anche qualche altro motivo. I singoli pezzi del mistero cominciavano ad andare a posto, quella che aveva davanti era una donna affascinante e gli piaceva.

Lei esitò solo per la frazione di un secondo, domandandosi se era il caso, poi accettò quell'invito. «Sì, mi piacerebbe.»

«Ha qualcosa da propormi? È un po' di tempo che manco da Parigi e temo di non essere molto aggiornato sui ristoranti.»

«I migliori, signor Chapman, sono i più antichi.» Si alzò in piedi e gli sorrise. Lui intanto riponeva il fascicolo nella cartella e la chiudeva a chiave. Per un attimo Alexandra provò il curioso desiderio di chiedergli quella fotografia che la raffigurava bambina con le sorelle, ma poi si disse che probabilmente sarebbe stata necessaria per mostrarla alle altre, quando le avesse trovate. Mentre attraversavano l'atrio d'ingresso pensò che non esisteva nessuna foto di quando era piccola. Intanto Chapman la stava pregando di chiamarlo John e di darle del tu. Fu in quel momento che notò una strana espressione negli occhi di Alexandra.

«Adesso mi accorgo che c'è qualcosa che prima non avevo mai capito. I miei genitori non hanno nessuna fotografia di quando ero piccola eppure io ho sempre accettato questo fatto come se fosse una cosa normale.»

«In fondo non aveva nessun motivo per dubitare di quello che le avevano raccontato. Dove andiamo a pranzo?»

«Ho pensato che potremmo scegliere il Ritz, dove ci sono tutte quelle piccole, vecchie, signore!» Scoppiò in una risata e lui le fece eco. Alexandra lo prese sottobraccio mentre si avviavano.

«Mi sembra un'idea magnifica.»

«Così mi faranno sembrare straordinariamente giovane e affascinante.»

«Ma tu lo sei... forse è un po' di tempo che non ti guardi allo specchio?»

«Cerco di non guardarmi. Perché, se mi guardo, noto soltanto le rughe.» In realtà erano tutte chiacchiere perché Alexandra non dimostrava nemmeno trent'anni, con quella pelle stupenda e i capelli di seta... e questo fece venire in mente a Chapman che aveva un aspetto diverso da quello che si era aspettato.

«Senti, è buffo, ma pensavo che tu avessi i capelli rossi.»

Lei ebbe un sorrisetto imbarazzato e, di colpo, prese un'aria straordinariamente femminile tanto che John rimase nuovamente colpito dalla sua grazia e dalla sua bellezza così raffinate. Sembrava quasi che Alexandra cercasse di nasconderle, di smorzarle, con quella pettinatura così austera, e i colori degli abiti spenti e severi. Dentro di sé Chapman si chiese che aspetto avrebbe avuto se avesse potuto vivere e comportarsi più liberamente. Probabilmente sarebbe stata identica a sua madre.

«In realtà io ho i capelli rossi!» Il sorriso si offuscò e infine si spense. «A mio marito non piacciono, così li schiarisco per farli diventare biondi. Anche Axelle, la mia bambina più piccola, ha i capelli rossi. Ma ormai sono anni che i miei non sono più di quel colore. Henri lo considera volgare.» Lo disse con semplicità, come se fosse una cosa logica e John giunse alla conclusione che Henri doveva essere un perfetto idiota.

Il loro pranzo al Ritz fu distensivo, disinvolto e simpatico. Parlarono di Boston, di New York, di Cape Cod e di Saint Jean-Cap Ferrat dove trascorrevano l'estate. Discussero di barche a vela, rievocarono le loro vacanze estive da bambini e poi lui si mise a parlare della professione che aveva scelto, invece di diventare avvocato come tutti si aspettavano. Insomma si comportarono come vecchi amici che si trovano a proprio agio in reciproca compagnia. Scoprirono entrambi di essere dispiaciuti al momento di lasciarsi, quando lei risalì sull'automobile che aveva affidato al portiere dell'Hotel Bristol.

«Telefonami appena saprai qualcosa, John.»

«Te lo prometto.» Le sfiorò con una carezza la mano che stringeva il volante e si protese a baciarla su una guancia. «Abbi cura di te. La prossima volta che ci vedremo spero che avrai una fiammeggiante chioma di capelli rossi!» Scoppiarono in una risata, lei lo salutò con un cenno della mano e si inserì nel traffico intenso, con la sensazione di aver trovato un nuovo amico. Era bello, affascinante e intelligente, tanto che si chiese per quale motivo non fosse sposato. Si era limitato semplicemente a dirle che aveva divorziato e che si era scoperto un debole per le donne difficili, ma non aveva aggiunto altro. Alexandra scoprì che le piaceva moltissimo e non riuscì a capire per quale motivo qualcuna non se lo fosse acchiappato subito, nel preciso momento in cui aveva lasciato la prima moglie.

Poi tornò subito con il pensiero al motivo per il quale era venuto a Parigi, a parlarle. Era, a dir poco, stupefacente. Era ancora talmente strabiliata che non si rese conto, rientrando in casa, che erano già le quattro. Quella sera davano una cena importante. Quindi si affrettò a controllare che tutto fosse in ordine; i fiori, i vini, parlò con la cuoca e diede un'occhiata ai saloni per assicurarsi che ogni cosa fosse perfetta. Poi andò a cercare le figlie che giocavano in giardino con un'amica. Erano eccitatissime al pensiero che la scuola fosse quasi finita e presto sarebbero partite per Cap Ferrat.

Alle sei e mezzo andò a cambiarsi. Sapeva che Henri era nello studio, ma preferì evitare di disturbarlo. Fece scorrere l'acqua nella vasca per il bagno e scelse l'abito da indossare: lungo, di seta bianca. Di solito lo guarniva con i pendenti di brillanti che erano appartenuti alla madre di Henri. E li stava tirando fuori dall'astuccio dei gioielli quando la porta si aprì improvvisamente e lui entrò. Aveva l'aria furiosa.

«Ciao, tesoro.» Si alzò per accoglierlo, ma il sorriso le morì sulle labbra non appena lo guardò. «È successo qualcosa? Ho già controllato tutto per stasera e mi sembrava che andasse bene...» Ma era chiaro che, nel frattempo, doveva essere accaduto qualcosa di terribile.

«Si può sapere cosa credi di fare... mi vuoi far passare per un idiota davanti a tutta Parigi?»

«Mio Dio, Henri, ma di che cosa stai parlando?...»

«Voglio dire che oggi ti hanno visto a pranzo con un uomo al Ritz e pareva ti volessi nascondere.»

Alexandra diventò pallidissima e, rimanendo immobile dove si trovava, gli diede le spiegazioni del caso. «Se avessi voluto nascondermi, non credo che sarei andata a pranzare al Ritz. È stato un incontro di affari. Quell'uomo è venuto da New York per alcune questioni che interessano mia madre.»

«Ti ho già sentito raccontare questa storia ieri, Alexandra. Ma non riuscirai a infinocchiarmi con la stessa fandonia una seconda volta. In ogni caso questo spiega il tuo modo di comportarti di ieri sera. Non riuscivi a ragionare. Bene, non ho nessuna intenzione di tollerare oltraggi simili. Partirai domattina per Cap Ferrat.» Veniva bandita, allontanata, come una bambina cattiva; le salirono le lacrime agli occhi di fronte all'ingiustizia e all'assurdità di ciò che Henri pensava.

«Senti, non ti ho mai ingannato, Henri. Questo devi crederlo.» Però non osava andargli vicino. Quindi rimasero alle due estremità opposte della stanza, lei annientata dalla disperazione, lui indignato e offeso.

«L'ho creduto fino a ora. Ma ormai non puoi più aspettarti che ti creda ancora!»

«È la verità.»

«Non diciamo sciocchezze. Tra l'altro ho tutte le intenzioni di dire chiaro e tondo a tua madre quello che penso di lei visto che te ne servi come copertura! E quest'estate non voglio vederla a Cap Ferrat.»

«Henri, non è giusto! Lei vuole stare con le bambine...»

«Avrebbe dovuto pensarci prima di coprirti quando vai in giro con i tuoi amanti.»

«Io non ho nessun amante!» gridò Alexandra. «Quanto a mia madre, non ha niente a che vedere con tutto questo...»

«Ah... sbaglio o avevi da discutere con lei una questione di affari?» Si fece avanti lentamente, con un lampo vittorioso negli occhi, e Alexandra si lasciò cadere su una poltrona, sconfitta e profondamente infelice.

«Ecco, si tratta...»

«Insomma mi vuoi dire che cos'è tutta questa storia?» Le alzò bruscamente il mento con la mano, in modo che lei fosse costretta a guardarlo in faccia, ma aveva già capito che non gli stava raccontando tutta la verità. Disgraziatamente lei non poteva farci niente. Rivelargli tutto sarebbe stato molto peggio. Lo sapeva.

«In questo momento non te lo posso spiegare. Si tratta di una questione privata che riguarda i miei genitori.» Era diventata pallida e tremava dalla testa ai piedi, quando lui si girò per avviarsi di nuovo alla porta, a passi lunghi e furiosi, sulla soglia si voltò di nuovo a guardarla.

«Non mi sarei mai aspettato una cosa del genere da parte tua, Alexandra. Fa' che non succeda mai più, altrimenti tornerai diritta filata a casa di tua madre, e senza le bambine! Provvedi perché i tuoi bagagli siano pronti per andare in Riviera domani a mezzogiorno.» Con un tonfo chiuse la porta del *boudoir* mentre Alexandra scoppiava in singhiozzi disperati. Aveva passato ore così piacevoli con John, era stato un incontro talmente innocente... e adesso Henri era convinto che lei lo ingannasse. Di colpo si rese conto che doveva telefonargli. Si precipitò all'apparecchio che aveva sullo scrittoio e chiamò il Bristol. Per fortuna lui era ancora lì; gli spiegò che la partenza per Cap Ferrat era stata anticipata di parecchie settimane, nel caso fosse necessario raggiungerla in qualche modo. Gli diede il numero di telefono e lo ringraziò di nuovo per il pranzo senza lasciargli capire nemmeno per un momento quanti guai il loro incontro avesse già provocato.

«Spero di potermi far sentire di nuovo presto.»

«Lo spero anch'io.» Tuttavia si vergognava di pensarlo e per svariate ragioni. John era così gentile e comprensivo! Ma aveva la propria vita da vivere, come lei aveva la sua. E già abbastanza problemi senza abbandonarsi a tutte quelle assurde fantasticherie.

«Ti telefono appena so qualcosa.»

«Grazie, John. Buon viaggio!»

«Speriamo! Parto domattina.» La sua speranza era stata quella di prendere un volo della sera, ma quando era rientrato in albergo, dopo il pranzo al Ritz, si era accorto che non aveva più avuto voglia di affrettarsi a far le valigie per scappar via. Quindi si era detto che un'ultima serata a Parigi non sarebbe stata una tragedia. Si sentiva disteso e piacevolmente rilassato, dopo quell'incontro con Alexandra ma, quando chiamò Sasha dall'albergo, la trovò di umore pessimo. Tutto a un tratto si accorse di non avere nessuna fretta di tornare a casa. Anzi pregustava con piacere l'idea di cenare in un *bistrot* delle vicinanze e di farsi una piacevole passeggiata per le strade di Parigi.

Salutò Alexandra e lei, dopo aver riattaccato, passò lentamente nella stanza da bagno. Non riusciva ancora a credere che Henri potesse pensare cose talmente indegne di lei, con tanta facilità, e si domandò come sarebbe stata l'estate che si avvicinava. Purtroppo ne ebbe un assaggio quella sera stessa. Henri continuò a rivolgerle la parola in tono del tutto glaciale e a trattarla come una specie di paria fino al momento della partenza, la mattina dopo.

«Sia ben chiaro che non dovrai ricevere nessuno fino a quando non arriverò io. Ci siamo capiti? Ricordati che devi rimanere nella villa! Ti telefonerò.» Ormai la trattava come un'ergastolana che avesse tentato di fuggire tanto che, l'indomani, mentre si salutavano, lei non riuscì più a dominare la collera.

«Posso scendere alla spiaggia o devo rimanere chiusa in camera portando la catena e la palla al piede?»

«Mi spiace che tu consideri il nostro matrimonio un tale peso, Alexandra. Non mi ero mai reso conto che ti provocasse tanti tormenti.» Disgraziatamente Henri aveva una risposta per ogni cosa e in quel momento, per la prima volta, lei provò un vero senso di odio nei suoi confronti. Intanto l'automobile si era messa in moto. L'autista e due cameriere le avrebbero accompagnate: la *Citroën* e la giardinetta *Peugeot* sarebbero state caricate sul treno della notte per la Riviera.

«Perché papà era così di cattivo umore?» domandò Axelle mentre si dirigevano alla stazione. «Ce l'aveva con te?»

«Un po'.» Le accarezzò i riccioli color rame, come Hilary aveva fatto con lei tanto tempo prima, e sorrise al ricordo lontano della sorella. Sì, adesso, era emozionata alla prospettiva di rivederle. Si augurava soltanto che Chapman le rintracciasse presto e che lei fosse in grado di raggiungerle. Tuttavia Axelle non le diede un momento di pace, né la possibilità di riflettere ancora, mentre attraversavano Parigi.

«Veramente papà a me non è sembrato 'un po'' arrabbiato. Mi è sembrato arrabbiatissimo! Che cos'hai fatto di così tremendo, *maman*?» Alexandra sorrise e prese la manina di Axelle nella propria. In fondo era bello partire per la Riviera e forse sarebbe stato anche piacevole vivere quelle poche settimane lontano dal marito.

«La mia colpa è solo quella di aver fatto una piccola sciocchezza.»

«Come quando hai comprato quel cappellino che lui ha trovato orribile, con tutte le piumette e il velo?» Alexandra lo aveva trovato adorabile, ma Henri l'aveva costretta a rimandarlo indietro immediatamente.

«Be', qualcosa di simile.»

«Hai comprato un altro capellino?»

«Eh... sì... ecco... più o meno...»

«Carino?»

«Oh, sì.» Alexandra sorrise alla figlia minore: «Molto».

Axelle era visibilmente in estasi mentre arrivavano alla stazione.

Capitolo 23

Il materiale che avevano messo insieme su Hilary, durante l'assenza di John, era eccellente e lui ne rimase straordinariamente soddisfatto. Tanto per cominciare, avevano trovato i documenti relativi all'iscrizione alla scuola serale e quelli che riguardavano l'impiego presso l'agenzia di collocamento e da lì l'avevano seguita passo passo fino alla CBA. Insomma, tutto perfetto. Avevano tutto quanto poteva essere utile e Chapman, sfogliando di nuovo l'intero fascicolo, si rese conto che avevano colpito nel segno fin dalla prima volta. Perché era stata effettivamente l'autentica Hilary quella con cui aveva parlato durante la prima telefonata alla CBA; era ovvio che quella donna non voleva essere rintracciata. Se le cose stavano così, avrebbe atteso fino al momento in cui avesse trovato Megan e poi si sarebbe deciso ad affrontarla di persona. Per il momento preferiva che continuasse a credere che le sue tracce erano andate perdute.

Tuttavia ogni volta che leggeva il fascicolo che la riguardava provava un grande senso di desolazione. Avrebbe voluto dirle che tutto andava per il meglio, che esistevano ancora delle persone che le volevano bene, che doveva smetterla di fuggire. Era atroce pensare come dovesse sentirsi sola e tormentata dalla rabbia... poi calcolò che, forse, nella sua vita attuale, poteva esserci molto di più di quanto lui non sapesse. Di conseguenza ordinò al suo assistente di dare inizio a una investigazione completa su Hilary Walker della stazione televisiva CBA. Poteva essere sposata, divorziata, avere sei figli. La ragazzina disperata e affranta, che aveva seguito da Boston a Jacksonville e poi a New York, poteva ormai avere un'esistenza serena e felice. Era quello che si augurava. Comunque capiva che non si sarebbe messo l'animo in pace, per quanto la riguardava, fino al momento in cui non l'avesse conosciuta personalmente. Sembrava assurdo eppure si stava accorgendo di essere letteralmente ossessionato da quelle tre donne, dalla loro vita, dalla loro buona o cattiva sorte. A tal punto che telefonò alla sua ex moglie e la invitò a pranzo cercando di farsi spiegare di nuovo da lei che cosa provasse nei confronti dei suoi personaggi, quando scriveva.

«Non ti è mai capitato di innamorarti di loro, Ellie?» La guardò, confuso e perplesso, mentre erano seduti al banco del ristorante Four Seasons. Era lì che si ritrovavano tutti i personaggi importanti dell'editoria della città e sapeva che era il suo posto preferito, anche se lui preferiva il caos sensuale e l'atmosfera vagamente artistica del Russian Tea Room. Eloise però era una ragazza diversa. Fredda, controllata, era riuscita a costruirsi una carriera di successo che aveva saputo mantenere brillantemente e sembrava più adatta ai marmi freschi e alle fontane dal lieve gorgoglio del Four Seasons.

«Innamorarmi di loro? Che cosa vuoi dire? Stai pensando di scrivere un libro?» Pareva divertita, ma lui fece segno di no con la testa.

«Niente da fare, mi sto semplicemente occupando di un'indagine pazzesca. Figurati che riguarda avvenimenti che si sono svolti all'incirca trent'anni fa, ma queste persone sono diventate talmente reali per me che non riesco più ad avere le idee chiare. Me le sogno la notte... non faccio che pensare a loro durante il giorno... bambine, che adesso sono praticamente donne di mezza età, mi commuovo fino in fondo al cuore e vorrei aiutarle.»

«A sentirti sembra che tu parli non tanto di amore quanto di un avvelenamento da cibo guasto.» Gli sorrise e poi si protese verso di lui per dargli un colpetto affettuoso sulla mano. Continuava a trovarlo simpatico. Di solito pranzavano insieme un paio di volte l'anno e lui l'aveva perfino presentata a Sasha, però Eloise, l'indomani, al telefono, gli aveva detto molto crudelmente che, secondo lei, avrebbe potuto trovare molto di meglio. «L'hai proprio presa brutta, ragazzo! Si direbbe che tu dovresti scrivere un libro su questa storia.»

«No, nessuno ci crederebbe. A parte il fatto che non posso. Non è il mio genere. E lo sai. Solo che è diventata un'ossessione. Come può diventare reale gente di cui senti parlare soltanto su carte e documenti?»

«A volte capita.»

«Ma alla fine, poi, se ne vanno?»

«Sì, quando hai risolto il problema.» Eloise lo disse in tono rassicurante, mangiando l'insalata. «Quando finisco un libro, i personaggi alla fine scompaiono. Per sempre. Ma prima di arrivare a questo punto, mi assillano. È come essere perseguitati.»

«Precisamente!» Agitò la forchetta verso di lei. «È proprio così!» Si sentiva assillato dal ricordo di Hilary, e quando non era tormentato da lei, stava pensando ad Alexandra. Le aveva telefonato non appena si era potuto assicurare che Hilary fosse proprio la dirigente della stazione televisiva e lei era sembrata giubilante. Adesso aspettava notizie di Megan e John aveva messo sotto pressione tutti gli impiegati per accelerare le ricerche. Fra l'altro, Patterson sembrava sempre più debole e fragile. «Come faccio a liberarmi di questa faccenda? Mi fa diventare matto!»

«Devi metterci la parola fine. Fa' quello che sai di dover fare e, poi, ti accorgerai che scomparirà. Almeno per me, funziona così. Un caso difficile?» A differenza di Sasha, si mostrava sempre interessata anche perché, in fondo, era sempre alla ricerca di nuovi intrecci per i suoi romanzi.

«Molto. E ormai siamo arrivati ai due terzi della strada. Mi manca soltanto qualche altro pezzo del puzzle e ce l'abbiamo fatta. È una specie di racconto da 'Mille e una notte'; te ne parlerò quando il caso sarà definitivamente chiuso.»

«Una buona trama fa sempre comodo. Comincio un nuovo romanzo la settimana prossima. Ho affittato una casa a Long Island per l'estate.» Era stupefacente. Quella donna lavorava come una dannata, ma era evidente che il suo lavoro le piaceva moltissimo. Poi sorrise all'ex marito. Adesso che non erano più sposati, il loro era diventato un rapporto quasi fraterno. «Come sta la tua ballerina?» Ma lo disse senza veleno. Si augurava sempre che tutto andasse per il meglio. Non era rimasta per niente entusiasta a proposito di quella ragazza quando l'aveva incontrata, però sapeva che a John piaceva moltissimo.

Lui si strinse nelle spalle e le rispose: «Così così. La gente che fa carriera nel balletto sembra che viva in un mondo particolare. Di conseguenza lei non riesce mai a mettersi in un vero e proprio contatto con la realtà o, almeno, con la mia realtà».

«Peggio degli scrittori?» Lei gli sorrise.

«Molto peggio. Se non altro, tu non ti lamentavi giorno e notte che ti facevano male i piedi e non ti preoccupavi di ogni muscolo del corpo. Pare che solo a respirare corrano chissà quali rischi e possano farsi qualcosa che impedisca loro di continuare a danzare.»

«Mi sembra estenuante.» Eloise finì l'insalata, bevve un sorso di vino e gli sorrise. Era una delle persone più simpatiche che conoscesse e a volte si rammaricava che non fossero rimasti sposati. E si chiedeva se, a suo tempo, non avrebbe dovuto metterci maggiore impegno. Però era anche abbastanza intelligente per capire che la colpa non era tutta sua. Non andava bene per nessuno dei due. Lei sentiva la necessità di rimanere sola con il proprio lavoro, ma era sempre stata convinta che John avrebbe dovuto sposarsi e avere dei figli. «Chissà perché, non la vedo come la risposta definitiva per te.»

«Neanch'io. Però ci ho messo un bel po' prima di capirlo. Se tu sapessi quante sono le persone come lei nel mondo della danza, persone che mi hanno profondamente incuriosito! In gran parte non sono né troppo intelligenti, né troppo simpatici, eppure se ne infischiano altamente di chiunque, all'infuori di se stessi.» Senza volerlo, si rese conto che aveva appena finito di descrivere Sasha, ormai non lo incantava più come un tempo, soprattutto da quando era tornato da Parigi. «Che cosa mi racconti di te? Non c'è per caso un Principe Azzurro all'orizzonte?»

Lei si strinse nelle spalle con un sorriso amabile e fece un cenno di saluto a un editore che conosceva. «Non ho tempo per queste storie. In realtà non è cambiato nulla. È difficile fare carriera e contemporaneamente avere una vita completa.»

«Però si può fare», le aveva spesso ripetuto, «se vuoi.»

«Magari non voglio.» Era sempre stata onesta con lui. «Forse non voglio più di quanto ho già. Una macchina da scrivere e delle vecchie camicie da notte.»

«El, ma è terribile. Un vero peccato!»

«No, che non lo è. In realtà io non ho mai desiderato niente di tutta quella roba. Avrei detestato avere dei figli.»

«Perché?» Gli sembrava talmente sbagliato! La gente era fatta per avere dei figli. Lui ne voleva uno da vent'anni. Solo che purtroppo le cose non erano andate come sperava.

«Sono troppo esigente. Distraggono troppo. Dovrei dare troppo di me. Ecco perché sono stata una moglie schifosa per te. Volevo concentrarmi soltanto sui miei libri. Immagino che sia assurdo, però mi rende felice.» Ma John lo capiva. Stavano meglio tutti e due, adesso che avevano risolto la situazione. Poi, di colpo, sbottò in una risata.

«Sei sempre stata così straordinariamente onesta! Stavo proprio per raccontarti che ho incontrato una donna fantastica lavorando a questo caso.» Eloise alzò un sopracciglio con aria interessata. «Disgraziatamente è sposata con un barone francese e quindi non è proprio... disponibile, come suol dirsi!»

«Sembra molto meglio della ballerina.»

«Certo che lo è. Però è totalmente concentrata nella propria vita. Una vita così corretta e contegnosa. Un vero peccato... è incantevole.»

«Uno di questi giorni troverai la donna giusta. Però bada di stare alla larga da quelle che fanno l'artista! Perché diventano mogli schifose. Prendi il mio esempio. Se non lo so io!» Ebbe un sorriso un po' triste e poi si protese a dargli un bacio su una guancia mentre si alzavano da tavola.

«Non essere così severa con te stessa. Siamo giovani tutti e due.»

«E tu sei straordinario.» Si fermò per salutare il suo

redattore capo e poi uscirono insieme nel sole. John le augurò ogni fortuna per il nuovo libro, le chiamò un tassì e tornò a piedi in ufficio, nella Cinquantasettesima Strada Est.

Quando rientrò, uno dei suoi assistenti l'informò che aveva rintracciato gli Abrams a San Francisco.

«Dici sul serio?» Era giubilante. Avevano tentato ogni cosa senza riuscire a trovare niente. Tanto che, ormai, si erano decisi a non concentrare più le ricerche soltanto su David e, così facendo, avevano trovato Rebecca. Era risultato che, lasciata Los Angeles all'inizio degli anni Sessanta, erano partiti per il «profondo Sud» per marciare con Martin Luther King, partecipare alle manifestazioni e lottare per la campagna per il diritto di voto. Avevano offerto un servizio gratuito di assistenza legale ai negri in Georgia, Louisiana e Mississippi e aperto uno studio legale molto importante per dare il loro aiuto alla causa su vasta scala, a Biloxi. E poi si erano trasferiti ad Atlanta. Soltanto nel 1981 erano tornati in California e David, dopo aver subito un grave intervento chirurgico, si era ritirato dal lavoro mentre Rebecca era entrata a far parte di uno studio legale, le cui socie erano tutte donne che si occupavano di cause femministe, a San Francisco. Per tutta la vita si erano sempre comportati, politicamente, da veri liberali.

L'assistente di John che aveva preso contatto con loro non aveva dato nessuna spiegazione. John aveva impartito ordini severissimi che, una volta localizzata Megan, dovesse essere lui in persona a mettersi in contatto con gli Abrams. Disse alla segretaria di fissargli un appuntamento con Rebecca e stabilì di partire in aereo il pomeriggio del giorno successivo. Tutto andava alla perfezione. Sasha era ancora in *tournée*, ma c'era un'altra cosa che lui desiderava fare già da vari giorni. Qualcosa che non faceva più da anni, ma adesso sapeva che era necessario...

Uscì dall'ufficio appena prima delle quattro e prese

un tassì per arrivare alla stazione televisiva. Mostrò il proprio distintivo di investigatore e un lasciapassare della polizia all'ingresso (se li era guadagnati entrambi duramente, erano infatti quasi impossibili da ottenere); gli uomini addetti alla guardia del palazzo si dichiararono soddisfatti e lo lasciarono procedere subito verso il «sancta santorum».

Prese un ascensore, salì per un certo numero di piani e si mise ad attendere, senza dare troppo nell'occhio, nella sala della *reception.* Poi trovò un telefono interno, vi compose il numero di Hilary, ma la segretaria gli disse che lei era in riunione.

«Nel suo ufficio o al piano di sopra?» Sembrava una persona che fosse al corrente di molte cose e la segretaria si affrettò a dargli l'informazione richiesta.

«È qui. Con il signor Baker.»

«Non ha idea di quando avrà finito?»

«Ha detto che doveva andar via alle cinque e mezzo in punto.»

«Grazie.» Chapman riattaccò senza lasciare alla segretaria il tempo di capire chi fosse stata la persona al telefono. E quella era giunta alla conclusione che si trattasse di qualcuno che conosceva Hilary e, ovviamente, di un personaggio ancora più importante di lei lì, in ufficio.

Hilary uscì alle cinque e un quarto precise e John la riconobbe anche senza il saluto della ragazza della *reception* che le disse, mentre le passava davanti a passo svelto: «Buona sera, signorina Walker». Hilary si voltò bruscamente a lanciarle un'occhiata e poi le rispose con un cenno del capo. Non le parve di notare nessun altro lì, nella sala d'aspetto, né badò a John, quando la seguì fino agli ascensori ed entrò in quello vicino al suo. Lui si era sentito tremare da capo a piedi solo a vederla e adesso gli pareva di non poter più staccare gli occhi dalle ciocche di quei capelli neri lucenti, raccolti in una crocchia, dalle mani affusolate, dal collo lungo... Gli pareva perfino di poter annusare l'aroma aspro del suo profumo. Lei camminava con passo sicuro, slanciato, e quando lui la urtò, alzò a guardarlo due occhi verdi che lo commossero fino in fondo al cuore, quello sguardo pareva dire: non toccarmi, non venirmi nemmeno vicino. Prese un autobus in Madison Avenue, invece di lottare selvaggiamente come gli altri per acchiappare un tassì, e ne scese alla Settantanovesima Strada. Proseguì a piedi per due isolati verso nord e John si rese conto che doveva avere un appuntamento con un medico. Aspettò pazientemente fuori e poi la seguì di nuovo quando lei prese un tassì e continuò verso il ristorante Elaine, dove si trovò con un'altra donna. John andò a sedersi, in un *séparé* adiacente al loro, incuriosito da ciò che avrebbero potuto dirsi.

L'altra donna era molto famosa come giornalista e moderatrice, faceva parte anche lei del campo televisivo, e sembrava sconvolta. Cominciò immediatamente a piangere, ma Hilary rimase impassibile. La osservava, dispiaciuta, ma senza manifestare la minima comprensione. Poi John ricordò, quando le due donne si strinsero la mano fuori dal ristorante, che la giornalista televisiva era stata licenziata mentre lui si trovava a Parigi. La notizia aveva creato un enorme scalpore e quindi adesso era evidente che stava supplicando Hilary di darle un lavoro oppure le aveva raccontato la sua versione della storia. A quanto gli era sembrato di capire, il licenziamento era stato stabilito da qualcuno molto più in alto di Hilary, ma non si poteva escludere che lei si illudesse, se avesse ottenuto di farsi ascoltare da Hilary e di ottenere il suo favore, di riuscire a farsi riassumere. Tuttavia, dall'espressione visibilmente dispiaciuta che era apparsa sulla faccia di Hilary, si poteva capire subito che non era in grado di aiutarla. Adesso aveva ricominciato a camminare lentamente, sola, verso il centro. Si fermava di tanto in tanto a dare un'occhiata alle vetrine, procedeva a passo deciso, eppure con un lieve ondeggiare delle anche, che aveva subito attirato lo sguardo di John che non riusciva più a staccare gli occhi da lei. Alla fine svoltò nella Settantaduesima Strada e riprese il cammino in direzione del fiume, verso un'antica palazzina in arenaria, situata nelle vicinanze di un piccolo giardino pubblico. Era un posto molto grazioso eppure John intuì, dal suo aspetto e dal suo modo di fare, che Hilary era una donna sola. Si vedeva che era una creatura solitaria, c'era in lei qualcosa di duro e di determinato che lasciava sospettare come si fosse circondata da tempo da mura impenetrabili che nessuno era mai riuscito ad abbattere. Da quando aveva letto tutta la documentazione che la riguardava, John provava una profonda compassione per lei. Continuò a essere triste anche mentre rientrava a casa a pochi isolati da lì. Hilary abitava così vicino... eppure pareva che vivesse in un universo tutto suo, pieno di lavoro e di ben poco d'altro. Ma forse non era giusto quel giudizio da parte di John. Poteva darsi che fosse felice e magari aveva un uomo di cui era profondamente innamorata... eppure tutto di lei dava l'idea di una persona sola, con nessuno da amare e non riamata. Rientrando in casa e accendendo la luce, John provò una smania soverchiante di telefonarle, di cercarla, di prenderla per mano, di diventare un amico per lei, di dirle che Alexandra le voleva ancora bene... che niente era completamente perduto... non ancora... O forse per lei non avrebbe più avuto importanza? Come aveva spiegato a Eloise a pranzo, continuava ad avere l'impressione di essere perseguitato.

Tentò di prender sonno, ma non fece che rigirarsi nel letto e, alla fine, visto che non aveva niente di meglio da fare, accese la luce e telefonò a Sasha a Denver. Lei era nella sua camera, appena rientrata dal teatro, e i piedi le facevano male da morire.

«Sono contento di sentire che niente è cambiato.» John scoppiò a ridere, disteso sul dorso, pensando a lei. E intanto si chiedeva se non era stato troppo duro con lei, descrivendola a Eloise, a pranzo, come l'aveva descritta. In un certo senso, Sasha aveva ancora il potere di eccitarlo e, quella notte, sentiva la sua mancanza. «Vuoi che ci troviamo a San Francisco?»

«Quando?» Pareva che non volesse impegnarsi definitivamente.

«Ci vado domani. Dovrei restarci per un paio di giorni. Quando finisci a Denver?»

«Domani. Poi andiamo a Los Angeles. L'impegno a San Francisco è stato annullato.»

«Ti raggiungo a Los Angeles.»

«Credo che sarebbe meglio se non lo facessi.» Un lungo silenzio e lui aggrottò le sopracciglia. «Che cosa c'è?»

«Potrebbe essere uno choc per qualcuno degli altri ballerini», disse lei in tono vago e John si mise lentamente a sedere sul letto. Non era uno stupido e quello era un gioco al quale aveva già giocato altre volte. Però non gli piaceva.

«Mi sai dire chi sarebbe, in particolare, la persona che potrebbe rimanere così scioccata?»

«Oh, non so, è troppo tardi per parlarne stanotte.» Mentre diceva quelle parole, John udì una voce maschile sul fondo.

«E quello chi sarebbe? Dominique, Pierre o Petrov?»

«È Ivan», rispose lei in tono petulante. «Ha uno strappo a un muscolo, se l'è fatto stasera, ed è terribilmente agitato.»

«Digli che mi dispiace. Però diglielo dopo che mi hai spiegato che cosa accidenti sta succedendo lì da te! Sasha, sono troppo vecchio per questi giochetti idioti.»

«Tu non capisci che una ballerina è sempre sotto pressione», piagnucolò nel microfono e John si lasciò cadere di schianto contro i guanciali.

«Perbacco se non mi ci sono provato a capirlo! Si può sapere che cos'è esattamente quello che non capisco?»

«I ballerini hanno bisogno di altri ballerini.»

«Ah... adesso sì, che siamo alla radice del problema.

Stai forse alludendo a ballerini come Ivan?»

«No, no... ecco... sì... ma non è quello che credi.»

«Come accidenti fai a sapere quello che credo, Sasha? Sei talmente preoccupata di te, dei tuoi piedi, del tuo sedere e dei tuoi tendini che non ti accorgeresti di quello che gli altri credono, o pensano, neanche se te lo vedessi scritto davanti, a caratteri cubitali con le luci al neon.»

«Non è giusto quello che dici!» Era scoppiata a piangere improvvisamente e, per la prima volta da mesi, John si accorse che non lo commuoveva affatto. Di punto in bianco, nel giro dei pochi minuti di una telefonata, era finita. Ne aveva abbastanza.

«Può darsi che non sia giusto, piccola», riprese con voce calda e gentile, «però, purtroppo, è vero. Ho l'impressione che, forse, tu e io dovremmo fare un bell'inchino e rientrare con garbo fra le quinte, prima che cali il sipario. Se ho letto il programma correttamente, è appena finito il quarto atto.»

«Perché non ne parliamo quando torno?»

«Di che cosa? Dei tuoi piedi... oppure del modo in cui i ballerini hanno bisogno di altri ballerini? Io non sono un ballerino, Sash. Sono un uomo. Ho un lavoro che richiede il massimo impegno, ho una vita piena che voglio dividere con una donna che amo e che mi ami. Voglio perfino dei figli. Ti vedi a fare tutto questo?»

«No.» Per fortuna era onesta. Quel pensiero lo lasciò inorridito. Sasha non aveva nessuna intenzione di rinunciare alla danza per un anno, per poi doversi impegnare duramente per riprendere il controllo perfetto di tutti i muscoli del corpo. «Perché è talmente importante?»

«Non c'è un perché. È importante, e basta. Ho quarantadue anni. Non posso sprecare ancora il mio tempo con giochetti come questo. Ho già dato il mio contributo alla comunità artistica in un'occasione. E adesso voglio qualcosa di diverso.»

«È quello che continuo a ripetere. Tu non immagini neanche quali siano le pressioni alle quali è soggetta una ballerina. John, i bambini non sono importanti.»

«Per me, sì, piccola. Come tante altre cose per le quali nella tua esistenza non c'è posto. Non hai bisogno di me, né di nessun altro. Sii onesta con te stessa.» Ci fu un lungo silenzio mentre lei ascoltava; a un tratto John provò una gran voglia di riattaccare. Non c'era più niente da dire. Si erano detti tutto e, già da molto tempo, non trovavano più le parole per comunicare tra loro. Solo che non se n'erano ancora accorti. «Addio, Sash... prendi le cose allegramente. Ci vediamo quando torni. Magari si potrebbe uscire a pranzo, o per un drink.» Capì che lei avrebbe voluto riavere indietro tutto ciò che aveva lasciato lì, a casa sua, ma lui non aveva nessuna smania di rivederla.

«Mi stai dicendo che è tutto finito?» Sembrava stupefatta; contemporaneamente, John poté sentire di nuovo la voce maschile sullo sfondo. Si domandò se dormivano nella stessa camera, anche se, in realtà, non gliene importava niente.

«Direi proprio di sì.»

«È per questo che mi hai telefonato?»

«No. È successo, così, all'improvviso. Ma era il momento in cui doveva succedere.»

«Ce n'è un'altra?» John sorrise a quella domanda.

«Non proprio.» Poteva sembrare strano, ma in realtà erano tre, le tre donne che stava cercando giorno e notte, che occupavano la sua mente e il suo cuore, ora... anche se non nel modo a cui Sasha alludeva.

«Nessuna d'importante... non prendertela, Sash.» Con quelle parole, riattaccò lentamente e spense la luce. Poi sorrise tra sé mentre si addormentava. Si sentiva libero per la prima volta da mesi ed era molto contento di averle telefonato. Finalmente era finita.

Parte quarta

Megan

Capitolo 24

Il volo per San Francisco fu tranquillo e privo di imprevisti. John arrivò alle due del pomeriggio, ora locale, con un buon margine di tempo per presentarsi nell'ufficio di Rebecca alle quattro. Quando ci arrivò, scoprì che si trovava in un quartiere vecchio e decrepito, in stile vittoriano. Ma entrando, si stupì di trovare il palazzo così ben conservato, piacevolmente arredato e con molte piante verdi. Rebecca Abrams era una donna attraente. Doveva avere superato da poco la sessantina e portava i capelli grigi chiusi in una treccia che le scendeva sulle spalle. Indossava un paio di jeans pulitissimi, una camicia bianca inamidata, *espadrillas* rosse e un fiore rosso nei capelli; aveva l'aspetto di un'anziana hippie molto attraente, intelligente, curata e ben conservata. Sorrise con calore a John e lo fece passare nello studio. Non immaginava nemmeno lontanamente che cosa lui desiderasse, ma rimase imperturbabile anche quando lui posò la valigia nell'ufficio della segretaria.

«Lei non assomiglia per nulla alla gran parte dei nostri clienti, signor Chapman.» Gli sorrise con calore e poi gli indicò un cucinino pieno di sole al quale si accedeva dallo studio. «Gradisce un caffè o un tè? Abbiamo almeno una dozzina di tè differenti, a tutti i gusti di erbe.» Lui fece segno di no con la testa. Gli spiaceva terribilmente affrontare quegli argomenti perché sapeva che l'avrebbero profondamente sconvolta.

«Sono qui per motivi personali, signora Abrams. È da parecchio tempo che sto cercando sia lei che suo marito e devo confessare che non è stato facile rintracciarvi. L'indirizzo che avevo era quello di moltissimo tempo fa, che risale al 1957, a New York.»

Rebecca Adams gli sorrise di nuovo appoggiandosi tranquillamente alla spalliera della poltrona. Da anni praticava lo yoga, e lo si notava dal suo modo di fare pacato e tranquillo. «Effettivamente abbiamo girato parecchio in tutto questo tempo. Abbiamo trascorso molti anni nel Sud e quando siamo tornati qui mio marito si è ammalato. All'incirca sei anni e mezzo fa, è stato operato e gli hanno messo un quadruplo bypass, tanto che siamo arrivati insieme alla conclusione che per lui era venuto il momento di prendere la vita più tranquillamente e di godersela. Così adesso io lavoro da sola, o meglio, diciamo con un gruppo di donne che mi sono molto simpatiche. Però è un genere di lavoro diverso da quello che avevo con David, anche se alcune delle concezioni di base non sono poi molto differenti. Ci occupiamo soprattutto di processi che coinvolgono i diritti civili e la discriminazione razziale.»

«E suo marito?»

«Insegna, due volte la settimana a Boalt. Si occupa del giardino. E si dedica a mille cose piacevoli che lo divertono.»

«E vostra figlia?» Chapman aveva il fiato sospeso.

«Sta bene. È ancora nel Kentucky. Ma come fa a sapere tutte queste cose della nostra famiglia, signor Chapman?» Aggrottò lievemente le sopracciglia anche se i suoi occhi continuavano a essere sorridenti.

«Veramente non le so. Temo di non aver preso la strada più diretta per arrivare ad avere un colloquio con lei. Sono avvocato anch'io e dirigo uno studio di New

York che si chiama Chapman Associates. Ma diversamente da voi, io non ho mai avuto una profonda passione per la Legge e, molti anni fa, mi sono sentito attirare dal campo delle investigazioni, che sono il mestiere che svolgo tuttora. In merito al caso di cui voglio parlarle, il mio cliente è Arthur Patterson. Non so se il nome le dice niente, ma fu lui a proporvi di adottare Megan nel 1958. Sono sicuro che se ne ricorderà.»

Lei assentì ma adesso il suo sorriso era scomparso del tutto. «È successo qualcosa? Per quale motivo il signor Patterson desidera mettersi in contatto con noi?» Sembrava spaventata, come se John potesse in quel momento strappare la ragazza a lei e al marito. In fondo era quello di cui avevano sempre avuto paura.

«Parlandoci fuori dai denti, signora Abrams, Patterson sta per morire. E vuole sapere se le ragazze stanno bene, sono felici e se non hanno bisogno di qualche cosa. Vorrebbe riunirle almeno una volta prima di morire, in modo che ciascuna di loro abbia l'opportunità di conoscere le sorelle.»

«Adesso?» Pareva inorridita. «Dopo trent'anni? E per quale motivo ciascuna di loro potrebbe desiderare di incontrarsi con le sorelle?» Sembrava che avesse una gran voglia di buttarlo fuori dall'ufficio.

«La sua opinione è che questo possa avere un significato particolare per ciascuna di loro, ma mi rendo conto di quali possano essere i suoi sentimenti in proposito. Trent'anni sono lunghi da far passare prima di riprendere i contatti.»

Lei scrollò la testa, ancora incredula. «All'epoca dell'adozione gli avevamo detto che non desideravamo ci fosse più il minimo rapporto con lui, o con le altre ragazze. È stato il motivo principale per cui ci siamo decisi a lasciare New York e a trasferirci a Los Angeles. Non credo che sarebbe onesto, nei confronti di Megan, far risuscitare il passato, proprio ora!»

«Può darsi che questa scelta tocchi a lei. Poco fa mi

accennava al fatto che si trova ancora nel Kentucky.»

«Sì, è medico. Si è specializzata in ostetricia. E sta terminando il suo internato laggiù, nell'Appalachia.» Rebecca lo disse con visibile orgoglio anche se adesso scrutava John con aperta ostilità.

«Posso mettermi in contatto con lei, laggiù?» Per lui era una formalità, ma per Rebecca un'offesa, tanto che si alzò a metà dalla poltroncina mentre gli rispondeva.

«No, non può farlo, signor Chapman.» Poi si lasciò ricadere contro la spalliera e gli lanciò un'occhiata indignata. «Non riesco a credere che lei sia venuto da noi dopo tutti questi anni, aspettandosi che fossimo disposti a esporre Megan a un dolore e a una certa confusione mentale. Sa con esattezza qual è stata la causa della morte dei suoi genitori?»

«Sì, io la so. E Megan?»

«No, naturalmente. Anzi, se vuole che glielo dica senza perifrasi, signor Chapman, tutta questa faccenda è assolutamente fuori discussione. Mia figlia non sa di essere stata adottata.» Lo guardò diritto negli occhi e lui provò un tuffo al cuore. Come potevano averle tenuto nascosto una cosa simile? Nonostante fossero liberali e liberi pensatori, non le avevano mai detto che era una figlia adottiva! Indubbiamente quello complicava le cose.

«Avete altri figli, signora Abrams?»

«No. Mio marito e io siamo sempre stati dell'opinione che non fosse necessario farglielo sapere. È la nostra unica figlia, l'abbiamo adottata quando era ancora piccolissima. E, quando è cresciuta, non c'era assolutamente nessun motivo di raccontarglielo.»

«Sarebbe disposta a dirglielo adesso?» La scrutò negli occhi, ma si spaventò di ciò che vi lesse. Rebecca Abrams non gli avrebbe certo facilitato le cose. Lui, però, ormai sapeva dove Megan si trovasse. Se fosse stato necessario, sarebbe andato a rintracciarla nel Kentucky. Poteva sembrare una cosa crudele da fare, però la ragazza aveva il diritto di sapere che esistevano le sue sorelle.

Rebecca esitò a lungo. «Non lo so, signor Chapman. In tutta franchezza, non credo. Prima vorrei parlarne con mio marito e, prima ancora, con il suo medico. Non sta bene e non voglio agitarlo.»

«Me ne rendo conto. Potrebbe farmi sapere qualcosa nel giro di un paio di giorni? Sono sceso al Mark Hopkins.»

«Vedrò di raggiungerla lì non appena possibile.» Si alzò per fargli capire che il colloquio era terminato. In quel momento non aveva più niente della hippie, ma appariva severa, formidabile. «Nel frattempo, lei rientrerà a New York?»

«Preferirei aspettare qui la risposta, in caso suo marito avesse piacere di vedermi.»

«Glielo farò sapere.» Gli strinse la mano, ma i suoi occhi avevano un'espressione gelida quando lo accompagnò alla porta. Poi Rebecca Abrams tornò alla scrivania, appoggiò la testa alle braccia ripiegate e scoppiò in lacrime. Ormai erano passati trent'anni, eppure qualcuno stava ancora cercando di toglierle la bambina. Avrebbero risvegliato curiosità che non aveva mai avuto, le avrebbero parlato di legami di cui ignorava l'esistenza e l'avrebbero presentata a parenti stretti che non aveva mai desiderato conoscere e di cui non aveva mai sentito la nostalgia. Non era giusto dopo tutto quello che avevano fatto per lei, con tutto l'amore che le avevano dato!

Quello stesso pomeriggio andò a parlarne con il medico di David; questi le disse che, secondo la sua opinione, David era abbastanza in forze per poter ricevere quella notizia. Però ci vollero due giorni perché Rebecca raccogliesse il coraggio necessario e, quando lo fece, scoppiò in singhiozzi fra le sue braccia e gli confessò tutti i propri timori. Lui, stringendola a sé, le accarezzò i lunghi capelli grigi e le disse quanto la amava.

«Nessuno potrà toglierci Meg, tesoro. Come farebbero?» Era commosso dalla sua reazione. Anche quando Megan era stata una bambinetta, Rebecca aveva sempre avuto il terrore di quelle cose. Desiderava che Megan fosse tutta loro, e di nessun altro.

«Di punto in bianco, è facile pensare che vorrà sapere tutto ciò che riguarda i suoi genitori naturali.»

«E noi glielo racconteremo.»

«Ma... e se dovesse cambiare qualcosa in quello che prova verso di noi?»

«Sai meglio di me che non è possibile, Becky. Per quale motivo dovrebbe farlo? Ci vuole bene. In tutti i sensi più stretti e più importanti della parola, suo padre e sua madre siamo noi. E lei sa il significato di tutto questo come lo sappiamo noi. Ciò non significa che non possa avere il desiderio di vedere le sorelle. Se qualcuno domani mi dicesse che ho due sorelle di cui ignoravo l'esistenza, anch'io vorrei vederle, ma questo non significa che vorrei meno bene a te, oppure a Megan.» Rebecca, però, era sempre spaventata e, quindi, ne parlarono a lungo, fino a sera inoltrata. Rebecca voleva attenersi all'impegno che avevano preso, quello del silenzio; David, invece, pensava che fosse un dovere nei confronti di Megan raccontarle tutto. Ci misero un'altra mezza giornata per arrivare alla soluzione. E, quando finalmente gli telefonarono, John si accorse di provare un sollievo enorme perché c'era stato un momento in cui aveva creduto d'impazzire, chiuso in quella camera d'albergo. D'altra parte non voleva andarsene prima di aver capito qual era la situazione anche se non voleva fare un'eccessiva pressione su di loro.

Rebecca lo invitò ad andare a trovarli, quella sera stessa, nella loro casa di Tiburon; parlarono a lungo, tutti e tre, delle difficoltà inerenti al fatto di raccontare a Megan, dopo tanti anni, che era stata adottata. Era chiaro che Rebecca aveva ancora mille paure, ma David, pur confortandola, fu irremovibile. Disse a John di avere un'unica richiesta: volevano essere loro, in persona, a dirlo a Megan. Sarebbe tornata a casa entro una quindicina di giorni per una breve vacanza e, in quell'occasione, gliene avrebbero parlato. Poi, non appena lei fosse stata messa al corrente di tutto, gli avrebbero telefonato e nessuno gli avrebbe impedito di mettersi in contatto con lei successivamente, per combinare quell'incontro che Arthur Patterson desiderava. John non aveva altra scelta, purtroppo erano gli Abrams a condurre il gioco.

Tornò a casa per il fine settimana e telefonò a Patterson. Arthur ormai stava sempre peggio e aveva addirittura rinunciato ad andare in ufficio. Gli disse di aver rintracciato gli Abrams e di essere in attesa che loro rivelassero tutto a Megan. Ciò significava aspettare due settimane; d'altra parte Chapman aveva capito di non avere altra scelta. Era l'unica cosa onesta da fare e Arthur, sia pure con riluttanza, acconsentì augurandosi di vivere abbastanza a lungo da poter completare la propria missione.

«Che cosa ci resta da fare adesso?» chiese a John.

«Aspettiamo che ci diano loro notizie. Poi organizzerò la riunione con Megan e le altre. Alexandra è pronta a venire, non appena l'avvertirò, ma devo ancora affrontare Hilary. Però vorrei aspettare a dirglielo fino all'ultimo minuto.» Intuiva, d'istinto, che più tardi avesse affrontato quel problema, maggiori erano le possibilità che lei si decidesse a partecipare alla riunione. «Questo ci dà altre due settimane per prendere tempo e calmarci. Le farò sapere, non appena avrò qualche notizia.»

«Grazie, John.» Poi, di punto in bianco: «Ha fatto un ottimo lavoro. Sono sbalordito, se penso che le ha rintracciate!»

«Anch'io.» John sorrise dall'altro capo del filo. A dir la verità, non era mai stato convinto di riuscirci, invece... nel giro di poche settimane si sarebbero ritrovate e la sua opera avrebbe potuto considerarsi conclusa. In parte si sentiva quasi dispiaciuto a quell'idea, ma ne era anche sollevato. Pensò a quello che Eloise aveva detto quando erano andati a pranzo insieme. Alla fine di tutto, si sarebbe sentito libero.

Capitolo 25

La telefonata degli Abrams lo raggiunse dopo due settimane e mezzo, secondo le promesse fatte, e John intuì, dalla tensione che venava la voce di David, come fosse stato difficile per loro rivelare quei fatti a Megan.

«L'ha presa molto bene.» Poi con voce rotta dall'emozione continuò: «Siamo molto fieri di lei... lo siamo sempre stati...» E infine aggiunse, sforzandosi di rendere la voce più ferma: «Ha detto che le avrebbe telefonato al suo ritorno nel Kentucky, se ha piacere di parlarle».

«Non sarebbe possibile parlarle subito?» John domandò guardingo e David, dopo aver parlottato con qualcuno, consegnò la cornetta a una persona... John riconobbe la voce dopo qualche attimo. Perché senza l'accento francese, sembrava la stessa di Alexandra.

«Signor Chapman?»

«Sì.»

«Devo ammettere che tutto questo per me rappresenta una certa sorpresa!» Lo disse in tono pratico, giovanile, ma molto amabile.

«Mi spiace. Mi spiace sul serio.»

«Capisco che lei non c'entra. Di che vuole parlarmi?»

«Io vorrei incontrarmi con lei, magari nel Kentucky, una cosa breve, prima di organizzare la riunione. Quando pensa che potrebbe venire nel Connecticut, per incontrare le altre?»

«Non lo so. Lo saprò soltanto il giorno in cui rientrerò in ospedale, quando mi verrà fissato l'orario. Potrei chiamarla allora, se preferisce.»

«Gliene sarei molto grato.» E così fece. Gli telefonò puntualmente il giorno del suo arrivo; John si chiese se ciò significava che era ansiosa di incontrarsi con le altre, o se era soltanto una persona precisa. Gli disse che le uniche ore che aveva libere per incontrarlo erano la domenica pomeriggio dall'una alle cinque e che non sarebbe potuta andare nel Connecticut prima che fossero passati venti giorni.

Chapman, mentre l'ascoltava, aggrottò le sopracciglia, si domandava se Arthur sarebbe vissuto tanto a lungo e non le nascose la sua preoccupazione in proposito.

«Posso tentare di fare uno scambio con qualche altro medico, ma non cambierebbe di molto le cose. Si tratterebbe solo di anticipare di qualche giorno. Abbiamo una terribile carenza di personale... Vedrà contro che cosa dobbiamo lottare giornalmente quando verrà qui.»

«Non potrebbe fissare l'incontro fra tre settimane?»

«Sì, è possibile. A meno che non succeda qualche grosso guaio e quello, purtroppo, non posso prevederlo.»

«Capisco.» Era molto sbrigativa e decisa per essere una donna di trentun anni e, pur avendo la stessa voce, sembrava molto differente dalle altre. Megan lottava per un ideale, era stata allevata sulla base di valori e tradizioni molto differenti da quelli di Hilary, o Alexandra. Era impegnata con tutte le forze ad aiutare le persone disgraziate e a combattere contro la povertà, la sola cosa a cui Alexandra non doveva certo aver mai pensato... e Hilary era troppo impegnata a sopravvivere, per preoccuparsi di problemi del genere. Indubbiamente erano tutte molto diverse tra loro. Poi a John venne in mente qualcosa che Alexandra gli aveva detto a Parigi. Il caleidoscopio era stato girato ancora, di poco, e produceva un'immagine totalmente diversa... e in questo caso i démoni si erano trasformati in montagne coperte di neve.

Comunque John decise di partire per il Kentucky, il sabato pomeriggio successivo. Si sarebbe trovato con Megan all'ospedale nelle sue ore libere. La ringraziò di essere tanto cortese da volerle passare con lui, poi decisero insieme la data della riunione con le sorelle. La fissarono per il primo settembre. John telefonò subito ad Arthur per comunicarglielo. La mattina seguente chiamò anche Alexandra sulla Riviera francese. Le linee telefoniche erano molto disturbate, ma alla fine riuscirono ad avere una comunicazione abbastanza chiara in modo che lei potesse sentirlo.

«Di già?» Sembrava emozionata. «Le hai trovate tutte e due?» Era incredibile. «Dov'era Megan?»

Lui sorrise a sentire quella voce così dolce. Ne parlava come di una sorella che non aveva mai perduto, che si era semplicemente allontanata per una lunga vacanza. «È medico, nel Kentucky.»

«Oh, mio Dio! E Hilary... sta bene?»

«Sì. L'ho vista.»

«Si è detta d'accordo di venire anche lei il primo settembre?» Rimase con il fiato sospeso, in attesa della risposta, e rimase molto male quando John le disse che non le aveva ancora telefonato.

«Non voglio darle troppo tempo per pensarci. La chiamerò tra una settimana o due.»

«E se partisse?» Alexandra era preoccupata.

«Non agitarti. La troverò.» Risero insieme e, un minuto più tardi, riattaccarono. Alexandra si affrettò a chiamare la madre. Era anche lei a Cap Ferrat, ma alloggiava all'Hotel du Cap.

«*Maman?*»

«Sì, tesoro, c'è qualcosa che non va?» Alexandra era molto agitata, ma anche felice e dava l'impressione di essere tornata una ragazzina.

«Le ha trovate tutte e due.»

«Tutte e due? Che cosa?» In realtà si era appena alzata e stava bevendo il caffè, assorta nella lettura dell'*Herald Tribune*. Non riusciva a immaginare che cosa Alexandra potesse aver perduto che qualcun altro poteva aver trovato. «Si può sapere di che cosa stai parlando?»

«Le mie sorelle! Chapman le ha rintracciate tutte e due!» Pareva estasiata mentre Margaret, di colpo, si sentì agghiacciare. Chissà perché si era illusa che non le trovasse mai.

«Che bellezza!» Con uno sforzo cercò di dare una nota lieta alla voce. «Stanno bene?»

«Una è medico, la più giovane; e l'altra, Hilary, lavora per una stazione televisiva a New York.»

«Si direbbero due persone importanti. E tu sei una baronessa. Un gruppetto illustre! Dovrebbero fare un film su di voi.» Ma non pareva divertita, e Alexandra lo capì.

«Non ti preoccupare, *maman*. Questo non cambierà nulla. Ti prego, devi rendertene conto.»

Margaret avrebbe voluto esserne sicura. I suoi timori erano gli stessi di Rebecca Abrams. «Quando ti incontrerai con loro?»

«Il primo settembre. Ho ricevuto adesso la telefonata. Devo andare nel Connecticut.»

«Che cosa dirai a Henri?»

«Non ci ho ancora pensato. Magari potrei dirgli che parto con te... oppure per affari che ti riguardano.»

«Non ti crederà mai.»

«No. Ma non me la sento di dirgli la verità. Troverò qualcosa.» Parlarono ancora per qualche istante e poi riattaccarono. Cinque minuti dopo Margaret le ritelefonava e le sue prime parole lasciarono Alexandra sbalordita.

«Vengo con te.»

«Come?... *Maman*... non puoi...»

«Perché no?» Aveva preso una decisione che le pareva eccellente, oltre al fatto che, in tal modo, avrebbe fornito ad Alexandra l'alibi che le occorreva. E poi avrebbe potuto controllare come andavano le cose. Era terrorizzata pensando a quell'incontro.

«Sarà un terribile fastidio per te. Non dovevi tornare a Parigi prima della fine di settembre! Mi avevi detto di voler andare a Roma per qualche settimana.»

«E con ciò? Posso andare a Roma in ottobre. Oppure tornando da New York. In fondo volevo soltanto andare a trovare Marisa», una delle sue più vecchie amiche, «...e comprarmi delle scarpe decenti. Ma preferirei venire a New York con te...» e poi aggiunse quasi con timidezza «...se mi vorrai.»

«O mamma...» Alexandra si sentì salire le lacrime agli occhi. Intuiva quanto Margaret fosse spaventata anche se non ne aveva motivo. Nessuno, parente, consanguineo, marito o amante, avrebbe potuto prendere il suo posto. «Naturalmente sarò felice se verrai. Solo che mi sembra un'imposizione nei tuoi confronti!»

«Non dire sciocchezze. Avrei i nervi a pezzi se fossi costretta a rimanere qui.» Poi le venne un'idea pazzesca che, tuttavia, le piacque. «Vogliamo portare con noi Axelle e Marie-Louise?» La faccia di Alexandra si illuminò a quel pensiero. In fondo le dispiaceva lasciarle alla fine dell'estate, sia pure per pochi giorni. E poi avrebbe semplificato le cose con Henri: era impossibile che trovasse qualcosa da obiettare a un viaggetto del genere, con la famiglia.

«È un'idea magnifica. Voi tre potreste rimanere a New York, quando io andrò nel Connecticut, e poi ci divertiremo un po' insieme prima di tornare a Parigi. Le bambine non ricominciano la scuola fino all'undici.»

«Magnifico. Telefono al Pierre e prenoto le camere fin da oggi. Tu pensa a fissare i posti in aereo. Quando arriveremo?»

«Venerdì è il primo... magari si potrebbe partire giovedì, il trentun agosto.»

«Perfetto. Prenoterò le camere per dieci giorni. E potremo sempre disdirle se tu volessi tornare indietro prima del tempo.»

«*Maman*...» Si accorse di avere un nodo alla gola pensando all'affetto che le legava. «Ti voglio bene.»

«Andrà tutto per il meglio, tesoro. Vedrai. Per il meglio.» E, per la prima volta, da quando John Chapman si era presentato in rue de Varenne, lo pensava realmente.

Alexandra non disse niente a Henri per un'altra settimana. Poi, un pomeriggio, mentre erano sdraiati sulla terrazza cominciò ad accennarglielo.

«La mamma vorrebbe che andassi a New York con lei alla fine dell'estate.» Lo disse con aria disinvolta, ma Henri alzò di scatto la testa e le lanciò un'occhiata furibonda. Era ancora in collera con lei per quello che lui supponeva un tradimento, prima della partenza da Parigi. Non ne avevano più discusso, ma Alexandra intuiva di non essere stata perdonata.

«Si può sapere come le è saltata in testa un'idea del genere?»

«Ha certi affari di cui occuparsi a New York. Investimenti della sua famiglia a cui deve pensare e mi ha chiesto di accompagnarla insieme alle bambine.»

«È assurdo. Per quale motivo dovresti andare a New York in agosto?» Ormai lo insospettivano tutte e due, madre e figlia; era chiaro che stavano complottando qualcosa contro di lui.

«Veramente, si partirebbe alla fine di agosto. E per le bambine potrebbe essere divertente fare qualcosa di un po' di diverso dal solito.»

«Sciocchezze. Puoi andare a New York in un altro momento, quest'inverno, senza le bambine.» La durezza con cui pronunciò quelle parole la fece rabbrividire. Henri non lo sapeva ancora, ma quella volta niente e nessuno le avrebbe impedito di partire e di portare con sé le figlie.

«No, Henri. Ci vado adesso. Con mia madre. E con le bambine.»

Lui si mise a sedere di scatto e le lanciò un'occhiataccia. «Mi sembra che stai diventando un po' troppo indipendente tutto d'un colpo, Alexandra, o sbaglio? Sarei lieto di ricordarti che sono io, qui, a prendere le decisioni sia per te, sia per le nostre figlie.»

Non glielo aveva mai detto tanto chiaramente e senza metafore, ma era la pura verità, o perlomeno lo era stata fino a quel giorno. Le cose avevano cominciato lentamente a cambiare da quando John Chapman era venuto a Parigi.

«Non credo che sia il caso di arrabbiarsi tanto per una cosa del genere, Henri. È solo un invito da parte della mamma per me e le bambine.»

«E se io ti impedissi di accettarlo?» Era diventato cianotico per lo sforzo di controllare la collera e per quel modo di comportarsi da parte di lei che lo lasciava allibito.

«Dovrò partire in ogni caso. Mia madre mi ha pregato di andare con lei.»

«Tua madre non è un'inferma. Le telefonerò personalmente per informarla che tu non parti.» Stavolta Alexandra lo affrontò apertamente e, con voce pacata, ma determinata, gli disse: «Non desidero disubbidirti, ma devo andare a New York con mia madre».

«Perché? Dimmelo! Perché non mi dai una ragione valida?»

«È troppo complicato da spiegare. Si tratta di questioni di famiglia.»

«Alexandra, adesso mi stai mentendo.»

Aveva pienamente ragione; d'altra parte, lei non aveva scelta, la verità era sinceramente troppo terrificante da confessare.

«Ti prego, non parlare in questo modo! Del resto, starò via molto poco. Soltanto alcuni giorni.»

«Perché, accidenti, perché?» Allungò un violento pugno al ripiano di vetro del tavolino e lei sussultò.

«Henri, ti prego, non essere irragionevole.» Era terrorizzata al pensiero di dovergli confessare tutto. «Mia madre vuole andare in visita alla sua famiglia e chiede la mia compagnia. Non c'è niente di male in tutto ciò.»

«Quello che c'è di male è che io non ti ho dato il permesso di partire e continuo a non capire per quale motivo tu lo faccia.»

«Forse, perché mi fa piacere!»

«Non puoi prendere decisioni del genere da sola. Non sei una donna nubile.»

«Però non sono nemmeno una schiava. Non puoi decidere tutto per me, per amor di Dio! Siamo nel ventesimo secolo, non nel Medioevo.»

«E tu non sei una di quelle femministe moderne che fanno tutto quello che salta loro in mente. Ma se è questo che desideri, Alexandra, non puoi farlo finché vivi sotto il mio tetto. Ti prego di ricordartelo bene prima di fare i preparativi per questa assurda partenza.»

«È ridicolo quello che dici. Ti comporti come se avessi commesso un delitto.»

«Niente affatto. Ma sono io a decidere quello che farai e quando. Siamo sempre andati avanti così per quattordici anni e non vedo il motivo di cambiare.»

«E se lo vedessi io?» gli domandò in tono minaccioso. Per la prima volta nella vita si stava accorgendo di non tollerare più il modo in cui Henri la trattava. Lo considerava un uomo perbene, onesto e decoroso, ma si stava rendendo conto di non riuscire più a sopportare che qualcuno dirigesse completamente la sua vita.

«Ti troverai nei guai se ti azzardi ancora a insistere con queste arie di indipendenza. Guarda che io ti ho avvertito!»

«E io ti rispondo, con tutta l'educazione e la cortesia possibili, che partirò per New York con mia madre il trentun agosto.»

«Questo resta da vedere. Ma ricordati che, anche se ti

lasciassi andare, non dovrai portar con te le mie figlie. Sono stato chiaro?» Ormai era soltanto un gioco di potere, quello di Henri, e Alexandra si accorse di odiarlo per quello. Gli mancava solo la frusta... e la sua immagine sarebbe stata completa.

«Dunque sono prigioniere anche loro?»

«Allora vuol dire che ti consideri prigioniera anche tu, vero?»

«In questi ultimi tempi, sì. Da quando mi hai spedito qui per punirmi di un delitto che non avevo commesso. È tutta l'estate che mi tratti come se fossi una criminale.»

«Forse è la tua stessa colpa che ti fa sentire così, mia cara.»

«Niente affatto. E mi rifiuto di sentirmi colpevole, per un viaggio con mia madre, o di dovermi inginocchiare a pregarti e a supplicarti. Non ho nessun bisogno di fare niente di simile. Sono una donna adulta e non mi serve il tuo permesso per fare una cosa del genere!»

«Ah, la piccola baronessa vuole spiccare il volo... Mi stai forse dicendo che non hai più bisogno di essere mantenuta da me, viste le proporzioni del tuo patrimonio personale?»

«Non mi azzarderei mai a dire niente di simile, Henri.» Però era rimasta sconvolta vedendo quanto rancore covasse il marito nei suoi confronti. Henri era furibondo perché lei, per la prima volta, si rifiutava di adeguarsi ai suoi desideri.

«In ogni caso, ho già preso la mia decisione, mia cara. Tu non parti.»

Alexandra lo guardò scrollando il capo, era disperata. Henri non aveva capito che quella volta niente avrebbe impedito ad Alexandra di partire. Nemmeno suo marito.

Capitolo 26

QUANDO John Chapman arrivò nel Kentucky gli sembrò di atterrare su un altro pianeta. Dovette trovarsi una jeep con autista e farsi più di tre ore su strade dissestate fra le montagne per arrivare a un «motel» con un'unica camera e il gabinetto in cortile. Rimase a lungo seduto in quella stanza, la sera, ascoltando il richiamo delle civette e altri suoni che non aveva mai udito e continuando a domandarsi come poteva essere la Megan Walker che avrebbe incontrato la mattina seguente.

Ebbe un sonno irrequieto e si svegliò presto. A piedi, raggiunse l'unico ristorante della città dove mangiò uova fritte e fiocchi d'avena innaffiati da una tazza di un caffè letteralmente disgustoso. Verso l'ora di pranzo la jeep tornò a prenderlo. L'autista, che aveva soltanto sedici anni, era completamente sdentato. Lo condusse fino all'ospedale, che si trovava in alto, fra le montagne, sotto folti alberi di pino, circondato da baracche in cui vivevano numerose famiglie, gran parte delle quali composte da una dozzina di bambini che correvano qua e là, scalzi, vestiti praticamente di stracci e seguiti da branchi di cani pidocchiosi. Pareva incredibile che quella specie di avamposto dell'umanità, dimenticato da Dio, si trovasse in una regione tanto stupenda, a solo poche ore di aereo da luoghi come New York, Washington e Atlanta. La povertà, che John vide, lo lasciò strabiliato. Ragazzi che sembravano vecchi, curvi e grinzosi per colpa delle pessime condizioni in cui lavoravano, della poca salute, della terribile denutrizione; giovani donne senza denti e con pochi capelli. Bambini con il ventre gonfio per la mancanza di cibo. John si domandò come Megan potesse sopportare tutto quello, lavorando lì; e, quando entrò nell'ospedale, si accorse di non sapere bene che cosa ci avrebbe trovato.

Venne indirizzato a un padiglione a parte, sul retro e,

quando ci arrivò, trovò una trentina di donne, sedute pazientemente sulle panche, circondate da bambini piagnucolosi, incinte di nuovo anche se, in certi casi, si trattava già del loro ottavo o nono figlio ed erano soltanto sui vent'anni. Uno spettacolo che lo lasciò stupefatto. Quando girò gli occhi verso la scrivania vide una testa di capelli rosso fiamma chiusi in due trecce. Era quella di una bella ragazza in jeans e scarpe da montagna la quale si alzò per andargli incontro. Allora non ebbe più dubbi e capì che si trattava di Megan. Assomigliava ad Alexandra in un modo incredibile.

«Salve, dottore.» Lei sorrise a quel saluto e lo condusse in una stanzetta adiacente dove potevano parlare in privato. John le mostrò il fascicolo dei documenti che aveva già mostrato ad Alexandra e gliene parlò, spiegandole che la riunione era stata fissata per il primo settembre, come lei aveva suggerito. «Crede sempre che riuscirà a farcela?» Pareva preoccupato, ma lei lo rassicurò con un caldo sorriso. Aveva qualcosa del modo di fare di Rebecca, anche se in realtà assomigliava moltissimo ad Alexandra.

«Sì, potrò esserci. Sempre che riesca a staccarmi da loro!» E con un ampio gesto del braccio gli indicò le donne che attendevano sedute sulle panche.

«È uno spettacolo terrificante.»

«Lo so.» Annuì con aria grave. «Ecco perché sono venuta qui. Hanno un disperato bisogno di aiuto. Assistenza medica, cibo e istruzione. È incredibile pensare che possano esistere cose del genere proprio nel nostro Paese.» John annuì, non avrebbe potuto certo essere in disaccordo con lei e non le nascose di essere impressionato da quanto riusciva a fare, vista la situazione.

Megan sfogliò di nuovo il fascicolo, pensosa, e infine gli fece qualche domanda sui genitori. Anche lei desiderava sapere le stesse cose che Alexandra gli aveva chiesto. Per quale motivo Sam aveva ammazzato Solange? E, poi, che cos'era accaduto alle altre? Si rattristò leggendo la documentazione che riguardava Hilary e sorrise quando lui finì di parlarle di Alexandra.

«La sua vita sembra incredibilmente diversa dalla mia, vero? Una baronessa francese. Com'è lontano tutto questo dal Kentucky, signor Chapman.» Lo disse accentuando un po' la parlata strascicata del Sud. Si misero a ridere insieme. Comunque si dimostrò ansiosa di ritrovarsi con le sorelle. Indipendentemente dal fatto che fossero tanto diverse. «Sa che mia madre è molto spaventata per questa riunione?»

«Me ne sono accorto quando ci siamo trovati per parlarne. Suo padre, però, cercava di rassicurarla.»

«Credo che un genitore adottivo consideri una minaccia il fatto che il figlio o la figlia possano cercare la loro vera famiglia d'origine. Me ne sono accorta durante il mio internato, prima di venire qui. Però la mamma non ha nessun motivo di preoccuparsi.» Gli sorrise, disinvolta. Sapeva con esattezza chi lei fosse, quale fosse la sua meta e per quale motivo desiderasse raggiungerla; non molto diversamente dalle persone che l'avevano istruita e allevata. Anche David e Rebecca avevano vissuto secondo quei principi; essi erano stati dei genitori perfetti per Megan. Persone oneste, decorose e intelligenti. Pronte a riversare tutto il loro amore sul prossimo e sulle cause nelle quali credevano. Megan sapeva tutto ciò. Lo aveva detto alla madre prima di ritornare lì, all'ospedale. «Si adatterà e tutto andrà per il meglio. Le ho promesso di telefonarle quando ogni cosa sarà finita. Suppongo che, dopo, avranno voglia di venire a trovarmi, se conosco i miei genitori come li conosco!» Scoppiarono in una risata e John la guardò negli occhi. Erano pieni di luce, di vita e di animazione. Megan era una ragazza che si dedicava appassionatamente a quello che faceva e si sentiva completamente realizzata. Era eccitante anche solo trovarsi in sua compagnia. Talmente diversa da creature come Sasha, totalmente egocentriche e chiuse in se stesse. Lei, invece, non pensava ad altro che alla gente bisognosa che aveva intorno. Verso la metà del pomeriggio fu costretta a lasciarlo perché si profilava l'urgenza di un taglio cesareo. Tornò indietro dopo un paio d'ore e si scusò.

«Se penso che questo doveva essere il mio pomeriggio di libertà! Ma è sempre così. Ecco perché non vado mai molto lontano.» Quella sera lo invitò a cena a casa sua. Viveva in una baracca molto semplice con pochi mobili e bellissime coperte trapuntate che aveva comprato da alcune pazienti. Preparò un semplice stufato e poi si misero a chiacchierare di lei, della sua giovinezza, del padre e della madre, delle persone che aveva conosciuto. Voleva molto bene ai genitori e provava una profonda gratitudine per tutto quanto avevano fatto per lei, ma era anche molto incuriosita da quel passato che non conosceva.

Sorrise una volta, guardandolo al di sopra dell'orlo del bicchiere di vino e, in quell'istante, aveva un'espressione molto giovane, da ragazzina. «In un certo senso, è qualcosa di emozionante.» Lui rise e le allungò un colpetto affettuoso sulla mano. In fondo, rifletté, sembrava la meno angosciata, la più sicura, la più felice delle tre donne; lei stava facendo tutto quello che aveva sempre desiderato.

Poi lo riaccompagnò al suo alloggio con la jeep che il padre le aveva regalato quando si era trasferita a vivere lì, in montagna. John avrebbe voluto rimanere a parlare con lei per ore e ore; purtroppo Megan doveva rientrare. Riprendeva servizio la mattina dopo alle quattro e mezzo.

«Ci rivedremo nel Connecticut il primo settembre?» gli domandò guardinga, mentre lui la contemplava al chiaro di luna.

«Ci sarò.» John le sorrise. «Almeno per un po'. Ho promesso al signor Patterson di essere presente per accogliervi tutte e per aiutarlo nei primi momenti.»

«Allora, arrivederci.» Lo salutò con un gesto della

mano mentre avviava di nuovo il motore e John rimase a seguirla a lungo con lo sguardo, ascoltando il grido delle civette fra gli alberi, sentendo sulla faccia la brezza della montagna e per un attimo rimpianse di non poter rimanere lì, con lei, per sempre.

Parte quinta

Riunione

Capitolo 27

Alexandra aveva già preparato i bagagli e le restava soltanto da pensare alle bambine quando Henri l'affrontò nell'atrio e la prese per un braccio. «Credevo che tu mi avessi capito. Ti ho già detto che non parti per New York.»

«Henri, devo partire.» Non voleva litigare con lui per una questione del genere. Si trattava di qualcosa che era costretta assolutamente a fare e non le pareva giusto che lui cercasse di impedirglielo proprio all'ultimo minuto. Henri la seguì in camera e si mise a scrutarla in silenzio, furente.

«Per quale motivo sei così ostinata? Perché vuoi partire a ogni costo?» D'istinto sentiva che doveva trattarsi di un uomo. Perché non esisteva nessun altro motivo ragionevole.

«È molto importante per me.»

«Ma perché? Per quale motivo un viaggio a New York con tua madre ha un significato tanto importante per te in questo momento? Ti spiacerebbe spiegarti?»

Gli occhi di Alexandra si colmarono di lacrime mentre lo guardava dall'altro lato del letto. Era stato duro e scortese con lei per tutta l'estate e adesso non era giusto da parte sua crearle tante difficoltà. «Non posso darti nessuna spiegazione. Riguarda semplicemente qualcosa che è accaduto molto tempo fa.»

«Qualcosa che riguarda un uomo?» La guardò con aria accusatrice e ad Alexandra sembrò all'improvviso molto vecchio. Si chiese perfino se non fosse spaventato... spaventato al pensiero che lei avesse una relazione con un uomo più giovane. Provò una gran compassione per lui e, per un attimo, le parve molto indifeso. Scrollando il capo disse:

«No, non c'è nessun uomo. È qualcosa che riguarda i miei genitori». Era la verità anche se, naturalmente, Alexandra non alludeva né al *comte* né alla *comtesse* de Borne.

«Che cosa c'entrano? Alexandra, esigo di essere informato su quello che sta succedendo.» Allora, di punto in bianco, Alexandra non si sentì più di lottare contro di lui; si lasciò cadere su una poltrona e cominciò a piangere. Henri, però, non le venne vicino. Non le offrì il minimo conforto. Lui si aspettava sempre una spiegazione e forse qualcosa di più.

«Non volevo essere costretta a spiegarti tutto questo... è... è difficile... anch'io lo so soltanto da giugno.» Lo guardò con gli occhi colmi di angoscia ed Henri si rese conto all'improvviso che doveva trattarsi di qualcosa di molto grave, e che il tradimento e l'avventura extraconiugale, per i quali l'aveva punita in quei due mesi, forse non esistevano affatto. Si sentì cogliere da un brivido, ma per quanto provasse un vago senso di colpa, rimase ad aspettare, in piedi vicino alla finestra, tacendo, che lei proseguisse: «Mia madre... i miei genitori... esiste qualcosa che avrebbero dovuto dirti... o forse avrei dovuto dirtelo io, solo che me ne ero praticamente dimenticata e continuavo a ripetermi che non era importante. Adesso, invece, suppongo che lo fosse...» Lui si sentì inorridire mentre rimaneva ad aspettare impassibile e Alexandra, dopo aver ripreso fiato fra un singhiozzo e l'altro, continuò: «Henri, io sono stata adottata».

Lui la guardò con gli occhi sbarrati. Era stupefatto.

«Sei stata adottata? E perché nessuno me l'ha detto? Tuo padre non me ne ha mai parlato.» Pareva inorridito, ma Alexandra continuò, facendosi coraggio. Ormai aveva deciso di raccontargli tutto indipendentemente da quello che poteva costarle.

«Ero stata adottata già una prima volta. Da Margaret e dal suo primo marito.» Aspettò che l'impatto terribile di quella notizia venisse assorbito, infatti Henri cadde a sedere lentamente sul letto e divenne pallidissimo.

«Vuoi scherzare? Oppure dici sul serio? Dunque tu non saresti la vera figlia di Margaret e Pierre de Borne?» Si sentiva come se qualcuno gli avesse appena detto che il suo Renoir, pagato cinque milioni di dollari, era un falso. La sua adorabile consorte, con una genealogia impeccabile, non era una contessa di nascita, ma la figlia di chissà chi. Alexandra annuì. Capiva quanto fosse stato profondo lo choc, lo aveva provato anche lei quando Margaret glielo aveva confidato e quindi ora si rendeva conto di come Henri dovesse sentirsi. «E prima ancora? Ma allora Margaret non è nemmeno la tua vera madre?» La sua voce era ridotta a un sussurro. Alexandra assentì, pronta a rivelargli tutto.

«No, non lo è.»

Lui scoppiò in una risata stridula e amara. «Quando penso a tutte le volte che mi sono preoccupato che tu o le bambine le assomigliaste troppo! Ma, allora, chi sono i tuoi genitori? Non sai nemmeno questo?» Poteva essere chiunque... una ragazza di strada... trovata chissà dove... figlia di genitori sconosciuti, chissà con quali ascendenti! Bastava quel solo pensiero a farlo star male. Per dieci secoli la sua famiglia aveva scelto le spose e dato vita ai figli con estrema cautela e adesso lui si era sposato con una perfetta sconosciuta che non aveva un minimo di storia alle spalle.

«Sono due mesi che lo so. E avrei voluto fare il possibile per evitare di parlartene. Ecco il segreto che non ti ho mai rivelato. Non ce ne sono altri.» Ma lui non si mostrò convinto né placato, anzi le lanciò un'occhiata carica di collera e attraversò a lunghi passi furiosi la stanza. Poi girò appena la testa sulla spalla e le disse:

«Quasi quasi avrei preferito che si trattasse di un uomo».

«Sono spiacente di doverti deludere», lei gli rispose con profonda tristezza. In fondo, Henri se ne lavava le mani. La abbandonava al suo destino. E lei si era illusa che l'accettasse... che niente di tutto ciò potesse avere un significato. Ma avrebbe dovuto immaginarlo. Fatti come quelli avevano un'importanza troppo grande per suo marito perché potesse mostrarsi magnanimo di fronte a una sorpresa del genere. Lo aveva sempre saputo. Si era solo illusa che le cose potessero andare diversamente.

«E i tuoi genitori? Chi sono? Quelli veri, dico...»

Lei sospirò a fondo e poi coraggiosamente si decise a parlare: «Mia madre era francese. So soltanto che si chiamava Solange Bertrand, una 'borghese' come diresti tu. Mio padre l'aveva conosciuta durante la liberazione di Parigi quando è arrivato con le Forze Armate alleate. Io non so nient'altro. Mio padre era attore, un attore molto famoso e rispettato, si chiamava Sam Walker. Si dice che fossero innamoratissimi, hanno avuto tre figlie delle quali io sono la seconda. E poi...» Si accorse che stava pronunciando il resto della storia con voce strozzata eppure, per quanto strano fosse, in un certo senso era un sollievo parlarne: «...Probabilmente in seguito a un improvviso raptus di pazzia, lui l'ha uccisa. Quando, dopo il processo, è stato condannato, si è suicidato in cella, lasciando me e le mie sorelle orfane e senza un centesimo. Per qualche mese ci hanno affidato a una zia e poi un amico di famiglia, un avvocato, ci ha trovato una casa e ci ha fatto adottare, o meglio ha fatto adottare due di noi. Io sono stata molto fortunata perché mi hanno affidato a Margaret e al suo primo marito, un avvocato che si chiamava George Gorham. A quell'epoca avevo cinque anni. Evidentemente ne avevo quattro quando mio padre ha ucciso mia madre, ecco il motivo per il quale non me ne ricordo assolutamente. E non ricordo nulla neanche di George Gorham. A quanto sembra, lui è morto sei mesi dopo e mia madre... cioè Margaret... è venuta in Francia per quel periodo di lutto e poi per ricominciare a vivere, e ha incontrato mio padre... Pierre... e, quanto al resto, tu sai praticamente tutto. Mi ha adottato subito dopo aver sposato mia madre, cosa che tu non sapevi e io immagino di aver dimenticato, e da allora in poi siamo vissuti felici e contenti. Poi sei arrivato tu, Henri». Cercò di sorridere, ma rimase agghiacciata quando vide l'espressione di lui.

«Proprio una bella storiella.» Henri la guardò con collera malcelata. «Come vi siete azzardati a ingannarmi in questo modo per tanti anni? E anche se tu avevi dimenticato tutto, come vai dicendo, tua madre se ne ricordava senz'altro. E tuo 'padre' come lo chiami... *bande de salopards*! Potrei chiedere il divorzio per frode... e i danni in aggiunta!»

«Dunque, per te, le tue figlie sono 'danni', Henri? Non avevo idea... sinceramente...» Adesso aveva le guance inondate di lacrime che continuavano a scenderle a fiotti dagli occhi, macchiando la camicetta di seta gialla che indossava. Non leggeva nemmeno un po' di compassione nei suoi occhi.

«Io affermo che tutta questa fanfaronata è vergognosa! E perché, allora, il viaggio a New York? Quale ne sarebbe il motivo? Deporre dei fiori sulle tombe dei tuoi genitori?»

«L'avvocato che ci aveva fatto adottare era il più intimo amico di mio padre e di mia madre e, adesso, si trova in punto di morte. Ha trascorso svariati mesi cercando di localizzare me e le mie sorelle e vuole farci incontrare. Lui pensa che sia un dovere nei nostri confronti per ripagarci del dolore che ci può aver causato separandoci l'una dall'altra. Io sono stata molto fortunata, ma almeno una di noi, no.»

«Che cos'è, adesso? Una puttana che batte le strade di New York? Mio Dio, è inconcepibile! In un'ora mi trovo ad avere ereditato una sposa di guerra, un assassino suicida, e Dio solo sa che cos'altro... E ti aspetti che io sventoli il fazzoletto e sparga lacrime di gioia perché stai per riunirti con le tue sorelle, delle quali, magari, dopo tanto tempo, non t'importa un bel niente? E tua madre? Quale è stata la sua parte in tutto questo? È lei la responsabile, se ti sei trovata di nuovo in contatto con questo avvocato? È lei a pensare che hai bisogno di qualche piccola emozione per ravvivarti l'esistenza? So benissimo che mi considera profondamente noioso, ma ti assicuro che tutto ciò non lo trovo affatto eccitante!»

«Non lo è nemmeno per lei.» Alexandra alzò di scatto la testa, guardandolo con fierezza. Gli aveva spiegato tutto e, se Henri avesse deciso di troncare ogni rapporto con lei, non avrebbe potuto farci niente. Lei aveva fatto il possibile per proteggerlo da quella rivelazione, ma Henri aveva insistito per avere una risposta alle sue domande. La risposta... era quella! Ora restava soltanto da vedere quali sarebbero state le conseguenze. «Mia madre aveva il cuore spezzato quando si è vista costretta a parlarmene. Non avrebbe mai voluto che niente di tutto ciò tornasse a galla. Però io voglio vedere le mie sorelle! Io voglio vedere chi sono! E mia sorella non è una puttana! È una dirigente di una importante stazione televisiva, anche se ha avuto una vita drammatica. La mia sorella più giovane è medico, e lavora nell'Appalachia. Non so nemmeno se le troverò simpatiche, o se loro troveranno simpatica me. Però voglio vederle, Henri. Voglio sapere chi sono io oltre a essere semplicemente tua moglie.»

«Perché non ti basta più, eh? Ci mancava anche questo fulmine a ciel sereno, vero? Ma riesci a immaginare quale sarà il danno che tutto ciò potrebbe fare alla mia carriera, se si sapesse in giro? E quale sarà la sorte della mia banca? E la reazione delle mie amicizie politiche? E dei parenti? Prova a pensare a quello che potrebbero dire le tue stesse figlie se sapessero che il loro nonno ha assassinato la nonna? O mio Dio...» Si lasciò cadere di nuovo seduto sul letto, frastornato da quei pensieri. «Non riesco nemmeno a immaginarlo.»

«Neanch'io», rispose Alexandra con voce tremula. «Però non riesco a capire per quale motivo la faccenda dovrebbe essere risaputa. Nessuno darà pubblicità a questa riunione. Le bambine non sanno nemmeno il motivo per il quale partiamo. Credono semplicemente che la nonna ci abbia invitato e che sia per questo che andiamo a New York. Io passerò un fine settimana nel Connecticut, 'in compagnia di amici' mentre le bambine e la mamma rimarranno a New York.»

«Non capisco per quale motivo tu voglia averle con te. Non ha senso.» Per lei ne aveva... e anche per Margaret.

«Chissà... forse mi occorrono per darmi coraggio e forza, in questa occasione.» E poi si decise a fare l'ultimo passo, il più importante, al quale, solo un momento prima, non aveva affatto pensato. «Sarai il benvenuto se vorrai venire anche tu. Mi spaventa un po' l'idea di rivedere dopo trent'anni persone di cui non ricordavo nemmeno l'esistenza e che, pure, una volta devo aver amato.»

«Sono cose che vanno al di là della mia immaginazione. No, non ho nessuna intenzione di unirmi a voi. Anzi, Alexandra...» Si alzò e la guardò con aria piena di tristezza. Per lui quella notizia aveva completamente distrutto la loro esistenza. «Ti imploro di non partire. Non ho ancora ben chiaro in mente che cosa si possa salvare del nostro matrimonio, però andare a rivedere quelle persone non ha senso. Non sono al tuo livello...» Poi, a voce più bassa, appena percettibile: «Ti prego, non partire».

Ma quella volta lei non poteva accettare di fargli un favore. Dopo quattordici anni di devozione e di ubbidienza a Henri de Morigny, non lo sopportava più. Doveva partire per New York, per il proprio bene e, forse, perfino per quello delle bambine. Doveva assolutamente andare ad affrontare quelle donne, toccarle, mettersi in contatto e magari accorgersi che poteva voler bene a ognuna di loro e soprattutto doveva seppellire i fantasmi del passato. «Mi spiace, Henri... ci sono costretta... spero che comprenderai almeno questo. Per me è terribilmente importante. E niente di tutto ciò deve danneggiare il nostro matrimonio. Faccio qualcosa che devo assolutamente fare... per me... non per addolorare te.» Gli andò vicino e tentò, dolcemente, di buttargli le braccia al collo e di stringerlo a sé, ma lui non glielo permise. La trattò come un'estranea, perché ormai la considerava tale.

«Ti confesso che mi pare di non riconoscerti nemmeno più!»

«Dunque il mio albero genealogico fa tanta differenza?» Ma sapeva già quale sarebbe stata la risposta, prima ancora di fare la domanda. Henri scrollò tristemente la testa e uscì dalla stanza mentre lei, dopo essersi soffiata risolutamente il naso, attraversata l'anticamera, entrò in camera delle figlie a preparare le loro valigie. Indipendentemente da tutto quello che poteva succedere al suo matrimonio, ormai non aveva più dubbi. Doveva andare a New York. Sì, doveva. E ci sarebbe andata.

Capitolo 28

Mancavano ormai soltanto tre giorni alla riunione quando John Chapman tornò negli uffici della stazione televisiva, esibì ancora una volta tutti i lasciapassare e salì per raggiungere l'ufficio di Hilary. Sorrise alla segretaria e, assumendo il modo di fare di chi faceva parte dell'importante complesso, domandò se c'era Hilary e se poteva parlarle.

«Sta per uscire fra pochi minuti...» La ragazza stava per domandargli il nome, ma John in un lampo le passò davanti e lei alzò le spalle. Era impossibile tener d'occhio tutte le persone che volevano entrare a parlare con la signorina Walker. Erano troppe, e poi quello sconosciuto aveva un'aria corretta e per bene. Anzi era quasi affascinante. Sorrise tra sé, chiedendosi se per caso era un uomo che a Hilary interessava. Con il quale aveva una relazione. Perché in realtà nessuno sapeva niente della vita privata della signorina Walker. Quando John si trovò davanti alla sua scrivania, Hilary alzò gli occhi di scatto, trasalendo.

«Sì?» Pensò che fosse lì a consegnarle qualcosa: una sceneggiatura oppure istruzioni urgenti. Era abituata a tante facce nuove che entravano e uscivano di continuo dal suo ufficio... Quella però non l'aveva mai vista. John Chapman rimase a osservarla in silenzio per un po', come se la conoscesse bene. Gli dava una strana sensazione trovarsela davanti; lei, improvvisamente allarmata, allungò la mano verso il telefono per chiamare qualcuno e chiedere aiuto. Ma quando John le sorrise, si vergognò di essersi comportata come una sciocca. Aveva l'aspetto di un uomo intelligente, con il cervello a posto, un bell'uomo, tuttavia continuava a chiedersi chi diavolo fosse e che cosa volesse da lei. Fu in quel momento che John si decise a parlare e le domandò con la sua voce profonda e gentile: «È la signorina Walker?»

«È la signorina Walker?» Non occorreva che Hilary gli rispondesse. Sapeva con esattezza chi lei fosse, forse meglio ancora di quanto Hilary stessa non credesse. «Mi scuso di presentarmi in questo modo. Non volevo entrare senza farmi annunciare, ma devo assolutamente parlarle per un minuto.» Hilary si alzò in piedi, pur restando dietro la scrivania, come per tenere la situazione sotto controllo. Intanto John fece qualche passo avanti. Gli occhi verdi erano glaciali, la voce aveva assunto un tono tagliente.

«Sto per uscire. Dovrà rimandare a domani. Da quale reparto viene, lei?» Era una domanda ben precisa e Chapman, per un momento, scoprì di non sapere come rispondere. Non voleva che lei chiamasse gli uomini del servizio di sicurezza, perché lo avrebbero buttato fuori. Quindi pensò di dire qualcosa che le facesse colpo e la lasciasse allibita.

«Sono qui da parte di Megan e Alexandra...» Tacque per un attimo e rimase a osservare l'effetto di quelle parole le quali, come il lancio di una bomba, al primo momento non provocarono nessuna reazione. Gli occhi di Hilary erano sempre impenetrabili, parevano di ghiaccio verde. «...Desiderano vederla.»

«Chi è lei?» Stavolta la mano che allungò verso il telefono era scossa da un tremito. Ma lui, con un gesto fulmineo, la precedette e la costrinse a lasciare la cornetta appoggiata sulla forcella.

«La prego... mi conceda soltanto cinque minuti. Non le farò del male. È una storia lunga ma cercherò di renderla più breve possibile.» Allora, all'improvviso, Hilary si rese conto che quello era l'uomo che le aveva già telefonato. E John si rese conto che lo aveva riconosciuto.

«Non voglio vederle.»

«Loro vogliono vedere lei. Tutte e due. Alexandra è in arrivo dalla Francia... Megan dal Kentucky...» Prendeva tempo... e lei, adesso, cominciava a rivelare la propria angoscia dagli occhi... che riflettevano un dolore profondo, incredibile...

«È stato quel vecchio figlio di puttana a mandarla? E perché? Perché adesso?» Si era raddrizzata e lo scrutava dopo aver staccato la mano dal telefono.

«Sta per morire.»

«Bene.»

«Forse si è pentito dei suoi peccati. Vuole riunirvi tutte e tre, questo fine settimana, nella sua casa nel Connecticut. Ha trascorso mesi a cercarvi...»

«Balle.» Lei lo interruppe. «So io la verità! Vent'anni fa sono andata a parlargli e mi ha detto di non aver la minima idea, né il minimo interesse di scoprire dove ciascuna di loro si trovasse. Chi è stato a rintracciarci? Forse lei?» John Chapman assentì, senza ben sapere se, per quello, lei lo avrebbe odiato. Si accorgeva che, in quel momento, non faceva che far riaffiorare dal passato, per lei, antichi dolori. Ma Hilary, invece, già da molto tempo aveva deciso di seppellire definitivamente quel passato. Dopo l'ultimo colloquio con Arthur, aveva rinunciato alla speranza di rintracciare le sorelle. Dopo dieci anni, quel sogno si era infranto. E adesso, dopo altri vent'anni, non voleva più farlo rivivere. Non aveva più bisogno di nessuna di loro. Aveva dato un taglio netto a tutto ciò che, nella sua vita, poteva rammentare le due sorelle. Non c'erano né uomini, né figli, né una vita amorosa di qualsiasi genere. Ma solo il lavoro, un lavoro che la placava, una quantità di lavoro e la gente che calpestava o scacciava dal proprio cammino, diretta com'era verso una meta ben precisa. Non doveva più sentirsi né colpevole, né dispiaciuta. Perché mirava a una sola cosa. E badava solo a se stessa. «Chiunque lei sia, è troppo tardi.»

«Chapman. John Chapman.»

«Bene, gli dica che la faccenda non m'interessa. Arriva con vent'anni di ritardo... magari anche trenta.» Tornò a sedersi. Aveva un'espressione di indicibile amarezza. Sotto molti aspetti, John se n'era accorto subito, sembrava più giovane della sua età; sotto altri, più vecchia. Tutto ciò era rivelato dai suoi occhi tristi.

«E che cosa racconto alle sue sorelle?»

«Dica... dica...» La sua voce ebbe un tremito. Alzò a guardarlo due occhi desolati. «Dica che, allora, io ho voluto un gran bene a tutte e due, ma... adesso è troppo tardi per me.» John scrollò il capo e si mise a sedere di fronte a lei, dall'altro lato della scrivania, augurandosi di riuscire a toccare con le proprie parole qualcosa di vivo nel suo cuore, se ancora vi si trovava e se era sopravvissuto alle infinite torture sopportate durante l'infanzia.

«Non è troppo tardi, Hilary... non può essere tardi... perché per le sue due sorelle lei, a quell'epoca, era tutto...» Arthur gliel'aveva detto. Aveva descritto il modo in cui Hilary si era sempre presa cura delle altre due bambine e soltanto a parlarne si era messo a piangere. «Non può voltare le spalle a quelle due persone, ora.»

Lei lo guardò negli occhi, chiedendosi chi fosse, come l'avesse trovata, e come sapesse tante cose. «Non hanno più bisogno di me, Chapman. Ormai sono donne adulte. Che cosa fanno? Sono segretarie? Casalinghe?» Era il destino migliore che potesse augurare a ciascuna di loro. Ma John Chapman sorrise.

«Una è baronessa, in Francia, ha due bambine. L'altra fa il medico nel Kentucky. Sono donne interessanti, sia l'una che l'altra. Credo che le piacerebbero.»

«Chi fa il medico?» Era difficile immaginare l'una o l'altra di quelle due bambine trasformata in un dottore.

«Megan. È straordinaria. Come Alexandra. Che è piena di calore umano, di tenerezza, di bontà.»

«Lo è sempre stata, fin da piccola.» La sua voce, adesso, era sommessa, quasi un sussurro. Poi si nascose la faccia fra le mani, e scrollò il capo. «Il solo pensiero di rintracciarle mi ha tenuto viva durante quei dieci anni di inferno. Ho rubato diecimila dollari alla zia e la mia intenzione era quella di venire a New York a cercarle.» Rise, sempre con la faccia nascosta fra le mani, ma Chapman si accorse che sulla scrivania era caduta qualche lacrima. «Poi lui mi disse di non aver più tenuto i contatti con nessuna di loro... non aveva la minima idea di dove potessero essere... e nemmeno io sono riuscita a trovarle.» Alzò verso John due occhi disperati. «Ma che importanza ha tutto questo all'infuori del fatto che ci daremo soltanto un dolore l'una con l'altra ricordando tutto quanto è accaduto?»

«Lei è l'unica ad avere ricordi così dolorosi, Hilary. Le altre non hanno niente. Alexandra si ricorda di lei, ma Megan non sa niente di niente. Tutto quello che avete adesso siete voi stesse. L'una per l'altra. Tutto quanto è accaduto ai vostri genitori non ha più importanza. Non ci siete che voi tre... Non può voltare le spalle alle altre, a tutto questo!»

«Quel vecchio bastardo ci ha distrutto. Per quale motivo dovrei permettergli di mettersi a posto la coscienza facendoci incontrare? La mia vita non cambierà anche se non le vedessi. Perché tutto ciò ormai è finito. Fa parte del passato. Loro non esistono più. Proprio come... i miei genitori... come tutto ciò che è stato.»

«Suo padre e sua madre sono andati via per sempre... ma le sue sorelle, no. Sono vive, reali, e desiderano conoscerla. Anche se andasse alla riunione e si accorgesse di odiarle, se non altro potrebbe sempre dire a se stessa che ha voluto ugualmente fare questo tentativo.» Ma Hilary scrollò lentamente la testa e poi si alzò in piedi di nuovo. Adesso i suoi occhi verdi come smeraldi erano fiammeggianti.

«No, non lo farò. Riferisca pure a Patterson che lo odio con tutto il cuore... no... non credo che lei riuscirebbe mai a immaginare quanto sia il mio odio nei suoi confronti.»

«Perché? So che non vi ha fatto rimanere insieme, ma c'è dell'altro?» Era una domanda che voleva farle fin da quando si era messo a leggere il fascicolo che la riguardava.

«Non ha più importanza. Lui sa quello che ci ha fatto. Che viva con questo pensiero. Per me... è finita... ho la mia vita... il mio lavoro... non mi occorre niente di più.»

«È una vita terribilmente vuota, Hilary. Lo so perché è tutto quello che ho anch'io. Con chi parla, la sera, nel silenzio? Chi le tiene la mano quando è malata, stanca o impaurita? Ma io almeno ho una ex moglie, dei genitori e due fratelli. Lei chi ha? Crede di potersi permettere di voltare le spalle a queste due donne?»

«Fuori dal mio ufficio!» Si avviò alla porta e la spalancò. Aveva ascoltato abbastanza, adesso non ce la faceva più. Ma Chapman si tolse un foglietto di tasca. Erano le istruzioni per arrivare alla villa di Arthur, nel Connecticut, il primo settembre, il numero di telefono e l'indirizzo; la guardò negli occhi, mentre lo deponeva sulla scrivania. Poi andò verso la porta.

«Sono mesi, ormai, Hilary Walker, che vivo la sua vita. Ho pianto per lei. Sono stato a Charlestown, a Jacksonville, ho parlato con la vicina che l'ha trovata quasi in punto di morte sulla soglia di casa... sono andato a cercare le famiglie alle quali era stata data in affidamento. So quanto sia terribile il male che le ha fatto... so che la sua sorte è stata ignobile...» Aveva le lacrime agli occhi, ora, ma continuò: «...ma per amor di Dio, la supplico, non faccia questo... non volti le spalle alle sue sorelle proprio adesso. Hanno bisogno di lei, lei ha bisogno di loro... Hilary... la prego... vada alla riunione. Ci sarò anch'io ad aiutarvi. E farò tutto il possibile». Hilary lo stava guardando sbalordita, chiedendosi come avesse fatto a sapere tutte quelle cose. «Cerchi solo di esserci... la prego...» Poi le strinse garbatamente un braccio e uscì dall'ufficio. Lei rimase immobile a seguirlo con lo sguardo, sentiva rivivere in sé tutto l'antico dolore, ma adesso si univa una confusione nuova. Non voleva andare a rivederle... non voleva ricordare i riccioli rossi di Axie e il piagnucolio di Megan alla notte. Erano andate via, ormai. Per sempre. E lei non poteva più tornare indietro. Nemmeno per John Chapman.

Capitolo 29

«DUNQUE sei proprio decisa ad andare?» Henri la fissò, dall'estremità più lontana della camera da letto. A Cap Ferrat occupavano una camera comune, o almeno così era stato fino a quando Alexandra gli aveva confessato ogni cosa. Da allora lui si era trasferito nella stanza degli ospiti. Un gesto che non aveva bisogno di altre spiegazioni.

«Sì, certo.» Alexandra aveva l'aria grave, ma decisa. Le bambine erano vestite, pronte. Le valigie nell'atrio al pianterreno. Margaret si sarebbe trovata con loro all'aeroporto di Nizza. Erano riuscite a fissare un volo diretto per New York, senza tornare a Parigi.

«Non vuoi ripensarci?»

Lei scrollò lentamente la testa. «Mi spiace, tesoro, non posso.» Fece qualche passo verso di lui nella speranza che le consentisse di toccarlo, ma quando gli arrivò vicino Henri fece un passo indietro; quel gesto la ferì profondamente.

«Ti prego, non farlo», le disse in tono pacato. «Ma se parti, ti auguro buon viaggio.»

«Tornerò non più tardi del dieci.» Lui annuì. «Sarò al Pierre di New York se tu avessi bisogno di me. Ti telefonerò.»

«Non sarà necessario. Avrò molto da fare.» Le voltò le spalle, uscì sulla terrazza e Alexandra, dopo avergli lanciato un'ultima occhiata, scese al pianterreno. Non lo vide mentre le seguiva con lo sguardo quando si allontanarono in automobile, come non vide i suoi occhi pieni di lacrime. Capiva di averla amata moltissimo e adesso aveva la sensazione che fosse perduta per sempre. Gli pareva ancora incredibile... tutto quanto era accaduto... non riusciva assolutamente a capirlo! Come avevano potuto lasciare che tutto ciò accadesse?... In un certo senso, se ne rendeva conto, Alexandra era vittima delle circostanze, esattamente come lui. Ma per lui era molto più importante e, adesso, Alexandra era partita per quell'assurda riunione con due sorelle sconosciute! Avrebbe voluto poterglielo impedire, ma ormai era evidente che aveva fallito in pieno.

Margaret aveva insistito perché viaggiassero in prima classe e le bambine erano rimaste incantate. Dopo aver ordinato delle bibite cominciarono a giocare con le cannucce, soffiandosi addosso.

«Bambine, per favore!» Alexandra le ammonì, sempre pensando al marito, e Margaret le disse di lasciare che si divertissero. Poi, mentre le due bambine cominciavano a girare per l'aereo per vedere se trovavano altri ragazzini con cui giocare, Margaret domandò ad Alexandra come Henri avesse preso la notizia. Qualche giorno prima, infatti, la figlia le aveva accennato al fatto di aver rivelato tutta la verità a Henri, prima di partire.

«Non lo ha detto chiaro e tondo», osservò Alexandra rivolta alla madre, «ma penso che sia finita. Sono sicura che avrà già preso contatto con i suoi legali.»

«Tu non eri obbligata a dirglielo. Avresti potuto limitarti a spiegargli che ero io che ti volevo a New York!»

«Lui ha capito che c'era qualcos'altro, *maman*. Dovevo dargli una spiegazione e quindi ho preferito dirgli la verità.» E non lo rimpiangeva. Se non altro, si sentiva con la coscienza a posto.

«Credo che sia stato un grosso errore.» Margaret non

voleva allarmare Alexandra, ma aveva anche lei il sospetto che i dubbi della figlia si sarebbero realizzati. Ormai si poteva essere quasi certi che Henri avrebbe chiesto il divorzio. Non le avrebbe nemmeno domandato se lei era d'accordo, ma glielo avrebbe imposto e Alexandra non avrebbe avuto alcun mezzo per impedirglielo. Margaret si augurò soltanto che Henri lasciasse le figlie ad Alexandra. Indubbiamente erano riflessioni poco piacevoli le sue; si distrasse per un attimo quando Axelle e Marie-Louise tornarono ad annunciarle che, per quanto l'aereo fosse pieno zeppo e fossero stati venduti tutti i posti disponibili, su quel volo non c'era «nessuno».

«In altre parole, non ci sono bambini?» chiese Margaret con un sorriso e loro scoppiarono in una risata. «In tal caso dovrete accontentarvi di noi.» Provò a interessarle a parecchi giochi di pazienza e tentò di insegnare a tutte e due un gioco con le carte; infine guardarono un film. Alexandra era sempre assorta nei suoi pensieri. Quanti motivi di riflessione aveva... sui genitori... sulle sorelle... sul marito, se ne avesse ancora avuto uno al suo ritorno in Francia! D'altra parte continuava a essere convinta di aver preso la decisione giusta e l'indomani mattina, dopo una buona nottata al Pierre, chiamò il banco del portiere per fissare un appuntamento. Aveva soltanto pochi isolati da percorrere a piedi per arrivare da Bergdorf e rimase molto soddisfatta del risultato. Quando si trovò con la madre e le bambine a pranzo loro rimasero strabiliate. Si era fatta togliere la tintura bionda dai capelli ed era tornata a essere una «rossa».

«*Maman*, come mi assomigli!» Axelle strillò estasiata, Margaret rise e Marie-Louise si mise a battere le mani.

«Si può sapere come ti è venuta un'idea del genere?» le domandò Margaret.

«Era molto tempo che desideravo farlo. Forse è per questo che adesso mi sento veramente io, per il meglio e per il peggio. Ma non mi nascondo più.» Margaret, guardandola, si accorse che quel cambiamento le aveva fatto bene.

«Ti voglio bene», le bisbigliò accarezzandole una mano.

Pranzarono al «21» e poi si fermarono da Schwartz perché la nonna voleva fare un regalino alle nipoti. Come al solito, le viziò terribilmente. Poi, alle quattro, secondo gli accordi, Alexandra avrebbe trovato una limousine ad aspettarla. Aveva spiegato alle figlie che doveva passare il fine settimana con alcuni vecchi amici nel Connecticut, mentre loro sarebbero rimaste in città con la nonna.

«Vi telefono stasera», promise mentre saliva in vettura, portando con sé soltanto una valigetta. Addosso, aveva un abito di lino nero, firmato Chanel, molto chic.

«Noi andiamo al cinema con la nonna!» Axelle le strillò.

Alexandra abbracciò forte la madre, strinse al cuore le bambine e poi buttò baci a tutte e tre. Mentre la macchina partiva, incrociò lo sguardo di Margaret e la fissò per un lungo momento. Le pareva di aver visto le sue guance bagnate di lacrime mentre la salutava con la mano e si accorse che doveva farsi forza per ricacciarle indietro anche lei. Era terrificante il pensiero di tornare nel passato e di procedere nel futuro contemporaneamente. Ma era anche tremendamente emozionante.

Capitolo 30

Il tragitto fino a Stonington nel Connecticut richiese poco meno di due ore. Alexandra, seduta sul sedile posteriore, non fece che pensare alle persone che aveva lasciato indietro. A Margaret e all'affetto che aveva riversato su di lei per trent'anni; ad Axelle e Marie-Louise, che le erano infinitamente preziose e forse adesso ancora più di prima... e a Henri, così incollerito per quello che considerava un tradimento nei suoi confronti. Aveva pensato di telefonargli quella mattina, prima di venir via dall'albergo, ma si era accorta di non sapere che cosa dirgli. In realtà sembrava che, a quel punto, non ci fosse proprio più niente da dire. Sapeva come lui la pensasse a proposito di quel viaggio negli Stati Uniti. Le aveva proibito di partire ma, per la prima volta da quando erano sposati, gli aveva disubbidito. Fu così che, all'improvviso, viaggiando a bordo di quella limousine a noleggio, si sentì stranamente libera, diversa da come era ormai da tantissimo tempo... Le parve di riprovare le stesse sensazioni che aveva provato da bambina, mentre correva per i prati con suo padre, nei dintorni della villa di campagna, con il vento che le scompigliava i capelli, totalmente sicura di sé, completamente felice. Ebbe l'impressione, per un attimo, che lui fosse lì, al suo fianco, mentre intraprendeva quel viaggio nel passato. Inconsapevolmente, si sfiorò i capelli con la mano e sorrise. Era tornata a essere Alexandra de Borne... Alexandra Walker, bisbigliò nell'interno della vettura silenziosa. E, per la prima volta, da quattordici anni, si sentì più che mai una «rossa».

All'arrivo si fermarono davanti a un cancello azionato elettronicamente e si sentirono chiedere il nome da una voce sconosciuta ma, all'infuori di quella misura di sicurezza, l'interno della proprietà le sembrò molto semplice e per nulla imponente. C'era un lungo viale che saliva su per una collina e, dopo l'ultima curva ad angolo retto, le apparve una bella costruzione vittoriana con un'ampia veranda che la circondava su tre lati. Sembrava la casa di una nonna, o di una vecchia zia. Aveva un aspetto accogliente e invitante. Alexandra, scendendo lentamente dalla limousine, si guardò intorno pensando come tutto era simpatico, piacevole, e quanto si sarebbero divertite, lì, le sue bambine. Poi sotto il portico d'ingresso scorse un viso familiare e sorrise, mentre lui si affrettava a venirle incontro.

«Salve!... Com'è andato il viaggio?» Era John Chapman, in calzoni cachi e camicia azzurra aperta al collo. Sembrava pienamente a suo agio. I suoi occhi erano cordiali, affettuosi, quando le strinse la mano e si fece consegnare dallo *chauffeur* la valigetta.

«Ottimo, grazie mille. Che posto simpatico è questo!»

«Sembra anche a me, vero? L'ho girato in lungo e in largo per tutto il pomeriggio. Ci sono stupendi oggetti antichi, nella scuderia. Credo che il signor Patterson ne sia il proprietario da molti anni. Su, entra, la casa ti piacerà.» Si incamminò lentamente, al suo fianco, verso la porta, ammirando in silenzio quei lucenti capelli rossi che la rendevano così differente dalla donna bionda, dalla bellezza quieta ed elegante, che era stata prima. A un certo punto decise che era meglio parlare e dirle quello che pensava: «Scusami se ti può sembrare una scortesia, ma i tuoi capelli sono stupendi».

Lei rise e scrollò la testa. Era contenta che gli piacessero. «Ho deciso di tornare al mio colore naturale in onore di questo viaggio. Sarà già abbastanza difficile, per noi, riconoscerci senza complicare ulteriormente le cose!» Sorrise e i loro sguardi si incrociarono. Finalmente lei riuscì a trovare il coraggio di chiedergli quello che desiderava sapere più di ogni altra cosa: «Sono già arrivate le altre?»

John aggrottò le sopracciglia, non voleva darle l'impressione di essere preoccupato, ma continuava ad avere molti dubbi per quello che riguardava Hilary. Era quasi sicuro che non si sarebbe presentata. «Non ancora. Megan ha detto che sarebbe arrivata verso le sei. Quanto a Hilary...» non concluse la frase e Alexandra gli lanciò un'occhiata penetrante. Poi annuì. Capiva, ma ne era rattristata. Però non se ne meravigliava.

«Non ha acconsentito a venire, è così?»

«Be', non è stata proprio così esplicita. Io, però, le ho detto che voi avevate un grandissimo desiderio di rivederla. Mi è sembrato di non sbagliare.» Lei assentì di nuovo e in cuor suo pregò che la sorella trovasse il coraggio di affrontarle. Capiva che il passato doveva essere ancora terribilmente penoso per lei e perciò non volesse farlo riaffiorare, ma Alexandra si augurava ugualmente di rivederla. Perché, in fondo al cuore, si sentiva ancora una bambina piccola, dimenticata... che aveva un disperato bisogno di ritrovarla. «Faremo gli scongiuri del caso», aggiunse Chapman mentre entravano in anticamera. Sulla destra si apriva un salottino e sulla sinistra un salone più vasto, con un bel caminetto e i mobili in stile vittoriano, molto ben conservati. Alexandra si domandò dove fosse Arthur Patterson e lo chiese a John sottovoce.

«È di sopra, sta riposando.» Si era fatto accompagnare da due infermiere e, quando lo aveva visto quella mattina, John si era reso conto che si poteva considerare un miracolo se era ancora vivo. Pareva che si fosse tenuto aggrappato alla vita con le unghie e con i denti per arrivare a quel momento, ma la sua resistenza era ormai al limite. Negli ultimi quattro mesi sembrava invecchiato di vent'anni ed era evidente che soffriva molto. Però era lucido, attento a tutto ciò che lo circondava, ansioso di vedere le tre donne che finalmente avrebbe fatto incontrare.

«È sicuro che verranno?» aveva chiesto a John con insistenza e lui l'aveva rassicurato, augurandosi che Hilary non li deludesse. D'altra parte, visto il suo odio per Patterson, forse non sarebbe stato un disastro se non si fosse fatta vedere. Chapman, in fondo, non sapeva fino a che punto quel vecchio sarebbe stato in grado di affrontare e sopportare quell'incontro. Dopo il pranzo, le infermiere lo fecero coricare e insistettero con John perché lo lasciassero riposare fino all'ora di cena. Infatti Patterson aveva preso la decisione di scendere in sala da pranzo, quella sera, per cenare con i suoi ospiti. Secondo i piani prestabiliti, John se ne sarebbe andato subito dopo. Per quell'ora le tre donne avrebbero già dovuto essere arrivate; lui le avrebbe presentate l'una all'altra e... il resto... stava soltanto a loro, e anche ad Arthur.

Alexandra si mise a girellare per il salone, e di lì, passò nella sala da pranzo con il lungo tavolo in stile inglese.

«Si direbbe che abbia vissuto qui a lungo», osservò. «Questa casa dà l'impressione di essere molto amata.» Lui sorrise alla scelta di quelle parole e rispose di non sapere con esattezza quanto tempo Arthur avesse passato nel Connecticut. Ma non aggiunse che gli aveva detto di voler morire lì.

«Hai piacere di salire di sopra?»

«Sì, grazie.» Gli sorrise, chiedendosi quanti anni avesse. Sembrava quasi un ragazzo, ma era anche incredibilmente maturo. Era serio, eppure divertente... completamente diverso da suo marito. Era talmente abituata alle imposizioni di Henri, al suo modo di dare ordini, di entrare in una stanza e di prendere immediatamente in mano la situazione, con quel viso severo e quelle spalle possenti... Strano, eppure in quel momento, sentiva paurosamente la sua mancanza! Henri faceva sembrare deboli tutti gli altri uomini. Si chiese se la sua vita sarebbe mai tornata a essere quella di prima, se Henri l'avrebbe accolta di nuovo in casa al ritorno in Francia... Chissà, forse si sarebbe vista costretta a tornare a vivere con la madre, oppure a cercarsi un altro luogo dove vivere. Per il momento, ogni cosa era incerta.

John le mostrò una stanza luminosa, d'angolo, dove si sentiva ancora il calore del sole pomeridiano. Il copriletto era di un candore abbagliante, guarnito di pizzo. Accanto al letto, una comoda poltrona a dondolo, i mobili dello stesso stile vittoriano di tutto il resto della casa. C'erano un delizioso divano a due posti e un portacatino in porcellana; qualcuno vi aveva anche messo dei fiori e, chissà per quale motivo, guardandosi intorno a osservare la stanza, Alexandra si accorse di sentirsi di nuovo giovane, come se fosse stata una ragazzina che tornava a casa. Tanto che aveva gli occhi colmi di lacrime quando si voltò a ringraziare John.

«Trovo così strano essere qui», cercò di spiegargli, ma si accorse di non sapere quali parole usare. «È un po' come tornare giovane e al tempo stesso sentirsi molto vecchia... rivisitare il passato... una gran confusione, insomma!»

«Capisco.» La lasciò perché si rinfrescasse e, poco dopo, Alexandra scese di nuovo. Indossava un tailleur di lino beige, si era rifatta il trucco, aveva un paio di scarpe beige con il tacco e la punta neri, un classico modello di Chanel, il tutto era ravvivato dai capelli rosso fiamma. Appariva elegante e perfettamente controllata quando si voltò di scatto verso le scale che aveva alle spalle perché aveva sentito un mormorio di voci. Era Arthur che stava scendendo aiutato da due infermiere. Era curvo, fragile e gemeva a ogni passo, quando la vide si fermò e si lasciò sfuggire un grido inarticolato. Poi si mise a piangere e le lacrime gli scesero lentamente sulle guance mentre Alexandra saliva rapidamente qualche gradino per andargli incontro.

«Salve, signor Patterson», disse con voce calma e lui fu scosso da un tremito. Si chinò a baciarlo su una guancia. «Grazie per avermi fatto venire qui.» Il tremito di Patterson si era accentuato. Pareva che non riuscisse a parlare. Si limitò a prenderla per mano, a stringergliela con quel po' di forze che ancora gli restavano e, poi, le consentì di aiutarlo a scendere, prendendo il posto di una delle infermiere. Quando lo ebbero sistemato in una comoda poltrona nel grande salone, alzò gli occhi a guardarla e, finalmente, parlò con una voce resa rauca dal male.

«Mio Dio, come le assomigli! Tu sei Alexandra o Megan?» Ricordava ancora i capelli nerissimi della piccola

Hilary, assolutamente identici a quelli del padre.

«Io sono Alexandra, signore.» Era diventata molto seria, pareva profondamente commossa. Lui si mise di nuovo a piangere quando la sentì parlare.

«Hai perfino lo stesso accento! Malgrado fossero passati tanti anni, aveva sempre quella cadenza così francese...» Scrollò il capo, stupefatto di fronte alla somiglianza che c'era fra Alexandra e la madre. Alexandra provò una curiosa sensazione: era strano assomigliare a una donna che non si era mai conosciuta e che, pure, era stata la mamma!

«Le era molto affezionato?» Se non altro avevano un argomento di cui parlare mentre attendevano le altre. John era riapparso e le aveva offerto un bicchiere di vino. Ma lei lo aveva rifiutato. Preferiva concentrarsi su Arthur Patterson e attendere le sorelle; era sempre più eccitata!

Lui, adesso, annuì lentamente, pensando alla domanda di Alexandra. «Sì, le ero molto affezionato... era una donna talmente incantevole... così bella, fiera... forte... e tanto piena di vita...» Con un pallido sorriso, raccontò ad Alexandra quello che era accaduto la prima volta che lui e Sam l'avevano vista a Parigi. «A un certo punto ho pensato che volesse andare a chiamare la Military Police per liberarsi di noi e, forse, lo avrebbe anche fatto... per fortuna tuo padre era così incredibilmente bello e pieno di fascino!» Sorrise, ripensando a Sam. A quanto era stata bella la loro amicizia, ai tempi felici che avevano vissuto, sia pure negli anni di guerra. «È stato anche un attore straordinario.» Le parlò di alcune delle sue commedie e Alexandra lo ascoltò in silenzio. D'un tratto, si sentì il rumore di un'automobile che arrivava. John si dileguò e, pochi minuti dopo, giunse alle loro orecchie un mormorio di voci.

Anche Arthur l'aveva sentito e, quasi senza accorgersene, si protese a prendere Alexandra per una mano e la tenne stretta nella propria mentre la porta della villa si apriva. Dal posto dove era seduto, poteva vedere chi entrava. Lei si guardò intorno, esattamente come aveva fatto Alexandra, e poi li vide... allora come una bambina intimidita entrò nella stanza; sembrava esattamente la copia più giovane di Alexandra.

Alexandra si alzò lentamente in piedi e si fece incontro alla nuova arrivata aprendole le braccia. Era un po' come trovare un pezzo del passato e, nello stesso tempo, guardarsi nello specchio. L'unica differenza stava nel fatto che gli occhi di Alexandra erano azzurri. Quelli di Megan, verdi, come quelli di Solange. Ma bastava guardarle per capire che erano sorelle. «Megan?» domandò in tono guardingo anche se non c'erano dubbi. La ragazza più giovane annuì e si trovarono l'una fra le braccia dell'altra, con gli occhi colmi di lacrime, anche se si erano ripromesse che avrebbero fatto di tutto per dominare la commozione. Mentre Alexandra teneva Megan stretta contro di sé per un attimo ebbe l'impressione di ricordare.

«Come mi somigli!» Megan rise tra le lacrime e l'abbracciò di nuovo. Poi si tirò indietro di qualche passo per osservarla, con un sorrisetto forzato: «Salvo che non ti vesti altrettanto bene». Indossava ancora il paio di jeans, le scarpe da montagna e la maglietta che aveva all'ospedale e che non si era tolta nemmeno al momento della partenza, quel pomeriggio. Era il suo modo abituale di vestirsi, simile a quello di Rebecca. «Mio Dio, sei bellissima!» Rise e indietreggiò intimidita mentre Alexandra la prendeva per mano. Poi si assunse l'incarico di presentarla ad Arthur.

«Piacere, signor Patterson», lo salutò educatamente Megan, quasi come una bambina e lui la osservò soddisfatto. Era quasi bella come Solange, ma non proprio... e le mancava l'aria elegante e sofisticata di Alexandra. Però aveva qualcosa di particolare, una specie di purezza, di intelligenza, che le si leggevano chiaramente in faccia. Era una giovane donna simpatica e attraente.

«Dunque tu saresti il medico, o sbaglio?»

«Sì, signore. Più o meno. Sto terminando il mio internato proprio adesso. Per Natale, avrò finito.»

Lui annuì di nuovo, sfiorando con gli occhi prima l'una e poi l'altra delle due giovani donne. Non scopriva in loro né amarezza né collera, avevano avuto una buona vita e lo si vedeva. Aveva fatto una buona scelta per quelle due creature... ma non per la povera Hilary. Dopo l'avvertimento di Chapman, aveva quasi paura di quello che avrebbe potuto dirgli, se si fosse fatta vedere. Ciononostante desiderava ugualmente incontrarla.

Aspettarono fin quasi alle otto, tacendo, o parlando tutti insieme, innervositi, a disagio, di uno strano umore, mentre Arthur narrava storie del passato e Megan e Alexandra cercavano di raccontargli qualcosa della loro vita e di raccontarselo a vicenda. Alexandra aveva portato le fotografie delle bambine, di Henri e dei genitori. Megan aveva fatto la stessa cosa e mostrò le fotografie di Rebecca e David, della casa di Tiburon e dell'ospedale dove lavorava nel Kentucky. Insomma, era come se volessero aggiornarsi reciprocamente, e il più in fretta possibile, su quello che era stata la loro vita. C'era un vuoto di trent'anni da riempire. Ed era evidente che le loro esistenze risultavano molto diverse. L'ospedale del Kentucky spiccava stranamente vicino alle fotografie delle bambine di fronte alla villa di Cap Ferrat. Henri, davanti al castello in Dordogna, sembrava il ritratto della signorilità e anche le fotografie di Margaret e di Rebecca, una in jeans con un fiore fra i capelli, l'altra in abito da sera, mentre si recava a un ballo a Montecarlo, l'anno precedente, erano in netto contrasto. Megan menzionò quel fatto con un sorriso pieno di timidezza mentre si avviavano verso la sala da pranzo per andare a cena. Arthur camminava lentamente dietro di loro, sorretto da John.

«È strano come sono state differenti le nostre vite, vero? Eppure siamo sempre sorelle... ci assomigliamo...

siamo state concepite dagli stessi genitori e probabilmente abbiamo simpatie, antipatie e abitudini simili, ereditate senza saperlo. Ma... guardateci: tu sei cresciuta nel lusso e fra gli agi in Francia, io ho trascorso metà della mia infanzia a casa di amici, mentre mio padre e mia madre scontavano in prigione la condanna per aver combattuto per le cause nelle quali credevano.» Ma non sembrava infelice. Anzi ne era fiera. Comunque erano cose straordinarie, a ben pensarci, tanto che le due sorelle rimasero in silenzio mentre prendevano posto ai lati di Arthur. John sedette al fianco di Megan e vicino ad Alexandra rimase una seggiola vuota, ormai era chiaro che Hilary non li avrebbe raggiunti. Alexandra era molto avvilita per questo, ma tentò ugualmente di tener viva la conversazione chiacchierando di cose banali. Sembrava che Arthur si fosse assopito. Poi, d'un tratto, si sentì il rumore di un'automobile. John, senza dire una parola, si alzò da tavola. Poi udirono un suono di voci irate e la porta di casa si spalancò. Le due giovani donne osservavano quello che stava succedendo, come ipnotizzate, e Arthur si svegliò di soprassalto.

«Che cosa è successo?» domandò confuso ad Alexandra. Lei gli accarezzò una mano senza staccare gli occhi dall'ingresso. E, poi, la vide. Alta, magra, come era stato il padre, il passo lungo e scattante, i capelli nerissimi e due occhi verdi che girò improvvisamente tutt'intorno, su di loro. Indossava un tailleur di lino blu, severo, una specie di divisa da donna d'affari, tutta spiegazzata. Non aveva avuto nessuna intenzione di presentarsi a quell'incontro; ma al termine della giornata di lavoro aveva preso la decisione di noleggiare un'automobile e di venire a dire ad Arthur, una volta per tutte, ciò che pensava di lui. Forse, poi, si sarebbe sentita liberata da lui per il resto dell'esistenza. Non le importava di vedere le altre. Ormai erano due estranee. Arthur, invece, la interessava, tanto che, entrando a lunghi passi svelti nella stanza, si fermò di fronte a lui. Però era impossibile ignorare le due donne con i capelli rossi che gli erano sedute di fianco; i suoi occhi furono attratti prima da Megan e poi da Alexandra, intanto John si arrestava guardingo, alle sue spalle. Intuiva la tensione che si era creata nella stanza, l'angoscia della donna che aveva così vicino a sé... Avrebbe voluto abbracciarla, ma sembrava che lei faticasse a dominare la collera. D'un tratto si arrestò e i suoi occhi incrociarono lo sguardo di Alexandra. Allora Alexandra si alzò lentamente in piedi e, attraversata la sala come un automa, si lasciò sfuggire dalle labbra parole che non avevano né un motivo, né un senso. «H... Hillie...» Rivedeva la faccia di una bambina con lunghi capelli neri, eppure questa era una donna... con gli stessi capelli neri... gli stessi occhi verdi... senza sapere perché, scoppiò in lacrime e Hilary l'abbracciò.

«Axie... piccola Axie...» Era la prima volta che la teneva tra le braccia dal giorno in cui gliel'avevano strappata e l'avevano abbandonata con Eileen e Jack a Charlestown, a piangere disperata la perdita delle sorelle che aveva amato tanto teneramente. Anche ora, si accorse di non riuscir quasi a sopportare il dolore che quel ricordo le suscitava e intanto stringeva fra le braccia una bella donna alta, profumata, dalla pettinatura raffinata, una donna che veniva da Parigi... In realtà tutto ciò che lei vedeva era la faccia della bambina sulla quale aveva riversato tutto l'affetto, una volta... E mormorò le stesse parole, e, poi, di nuovo le ripeté, e di nuovo ancora, piangendo... «Ti voglio bene, Axie...» Rimasero strette così, a lungo, mentre Megan le osservava in silenzio. Poi, d'un tratto, Arthur cominciò a tossire e John si precipitò a dargli un bicchier d'acqua. La governante che stava servendo la cena portò le pastiglie che l'infermiera le aveva consegnato, Megan controllò il dosaggio e diede a John quelle che erano necessarie, mentre Hilary si voltava lentamente verso di loro. «Tu devi essere Megan.» E sorrise fra le lacrime. Continuò a tenere Alexandra per mano mentre si staccavano dall'abbraccio. «Sei cambiata moltissimo dall'ultima volta che ti ho visto, sai?» Risero, tutte e tre, ma gli occhi di Hilary si fecero cupi non appena scorse il vecchio signore. Rivolgendosi a lui e continuando a tenere Alexandra stretta forte per la mano, dichiarò: «Ho detto che non sarei venuta e avevo intenzione di non venire, Arthur». Lui annuì, impaurito da quello sguardo, in cui lesse tutto quello che aveva sempre avuto il terrore di leggervi. Hilary lo odiava, era innegabile. Purtroppo Arthur sapeva di meritare quell'odio. Meglio di chiunque altro. «Non avrei più voluto rivederti. Mai più.»

«Sono felice che tu sia venuta, Hillie», interloquì Alexandra, con voce gentile. «Desideravo talmente vederti... vedervi...», aggiunse, sorridendo a Megan. Ma Hilary, adesso, non stava sorridendo. Abbandonò la mano della sorella e avanzò in direzione di Arthur.

«Perché ci hai fatto questo? Riunirci dopo tanti anni, gettarci in faccia ciò che non abbiamo avuto, ciò che ci è mancato e che avremmo potuto essere se fossimo rimaste insieme?»

Lui aveva un nodo alla gola e si capiva che avrebbe fatto una gran fatica a parlare. Affrontandola si aggrappò al bordo del tavolo con le mani: «Mi pareva che fosse un dovere nei vostri confronti cercare di ripagarvi per quello che vi ho fatto». Aveva il respiro affannoso, ma Hilary non si lasciò commuovere.

«Credi sul serio di poterci ripagare in questo modo?» Scoppiò in una risata amara e tutti provarono una gran pena per lei. John, però, era spaventato al pensiero di ciò che avrebbe potuto fare. Aveva atteso per trent'anni quel momento, e lui aveva intuito la misura del suo odio per Arthur. «Credi sul serio di poter cancellare trent'anni di solitudine e di dolore con una cena?»

«Le tue sorelle sono state più fortunate di te, Hilary.» Lo disse in tutta franchezza. «Non mi odiano quanto mi odi tu.»

«Non sanno tutto quello che so io... è vero, Arthur... *è vero che non lo sanno*?» Adesso si era messa a gridare nella sala, sulla quale era calato il silenzio, e le sue parole riecheggiarono fra le vaste pareti.

«Tutto ciò fa parte del passato, Hilary.» Era diventato un colloquio a due. Soltanto loro sapevano di che cosa stavano parlando. Gli altri non potevano che domandarselo, in segreto, stupiti.

«Davvero? E cosa mi dici di te? Hai potuto vivere in pace con te stesso, per tutti questi anni, dopo aver ucciso i miei genitori?» I suoi occhi verdi fiammeggiavano. Alexandra avanzò lentamente e le sfiorò un braccio, con dolcezza, ma Hilary la scostò.

«Hillie, non... non ha importanza adesso...»

«Non ha importanza?» Si girò di scatto verso la sorella. «Come puoi saperlo tu? Come credi di poterlo sapere, quando hai vissuto una vita comoda e facile in Francia? Intanto io ero costretta a sgobbare in un istituto per minorenni abbandonati, dopo essere stata violentata, cercando di scoprire qual era il mezzo migliore per rintracciarvi. E questo figlio di puttana non sapeva nemmeno dove eravate, non sapeva più dove trovarvi. Se ne è disinteressato a tal punto da non voler nemmeno tenere i contatti con voi dopo che vi aveva strappato dalle mie braccia quel giorno, piangendo e singhiozzando... tu non te ne ricordi, ma io sì. L'ho ricordato... l'ho ricordato per tutte e due...» Sfiorò con gli occhi prima Alexandra e poi Megan. «L'ho ricordato ogni giorno della mia vita e ho pianto per voi perché non riuscivo a ritrovarvi. E adesso venite a dirmi che non ha importanza? Che non dovrei odiarlo per avere ucciso i nostri genitori? Come fai ad affermare cose simili?» Piangeva a calde lacrime, senza vergognarsene.

«Ma non è stato lui a ucciderli!» Alexandra, adesso, parlava anche a nome di Megan. «Il suo errore è stato quello di non tenerci insieme e di non mantenersi in contatto con noi durante il passare degli anni, ma forse non ci è riuscito.» Rivolse un'occhiata piena di bontà al vecchio signore e Megan in silenzio annuì; non riusciva assolutamente a capire il motivo di un odio così violento da parte di Hilary. Arthur aveva mancato verso di loro, però non le aveva tradite come Hilary voleva far credere. Adesso Hilary scrollava la testa e rideva, guardandole fra le lacrime.

«Non sapete niente, voi due. Eravate così piccole. Ma io ero ancora sveglia la notte in cui la mamma è morta... la notte in cui papà l'ha uccisa... ascoltavo... ho sentito quello che dicevano...» Cominciò a singhiozzare e John le si fece ancora più vicino, pronto ad aiutarla se fosse crollata in preda a un attacco di nervi, o avesse avuto bisogno di lui. Le era vicino come, ormai, sentiva di esserlo da molti mesi, ma Hilary non poteva saperlo. «Ho sentito i suoi urli...», continuò Hilary, «quando lui ha cominciato a picchiarla e poi a picchiarla e a picchiarla ancora, e poi l'ha strangolata per farla tacere fino a quando è morta...» Adesso cercava di dominare i singhiozzi. Andò a pararsi, diritta, impettita, davanti ad Arthur. «Sai per quale motivo l'ha fatto?» I suoi occhi adesso non lo mollavano nemmeno per un attimo. Era tutta la vita che aspettava quel momento. «Lo ha fatto perché la mamma aveva una relazione *con lui* e lo ha detto chiaro e tondo a papà...» Parlando ascoltava le voci del passato, sembrava trovarsi in un altro mondo, riandava con la memoria alla notte in cui suo padre aveva ucciso la mamma. «L'aveva ingannata, così diceva, con moltissime donne durante quegli anni... tutte le prime attrici delle sue commedie, diceva... e lui ripeteva che non era vero... che era pazza... Lei affermava di avere le prove... sapeva benissimo chi papà aveva portato con sé poco tempo prima in California... con chi era stato la notte precedente... e diceva che ormai tutto questo la lasciava indifferente... che aveva anche lei qualcuno, e se non stava attento, lo avrebbe lasciato, portandoci via con sé. Lui gridava che l'avrebbe ammazzata se avesse fatto una cosa simile e lei rideva... ha continuato a ridergli in faccia... lui dichiarava che non avrebbe mai potuto togliergli le bambine... e lei rideva... ed è stato a quel punto che gli ha detto chi era lui...» Piangeva tanto disperatamente da non riuscir quasi a parlare, tuttavia si sforzava di andare avanti e Arthur, sempre seduto al suo posto, tremava sempre più forte. Lei si avvicinò a pochi centimetri di distanza e cominciò a gridargli in faccia altre parole. «Così glielo ha detto, vero che glielo ha detto, Arthur... non glielo ha forse detto?» Hilary urlò. Poi guardò le due sorelle e riferì anche a loro quello che aveva sempre saputo e che loro avevano sempre ignorato. «Aveva una relazione con Arthur, il migliore amico di papà... e allora lui ha detto che l'avrebbe ammazzata per quello e lei gli ha risposto con una risata... e quando le ha gridato che non poteva portarci via, gli ha risposto che in ogni caso due di noi soltanto erano figlie sue...» Sulla stanza calò un profondo silenzio e Arthur, lasciandosi ricadere contro la spalliera della poltrona, diede l'impressione di essere fulminato. La voce di Hilary, quando riprese a parlare, fu più sommessa. Aveva compiuto l'azione per la quale era andata lì. «Gli ha detto che Megan era figlia di Arthur...» riprese con voce spenta, fissandolo sprezzante. «E poi papà l'ha uccisa.» Si lasciò cadere nella poltrona vicina a quella di lui piangendo sommessamente. Alexandra le circondò le spalle con un braccio mentre il vecchio signore gemeva piano piano.

«Non l'ho mai saputo... non me lo ha mai detto...» disse guardando Megan con aria patetica. «Devi credermi... ho sempre creduto che tu fossi figlia di lui, come le altre...» Adesso piangeva senza più sforzarsi di ricacciare indietro le lacrime. Megan sembrava ancora più sconvolta di quando aveva sentito il resto della storia. Arthur diede l'impressione di volersi scusare con tutte le persone che c'erano nella stanza. «Se avessi saputo...» Ma Hilary si limitò a guardarlo scrollando il capo.

«Che cosa avresti fatto di diverso? Avresti tenuto lei lasciando marcire noi? Non avresti fatto niente di tutto questo, no! Non ti sei schierato in difesa di mia madre, né della tua bambina, hai tradito il tuo migliore amico ed è stato questo il motivo per il quale posso dire che li hai uccisi tutti e due. Hai le mani macchiate del loro sangue... e del nostro, perché senza di te le nostre esistenze sarebbero state ben diverse. Come hai potuto vivere con questo peso sul cuore per tutti questi anni, sapendo ciò che avevi fatto? E come hai potuto difenderlo dopo averlo tradito?»

«È stato lui a supplicarmi di farlo, Hilary... io non volevo. L'ho pregato e scongiurato che mi consentisse di cercargli un altro avvocato difensore. Ma lui non ne ha voluto sapere. E se vuoi che ti dica la verità, non aveva più voglia di vivere, dopo che la vostra mamma è morta.» La sua voce si abbassò fino a diventare un lieve sussurro. «E neanch'io. È stata la fine per noi due... l'ho amata, dal profondo del cuore, fin dal primo momento che l'ho vista.» Adesso piangeva senza ritegno e le lacrime gli scendevano a fiotti sulle guance. Megan lo stava fissando in silenzio con gli occhi sbarrati. Perché Arthur non era più soltanto un amico di famiglia. Era suo padre.

Hilary si mise a guardarlo con occhi vacui, come se lo vedesse per la prima volta. Era un uomo vecchio che stava per morire e non c'era modo di cambiare ciò che aveva fatto. Per lui, ormai era finita, indipendentemente dal fatto che si fosse macchiato del sangue dei suoi amici. Quel sangue ormai si era seccato da molto tempo... e quelle persone, praticamente dimenticate. Si alzò in piedi di nuovo e, dall'alto della sua statura, lo squadrò: «Ero venuta a dirti quanto ti odiavo. Ma vuoi sapere una cosa strana, Arthur? Dopo tutti questi anni non sono nemmeno sicura che abbia ancora importanza». Sentì la mano di Alexandra sulla spalla e si voltò a guardarla negli occhi. Era esausta, svuotata dalle emozioni di quella sera. Si voltò di nuovo, a guardare le due giovani donne. «Vi ho voluto un gran bene molto tempo fa... ma forse anche questa è una cosa che riguarda un passato troppo lontano...» Si sentiva estenuata, non aveva più niente da dare o da prendere; però Alexandra non voleva lasciarla andare e anche Megan la stava osservando attentamente. Fu lei la prima a parlare.

«Anche per noi tutte queste cose sono accadute molto tempo fa, però siamo venute qui ugualmente. Non mi ricordo di nessuna di voi due. E non sapevo che il signor Patterson fosse mio padre. Siamo venute a rendere onore al passato, ma anche per ripartire da qui. Tutte noi, adesso, abbiamo altri genitori, altre esistenze, altre persone alle quali vogliamo bene. Non abbiamo vissuto nel vuoto per trent'anni... nessuna di noi, nemmeno tu con la tua collera e il tuo odio.» Fu un rimprovero pronunciato pacatamente, ma di una forza straordinaria, e andò a colpire nel segno. «Non puoi venire qui, scaraventarci addosso una bomba di questo genere e andartene. Ci devi qualcosa, devi far guarire le nostre ferite, come noi lo dobbiamo a te. Ed è per questo che ci siamo riunite qui.» Adesso aveva anche lei il volto rigato di lacrime che continuavano a scenderle lentamente dagli occhi. John Chapman, in cuor suo, si complimentò calorosamente con lei per ciò che aveva detto. Se Hilary se ne fosse andata in quel momento, sarebbe stata la rovina completa. La sua vita poteva essere distrutta per sempre. Doveva rimanere, a dispetto del fatto che Arthur fosse presente, e affrontare le altre.

Hilary guardò Alexandra, quasi a cercare in lei una conferma a quelle parole, e la sorella assentì dicendole con voce dolce: «Ti prego, rimani, Hillie... ho aspettato talmente a lungo questo momento». Tutte avevano corso tali rischi... pagato uno scotto talmente alto! Lei aveva sfidato Henri e stava correndo un rischio grandissimo solo per il piacere di rivedere le sorelle. «C'è voluto molto coraggio per venire qui. Da parte di tutte. Mio marito me lo aveva vietato... non so nemmeno se, adesso, mi vorrà riprendere di nuovo in casa. E mia madre... la donna che ho sempre conosciuto come la mia mamma è venuta con me e anche lei è molto preoccupata per tutto ciò che questo potrà significare. Ha paura, dopo tutto questo tempo, di potermi perdere.» Aveva le lacrime agli occhi mentre pronunciava quelle parole, rivolte a Hilary, e Megan assentì, piangendo anche lei. Rebecca sarebbe rimasta inorridita se si fosse accorta di quello che aveva significato per la figlia rivedere le sorelle.

La sera prima avevano parlato a lungo al telefono e Megan le aveva promesso che le avrebbe telefonato appena possibile per rassicurarla. «Hai perduto molto di più di ciascuna di noi, Hilary... ma non sei sola... ti vogliamo bene. Non puoi voltarci le spalle.» E buttandole le braccia al collo, esclamò piangendo: «Non te lo permetterò». Hilary rimase diritta e impettita per un attimo che parve lunghissimo e poi ricambiò l'abbraccio di Alexandra... Ma come poteva immaginare qual era stata la sua vita? Ma non era stata colpa sua... o di Megan... e forse nemmeno di Arthur. Si detestava per vedersi costretta ad ammettere una cosa del genere, però non lo si poteva escludere. Era stato uno sciocco, ma aveva pagato un prezzo altissimo per quello. Anche lui guardava tristemente Hilary.

«Mi potrete mai perdonare?» Pur parlando a tutte e tre stava guardando la più vecchia delle sorelle e lei ci mise un bel po' a rispondere.

«Non so. Non capisco quello che provo...» disse e continuò a tenere strettamente abbracciata Alexandra e a fissare negli occhi Megan.

«In ogni caso sono felice che tu sia venuta qui. Voi tre avevate il diritto di ritrovarvi. E, se io fossi stato un uomo di tempra differente, avrei sfidato mia moglie e vi avrei tenuto tutte in casa mia. Volevo farlo, ma lei si è opposta con una tale energia che non ho avuto il coraggio di contrariarla. Me ne dispiace, ma adesso è troppo tardi per cambiare le cose.» Guardò Hilary con aria desolata e, poi, la bambina che aveva affidato ad altri, la bambina che era sua figlia. «Ho commesso un terribile errore. Però ho pagato duramente. Sono stato un uomo solo per tutta la vita.., fin da quando la vostra mamma è morta...» Non poté continuare. Si limitò a scrollare la testa e poi tentò di alzarsi, fragile e tremante, mentre John Chapman e una delle infermiere accorrevano per aiutarlo. «Adesso vado di sopra. Abbiamo tutti molto su cui riflettere.» La rivelazione di Hilary era stata uno choc per tutti, ma in particolare per Megan e Arthur. Adesso Megan si stava domandando se non fosse sua la responsabilità della morte della mamma... Se lei non fosse mai nata, Sam l'avrebbe uccisa ugualmente? Ma ormai era troppo tardi per pensare a tutto ciò, per piangere su quanto era accaduto trent'anni prima. Era il momento di andare avanti, come meglio si poteva. Arthur si voltò di nuovo verso le tre giovani donne prima di lasciare il salone: «Desidero che voi tutte possiate rimanere qui quanto volete... quanto potete. Un giorno questa sarà la vostra casa; lascio tutto questo a voi, perché abbiate un posto dove venire, una casa dove ritrovarvi, finalmente, dove condurre le vostre famiglie e i vostri figli. Io me ne starò per conto mio, fintanto che sarete qui, però desidero che rimaniate e impariate a conoscervi». Alexandra e Megan lo ringraziarono con poche parole sommesse. Poi Megan si alzò per aiutarlo a salire le scale, mentre Hilary li osservava senza dire nulla. Quando se ne fu andato, voltandosi verso Alexandra, scrollò il capo.

«Non credo che riuscirò mai a smettere di odiarlo, Axie.» Come le riusciva facile chiamarla così, anche adesso, dopo tanti anni... E la sorella le sorrise.

«Vedrai. Dovrai riuscirci. Non è rimasto più niente da odiare. Ormai lui è più di là che di qua.» Hilary assentì. Era chiaro che Arthur non sarebbe vissuto a lungo. «Gli sono molto grata perché ha fatto in tempo a riunirci. A farci ritrovare. Questo significa che ci voleva ancora tanto bene, per impegnarsi in un'impresa del genere.» Salirono lentamente di sopra, e Hilary entrò nella camera da letto di Alexandra; ripensava alla stanzetta dove avevano dormito insieme, nella casa di Jack ed Eileen, tutte e tre in un solo letto, mentre lei cercava di impedire alla più piccina di piangere perché, altrimenti, Eileen sarebbe venuta a picchiarle.

«Che tipi sono le tue bambine?» Si mise a sedere nella poltrona a dondolo. Era una stanza accogliente, però lei non aveva ancora deciso se fermarsi a trascorrere la notte lì. Desiderava soltanto, al momento, chiacchierare un po' con Axie.

Alexandra sorrise a quella domanda. «Marie-Louise ti assomiglia terribilmente. Ha i tuoi stessi occhi... e Axelle è identica alle mie fotografie di quand'ero piccola. Ha sei anni... e Marie-Louise, dodici. Fra le due ho perduto un maschietto.» Con una fitta di dolore, Hilary ricordò il proprio aborto per la prima volta da molti anni. Era sempre stata così attenta a evitare ogni contatto con i bambini e adesso, di punto in bianco, si ritrovava ad avere due nipoti! «Ti ricordi ancora un po' di francese?»

«Poco.» Hilary sorrise. «Non molto, credo.»

«Marie-Louise e Axelle, per fortuna, parlano inglese, grazie a mia madre.»

«Che genere di uomo è tuo marito?» Hilary adesso era curiosa di sapere talmente tante cose su di lei... sul marito... sui suoi genitori adottivi... la sua esistenza... le bambine... le sue abitudini... voleva capire se avevano qualcosa in comune. Se dopo tanti anni si assomigliavano. In ogni caso c'era già qualcosa di diverso fra loro: il matrimonio. Hilary lo aveva sempre puntigliosamente evitato.

Alexandra sospirò, rendendosi conto che doveva essere molto onesta. «È un uomo difficile. Intelligente.

Ed esigente. Vuole avere lui le redini in mano, sempre, in ogni situazione, in casa e in ufficio. E si aspetta... semplicemente la perfezione!»

«E ti sei adattata a tutto questo?» Pareva sconcertata. I suoi occhi verdi scrutavano Alexandra con attenzione e lei sorrise, stringendosi nelle spalle.

«Non proprio. Perché sotto un aspetto esteriore così burbero lui mi ama molto... o perlomeno mi amava.» Sospirò. «Non so che cosa succederà adesso. È rimasto sconvolto quando gli ho raccontato la nostra storia... cioè quando gli ho parlato dei nostri genitori...»

«Non è molto bella, vero?»

«Soprattutto per Megan», aggiunse Alexandra, sottovoce, mentre la sorella minore le raggiungeva. Aveva messo a letto Arthur. Soffriva terribilmente. Piangeva. Gli aveva fatto una iniezione per calmarlo.

«Non avrà ancora molto da vivere.» Lo disse sottovoce e Hilary si accorse, come già era capitato a John, che, perfino nel timbro della voce, assomigliava moltissimo ad Alexandra. «Temo che ormai abbia metastasi un po' dappertutto. Però è ancora molto lucido.»

«Il vecchio bastardo.» Hilary aveva parlato a mezza voce e Megan si voltò a guardarla con occhi lampeggianti di collera.

«Non parlare di lui in questo modo. Si è pentito delle sue colpe... ci ha riunite qui. Che cos'altro vuoi ancora?»

«Qualcosa che non può darci», ribatté Hilary, in tono tagliente. «Il passato... un'esistenza decorosa che avremmo potuto condividere, invece dello strazio di separarci.»

«Siamo riuscite ugualmente a sopravvivere, malgrado tutto ciò... perfino tu, Hilary. Ma guardati, dunque! Sei una donna di successo. Hai un lavoro straordinario, una bella vita.» Ma era una vita vuota, come soltanto lei sapeva, e Alexandra sospettava. Perché non c'era nessuno a cui volesse bene, e nessuno che le volesse bene. Stavano ancora parlando quando John Chapman si presentò alla porta. Le aveva lasciate sole, con molta discrezione, per un bel po', ma sapeva che avrebbero continuato a chiacchierare a lungo, fino a sera inoltrata. Avevano moltissime cose da risolvere e da imparare l'una dell'altra. E la sua opera, finalmente, poteva dirsi conclusa.

«Ti rivedremo, John?» Alexandra fu la prima a domandarlo e lui scrollò la testa con un sorriso dolceamaro.

«No, a meno che, un giorno, a una di voi non capiti di dovermi affidare le ricerche di qualcun altro... ma spero che non sia mai necessario. Il mio lavoro qui è finito.» Poi, con voce più sommessa, aggiunse: «Sentirò la vostra mancanza». Aveva vissuto, praticamente, con ciascuna di loro per mesi e mesi, ricercandole accanitamente, tentando di rintracciarle, imparando a conoscerle. A un tratto si rese conto che quella di cui avrebbe sentito maggiormente la mancanza era Hilary. Aveva sofferto profondamente per tutto quello che rappresentava il suo passato ed era arrivato troppo tardi per poterla aiutare. «Buona fortuna a tutte!»

«Grazie.» Si alzarono e gli strinsero la mano. Megan lo baciò dolcemente su una guancia con un timido sorriso. Lo aveva subito trovato molto simpatico.

«Dovessi mai venire nel Kentucky, telefonami.» Adesso si davano del tu.

«Ci rimarrai a lungo?» le domandò John e lei gli sorrise. Con quei capelli rossi assomigliava incredibilmente alla madre e ad Alexandra.

«Terminerò l'internato in dicembre, ma ormai sono praticamente sicura che continuerò a lavorare lì. Non l'ho ancora detto a mio padre e a mia madre», continuò stringendosi nelle spalle e scoppiò in una risatina che la fece sembrare, di nuovo, molto giovane. «Ma ho la vaga impressione che già se lo aspettino. Papà, se non altro. Lui mi conosce e sa che sono una bella matta!» Si scambiarono un lungo sorriso; poi Alexandra lo abbracciò.

«Abbi cura di te.» Aveva parlato in tono materno, com'era abituata a fare con tutti e John ne rimase commosso. Poi allungandole un colpetto affettuoso sulla spalla aggiunse: «Non permettere più a nessuno di convincerti a tingere di nuovo i capelli, sai?... Sei bellissima così...»

«Grazie.» Arrossì e lui le sorrise. Hilary gli tese una mano e lo ringraziò in tono asciutto.

«Mi scuso di averti fatto passare un brutto quarto d'ora in ufficio... ma lottavo selvaggiamente contro tutto questo...» Poi, con uno sforzo evidente, a bassa voce, aggiunse: «Però sono felice di essere venuta». Guardò prima l'una e poi l'altra delle sorelle e i suoi occhi si colmarono di lacrime. Poi guardò di nuovo lui e, allora, senza essere invitato a farlo, John la prese lentamente fra le braccia e lei rimase lì, rannicchiata contro il suo petto, mentre lui la stringeva a sé, augurandosi di poterla tenere così per sempre. Quante cose ancora la vita le doveva!

«Adesso ti sentirai meglio, Hilary... adesso che tutto è sistemato e andrà per il meglio...» La voce di John aveva toccato un punto, nel profondo del suo io, che era rimasto insensibile per molto tempo e adesso si sentì quasi spiacente di staccarsi da lui e lo guardò negli occhi con un sorriso pieno di timidezza.

«Vieni a trovarmi in ufficio una volta o l'altra.»

«Certo, lo farò. Chissà che non si possa pranzare insieme.»

Lei fece segno di sì, perché non riusciva a parlare tanto era commossa. Anzi dovette voltarsi dall'altra parte per dare libero sfogo alle lacrime. Dopo tanti anni di isolamento, si trovava circondata da persone che amava profondamente e che la riamavano.

Alexandra l'abbracciò e le scostò i capelli dalla fronte con dolcezza mentre seguivano John Chapman al pianterreno. Lo salutarono dalla porta quando lui, salito in macchina, ripartì. Poi tornarono di sopra ed entrarono nella stanza di Hilary. Le avevano dato la camera vicina a quella di Alexandra. Hilary si mise in camicia da notte e riprese a chiacchierare con le sorelle. Intanto Megan e Alexandra discutevano di Parigi, del Kentucky, della Francia del Sud e se Megan desiderasse o no avere dei figli. Non ne era del tutto sicura perché temeva che potessero essere un intralcio per la carriera; Alexandra, però, le stava spiegando che, per lei, le bambine erano state una grandissima gioia e Hilary, che era tornata a sedersi nella poltrona a dondolo, guardandole scrollò la testa, sbalordita. Era incredibile ritrovarsi dopo tanti anni e parlare come se la separazione non fosse mai avvenuta.

«Io non ho mai desiderato dei figli e non mi sono mai pentita di non averne», mentì Hilary, ripensando all'aborto che aveva avuto. «Ecco, non so... magari mi sarebbero piaciuti quando ero più giovane. Ma adesso è troppo tardi.»

«Quanti anni hai?» le chiese Megan, aggrottando le sopracciglia. Per un attimo se ne era dimenticata. Lei aveva trentun anni e Hilary... otto di più.

«Trentanove.»

«Al giorno d'oggi, la gran parte delle donne, almeno nel nostro Paese, alla tua età non ha ancora avuto il primo figlio.» Sorrise. «Dove lavoro io, invece, le ho viste avere il primo bambino anche a dodici o tredici anni e a volte perfino più giovani. È incredibile.» Indubbiamente si trattava di persone appartenenti a tutt'altro ambiente sociale rispetto a loro. Tanto che, all'improvviso, Megan scoppiò in una risata. «Non è straordinario come siamo completamente diverse... e al tempo stesso simili? Io vivo fra i monti del Kentucky», disse guardando Alexandra, «...tu in una casa raffinatissima a Parigi, in un castello in campagna e l'estate in una villa nella Francia del Sud.» Poi rivolgendosi a Hilary: «Tu, praticamente, dirigi una stazione televisiva. E questo non è stupefacente?»

«Lo sarebbe stato ancora di più», ribatté Hilary, in tono sommesso, «se avessimo potuto vederci venticinque anni fa. La mia vita non era certo così piacevole.»

«Davvero? Com'era?» Megan le domandò ciò che tutte e due avevano desiderato sapere e, a poco a poco, durante le due ore successive, con il viso inondato di lacrime, Hilary raccontò tutto. Dal principio alla fine. Le cose brutte e quelle ancora peggiori, le cose tragiche e quelle brutali. Però si sentiva molto sollevata a poter rivelare tutto ciò e, mentre una volta era stata lei a proteggerle, adesso furono loro a confortarla. Alexandra le teneva una mano e Megan le raccontava la sua storia, vissuta fra i *sit-in* nel Mississippi; le parlava dell'epoca tragica in cui il padre era stato preso a fucilate in una nottata di pioggia nella Georgia orientale, le descriveva i genitori che erano brave persone, profondamente convinte delle loro idee e le confidava quanto li amasse. Poi Alexandra parlò di Margaret e di Pierre, ricordandolo com'era prima di morire; e della sua vita con Henri; e confessò come, adesso, fosse terrorizzata al pensiero che lui volesse divorziare.

«Sarebbe un perfetto cretino se lo facesse.» Hilary disse chiaro e tondo quello che pensava mentre, con un leggero movimento del capo, si buttava i lunghi capelli neri sulle spalle, un gesto che improvvisamente fece vibrare una delle corde della memoria di Alexandra che la osservava.

«È talmente ossessionato dalla genealogia... d'altra parte dovrai ammetterlo anche tu... la nostra famiglia è piuttosto insolita, soprattutto per un uomo come mio marito!» Scoppiarono a ridere insieme e il sole si levò mentre continuavano a chiacchierare. Poi andarono a letto fra sbadigli baci abbracci e promesse di ritrovarsi la mattina. Dormirono tutte fino a mezzogiorno. Alexandra fu la prima ad alzarsi. Telefonò alla mamma e alle bambine, ma erano già uscite dall'albergo e, allora, lasciò un messaggio nel quale diceva che tutto andava bene e che sarebbe rientrata la domenica sera. Poi pensò di telefonare a Henri, ma si accorse di non sapere che cosa dirgli e, quindi, preferì tornare di sopra a fare una doccia e a vestirsi. Quando ridiscese al pianterreno ci trovò Megan che portava un paio di jeans puliti, una camicetta bianca e un nastro nei capelli. Non sembrava affatto una dottoressa, ma piuttosto una bambina. Chiacchierarono ancora, bevendo caffè e mangiando biscotti appena sfornati. Una delle infermiere di Arthur venne a informarle che lui aveva passato una brutta nottata. Megan salì a visitarlo nello stesso momento in cui Hilary scendeva le scale in calzoncini e camicia di seta, i capelli neri raccolti in una crocchia severa e i piedi nudi. Sembrava molto più giovane della sera prima e Alexandra pensò che tutte e tre apparivano più rilassate e complete, adesso che si erano scrollate dalle spalle i fantasmi del passato. Lei temeva ancora la reazione di Henri e di non trovare più nessuno che le volesse bene se lui avesse chiesto il divorzio. Ma adesso, oltre a Margaret e alle bambine, aveva quelle due donne a darle conforto. Non le sembrava più terrificante come prima la sua situazione. Anzi, si sentiva bene e, per la prima volta da molto tempo, si accorse di non avere più nemmeno paura.

«Abbiamo fatto tardi la notte scorsa, vero?» Hilary rivolse alle altre un lento, pigro, sorriso mentre beveva il caffè. «Quali sono i programmi per oggi? Se non stiamo attente, ora di domani sera avremo parlato tanto da essere senza voce!» Rise, con Alexandra. «Torni in città anche tu domani sera?» chiese Alexandra, lei aveva già lasciato un messaggio in albergo in tal senso. Non voleva lasciar sole la madre e le bambine troppo a lungo. Aveva promesso di passare una settimana con loro a New York e sapeva che le figlie, se lei non interveniva presto, avrebbero stremato la nonna.

«Per forza», rispose Hilary. «Ho una serie di riunioni importanti già fissate per lunedì mattina.» «E tu? Quando torni?»

«A New York, domani sera. Ho lasciato mia madre al Pierre con Axelle e Marie-Louise. Ho l'impressione che, per domani sera, lei avrà raggiunto il limite della sopportazione, anche se in genere è molto brava con le bambine. Ma danno un gran daffare!» Alexandra tacque per un istante pensando a Margaret e a quanto si era preoccupata per quella riunione. «Ho l'impressione, fra l'altro, che farei meglio a tornare abbastanza presto per rassicurarla. Penso che abbia paura che, ritrovandomi con le mie sorelle, potrei smettere di voler bene a lei, come se non facesse più parte della mia famiglia! Ho il dovere di tranquillizzarla.»

Hilary annuì e sorrise. «Potrei riaccompagnarti io, se vuoi. E, in questa settimana, potremmo uscire a cena... oppure a pranzo...» La guardava piena di speranza, come una bambina intimidita che spera di essersi fatta una nuova amica e, per tutta risposta, gli occhi di Alexandra si illuminarono.

«Ne sarei felice. Potresti conoscere le bambine! Tanto... rimarremo in città per una settimana. E poi...» disse trionfante, pensando che Henri de Morigny poteva andare al diavolo, «...potresti venire a trovarci a Parigi!»

«Che magnifica idea!» Hilary sorrise e Megan si unì alla risata generale.

«Allora, si può sapere cosa diavolo state complottando, voi due?» Sorrideva, ma i suoi occhi erano del tutto seri.

«Una piccola birichinata da combinare a New York.» Hilary le sorrise. Continuava a considerarla la «piccolina». «Avresti voglia di farla anche tu con noi? Potresti dormire da me.»

«Oppure al Pierre con noi», le propose Alexandra, ma Megan aveva già preso un'altra decisione.

«Ne sarei felice e vi assicuro che verrò a trovarvi, tutte e due, non appena mi sarà possibile. Ma io ho intenzione di rimanere qui qualche giorno. Oggi mi sembra che stia molto peggio» e con gli occhi indicò il piano di sopra. «Vorrei esser qui se dovesse succedere qualcosa.» Era chiaro che sarebbe accaduto molto presto. Ormai era l'unica cosa che Megan poteva fare per lui; il suo primo e ultimo dono come figlia: essergli vicina al momento del trapasso. Tentò di spiegare ciò che provava ad Alexandra, più tardi, mentre passeggiavano in giardino. «Mi sembra così patetico... è così fragile... un po' come se non fosse già più fra noi. Lo so che Hilary lo odia con tutto il cuore, ma io non ho nessun motivo di detestarlo. Ho avuto una buona vita. Voglio molto bene agli unici genitori che ho conosciuto... e lui, per me, è come un dono inaspettato! Qualcuno che avrebbe potuto essere molto importante per me. Ma ormai è troppo tardi per fare qualcosa di più... non mi resta che dirgli addio e aiutarlo in quel momento. Se riuscissi a farlo ne sarei felice.»

«In tal caso è quello che dovresti fare, Megan.» Alexandra le sorrise. In un certo senso, le ricordava le sue bambine.

Quella sera, cenarono tranquillamente. La governante si mostrò molto discreta e le lasciò sole quasi sempre tanto che, a un certo momento, loro cominciarono a parlare di John Chapman.

«Quando è entrato nel mio ufficio a viva forza ho pensato che volesse aggredirmi.» Hilary rise e Alexandra sorrise, arrossendo, come spesso le capitava.

«La prima volta che l'ho visto l'ho trovato molto bello.»

«Anch'io», confessò Megan e le tre giovani donne si misero a ridere come tre bambine e si domandarono come poteva essere la moglie.

«Se non sbaglio mi ha detto di essere divorziato.» Alexandra aggrottò le sopracciglia, cercando di ricordare, ma Hilary si strinse nelle spalle. Erano anni che non apriva più il cuore a nessuno ed era stato più che sufficiente averlo fatto per le due sorelle. In ogni caso quelle ultime ventiquattr'ore erano state estenuanti. Un po' come tornare a casa o come se la nave fosse finalmente entrata in porto, sana e salva.

Capitolo 31

L'INDOMANI chiacchierarono a lungo in veranda. Si promisero di scambiarsi visite e di scriversi. Piansero tutte e tre quando Hilary e Alexandra salirono in automobile e si allontanarono continuando a salutare Megan. Lei aveva promesso di fermarsi per una cena con tutte e due a New York, quella stessa settimana, prima di prendere l'aereo per tornare nel Kentucky. Alexandra era entrata in punta di piedi nella camera di Arthur per dirgli addio, ma Megan gli aveva appena fatto un'iniezione sedativa e lui stava dormendo. Aveva socchiuso un occhio e aveva sorriso, a quella che credeva un'altra persona... poi si era assopito di nuovo. Hilary era rimasta a osservare la scena dalla porta. Non aveva più niente da dirgli. Lo fissò, per un attimo che sembrò lunghissimo, prima di girare le spalle e riscendere al pianterreno. Poi salì al volante per partire con Alexandra.

«Credi che morirà presto?» le domandò Alexandra, mentre tornavano a New York. Era molto triste per lui. Così solo, senza nessuno accanto... Si scoprì davvero contenta che Megan avesse deciso di rimanere a fargli compagnia.

«Probabilmente. In ogni caso ha fatto quello che voleva.» La sua voce non era tenera nei confronti di Arthur, ma non era più venata di collera.

Arrivarono in albergo appena prima dell'ora di cena e Alexandra insistette perché Hilary salisse a conoscere le bambine e Margaret. E, alla fine, pur avendo protestato che non era vestita nel modo più adatto e che era tardi (in realtà aveva un gran paura di fare la conoscenza della famiglia di Alexandra, temeva di non piacer loro abbastanza) si decise a seguirla. Sembravano due ragazzine di ritorno dal campeggio, un po' in disordine, spettinate, ma serene e felici. Alexandra aprì la porta della *suite* con la propria chiave e poi sentì Hilary che si lasciava sfuggire un'esclamazione soffocata mentre Axelle le correva incontro.

«Ciao, tesoro... guarda che cosa ti ho portato!» Si comportava come se si fosse fatta accompagnare lì, in albergo, da Babbo Natale... e Axelle si fermò sui due piedi a fissare con gli occhi sbarrati quella donna alta con i capelli neri, che, adesso, piangeva senza ritegno.

«Lei chi è?»

«Mia sorella», disse Alexandra e scoppiò in lacrime anche lei, cercando la mano di Hilary. «Non ci siamo più viste da molto, moltissimo tempo. E abbiamo anche un'altra sorella che si chiama Megan... ma stasera non poteva venire. Questa è zia Hilary.» Aveva spiegato tutto ciò con una voce così dolce che Axelle si avvicinò guardinga a Hilary, la quale le spalancò le braccia scoppiando in singhiozzi. Non riuscì a mormorare altro che quelle parole di tanto tempo prima... «Oh, Axie...»

Poi arrivò anche Marie-Louise che la baciò con aria solenne, perfino Hilary dovette riconoscere che si assomigliavano molto. Era un po' come ritrovarsi ad avere una figlia propria, tanto che si presero per mano e si tennero strette mentre Alexandra la presentava alla madre.

«*Maman*, questa è Hilary... Hilary, la mia mamma. Margaret de Borne...» D'un tratto, tutte e tre scoppiarono a piangere, senza riuscire a dominarsi, e Margaret prese Hilary fra le braccia come se fosse stata un'altra figlia.

«Come stai? State bene tutte e due? Se sapessi com'ero preoccupata!»

Alexandra sorrise e si asciugò gli occhi; Hilary la imitò e poi guardò le due bambine con un sorriso. «Chissà come siamo ridotte, vero? Immagino che facciamo spavento... Ma non vedevo la vostra mammina da tanto, tantissimo tempo...»

«Perché?» Quello che stava accadendo non era affatto chiaro alle due bambine, Alexandra doveva loro una spiegazione e cominciò a raccontare:

«Molto tempo fa sono successe tante cose tristi e noi non abbiamo più potuto rivederci. Io avevo cinque anni allora, ero un poco più piccola di te, Axelle. Hilary è cresciuta in tanti posti tristi e squallidi. Abbiamo sentito moltissimo l'una la mancanza dell'altra, ma non abbiamo potuto riunirci fino a ora».

«Oh», disse Axelle, come se finalmente tutto le fosse chiaro. E Marie-Louise annuì. Axelle decise di aggiungere a quella storia qualcosa che a lei sembrava molto importante: «Ieri siamo andate nel Bronx, allo zoo, e abbiamo visto anche le Rockettes al Radio City Music Hall!» Risero e Margaret ordinò champagne per tutti. Poi, mentre Alexandra metteva le bambine a letto, Margaret disse a Hilary sottovoce che provava un grande sollievo per il fatto che tutto si fosse risolto così felicemente. E le confessò anche di essere stata preoccupatissima.

«Alexandra l'adora.» Hilary cercò di confortarla, accorgendosi che la trovava simpaticissima. Margaret, infatti, era una donna piena di calore umano, di coraggio, aveva una gran classe e uno straordinario senso dell'umorismo. «Ci ha raccontato tutto di lei e di suo padre. Non cambierà mai niente di tutto quello che Alexandra prova per lei, non dimenticherà mai tutto ciò che ha fatto per lei! Vi considererà sempre i suoi veri genitori.» A quelle parole Margaret scoppiò in lacrime e, piena di gratitudine, allungò un colpetto affettuoso alla mano di Hilary. Poi le fece un'altra domanda. «Ed Henri? Ha parlato di lui?» Hilary fece segno di sì con la testa. «Da quando siamo partite non ci ha mai telefonato. Ha preso molto male questa faccenda. Per lui è stato uno choc terribile e continuo a credere che Alexandra abbia sbagliato a rivelargli tutto.»

«Credo che voglia essere accettata per quello che è. Mi sembra che sia molto importante per lei. E non mi sento di criticarla per questo. Henri dovrà adattarsi. Esattamente come abbiamo fatto noi.» Lo disse in tono molto pratico, positivo.

Margaret le sorrise con tristezza: «Non conosci suo marito».

«Si può sapere di che cosa state parlando?» chiese Alexandra, rientrando, dopo aver messo a letto le bambine, malgrado le loro proteste perché volevano rimanere ancora alzate con la zia, anche se lei aveva promesso che l'avrebbero vista di nuovo il giorno dopo. «A proposito, le bambine vorrebbero pranzare con te domani. Sei libera?»

«Per voi? Figuriamoci! Certo che sono libera!» Hilary rise felice. Non vedeva l'ora di mostrare alle bambine come si lavorava in una stazione televisiva, di portarle fuori a pranzo e al «21» per cena. Improvvisamente era diventata una zia ed era stupefatta da quanto le piaceva.

Fecero i piani per il giorno dopo, mentre Margaret sorrideva ascoltandole. Quando Hilary se ne andò, la baciò come se fosse stata un'altra figlia sua. Poi guardò Alexandra diritto negli occhi.

«Sei più felice, vero, cara?»

Alexandra annuì. «Senz'altro. Ha avuto una grandissima importanza per me incontrare sia l'una che l'altra... molto più di quanto non credessi. Sono contentissima di averlo fatto.» Buttò le braccia al collo di Margaret e la strinse forte. «Sono felice che tu sia venuta a New York con me.»

«Anch'io.» Margaret de Borne dovette lottare per ricacciare indietro le lacrime. Avevano pianto anche troppo in quegli ultimi giorni! Poi Alexandra le raccontò la storia di Megan. «Chissà che choc sarà stato per il signor Patterson!» Pareva inorridita.

«Infatti. Ho creduto che potesse ucciderlo. Megan si ferma con lui qualche giorno. Ha paura che non potrà durare molto a lungo.» Era triste pensarlo, ma forse Hilary aveva ragione. Arthur aveva fatto quello che voleva fare e adesso poteva andarsene in pace, con la mano nella mano di sua figlia.

Capitolo 32

Il pranzo con le bambine, il giorno dopo, fu divertentissimo. Margaret aveva insistito dicendo che preferiva lasciarle sole, anche perché aveva tante cose da fare e sentiva il bisogno di dedicare un po' di tempo a se stessa. Hilary e Alexandra passarono ore stupende con le due bambine. Dopo aver faticosamente cambiato il programma della giornata, spostando alcuni appuntamenti importanti, Hilary era riuscita a prendersi un pomeriggio di libertà. Così andarono al parco e poi al Plaza, per il tè, e ammirarono, la famosa «camera di Eloise». Mentre le bambine divoravano i *petits fours*, Hilary e Alexandra si scambiarono qualche riflessione su come avrebbe potuto essere la loro esistenza se i genitori non fossero morti, se avessero potuto continuare a vivere la vita piacevole che avevano sempre avuto a New York, abitando nell'appartamento di Sutton Place, con un padre famoso, facendo tutte le cose che stavano facendo adesso, come prendere il tè al Plaza!

«Suppongo che non riusciremo mai a immaginarlo, vero, Axie? Però anche così non è male!» Hilary sorrise mentre uscivano senza fretta e attraversavano la strada per raggiungere il Pierre, dove Alexandra e le bambine alloggiavano. Cenarono tutte insieme in albergo, quella sera, e rientrando a casa Hilary si accorse di essere esausta. Non era abituata a stare con i bambini e, per quanto le sue nipotine fossero deliziose, si accorse che la stancavano di più di un'intensa giornata in ufficio.

Il telefono stava suonando quando aprì la porta del suo appartamento. Rimase stupita, andando a rispondere, che fosse John Chapman. Megan gli aveva telefonato un'ora prima. Arthur era morto serenamente nel sonno; il funerale era stato fissato due giorni dopo nel Connecticut. Megan aveva intenzione di rimanere fino a quel momento e poi sarebbe tornata nel Kentucky.

«Ho pensato che avessi piacere di saperlo. Se vuoi, sarò lieto di accompagnarti in macchina.» Lei ci pensò a lungo e poi scrollò lentamente la testa, nel silenzio dell'appartamento.

«Non credo, John. Ho l'impressione che sarei fuori posto.» Pensò che Alexandra ci sarebbe andata, ma per lei era tutto molto diverso.

«Sei sempre in collera?»

«Forse no. Non ne sono ancora sicura. In ogni caso, ormai è tutto finito. Insomma non credo che sia necessaria la mia presenza laggiù.» Era un modo onesto di rispondere e John quasi si vergognò al pensiero di aver approfittato di quella occasione per poterle telefonare.

«Come è andato il fine settimana?»

«È stato il più felice della mia vita. Meraviglioso. E oggi ho passato l'intero pomeriggio con le mie nipotine. Sono straordinarie, e anche Alexandra. E anche Megan...» Poi, imbarazzata: «Grazie di tutto quello che hai fatto perché ci ritrovassimo, John». Provava più gratitudine per lui che per Arthur.

«È stato il signor Patterson che lo ha reso possibile. Io mi sono limitato a rintracciarvi.» E a pensare a te giorno e notte... e ad arrovellarmi per te e per le tue sorelle... e a trascorrere notte insonni... «Mi stavo chiedendo se... se avresti piacere di uscire a pranzo con me, un giorno o l'altro. Magari questa stessa settimana, al mio ritorno dal Connecticut...» Rise perché gli pareva di essere tornato un ragazzino di quindici anni! «Probabilmente ti sembrerà assurdo quello che sto per dirti... ma sento la tua mancanza...» Non concluse la frase. Però le sue parole avevano commosso Hilary. Di colpo si scopriva capace di provare tenerezza e dolore. In quel momento sentiva che John provava per lei qualcosa di forte, di caldo... Quell'uomo sapeva suscitare in lei una valanga di emozioni e di sensazioni. Quel fine settimana le aveva dato qualcosa che non aveva mai avuto prima, perlomeno negli ultimi trent'anni: l'affetto e l'amore. E Hilary si sentiva come un fiore appena innaffiato.

«Se tu sapessi quanto mi sono tormentato per te.» Era molto più facile dirle al telefono certe cose...

«Perché?» Hilary sembrava stupita. «Ma... se non mi conoscevi neanche!...»

«Sì, che ti conoscevo... in un sacco di modi... ti conoscevo meglio di quanto la maggior parte della gente non conosca i propri figli.» Poi si disse che doveva essere ammattito per raccontarle cose del genere... Ma, improvvisamente, si accorse di non essere più capace di fermarsi. «Dirai che sono un bel matto!»

«Più o meno.» Hilary rise. «Però un matto simpatico. Penso tu sia una persona che si prende troppo a cuore il suo lavoro.»

«Non sempre... ma stavolta... allora quando possiamo combinare di rivederci a pranzo?» Si sentiva sempre più uno scolaretto ma, all'altro capo del filo, Hilary adesso sorrideva. «Giovedì andrebbe bene?»

«Sì, mi pare di sì.» E anche se non fosse andato bene, avrebbe rimandato qualsiasi impegno! Perfino un appuntamento con Alexandra. «Fra l'altro, sai benissimo dov'è il mio ufficio!» Scoppiarono a ridere insieme.

«Vengo a prenderti alle dodici e un quarto. E se fossi in ritardo, non agitarti. A volte faccio una fatica del diavolo a venir via dallo studio, capisci?» Hilary, a differenza di Sasha, capiva tutto quello fin troppo bene. Perché anche lei spesso aveva lo stesso problema.

«Non preoccuparti. Sarà una fortuna se non mi troverò bloccata in una lunga e noiosa riunione. Farò del mio meglio per essere libera a mezzogiorno, a costo di licenziare un sacco di gente.» Rise e lui, mentre riattaccavano, sorrise tra sé. Non stava più nella pelle al pensiero di rivederla.

Capitolo 33

Come Hilary aveva intuito, Alexandra andò al funerale di Arthur soprattutto per essere vicino a Megan. Poi, con Megan e John, tornò a New York. E quella sera le tre sorelle cenarono insieme per l'ultima volta. Megan doveva prendere il volo di mezzanotte per il Kentucky. Fece la conoscenza di Margaret e delle bambine; trascorsero un'altra serata piacevole anche se Megan sembrava un po' triste e depressa. Per lei era stata una strana settimana; scoprire un padre di cui non aveva mai immaginato l'esistenza e, poi, solo pochi giorni più tardi, vederlo morire fra le sue braccia.

Parlarono anche della casa che Arthur aveva lasciato a tutte e tre e di come disporne. La governante aveva intenzione di trattenersi fino a quando non fosse stato deciso qualcosa: Arthur aveva lasciato fondi in abbondanza per il mantenimento della proprietà, mentre tutto ciò che rimaneva del suo patrimonio doveva essere diviso fra le tre donne. Non aveva altri parenti, lui. Alexandra disse che le sarebbe piaciuto tornarci per un po' di tempo, l'estate successiva, tutte e tre insieme.

«Potremmo farlo ogni anno! Iniziare una tradizione!» Sorrise alle altre due e Megan scoppiò in una risata.

«Potrò portare qualcuno dei miei zoticoni di montagna quando verrò?»

«Perché no?» ribatté Hilary, con un'occhiata colma di mistero. Aspettava con impazienza di rivedere John Chapman a pranzo il giorno seguente, ma non ne aveva parlato a nessuna delle sorelle. In fondo, era un po' imbarazzante e non le garbava che scoprissero quanto John le fosse simpatico.

Alle undici accompagnarono Megan all'aeroporto; poi Hilary e Alexandra tornarono insieme in città. Hilary lasciò la sorella più giovane davanti all'albergo e tornò a casa. Erano esauste tutte e due. In fondo, era stata una settimana piena di emozioni. Alexandra non vedeva l'ora di andare a letto il più presto possibile.

C'era la luce accesa nella sua camera. La porta era chiusa. Margaret, a quel che sembrava, si era già ritirata nella sua stanza. Tuttavia Alexandra ebbe l'impressione di sentire un lieve rumore all'interno. Improvvisamente la porta si spalancò e lei si trovò davanti il marito. Era appena arrivato. Dopo averlo accolto e salutato, Margaret, molto saggiamente, lo aveva lasciato solo. Lui non diede spiegazioni sui motivi per i quali era venuto, anzi si comportò come se la sua visita fosse stata prevista e lo aspettassero.

«Henri?» Alexandra lo fissò sgranando gli occhi. Le pareva di vedere un fantasma.

«Stavi aspettando qualcun altro?» Ma non era un'accusa. Le sorrideva. Lei continuò a guardarlo con gli occhi colmi di meraviglia. «Spero proprio di no! Le bambine stanno bene?»

«Sì, grazie. Ci siamo divertite moltissimo.»

«Me l'ha detto tua madre. L'ho vista al mio arrivo.»

Poi Alexandra non seppe più resistere: era inutile continuare con le finzioni. Per quale motivo era venuto? Perché si trovava lì? Quale minaccia poteva costituire per lei, adesso? Era strano, ma si accorgeva di non aver più quella vaga paura di lui che aveva sempre provato.

Rimase immobile a fissarlo, incuriosita, mentre lui attraversava la stanza, si sedeva e sorseggiava quello champagne che aveva ordinato, attendendola. «Ne gradisci un po'?» Con aria piena di disinvoltura le tese il bicchiere, ma Alexandra continuava a non capire.

«No, grazie. Henri, perché sei venuto?» gli domandò in tono gelido.

«A vedere te... e le bambine...» Parlava piano, come se non fosse del tutto sicuro di quali fossero le cose giuste da dire. «Ho pensato che dovevamo parlare, noi due.» La guardò con occhi colmi di angoscia.

«Potevi telefonarmi.» Gli occhi di Alexandra erano freddi perché stava lottando con sé stessa per cercare di proteggersi dal dolore che, già lo sapeva, lui le avrebbe provocato.

«Lo avresti preferito?» Aveva un'aria talmente triste che lei si sentì straziare il cuore, anche se continuava a resistere all'impulso di tendergli le braccia. Temeva ancora di essere respinta. Forse Henri era venuto per dirle che chiedeva il divorzio. E lei voleva saperlo, subito.

«La verità è che non capisco per quale motivo sei venuto a New York.»

Lui si alzò in piedi e depose il bicchiere. Poi lentamente le venne vicino. «Per vederti, *ma chérie*. Per quanto a volte sia difficile crederlo, ti amo moltissimo... indipendentemente da quello che sei...» poi aggiunse, quasi a voler puntualizzare, «...o quello che sei diventata.» Le sorrise, un po' intimidito. «Mi accorgo che sei tornata a essere una rossa. E il colore non è così acceso come lo ricordavo.» La osservava, le frugava negli occhi con la speranza di trovarci ancora qualcosa, se non era tutto irrimediabilmente finito. «Ho avuto un terribile choc quando mi hai rivelato la storia... della... della tua famiglia. Credo che sarebbe stata la stessa cosa per chiunque... e adesso sono venuto qui a dirti che mi sono pentito, che non sarò più esigente come prima... che la smetterò di costringerti a venire a cena all'Elysée... che ti accetto per quello che sei... se tu puoi accettarmi per quello che sono...» Aveva gli occhi lucidi di lacrime. Alexandra lo guardò sbalordita. Dunque quello era l'uomo che lei si era convinta la odiasse... Invece eccolo qui a dirle che l'amava. «Ti adoro. Voglio che tu torni a casa... fra qualche giorno... e, se preferisci rimanere qui, rimarrò anch'io con te...» Se la strinse forte al cuore e Alexandra ebbe la certezza che non sarebbe mai più cambiato, che era venuto a cercarla a braccia aperte per farsi perdonare e che lei gli doveva moltissimo proprio per quello. Gli doveva la vita stessa. Quindi alzò le labbra verso quelle di lui, sorridendo lievemente. Henri scoppiò in una risatina sommessa:

«Sai che cosa ti dico?... Questi capelli mi piacciono alla follia...» Affondò le dita fra le ciocche rosse, morbide come la seta, e scoppiarono a ridere insieme. Forse qualcosa era cambiato, almeno quel tanto che bastava... forse... E se anche non era cambiato nulla, Alexandra aveva vissuto con lui quattordici anni... per il meglio e per il peggio... e non aveva nessuna intenzione di fare qualcosa di diverso per il resto dell'esistenza!

Lui chiuse la porta e prese la moglie fra le braccia con un sorriso pieno di aspettative. Era felice di aver fatto quel viaggio e, quando sentì il tocco delle sue mani delicate sul corpo, lo fu ancora di più.

Capitolo 34

La loro ultima serata a New York fu felice e, al tempo stesso, carica di commozione. Cenarono alla Côte Basque; Henri e Alexandra portarono le bambine, venne anche Margaret, Hilary aveva già accennato all'idea di farsi accompagnare anche lei da una persona amica.

Alexandra pensò che era un modo di comportarsi un po' strano, ma non si azzardò a chiedere qualcosa di più alla sorella. Ma si sentì molto emozionata e commossa quando la persona amica risultò essere John Chapman. Le era sempre stato simpatico e le bastò un'occhiata per capire che riceveva anche la più completa approvazione di Henri, bellissimo nell'abito scuro, con quel modo di fare pacato e tranquillo, la spiccata intelligenza, la classe e la buona educazione, nonché l'ottima famiglia dalla quale proveniva. Insomma il gruppetto andò straordinariamente d'amore e d'accordo. Margaret riuscì a tenerli tutti allegri ed Henri permise alle bambine di bere lo champagne. Fu la conclusione perfetta del viaggio e, alla fine, tutti si baciarono e si abbracciarono, augurandosi la buona notte, come se temessero di non rivedersi mai più. Hilary e John, però, avevano insistito per andare all'aeroporto, l'indomani, per assistere alla partenza degli altri per Parigi.

Fu la classica scena d'addio: Axelle che stringeva due bambole enormi una per braccio, Marie-Louise che si aggrappava energicamente al nuovo gioco da prestigiatore (un regalo della zia Hilary, naturalmente), Alexandra carica di tutti i trofei raccolti da Bergdorf e da Bendel, che erano innumerevoli, seguita dalla montagna di valigie, tutte Louis Vuitton, di Margaret che sembravano essere considerevolmente aumentate in soli dieci giorni... mentre Henri cercava di tenere tutto sotto controllo e di non smarrire il bagaglio, stringendo i biglietti in mano. Nel frattempo cercava di recuperare i passaporti che erano finiti nelle manine di Axelle. Intanto Hilary e Alexandra chiacchieravano animatamente, promettendosi a vicenda di rivedersi il più presto possibile. Hilary stava pensando alla eventualità di trascorrere il Natale con loro a St. Moritz a meno che Megan non fosse arrivata a New York a farle visita e, in tal caso, sarebbero andate insieme a trovarli in primavera. Purtroppo, malgrado tante promesse e quello scambio di parole sempre più febbrile, arrivò ugualmente il momento del distacco. Margaret si allontanò verso l'aereo, spingendo davanti a sé le bambine che continuavano a voltarsi per salutare Hilary ed Henri, volendo lasciare sole ancora per un po' le due sorelle, si tirò in disparte a parlare a bassa voce con John. Hilary, d'un tratto, guardò diritto negli occhi la sorella e scoppiò in lacrime, mentre le tendeva le braccia.

«Axie, non ho il coraggio di lasciarti ancora...» Pronunciò quelle parole con voce strozzata mentre Alexandra la stringeva convulsamente a sé.

«Capisco... prometti di non strapazzarti. E cerca di star bene.» Piangevano di nuovo... Hilary era convinta che quella volta non avrebbe avuto la forza di lasciar partire Alexandra. Tutto ciò le ricordava troppo il passato... e rivedeva quella creatura dai riccioli rosso fiamma, che aveva stretto fra le braccia... la bambinetta alla quale aveva voluto tanto bene... «Axie... ti voglio bene, Axie, io...» Gli echi del passato tornavano a risuonarle nelle orecchie mentre Alexandra la stringeva a sé. «Ci vediamo presto! Non immagini neanche quante volte ti telefonerò da Parigi!» Henri le fece segno che era giunto il momento di salire a bordo e lei capì che doveva raggiungerlo. In un attimo avrebbero richiuso lo sportello... eppure non se la sentiva di lasciarla lì, di lasciarla sola. Fu in quel momento che John le raggiunse senza dire niente, staccò dolcemente Hilary da quella stretta e la chiuse in un forte abbraccio, contro di sé, contro il proprio cuore. Intanto Hilary piangeva disperatamente.

«Buon viaggio, Alexandra. Ci vediamo presto.» John pronunciò quelle parole a bassa voce mentre Alexandra si staccava piano piano da Hilary con gli occhi offuscati dal pianto, senza smettere di guardarla. Hilary, che aveva il viso di un pallore mortale, la guardava con aria smarrita, ma John continuò a tenerla stretta fra le braccia. Alexandra infine li salutò con un cenno della mano, per l'ultima volta, sorridendo fra le lacrime. Hilary la seguì con lo sguardo mentre mormorava quelle parole tanto familiari: «Addio, Axie». La salutò anche lei con la mano e, alla fine, abbozzò un sorriso, pur continuando a piangere. Intanto Alexandra scompariva nell'interno dell'aereo, seguita dal marito.

«Tutto bene, cara...» John bisbigliò, continuando a tenerla stretta al cuore e, all'improvviso, per la prima volta nella vita, Hilary si sentì al sicuro, protetta. Alzò gli occhi verso John, che le sorrise. «Va tutto bene, Hillie...» la strinse più forte, in un abbraccio, mentre Hilary si rendeva conto che lui stava dicendo la verità. «Adesso tutto andrà per il meglio.»

FINE

Gentile lettore,

la ringraziamo per aver scelto uno dei romanzi della ricca collana Superbestseller.

Per poter soddisfare sempre meglio le sue esigenze e i suoi gusti, le chiediamo di voler gentilmente compilare il seguente questionario. Se ci fornirà anche il suo indirizzo, le invieremo le informazioni relative alle nuove pubblicazioni del gruppo Sperling & Kupfer e alle iniziative speciali rivolte ai nostri lettori. Se invece preferisce registrarsi sul nostro sito www.sperling.it, riceverà nella sua casella e-mail la nostra newsletter informativa.

Ho trovato questo questionario nel volume dal titolo

....

Ho acquistato questo volume
☐ in libreria ☐ in edicola ☐ al supermercato

Abitualmente acquisto libri
☐ in libreria ☐ in edicola ☐ al supermercato

Numero libri acquistati in un anno: ....

Di solito acquisto un libro perché:
(si possono barrare più caselle)
☐ seguo i consigli di amici/conoscenti/del mio libraio di fiducia
☐ leggo le recensioni
☐ vedo la pubblicità
☐ scelgo i titoli del mio autore preferito
☐ mi piace la copertina
☐ il libro ha vinto un premio letterario
☐ il libro è nelle classifiche dei libri più venduti
☐ ha un prezzo conveniente

Il mio autore preferito è: ....

Il mio libro preferito è: ....

Il mio genere preferito è:
☐ saggistica ☐ narrativa
- romanzi d'amore
- thriller

INFORMAZIONI ANAGRAFICHE

Età: .... Sesso: ☐M ☐F

Professione: ....

FACOLTATIVO

Nome ....
Cognome ....
Via .... n. ....
Città .... Provincia .... CAP ....
E-mail ....

La preghiamo di tagliare lungo la linea tratteggiata e di inviare in busta chiusa e affrancata a:

Sperling & Kupfer Editori S.p.A.
Ufficio Promozione
Via Durazzo, 4
20134 Milano

Il mittente prende atto che i suoi dati saranno trattati per l'eventuale invio di materiale d'informazione libraria, con la possibilità della cessione a terzi dei dati stessi. Resta salvo il suo diritto di conoscenza, cancellazione, rettifica, aggiornamento, integrazione e opposizione al trattamento dei dati, secondo quanto previsto dall'art. 13 della legge 675/96.

Finito di stampare nel marzo 2004
presso la Mondadori Printing S.p.A.
Stabilimento N.S.M. di Cles (TN)
Printed in Italy